름의 나라』가 출간되었고, 이후 『신이 되기는 어렵다』(1964) 『월요일은 토요일에 시작된다』(1964) 등 대표작들을 내놓으며 전성기를 맞았다.

젊은 시절 형제는 소련의 이념에 긍정적인 공산주의자들이었다. 그러나 차츰 혁명과 소련 체제에 의구심을 가졌고, 1968년 '프라하의 봄'을 목도하면서 소련 이념에 대한 환상을 잃는다. 그즈음의 작품은 검열과 비평가들의 혹평에 시달렸다. 이 같은 상황에 굴복해 글쓰기를 중단하는 것을 패배라 여긴 그들은 의도적으로 중립적이며 비정치적인 작품을 계속해서 써 나갔지만, 그조차 검열에서 자유롭지 않았다.

초기 작품에서는 기술과 문명의 진보가 초래한 도덕성 및 인간성 상실, 역사 앞에서의 개인의 책임이라는 철학적 문제를 탐구했고 후기로 갈수록 소비에트 관료제도 고발, 전체주의 사회에 대한 비판과 풍자에 더불어 통제와 감시로 고통받는 인간의 위기의식을 다양하게 제기했다.

스트루가츠키 형제의 작품은 발표될 때마다 큰 반향을 일으켰다. 『노변의 피크닉』(1972)은 안드레이 타르콥스키에 의해 영화 〈잠입자〉(1979)로 만들어졌다. 알렉산드르 소쿠로프는 『세상이 끝날 때까지 아직 10억 년』(1976)을 토대로 영화 〈일식의 날〉(1988)을 촬영했다. 『신이 되기는 어렵다』를 원작으로 1999년 크랭크인 했던 영화 〈신이 되기는 어렵다〉(2013)는 알렉세이 게르만의 유작이 되었고 아들 알렉세이 게르만 주니어가 작업을 마무리했다. 그 외에도 여러 작품이 영화화되었다. 형제의 작품은 33개국 42개 언어로 번역되어 있다.

신이
되기는
어렵다

ТРУДНО
БЫТЬ
БОГОМ

Трудно быть богом(HARD TO BE A GOD)

신이 되기는 어렵다

아르카디 스트루가츠키
•
보리스 스트루가츠키

이보석 옮김

일러두기

1. 이 책은 2018년 아스트출판사에서 발행된 *Трудно быть богом/Trudno byt' bogom*을 번역한 것이다. 이 판본은 2003년 스탈케르출판사에서 간행한 「스트루가츠키 형제 작품집」 11권 제2쇄(2차 수정본)를 기준으로 한다.
2. 작가들의 의도를 존중하여 원문에서 문장부호 기메(« »)로 표시된 것 가운데 강조, 인용, 실제로 이루어지지 않은 발화는 홑화살괄호(〈 〉)를 사용해 구별했다.
3. 작중에서 도량형은 미터법과 야드파운드법, 러시아 고유 단위가 혼용되었는데, 특별히 통일하지 않고 그대로 옮겼음을 밝혀 둔다.
4. 지명으로 쓰인 명사구는 띄어쓰기하지 않고 표기했다.
5. 「후기」의 원문에서 대문자로만 이루어진 것은 볼드체로 표시했다.
6. 이 책의 주는 모두 옮긴이 주이다.

차례

신이 되기는 어렵다

ТРУДНО БЫТЬ БОГОМ

고통스럽다는 것, 부끄럽다는 것, 그리고 절망한다는 것의
의미를 깨달은 날들이 있었다.*

—피에르 아벨라르

하나 말해 둘 게 있소. 임무를 맡는 동안 당신은
권위를 높이기 위해 무기를 지니게 될 거요.
그러나 어떤 상황에서도 그걸 사용하면 안 되오.
어떠한 상황에서도. 내 말 알아들었소?**

—어니스트 헤밍웨이

프롤로그

안카의 석궁은 검정 플라스틱 본체와 소리 없이 단번에 시위를 당기는 슬라이드식 레버, 그리고 레버에 연결된 크롬철 활시위로 구성되어 있었다. 안톤은 신소재를 인정하지 않았다. 그는 육군 원수 토츠, 즉 피츠 1세 양식으로 만든 근사한 무기를 들고 있었다. 전체를 검은 동으로 씌우고 작은 도르래를 써서 튼튼한 힘줄로 된 활시위를 당길 수 있게 만든 석궁이었다. 그리고 파시카는 기압식 기병총을 들고 있었다. 그가 보기에 석궁은 인류가 유년기 적에나 쓰던 무기였는데, 그 자신이 게으르고 손으로 뭘 만드는 데

• 서간문 형태의 자서전 『불행의 이야기*Historia Calamitatum*』(1132?)의 한 구절.

•• 『제5열과 최초의 이야기 49편*The Fifth Column and the First Forty-Nine Stories*』(1938)에 수록된 헤밍웨이의 유일한 희곡 「제5열」 중 필립의 대사

영 소질이 없었기 때문이다.

이들은 높이 솟은 소나무들의 굽은 뿌리가 돌출된 노란 모래 절벽을 따라 북쪽 연안으로 나아갔다. 안카가 노를 내려놓고 바라봤다. 태양이 벌써 숲 위로 높이 떠 있었으며 온 세상이 파랑, 초록, 노랑이었다. 호수에 드리운 푸른 안개와 짙은 초록빛 소나무들, 그리고 그들 앞으로 펼쳐진 노란 연안. 이 모든 것 위로 하늘은 구름 한 점 없이 창백하게 푸르렀다.

"아무것도 안 보이는걸." 파시카가 말했다.

이들은 배 밖으로 몸을 굽히고 물속을 보고 있었다.

"거대한 잉어야." 안톤이 힘주어 말했다.

"지느러미가 이렇게 생긴?" 파시카가 물었다.

안톤은 대답하지 않았다. 안카도 수면을 봤지만, 물에 비친 자기 자신만 보일 뿐이었다.

"수영할 걸 그랬나." 파시카가 팔꿈치까지 물속으로 넣으며 말했다. "물이 차네."

안톤이 뱃머리로 가더니 물가로 뛰어내렸다. 배가 휘청했다. 안톤은 배 옆면을 잡고 움직이라는 듯 파시카를 쳐다봤다. 파시카는 몸을 일으키더니 노를 자루인 양 어깨 뒤로 넘겨 들고 다리를 흔들며 노래했다.

늙은 선장 우이칠로포치틀리*! 벗이여, 자네 잠들었는가?

조심하게, 구워진 상어 떼가 자네에게 돌진하고 있다네!

안톤은 말없이 힘껏 배를 끌었다.

"이봐, 이봐!" 파시카가 배 옆을 잡으며 소리쳤다.

"그런데 왜 하필 구워진 상어 떼일까?" 안카가 물었다.

"글쎄." 파시카가 대꾸했다. 다들 배에서 내렸다. "어쨌든 멋지잖아? 구워진 상어 떼라니!"

이들은 뭍으로 배를 끌었다. 마른 소나무 잎과 솔방울이 잔뜩 흩어져 있는 축축한 모래에 발이 빠졌다. 배는 무겁고 미끄러웠으나, 이들은 고물까지 뭍으로 끌어 올리고 나서야 숨을 몰아쉬며 동작을 멈추었다.

"발을 찧었어." 파시카는 이렇게 말하고는 머리에 두른 빨간 밧줄을 매만지기 시작했다. 그는 코가 큰 이루칸 해적들이 그러듯 밧줄 매듭이 정확히 오른쪽 귀 위에 오도록 심혈을 기울였다. "인생은 값지지 않다네, 아-호이!" 그가 선언하듯 말했다.

안카는 정신없이 손가락을 빨고 있었다.

"가시라도 박혔어?" 안톤이 물었다.

"아니, 긁혔어. 너희 중에 손톱이 날카로운 애가 있나 봐……"

• 아즈텍 신화의 전쟁의 신

"어디 보여 봐."

안카가 손가락을 보여 줬다.

"그러네." 안톤이 말했다. "상처가 났네. 아무튼, 우리 이제 뭐 하고 놀까?"

"어깨-총 하고 물가를 따라 걷자." 파시카가 제안했다.

"물가라니, 배에서 내린 보람이 있네." 안톤이 비꼬았다.

"배에는 겁쟁이들이나 있는 거라고." 파시카가 말했다. "물가에는 갈대가 있잖아. 이게 첫째고. 둘째로는 절벽이 있고, 셋째로는 심연이 있어. 거기에는 대구도 있지. 메기도 있고."

"구워진 메기 떼." 안톤이 말했다.

"그런데 너 심연에 들어가 본 적 있어?"

"그야 뭐 들어갔었지."

"난 보지도 못했는데. 어쩐지 기회가 닿지 않았어."

"네가 못 본 게 그것뿐이겠냐."

안카가 그들을 등지고 서더니 석궁을 들어 스무 보 거리에 있는 소나무를 쐈다. 화살이 나무껍질에 꽂혔다.

"멋진데." 파시카는 이렇게 말하고서 바로 기병총을 발사했다. 그는 안카의 화살을 조준했지만, 빗나갔다. "숨을 못 참았어." 그가 변명했다.

"숨을 참았으면?" 안톤이 물었다. 그는 안카를 바라보고 있었다.

안카가 힘껏 활시위를 당겼다. 그녀의 근육은 아름다웠다. 안톤은 그녀의 그을린 살갗 밑에서 움찔거리는 단단한 이두근을 흐뭇하게 바라보았다.

안카는 굉장히 신중하게 조준하더니 또 한 발 쐈다. 나무가 갈라지는 소리와 함께 두 번째 화살이 첫 번째 화살보다 조금 아래에 박혔다.

"그만하자." 안카가 석궁을 내리며 말했다.

"왜?" 안톤이 물었다.

"나무를 해치는 짓이잖아. 어제는 웬 애송이가 나무에 활을 쏘고 있길래 나무에 박힌 화살을 이빨로 뽑게 해 줬지."

"파시카, 너도 가서 이빨로 뽑아 보지 그래. 너 이빨 하나는 튼튼하잖아." 안톤이 말했다.

"난 잇새가 벌어져 있거든." 파시카가 대꾸했다.

"됐어. 다른 걸 하고 놀자." 안카가 말했다.

"절벽 타기는 내키지 않는데." 안톤이 말했다.

"나도 안 내켜. 더 나아가 보는 건 어때."

"어디로?" 파시카가 물었다.

"눈길이 닿는 곳으로."

"그럴까?" 안톤이 말했다.

"그럼, 사이바*겠군." 파시카가 말했다. "토시카**, 잊힌

길로 가자. 기억하지?"

"당연하지!"

"그러니까, 아네치카……" 파시카가 입을 열었다.

"아네치카 아니거든." 안카가 날카롭게 말을 잘랐다. 그녀는 안카 외의 애칭으로 불리는 걸 참을 수 없어 했다.

안톤은 그걸 잘 기억해 뒀다. 그가 서둘러 말을 이었다.

"잊힌길. 아무도 지나다니지 않는 길이야. 지도에도 표시되어 있지 않아. 그 길이 어디로 이어지는지는 완전히 베일에 싸여 있고."

"너희는 가 봤어?"

"응. 하지만 제대로 탐험해 볼 시간은 없었어."

"어디서도 시작되지 않고, 어디로도 향하지 않는 길이지." 기운을 차린 파시카가 엄숙히 말했다.

"재미있겠는데!" 안카가 말했다. 그녀의 눈이 까만 틈새처럼 가늘어졌다. "가자. 저녁까지는 도착할 수 있으려나?"

"당연하지! 12시 전에는 도착할 거야."

이들은 절벽을 타고 올랐다. 파시카가 절벽 끝에 서서 내려다봤다. 아래로 푸르른 호수와 노란빛이 도는 황량한 모래언덕, 모래사장에 놓인 배, 연안의 기름기가 도는 잔잔한 수면에 퍼지는 크고 동그란 파문이 보였다. 아까 그 잉어가 헤엄치고 있는 게 분명했다. 파시카는 토시카와 기숙사에서 탈출해 미지의 장소, 땅딸기, 인적 없는 뜨거운 초원, 회색 도마뱀, 예기치 않은 샘에서 나오는 얼음물을 마주칠 수 있는 온전히 자유로운 하루를 앞두고 있을 때면 언제나 느끼던, 익숙하고도 뭐라 표현할 수 없는 환희를 느꼈다. 그리고 언제나 그랬듯 환호성을 지르며 높이 뛰어오르고 싶었다. 그는 주저하지 않고 그렇게 했다. 안톤은 미소 지으면서 그를 바라봤고, 그는 안톤의 눈에서 완벽한 이해를 봤다. 안카가 두 손가락을 입에 넣고 힘차게 휘파람을 불었다. 이들은 숲으로 들어갔다.

숲에는 소나무가 성기게 나 있었고 땅에 떨어진 솔잎에 발이 미끄러졌다. 곧게 자란 나무들 사이로 햇빛이 비스듬히 쏟아져 온 땅이 황금빛 점들로 뒤덮여 있었다. 송진과 호수, 그리고 땅딸기 냄새가 났다. 하늘 어디에선가 보이지 않는 새들이 지저귀었다.

안카는 석궁을 팔에 끼고 앞장서 걸으면서 래커 칠을 한 것처럼 새빨간 땅딸기를 따기 위해 간간이 몸을 굽혔다. 안톤은 토츠 장군 양식으로 만든 멋진 무기를 어깨에 메고 뒤따랐다. 근사한 석궁의 화살통이 등에 부딪칠 때마다 소

- • 보리스 스트루가츠키와의 인터뷰에 따르면 팜파스 대초원, 열대 다우림, 사바나와 비슷한, 다양한 식물이 자라는 장소라고 한다.
- •• 안톤의 애칭이다.

리를 냈다. 그는 걸어가면서 안카의 목을, 까무잡잡하게 그을린, 숫을뼈가 드러난 목을 바라봤다. 간혹 파시카를 찾아 두리번거렸으나 보이지 않았다. 때로 오른편에서, 또 왼편에서 그의 빨간 밧줄이 햇빛에 강하게 반사되어 비칠 뿐이었다. 안톤은 기병총을 장전한 파시카가 마르고 사나운 얼굴에 까진 코를 내밀고 소나무 사이를 소리 없이 지나다니는 모습을 상상했다. 파시카는 사이바를 따라 살금살금 움직이고 있었지만, 사이바는 농담이 아니다. 사이바는, 친구여, 물을 것이다. 그러면 제때 답해야 한다, 안톤이 생각했다. 그는 몸을 굽히려다 말았다. 앞에는 안카가 있고, 그녀가 뒤돌아볼 수도 있었다. 그러면 우스워졌겠지.

안카가 뒤돌아 물었다. "너희는 조용히 나왔어?"

안톤이 어깨를 으쓱해 보였다.

"요란하게 나오는 사람이 어딨어?"

"나는 소리를 좀 낸 것 같아." 안카가 걱정스러운 듯 말했다. "세숫대야를 떨어뜨렸거든. 그 후에 갑자기 복도에서 발소리가 들리는 거야. 아마 처녀 카탸였을 거야. 오늘 당직이거든. 그래서 화단으로 뛰어내릴 수밖에 없었어. 그런데 토시카, 그 화단에서 자라는 꽃들 좀 이상하지 않아?"

안톤이 이마를 찌푸렸다.

"너희 창문 아래에 있는 화단? 글쎄. 그게 왜?"

"그 꽃들 말이야, 엄청 튼튼해. 〈바람도 해치지 못하고 폭풍도 쓰러뜨리지 못〉해. 애들이 그 화단으로 뛰어내리는 게 몇 년째인데 아무 일도 없었다는 듯 멀쩡하다니까."

"신기하네." 안톤이 생각에 잠겨 대답했다. 그의 창문 아래에도 〈바람도 해치지 못하고 폭풍도 쓰러뜨리지 못〉하는 꽃이 심어진 화단이 있다는 게 떠올랐다. 하지만 그는 단 한 번도 그걸 이상하게 여긴 적이 없었다.

안카가 멈추어서 그를 기다리다가 땅딸기 한 줌을 내밀었다. 안톤이 조심스럽게 세 알을 가져갔다.

"더 가져가." 안카가 말했다.

"괜찮아." 안톤이 말했다. "난 하나씩 먹는 게 좋아. 그런데 처녀 카탸 말이야, 꽤 괜찮은 사람 아냐?"

"누군가에겐 그렇겠지. 하지만 매일 저녁 발에 흙탕물이나 먼지가 묻어 있다는 소리를 들으면……"

안카는 입을 다물었다. 그녀와 어깨를 나란히 하고 때로 팔꿈치의 맨살을 스치며 단둘이 숲을 걷는 것, 그녀를 바라보는 것은 너무나 기분 좋은 일이었다. 그녀는 어찌나 아름답고 유려하고 특별한지. 커다란 회색 눈과 검은 속눈썹은 또 어떻고.

"그래." 안톤이 햇빛에 비친 거미줄을 걷으려고 팔을 뻗으며 말했다. "그런데 카탸의 발에는 먼지가 안 묻어 있을걸. 누가 들어서 웅덩이를 넘겨 주면 먼지가 묻지 않잖아……"

"누가 카탸를 옮겨 주는데?"

"기상관측소의 헨리. 알지? 건장하고 머리가 흰 사람."

"정말이야?"

"내가 뭐 하러 거짓말하겠어? 그 둘이 사랑에 빠진 사이라는 건 모든 애들이 안다고."

두 사람은 다시 입을 다물었다. 안톤이 안카를 쳐다봤다. 안카의 눈이 검은 틈새 같았다.

"그게 언제 일이야?" 그녀가 물었다.

"달빛이 비치는 어느 날 밤이었는데," 안톤이 내키지 않아 하며 대답했다. "너 이거 말하고 다니면 안 돼."

안카가 웃음을 터뜨렸다.

"억지로 말하게 할 생각 없어, 토시카." 그녀가 말했다. "딸기 더 먹을래?"

안톤은 기계적으로 지저분한 손바닥에서 열매를 쓸어와 입에 넣었다. '수다쟁이들은 질색이야.' 그가 생각했다. '입이 가벼운 애들은 참을 수가 없어.' 문득 항변할 말이 생각났다.

"나중에 너도 누군가 들어서 옮겨 줄 거 아냐. 그때 애들이 그 일 갖고 떠들어 대면 기분 좋겠어?"

"왜 내가 얘기하고 다닐 거라고 생각하는 거야?" 안카가 어이없다는 듯 말했다. "나는 수다쟁이를 싫어한다고."

"그럼, 왜 물어봤어?"

"별것 아냐." 안카가 어깨를 으쓱했다. 그녀는 잠시 뜸을 들이다 솔직히 털어놓았다. "그냥, 하루도 빠짐없이 저녁마다 발을 두 번씩 씻어야 한다는 게 끔찍할 정도로 지겨워서."

불쌍한 처녀 카탸, 안톤이 생각했다. 이건 당신에게 사이바가 아니야.

이들은 오솔길로 나왔다. 오솔길은 아래로 향했고 숲은 점점 어두워졌다. 양치식물과 습기를 머금은 키 큰 풀들이 무성하게 자라 있었다. 소나무 줄기는 이끼와 지의류로 하얗게 덮여 있었다. 하지만 사이바는 농담이 아니다. 갑자기 갈라진 목소리가, 인간의 흔적이라고는 조금도 없는 목소리가 울렸다.

"멈춰라! 무기를 버려라. 거기 돈, 거기 도나!"

사이바가 물으면 답해야 한다. 안톤은 정확한 움직임으로 안카를 왼쪽의 양치식물 덤불로 밀었고 자신은 오른쪽 덤불로 뛰어들어 굴러서 썩은 그루터기 뒤에 엎드렸다. 갈라진 목소리의 메아리가 소나무들 사이에 남아 울렸고 오솔길은 이미 텅 비어 있었다. 고요가 찾아왔다.

안톤은 옆으로 누워서 도르래를 돌려 시위를 당겼다. 총 쏘는 소리가 나더니 웬 쓰레기가 날아와 안톤을 맞혔다. 인간스럽지 않은 갈라지는 목소리가 말했다.

"돈이 뒤꿈치에 맞았다!"

안톤은 신음 소리를 내며 다리를 끌어당겼다.

"그 다리가 아니라 오른쪽 다리다." 목소리가 지적했다.

파시카가 낄낄대는 소리가 들렸다. 안톤은 그루터기 뒤에서 조심스럽게 몸을 빼고 살펴봤지만, 탁한 초록빛 혼돈 속에 아무것도 보이지 않았다.

그때 휙 하고 꿰뚫는 소리와 나무가 쓰러지는 듯한 쿵 소리가 들렸다.

"이런……!" 파시카가 목소리를 억누르고 말했다. "자비를! 자비를! 날 죽이지 마라!"

안톤이 벌떡 일어섰다. 양치식물 덤불에서 파시카가 안톤 쪽으로 뒷걸음치며 나왔다. 그는 머리 위로 팔을 올리고 있었다. 안카가 물었다. "토시카, 보여?"

"손바닥 위처럼 잘 보여." 안톤이 만족스럽게 대답했다. "뒤돌지 마라!" 그가 파시카에게 소리쳤다. "두 손을 머리 뒤로!"

파시카는 고분고분 손을 머리 뒤에 놓고 선언했다.

"나는 아무것도 말하지 않겠다."

"얘를 어떻게 하면 돼, 토시카?" 안카가 물었다.

"잘 봐 봐." 안톤이 이렇게 말하고는 석궁을 무릎 위에 놓고 그루터기에 편안히 앉았다. "이름을 대라!" 안톤이 이루칸 사람 헥사의 목소리로 소리쳤다.

파시카가 등으로 경멸과 무시를 표했다. 안톤은 석궁을 쐈다. 무거운 화살이 둔탁한 소리를 내며 파시카 머리 위의 나뭇가지에 꽂혔다.

"우와!" 안카의 목소리였다.

"나는 본 메뚜기다." 파시카가 억지로 말했다. "〈보아하니 그는 여기에 눕겠군. 그와 함께였던 자들 중 하나다.〉"

"유명한 싸움꾼이자 살인자로군." 안톤이 말했다. "하지만 아무 이유 없이는 움직이지 않는 인물인데. 누가 너를 보냈느냐?"

"무자비한 돈 사타리나가 보냈다." 파시카가 지어냈다.

안톤이 비웃으며 말했다.

"2년 전 무거운검들의땅에서 이 몸이 여기 이 손으로 돈 사타리나의 악취 나는 생명 줄을 끊어 줬거늘."

"내가 저놈한테 화살을 박아 줄까?" 안카가 제안했다.

"깜빡했는데," 파시카가 황급히 말했다. "사실 아름다운 아라타가 날 보냈다. 너희 머리를 가져오면 금화 100개를 주겠다고 했다."

안톤이 무릎을 쳤다.

"순 거짓말쟁이로군! 아라타가 너 같은 악당과 어울릴 것 같으냐!" 안톤이 소리쳤다.

"그러니까 내가 저놈을 활로 쏘면 안 될까?" 안카가 피에 굶주린 듯 물었다.

안톤은 악마처럼 웃어 젖혔다.

"그런데 말이야, 넌 오른쪽 발꿈치에 화살을 맞았잖아. 정신을 잃을 정도로 피가 흘러나왔어야 한다고." 파시카가 말했다.

"그럴 리가!" 안톤이 반박했다. "첫째, 나는 흰 나무의 껍질을 계속 빨고 있었어. 그리고 둘째, 아름다운 야만족 여성 둘이 이미 내 상처에 붕대를 감아 줬다고."

양치식물 덤불이 부스럭거리더니 안카가 오솔길로 나왔다. 그녀의 볼에는 긁힌 상처가 나 있었고 무릎엔 흙과 풀이 짓이겨져 들러붙어 있었다.

"이놈을 늪에 처넣을 차례야." 그녀가 선언했다. "항복하지 않는다면 죽여야지."

파시카가 양손을 내렸다.

"넌 놀이의 규칙을 하나도 따르지 않고 있어." 그가 안톤에게 말했다. "너는 언제나 헥사를 좋은 인물로 연기하지."

"네가 뭘 알아!" 안톤은 이렇게 소리치고는 오솔길로 나왔다. "사이바는 농담이 아니라고, 이 더러운 용병 자식."

안카가 파시카에게 기병총을 돌려줬다.

"너희 항상 이렇게 서로 쏘면서 놀아?" 안카가 부러운 듯 물었다.

"당연한 거 아냐!" 파시카가 놀라워했다. "그럼, 우리가

'빵빵! 탕탕!' 하고 입으로 총소리나 내며 놀겠어? 놀이는 좀 위험해야 재밌지!"

안톤이 대수롭지 않다는 듯 말했다. "우리는 빌헬름 텔 놀이 같은 것도 자주 해."

"역할을 바꿔 가면서." 파시카가 말을 받았다. "오늘 내가 머리에 사과를 얹고 서 있었으면 내일은 안톤이 그러는 거지."

안카가 그들을 빤히 쳐다봤다.

"그런 걸 한단 말이야?" 그녀가 천천히 말했다. "한번 보고 싶은데."

"우리도 보여 주고 싶지만, 사과가 없네." 안톤이 밉살스럽게 말했다.

파시카가 크게 웃었다. 그러자 안카가 그의 머리에서 해적 밧줄을 풀더니 금세 고깔로 말았다.

"사과는 형식적인 거니까." 그녀가 말했다. "자, 이 정도면 훌륭한 표적이지. 빌헬름 텔 놀이를 해 보자."

안톤이 빨간 고깔을 집어 들고 유심히 살폈다. 그가 힐끗 안카를 쳐다봤다. 그녀의 눈은 틈새 같았다. 파시카는 즐기고 있었다. 그는 이 상황이 재미있었다. 안톤이 파시카에게 고깔을 내밀었다.

"〈서른 보 거리 도박에서 실수는 없다.〉" 그가 차분한 목소리로 말했다 "〈물론, 손에 익은 권총으로 하겠다.〉"

"〈그런가?〉" 안카가 파시카를 쳐다보며 말했다. "〈그런데 친구여, 자네는 서른 보 거리에서 명중시킬 수 있는가?〉"

파시카가 머리에 고깔을 썼다.

"〈다음에 시험해 보도록 하지.〉" 그가 이를 드러내며 씩 웃었다. "〈전성기에는 나도 제법 쐈다네.〉"

안톤은 뒤돌아 소리 내어 숫자를 세면서 오솔길을 따라 걸었다.

"열다섯…… 열여섯…… 열일곱……"

파시카가 뭐라고 했고 안톤에게는 잘 안 들렸으며 안카는 시끄럽게 웃어 댔다. 어쩐지 지나치게 시끄럽게.

"서른." 안톤이 숫자를 다 세고 뒤돌아섰다.

서른 보 거리에서 파시카는 아주 작아 보였다. 빨간 세모가 어릿광대 모자처럼 그의 머리 위로 뾰족 솟아 있었다. 파시카는 웃고 있었다. 그는 그때까지도 장난이라고 생각했다. 안톤은 몸을 굽히고 천천히 활시위를 감기 시작했다.

"나의 아버지, 빌헬름, 당신에게 축복이 있기를!" 파시카가 외쳤다. "무슨 일이 일어나든, 모든 것에 감사하겠습니다, 아버지."

안톤은 화살을 끼우고 몸을 일으켰다. 파시카와 안카가 그를 바라봤다. 둘은 가까이 서 있었다. 오솔길은 높은 녹색 벽 사이에 깔린 어둑한 회색 회랑 같았다. 안톤이 석궁을 들어 올렸다. 토츠 장군 양식으로 만든 무기가 평소와 달리 무겁게 느껴졌다. 팔이 떨리는군, 안톤이 생각했다. 좋지 않은걸. 괜한 짓이야. 어느 겨울날, 파시카와 담장 기둥에 달린 쇠 솔방울을 맞혀 보겠다고 한 시간 내내 눈뭉치를 던졌던 일이 생각났다. 처음에는 스무 보 거리에서 던졌다. 그다음에는 열다섯 보, 그리고 열 보 거리에서. 하지만 하나도 못 맞혔다. 그런데 결국 지쳐서 돌아갈 때 파시카가 성의 없이, 보지도 않고 던진 마지막 눈뭉치가 적중했고 솔방울이 떨어졌다. 안톤은 온 힘을 다해 석궁을 어깨 위에 얹었다. 안카가 너무 가까이 있는걸, 그가 생각했다. 그는 안카에게 떨어지라고 소리치고 싶었지만, 그러면 바보 같으리라는 걸 깨달았다. 높이. 더 높이…… 더…… 불현듯 뒤돌아서 쏘더라도 무거운 화살이 정확히 파시카의 미간에 꽂히리라는, 쾌활한 녹색 눈동자 사이에 꽂히리라는 확신이 그를 사로잡았다. 그는 눈을 뜨고 파시카를 봤다. 파시카는 더 이상 웃지 않았다. 안카가 손가락을 쫙 편 손을 아주 천천히 들고 있었다. 그녀의 표정은 심각했고 매우 어른스러웠다. 그때 안톤이 석궁을 더 높이 올리고 방아쇠를 당겼다. 화살이 어디로 날아가는지는 보지 않았다.

"빗나갔어." 그가 아주아주 큰 소리로 말했다.

안톤은 경직된 다리를 움직여 오솔길을 걸어갔다. 파시카는 빨간 고깔로 얼굴을 쓸어내린 다음 흔들어 방줄을 풀고 머리에 둘렀다. 안카는 몸을 굽혀 자기 석궁을 집었다. '안카가 저걸로 내 머리를 치면 고맙다고 할 텐데.' 안톤이 생각했다. 하지만 안카는 안톤에게 눈길도 주지 않았다.

그녀가 파시카 쪽으로 몸을 돌리고 물었다.

"갈까?"

"잠시만." 파시카가 말했다.

그는 안톤을 쳐다보고는 말없이 손가락을 구부려 이마를 톡톡 쳐 보였다.

"그러는 너야말로 겁에 질려 있었잖아." 안톤이 말했다.

파시카는 한 번 더 손가락으로 이마를 톡톡 친 다음 안카의 뒤를 따랐다. 안톤은 그들 뒤를 천천히 따라가며 피어오르는 의혹을 억누르려 애썼다.

'솔직히 내가 뭘 어쨌길래.' 그가 되는대로 생각했다. '걔네는 왜 화가 난 거야? 파시카야 그렇다 쳐. 겁먹었으니까. 하지만 누가 더 겁먹었는지, 아빠 빌헬름인지 아들 텔인지 누가 알아. 그리고 안카는 어째서? 파시카가 잘못될까 봐 놀란 거겠지. 하지만 어쩔 수 없었잖아? 그런데도 나는 걔네 친척이라도 되는 것처럼 마지못해 따라가고 말이야. 그냥 혼자 가 버릴까. 여기서 왼쪽으로 꺾으면 멋진 늪이 있는데. 어쩌면 부엉이를 잡을 수 있을지도 몰라.' 그러나 그는 발걸음도 늦추지 않았다. 언제까지나 이러겠지, 그가 생각했다. 그는 일이 종종 이렇게 흘러간다고 어디선가 읽은 기억이 났다.

이들은 버려진 길에 예상보다 훨씬 일찍 도착했다. 태양이 높이 떠 있었고 무더웠다. 솔잎들이 옷깃을 뚫고 목덜미를 찔렀다. 길은 금이 간 적회색빛 콘크리트 판 두 줄로 포장되어 있었다. 접합부에는 마른 풀들이 무성했으며 길가에는 먼지에 뒤덮인 우엉 꽃이 만발했다. 길 위로 딱정벌레들이 부웅 소리를 내며 날아다녔고 그중 한 마리가 겁도 없이 안톤의 이마에 정면으로 날아와 부딪쳤다. 고요하고 나른했다.

"저것 봐!" 파시카가 말했다.

길 한복판 위를 가로질러 걸려 있는 녹슨 철사에 색이 벗겨진 동그란 양철 판이 매달려 있었다. 보아하니 빨간 배경에 노란 직사각형이 그려져 있었던 듯했다.

"저게 뭐야?" 안카가 그리 궁금해하지는 않으면서 물었다.

"교통 표지판이야." 파시카가 말했다. "〈진입하지 마시오〉."

"〈일방통행〉 표지판이네." 안톤이 설명해 줬다.

"그게 왜 걸려 있는데?" 안카가 물었다.

"저기로 가면 안 된다는 뜻이야." 파시카가 말했다.

"그러면 길은 왜 있는 거지?"

파시카가 어깨를 으쓱했다.

“이 길은 아주 오래된 건데.” 파시카가 말했다.

“이방성*길이야.” 안톤이 설명했다. 안카는 그를 등지고 서 있었다. “한 방향으로만 가야 하는 길이지.”

“참 현명한 선조들인걸.” 파시카가 깊은 생각에 잠겨 말했다. “그러니까 200킬로미터를 달리고 또 달려왔는데 갑자기 짜잔! 하고 〈일방통행〉이 나오는 거 아냐. 더 가면 안 된다는데 물어볼 사람도 없고.”

“저 표지판 뒤에는 뭐가 있을까!” 안카가 말했다. 그녀는 주위를 둘러봤다. 주위로 수 킬로미터가 인적 없는 숲이었고 저 표지판 뒤에 뭐가 있는지 물어볼 사람은 없었다. “저게 〈일방통행〉 표지판이 아닐 수도 있잖아?” 그녀가 말했다. “칠이 다 벗겨졌는걸……”

이때 안톤이 석궁을 세심히 조준하고 쐈다. 화살이 철사를 끊어 표지판이 안카의 발치에 떨어졌다면 멋졌을 텐데. 하지만 화살은 녹슨 양철 표지판의 윗부분에 맞았고 마른 물감 파편만 떨어졌다.

“멍청이.” 안카가 돌아보지 않고 말했다.

빌헬름 텔 놀이 이후 안카가 안톤에게 처음으로 한 말이었다. 안톤이 쌜쭉 웃었다.

“〈And enterprises of great pitch and moment,〉” 그가 암송했다. “〈with this regard their currents turn awry and lose the name of action.〉”**

듬직한 파시카가 외쳤다.

"얘들아, 여기로 차가 지나갔나 봐! 폭풍이 지나간 후에! 풀들이 짓눌려 있어! 그리고 이건……"

파시카가 운이 좋군, 안톤이 생각했다. 안톤은 길에 남은 흔적을 살펴보기 시작했다. 그도 짓눌린 풀과 움푹 팬 곳 앞에 차가 급정거하며 남긴 검은 줄무늬 타이어 자국을 봤다.

"아하!" 파시카가 말했다. "표지판 너머에서 온 거야!"

누가 봐도 분명했지만, 안톤이 반박했다.

"절대 그렇지 않아. 그 차는 여기서 갔어."

파시카가 놀란 눈을 들어 그를 바라봤다.

"눈멀었어?"

"그 차는 여기서 갔어." 안톤이 꿋꿋이 반복했다. "흔적을 따라가 보자."

"쓸데없는 짓이야!" 파시카가 흥분했다. "첫째로, 상식적인 운전자라면 〈일방통행〉 아래로 지나가지 않아. 둘째로, 봐 봐. 여기 팬 곳이 있어. 이건 멈춰 선 흔적이고…… 그런데 그 차가 어디서 왔다고?"

"상식적인 운전자 좋아하네! 나는 상식이 없으니까 표

• 물체의 물리적 성질이 방향에 따라 다르게 나타나는 성질을 말한다.
•• 윌리엄 셰익스피어 『햄릿』 3막 1장 87~89행.

지판 너머로 갈 거야."

파시카가 창백해졌다.

"마음대로 해!" 그가 약간 말을 더듬었다. "이 바보. 더위에 완전히 정신이 나갔구나!"

안톤은 돌아서더니 그대로 자기 앞을 응시하며 표지판 밑을 지나갔다. 그가 바라는 것은 단 하나였다. 앞에 폭파된 다리 같은 것이 있고 그쪽으로 굳이 가야 했던 것이기를. 상식 같은 소리 하네!, 그가 생각했다. 마음대로 가라지…… 파셴카랑. 그는 파벨•이 안카에게 아네치카라고 했다가 안카가 그의 말을 자른 걸 떠올렸고 마음이 약간 풀렸다. 그가 뒤를 돌아봤다.

제일 먼저 눈에 들어온 건 파시카였다. 본 메뚜기, 굴복한 자는 정체불명의 차가 남긴 흔적을 따라 걷고 있었다. 길 위에 걸린 녹슨 양철 표지판이 조금씩 흔들렸고 작은 구멍 사이로 푸른 하늘이 아른거렸다. 길가에는 안카가 앉아 있었다. 맨무릎에 팔꿈치를 얹고 꼭 쥔 주먹에 턱을 괴고서.

……이들은 노을이 질 때에야 돌아갔다. 소년들이 노를 저었고 안카가 키를 잡았다. 검은 숲 위로 붉은 달이 떠올랐고 개구리들이 성난 듯 울어 댔다.

"전부 다 잘 생각해 냈네." 안카가 우울하게 말했다.

"휴, 정말 너희는……!"

소년들은 말이 없었다. 잠시 후 파시카가 들릴 듯 말 듯한 목소리로 물었다.

"토시카, 표지판 뒤에는 뭐가 있었어?"

"폭파된 다리." 안톤이 대답했다. "기관총에 쇠사슬로 묶인 파시스트의 해골." 그는 잠시 생각하더니 덧붙였다. "기관총은 완전히 땅에 박혀 있었어……"

"음, 그래." 파시카가 말했다. "그럴 수 있지. 나는 거기서 어떤 사람이 차 고치는 걸 도와준 적이 있어."

• 파시카, 파셴카, 「에필로그」의 파샤는 모두 파벨의 애칭이다.

제1장

루마타가 일곱 번째이자 그 길의 마지막 무덤인 성 미카의 무덤을 지날 무렵 주위는 이미 컴컴했다. 돈 타메오에게서 노름빚 대신 받아 온, 명마로 이름난 하마하르 종마는 알고 보니 완전히 퇴물이었다. 말은 땀을 뻘뻘 흘리며 다리를 엇부딪치고 휘청대는 종종걸음으로 요상하게 움직였다. 루마타가 무릎으로 말의 옆구리를 눌러도 보고 장갑으로 귀 사이를 때려도 봤지만, 말은 음울하게 머리를 흔들 뿐 속도를 내지 않았다. 어스름한 길옆으로 연기가 얼어붙은 덩어리 같은 덤불들이 펼쳐졌다. 모기들이 성가시게 웅웅댔다. 흐릿한 하늘엔 드문드문 울적한 별들이 흔들렸다. 습하고 먼지 많은 낮과 쌀쌀한 밤이 이어지는, 바다를 맞대고 있는 이 나라의 가을이면 으레 그렇듯 따뜻하면서도 차가운 바람이 간간이 그리 세지 않게 불어왔다.

루마타는 망토를 더 꽉 여미고는 말고삐를 놓았다. 서둘러 봤자였다. 12시까지 한 시간 남았고 딸꾹질숲은 이미 삐죽삐죽 고르지 않은 검은 지평선을 그리고 있었다. 주위로 개간된 평원이 이어졌다. 별빛 아래에는 죽음의 기운이 감돌았고 녹 냄새가 나는 늪이 반짝였으며 무덤들, 그리고 침략의 시대에 세워진 썩은 울타리들이 어둠에 잠겨 있었다. 멀리 왼쪽 편에서 돌연 우울한 불빛이 일더니 불길이 타올랐다. 획일적인 수많은 마을들 중 하나가 불타고 있는 게 분명했다. 팔월 칙령에 따라 얼마 전 죽은자들의땅, 교수대, 약탈자소굴에서 소망마을, 축복받은마을, 천사마을로 이름을 바꾼 마을들 중 하나일 것이다. 모기 떼 이불을 덮고 있는 이 나라는 협곡들에 의해 갈라지고 군데군데 늪에 잠기고 열병과 흑사병 그리고 냄새나는 콧물로 범벅된 채 해협 연안부터 딸꾹질숲의 사이바까지, 수백 마일에 걸쳐 있었다.

길모퉁이의 덤불 사이로 어두운 형체가 눈에 띄었다. 말이 고개를 쳐들며 급히 멈췄다. 루마타는 고삐를 쥐고는 반사적으로 오른팔의 레이스 소매를 걷고 손을 칼자루에 가져다 대면서 앞을 주시했다. 길에 서 있는 사람이 모자를 벗었다.

"안녕하십니까, 나리. 무례를 용서해 주십시오." 그가 조용히 말했다.

"무슨 일인가?" 루마타가 주위 소리에 귀를 기울이며 물었다.

소리를 내지 않는 복병은 없다. 도적들은 활시위를 끼익대고 회색 돌격대는 싸구려 맥주 때문에 트림을 주체하지 못한다. 남작의 호위대는 거칠게 숨을 몰아쉬고 쇠붙이를 끌어 요란한 소리를 낸다. 그리고 수도사들, 즉 노예 사냥꾼들은 몸을 벅벅 긁어 댄다. 그러나 덤불 속에서는 아무런 소리도 나지 않았다. 도적단의 길잡이는 아닌 듯했다. 사실 길잡이처럼 생기지도 않았다. 그저 초라한 망토를 걸친, 작고 통통한 도시인이었다.

"옆에서 걸어도 될까요?" 그가 몸을 굽히며 말했다.

"그렇게 하게." 루마타가 말고삐를 흔들며 말했다. "등자를 잡아도 좋네."

도시인이 옆에서 걷기 시작했다. 그는 모자를 손에 꼭 쥐고 있었고 벗어진 정수리가 빛났다. 외판원인가, 루마타가 생각했다. 남작들과 가축 상인들에게 들르고 아마나 삼베를 사들이지. 용감한 외판원인가. 하지만…… 외판원이 아닐지도 모른다. 애서가, 도망자, 신분 없는 자일지도 모른다. 요즘 밤길에는 외판원보다 이런 자들이 더 많으니…… 어쩌면 첩자일 수도 있고.

"그대는 누구고, 어디서 왔는가?" 루마타가 물었다.

"저는 키운이라고 합니다." 도시인이 우울하게 말했다.

"아르카나르에서 오는 길입니다."

"아르카나르에서 도망치려는 거군." 루마타가 그에게 몸을 굽히며 말했다.

"도망 중이지요." 도시인이 우울한 목소리로 대답했다.

괴짜로군, 루마타가 생각했다. 아니면 정말 첩자인가? 시험해 봐야 한다…… 하지만 왜 그래야 하지? 누구에게 필요한 일인가? 내가 뭔데 이자를 시험한단 말인가? 나는 이 자를 시험하고 싶지 않다! 그냥 믿어 주면 안 될 게 뭔가? 여기 한 도시인이, 애서가임에 틀림없는 자가 목숨을 구하기 위해 도망 중이다…… 이자는 외롭다. 두렵다. 연약하며 보호막을 찾고 있다…… 그러던 그의 앞에 귀족이 등장한 것이다. 귀족들은 멍청하고 거만하여 정치 상황이 어떻게 돌아가는지 잘 모르지만, 기다란 검을 지니고 다니며 회색 돌격대를 싫어한다. 그러니 도시인 키운이 멍청하고 거만한 귀족에게 대가 없는 보호를 청하지 못할 이유가 뭔가? 됐다. 나는 이자를 시험하지 않겠다. 내가 이자를 시험할 이유는 없다. 대화를 나누고 시간을 보낸 다음 친구로서 헤어질 것이다……

"키운이라……" 그가 말했다. "키운이라는 사람을 알고 지냈었네. 양철거리의 약장사이자 연금술사였는데. 혹시 그대는 그의 친척이 아닌가?"

"음, 그렇습니다." 키운이 말했다. "사실 먼 친척이지만, 그들한테는 그게 그거지요…… 12대손까지 말입니다."

"그대는 어디로 도망 중인가, 키운?"

"어디든…… 먼 곳으로 갈 겁니다. 이루칸 공국으로들 많이 갑니다. 저도 이루칸으로 가 볼까 합니다."

"이런 이런. 그리고 그대는 귀족 나리가 그대를 데리고 경비대를 통과해 줄 거라 생각한 거고?"

키운은 아무 말도 하지 않았다.

"혹은, 이 귀족 나리가 양철거리의 연금술사 키운이 누군지 모르리라 생각했나?"

키운은 아무 말도 없었다. '내가 이상한 말을 하고 있군.' 루마타가 생각했다. 그는 등자를 딛고 일어서더니 왕의광장에서 포고문을 선포하는 장면을 흉내 내며 외쳤다.

"신과 왕권과 안녕에 반하는, 끔찍하고 용서할 수 없는 죄를 저지른바, 사죄하고 참회하여라!"

키운은 말이 없었다.

"이 귀족 나리가 돈 레바를 숭상하는 사람이면 어쩌려고 했나? 회색 언어와 회색 위업에 온 마음을 바친 자면 어쩌려고? 아니면 그런 일은 있을 수 없다고 생각하나?"

키운은 말이 없었다. 길 오른편 어둑한 곳으로부터 교수대의 굴절된 그림자가 드리웠다. 교수대 아래로 창백한 알몸이 거꾸로 매달려 있었다. 이런, 여전히 반응이 없군, 루마타가 생각했다. 그는 고삐를 당긴 다음 키운의 어깨를 움켜잡고 그의 몸을 돌려 얼굴을 마주했다.

"아니면 이 귀족 나리가 지금 당장 그대를 저 떠돌이 옆에 매단다면?" 창백한 얼굴의 어둡고 깊은 눈을 응시하며 루마타가 말했다. "직접. 당장. 지체 없이. 아르카나르산 튼튼한 밧줄로 말일세. 이상이라는 미명하에. 왜 아무 말이 없나, 식자 키운?"

키운은 말이 없었다. 그의 이가 부딪치며 소리를 냈고 짓눌린 도마뱀처럼 루마타의 손아귀를 빠져나가려 부질없이 몸을 비틀었다. 갑자기 길가의 도랑으로 뭔가가 철썩 소리를 내며 떨어졌고 바로 그때, 마치 그 소리를 덮으려는 듯 키운이 처절하게 소리쳤다.

"매달아라, 매달아. 이 배신자!"

루마타는 숨을 들이마시고는 키운을 놓아줬다.

"농담이네." 그가 말했다. "무서워하지 말게."

"거짓말, 거짓말……" 키운이 흐느끼며 중얼거렸다. "온통 거짓말뿐입니다!"

"이런, 화내지 말게." 루마타가 말했다. "그대가 저기 던진 걸 건져 오지 그러나. 좀 젖기야 하겠지만……"

키운은 몸을 들썩이며 흐느꼈다. 그는 손바닥으로 공연히 망토를 치더니 도랑으로 내려갔다. 힘이 빠진 루마타는 안장 위에 구부정하게 앉아 기다렸다. 그러니까, 이렇게 해야 한다, 그가 생각했다. 그러니까, 어쩔 수 없는 일이다…… 키운은 가슴에 책을 말아 숨기고 도랑에서 나왔다.

"당연히 책들이겠지." 루마타가 말했다.

키운은 고개를 저었다.

"아닙니다." 그가 갈라지는 목소리로 말했다. "단 한 권입니다. 제가 쓴 책이고요."

"그대는 뭘 쓰는가?"

"나리, 나리께는 재미가 없을 것 같아 두렵습니다."

루마타가 한숨을 쉬었다.

"등자를 잡게." 그가 말했다. "가지."

그들은 오랫동안 말없이 갔다.

"이보게, 키운." 루마타가 입을 뗐다. "아까는 농담이었네. 나를 두려워 말게."

"훌륭한 세상입니다." 키운이 말했다. "즐거운 세상이고요. 모두들 농담을 합니다. 다들 똑같은 농담을 하지요. 루마타 나리마저도요."

루마타는 놀랐다.

"그대가 내 이름을 아나?"

"알지요." 키운이 말했다. "머리에 쓰신 서클릿을 보고 알아봤습니다. 길에서 나리를 보고는 아주 반가웠습니다……"

'그렇다면 무슨 뜻으로 나를 배신자라고 했는지 알겠군.' 루마타가 생각했다. 그는 이렇게 말했다.

“나는 그대를 첩자라 생각했네. 첩자들은 언제나 죽이거든.”

“첩자라……” 키운이 되뇌었다. “그렇지요. 지금 시대에는 첩자로 사는 게 엄청 쉽고 또 배부른 일 아닙니까. 우리의 독수리, 자비로운 돈 레바가 왕의 신민이 무슨 말을 하고 무슨 생각을 하는지 알고 싶어 안달이니 말입니다. 저도 첩자나 될 걸 그랬습니다. 술집 〈회색 기쁨〉에 가면 볼 수 있는 흔한 정보원 말입니다. 얼마나 훌륭하고 영광스러운 일인지 아십니까! 저녁 6시에 술집에 들어가 지정석에 앉습니다. 주인장은 첫 잔을 들고 서둘러 옵니다. 정보원은 따라 주는 대로 마실 수 있고 맥줏값은 돈 레바가 지불합니다. 정확히는, 아무도 지불하지 않겠지만요. 그는 앉아서 맥주를 마시며 대화를 듣습니다. 때때로 대화를 받아 쓰는 시늉을 하면 겁에 질린 사람들이 다가와 친한 척을 하거나 돈을 내밀지요. 그들의 눈에서 그는 보고 싶은 것만을 봅니다. 개 같은 충성심, 정중한 공포, 황홀하고 무력한 증오. 여자들을 건드리거나 건장한 남자들의 눈앞에서 그들의 아내를 건드려도 됩니다. 그들은 그저 비굴하게 웃겠지요…… 나리, 꽤 통찰력 있는 정리 아닙니까? 열다섯 살짜리 애국학교 학생이 해 준 얘기입니다.”

“그래서 그대는 뭐라고 했나?” 루마타가 궁금해하며 물었다.

"무슨 말을 할 수 있었겠습니까? 그 아이는 제 말을 이해하지 못했을 텐데요. 저는 바퀴 와가의 사람들은 정보원을 잡아다가 배를 가르고 그 안에 고추를 채워 넣는다고 말했습니다…… 술 취한 병사들은 밀고자를 자루에 넣어 변소에 던진다고 했고요. 그게 진실이거늘, 그 아이는 제 말을 믿지 않더군요. 학교에서 배우지 않은 내용이라면서요. 그때 저는 종이를 꺼내 그 아이와 나눈 대화를 적기 시작했습니다. 책을 쓰는 데 필요했거든요. 그랬더니 그 아이는, 그 가련한 아이는 제가 고발서를 쓰는 줄 알고 겁에 질려 오줌을 지리고 말았습니다……"

앞쪽 덤불 사이로 객줏집 해골 바코에서 흘러나오는 불빛이 어른댔다. 키운은 하던 말을 멈추고 휘청했다.

"왜 그러는가?" 루마타가 물었다.

"저기 회색 순찰대가 있습니다." 키운이 중얼거렸다.

"그게 어쨌다는 거지?" 루마타가 말했다. "이런 통찰은 어떤가, 명예로운 키운. 우리는 사실 저 단순하고 거친 자들을, 우리의 회색 군대 무리를 좋아하고 또 귀하게 여긴다는 거야. 그들은 우리한테 필요하거든. 앞으로 평민들은 혀가 교수대에 걸리지 않으려면 입조심을 해야 할 걸세!" 그는 방금 자신이 한 말이 회색 막사에서 울려 퍼지는 말들과 일치한다는 걸 깨닫고는 크게 웃음을 터뜨렸다.

키운은 몸을 움츠려 머리를 어깨에 묻었다.

"평민의 혀는 자기 주제를 알아야 한다는 걸세. 신은 평민들에게 말을 하라고 혀를 준 게 아니라 주인의 장화를 핥으라고 준 거거든. 예로부터 평민은 어떤 주인을 만나든……"

객줏집 앞 말뚝에 묶인 회색 순찰대의 말들이 발을 굴렀다. 열린 창문에서 흥분해 갈라지는 목소리로 욕설이 들려왔다. 주사위 노름을 하는 소리도 들렸다. 문 앞에는 해골바코 본인이 해진 가죽 재킷의 소매를 걷어 올리고서 흉한 배로 길을 막고 서 있었다. 그의 털북숭이 손에는 사냥용 칼이 들려 있었다. 보아하니 수프에 넣을 개고기를 이제 막 썰고 땀을 흘리면서 밖으로 나와 숨을 고르는 중인 모양이었다. 계단에는 회색 돌격대원이 무릎 사이에 군용 도끼를 세워 놓고 탄식하며 앉아 있었다. 그의 무게가 실린 도끼 자루가 기울었다. 숙취로 괴로워 보였다. 그는 말을 탄 사람을 보더니 침을 뱉고 갈라지는 쇳소리로 고함쳤다.

"멈춰라! 거기 너…… 너, 귀족 나리!!"

루마타는 턱을 치켜든 채 눈길도 주지 않고 지나갔다.

"……그런데 평민의 혀가 엉뚱한 장화를 핥으면……" 그가 큰 소리로 말을 이어 갔다. "그러면 그 혀는 통째로 뽑히게 되는 걸세. 거 왜 〈너의 혀는 나의 적〉이라는 말도 있지 않나……"

키운은 말 엉덩이 뒤에 숨어 성큼성큼 걸었다. 루마타

는 곁눈질로 그의 벗어진 머리가 땀으로 빛나는 걸 봤다.

“멈추라고 했다!” 돌격대원이 고함쳤다.

그가 도끼를 질질 끌며 계단을 내려오는 소리가 들렸다. 신, 악마, 고상한 개새끼 같은 것을 동시에 연상시키는 소리였다.

다섯 명이군, 루마타가 커프스를 올리며 생각했다. 술 취한 도륙자 놈들. 시시하다.

그들은 객줏집을 지나쳐 숲 방향으로 꺾었다.

“저는 더 빨리 걸을 수 있습니다.” 키운이 부자연스럽게 완고한 목소리로 말했다.

“말도 안 되는 소리!” 루마타가 말의 고삐를 당기며 말했다. “이렇게 오랜 길을 가면서 한 번도 안 싸우면 섭섭하지. 키운, 그대는 설마 싸우고 싶었던 적이 없는 건 아니겠지? 계속 말만 하고 말만 해 봐야……”

“없습니다.” 키운이 말했다. “단 한 번도 싸우고 싶다고 생각한 적 없습니다.”

“그 또한 불행이로군.” 루마타가 말을 돌리고 천천히 장갑을 끼면서 중얼거렸다.

모퉁이에서 말을 탄 사람 둘이 튀어나오더니 그를 보자마자 멈춰 섰다.

“이봐, 귀족 나리!” 한 사람이 소리쳤다. “통행증을 보여라!”

"웃기는군!" 루마타가 카랑카랑한 목소리로 말했다. "네놈들은 읽을 줄도 모르면서 통행증은 왜 찾느냐?"

그는 무릎으로 종마를 쳐서 빠른 걸음으로 돌격대를 향하도록 했다. 겁먹을걸, 그가 생각했다. 주춤하겠지…… 뺨이라도 몇 대 갈겨 줄까! 아니다…… 그런다고 될 일이 아니다. 하루 동안 쌓인 증오를 풀어 버리고 싶은데, 그래 봤자일 것 같다. 인도적으로 모두를 용서하고 신들처럼 초연히 있어야 한다. 그들이 서로 난도질하고 모욕하더라도 우리는 신처럼 초연할 것이다. 신은 서두르지 않는다. 신들 앞에는 영원이 있으므로……

루마타가 바짝 다가갔다. 돌격대원들은 머뭇거리면서 도끼를 들고 뒷걸음쳤다.

"뭐 하는 거냐?" 루마타가 말했다.

"그러니까, 그런 겁니까?" 첫 번째 돌격대원이 넋이 나가 말했다. "그러니까, 돈 루마타십니까?"

두 번째 돌격대원은 즉시 말 머리를 돌려 잽싸게 달아났다. 첫 번째 돌격대원은 도끼를 내리고 뒷걸음쳤다.

"용서해 주십시오, 돈." 그가 황급히 말했다. "착각했습니다. 작은 착오가 있었어요. 나랏일이라는 게 언제나 작은 실수가 있지 않습니까. 대원들이 살짝 술을 마신 데다 의욕이 넘쳐서……" 그는 옆으로 움직였다. "아시지 않습니까, 어려운 시기고…… 도망치는 식자들을 잡고 있습니다. 많이 불쾌하시지 않았으면 좋겠습니다, 돈……"

루마타는 그에게서 등을 돌렸다.

"돈, 살펴 가십시오!" 한시름 놓은 돌격대원이 등에 대고 말했다. 돌격대원이 사라지자 루마타가 크지 않은 목소리로 불렀다.

"키운!"

아무런 대답이 없었다.

"이보게, 키운!"

이번에도 아무런 대답이 없었다. 루마타는 귀를 기울여 윙윙 울리는 모기 소리 속에서 바스락거리는 덤불 소리를 감지해 냈다. 키운은 급히 서쪽으로, 20마일 가면 이루칸 공국의 국경이 나오는 들판을 가로지르고 있었다. 이렇게 끝나다니, 루마타가 생각했다. 대화가 이렇게 끝났다. 언제나 똑같다. 상대를 시험하고 양의적인 비유를 조심스레 주고받고…… 일주일 내내 쓰레기 같은 놈들과 거짓 대화를 하는 데 영혼을 바치면서 정작 진짜 인간을 만나면 대화할 시간이 없다. 숨겨 주고 목숨을 구해서 안전한 장소로 보내야 하고, 그는 자신이 대화를 나눈 상대가 친구였는지 변덕스러운 괴짜였는지 모르는 채 떠난다. 그런데 나도 그가 어떤 사람인지 모르지 않나. 그가 뭘 원하는지, 뭘 할 수 있는지, 뭘 위해 사는지……

루마타는 이르카나르의 저녁을 떠올렸다. 중심가를 따

라 튼튼한 돌집들이 늘어서 있고 술집의 입구 위에는 환영하는 듯한 불빛이 달려 있으며 만족스럽고 배부른 상인들이 깨끗한 탁자에 앉아 맥주를 마시면서 대화를 나눈다. 세상일이 아주 잘못 돌아가지는 않는다고, 빵값은 떨어지고 갑옷 가격은 오르고 있다고, 음모가 제때 드러나고 마법사들과 수상한 애서가들이 말뚝에 박히고 있다고, 왕은 언제나처럼 위대하고 광채가 난다고, 그리고 돈 레바는 가없이 현명하고 항상 신중하다고. "맙소사, 이야기를 지어낸다니까! 세상이 둥글다고 말이야! 내 세상은 네모니까 혼란스럽게 좀 하지 말았으면……!" "읽고 쓰기, 읽고 쓰기에서 모든 문제가 발생한다네, 형제들! 글쎄 행복은 돈에 있는 게 아니고 농민도 사람이라는 거야. 갈수록 더하다니까. 혐오스러운 시들이야. 폭동도 불러일으킬……" "그놈들을 다 말뚝에 박아야지, 형제들……! 나였으면? 직접 물어봤을걸. 글을 읽을 수 있다고? 네놈을 말뚝에 박겠다! 시를 쓴다고? 말뚝에 박아 주지! 도표를 읽을 줄 안다고? 너무 많은 걸 아니까 말뚝행이다!" "비나, 예쁜이! 술 석 잔이랑 삶은 토끼고기 좀 가져와!" 회색 셔츠를 입고 오른쪽 어깨에는 무거운 도끼를 멘, 땅딸막하고 얼굴은 새빨간 사내들이 단단한 장화로 자갈길을 철컥 철컥 철컥 울리며 걷는다. "형제들이여! 저기 그들이다, 수호자들이다! 그들이 그걸 용인할까? 그럴 리가! 그런데 내 아들은 어디 있지, 내 아들은…… 오른쪽 열에 있구나! 내가 어제 저 애를 또 때렸다네! 그래, 형제들이여. 우리 형제들에게는 암울한 시기가 아니네! 왕권은 굳건하고 복되며 절대적인 안정과 정의가 있어. 회색 중대, 만세! 돈 레바, 만세! 우리의 국왕 전하께 영광을! 아, 형제들이여. 인생이 정말 기적같이 풀렸다니까……!"

그 시각 화재로 인한 빛과 불꽃에 물든 아르카나르 왕국의 들판과 길, 오솔길을 따라 지치고 겁먹고 절망에 살해당했음에도 단 하나의 믿음을 강철과도 같이 굳게 지키는 자들이 땀범벅에 먼지를 뒤집어쓴 채 모기에게 물어뜯기고 피가 날 때까지 맞은 다리로 검문을 피해서 도망치고 걷고 방황하고 있었다. 병으로 죽어 가고 무지에 찌든 민중을 고치고 교육할 능력이 있고, 또 교육하려 한다는 이유로 법의 테두리 밖으로 밀려난 수백 명의 불행한 자들, 아름다움을 모르는 민중의 삶을 풍요롭게 해 주고자 신처럼 진흙과 돌로 두 번째 자연을 창조한다는 이유로, 오랫동안 악의 힘에 겁먹은 약한 민중을 위해 자연의 비밀을 탐구하고 밝혀내려 한다는 이유로 법의 테두리 밖으로 밀려난 자들……의지할 데 없고 선량하며 교활하지 못한, 자신이 살아가는 세상보다 한참 앞선 자들이었다……

루마타는 장갑을 벗어 말의 정수리를 때렸다.

"느려 터져 갖고는!" 그는 러시아어로 말했다.

그가 숲으로 들어설 때는 이미 자정이었다.

이제는 딸꾹질숲이라는 이 이상한 이름이 어떻게 해서 생겨난 건지 정확히 말해 줄 사람이 없다. 공식적인 얘기로는 300년 전, 훗날 아르카나르의 첫 번째 왕이 되는 제국의 토츠 장군이 이끄는 강철 중대가 퇴각하는 구릿빛 피부의 야만인 무리를 뒤쫓으며 사이바를 지나갔다고 한다. 그때 중대가 이곳에서 야영을 하면서 흰 나무 뿌리로 맥주를 끓였는데 그 맥주가 참을 수 없는 딸꾹질을 유발했다는 것이다. 전해지는 이야기에 따르면, 어느 날 아침 야영지를 지나던 토츠 장군이 귀티 나는 코를 찡그리며 이렇게 말했다. "솔직히 이건 참을 수가 없군! 숲 전체가 딸꾹질을 하며 맥주 냄새를 풍기다니!" 여기서 그 기묘한 이름이 유래했을 것이다.

아무튼 평범한 숲은 아니었다. 이 숲에는 줄기가 하얗고 단단한 나무들이 자라고 있었다. 제국 내에서는 이곳에만 남아 있는 나무들이었다. 이 수종은 이루칸 공국이나 숲이란 숲은 진작 모두 베어 선박으로 만들어 버린 소안 상인 공화국에도 없었다. 북쪽 붉은 산등성이 너머에 있는 야만인들의 나라에는 이런 숲이 많다고들 하지만, 야만인들의 나라에 대해서는 온갖 이야기들이 있으니……

그리고 이 숲을 가로지르는, 두 세기 전에 만들어진 길이 있다. 이 길은 은광들로 이어졌고 토츠 장군과 함께 싸운 전우의 후손인 팜파 남작 가문 소유였다. 팜파 남작 가문은 아르카나르왕에게 매년 순은 12푸드•만 바치면 이 영주권을 유지할 수 있었다. 그래서 아르카나르의 왕들은 다들 왕위에 오르면 군대를 소집해 팜파 남작 가문이 둥지를 틀고 있는 바우성을 치러 갔다. 그러나 성벽은 굳건했고 남작들은 용감했으며 원정을 나갈 때마다 은 30푸드가 들었다. 군대가 박살 나 돌아오면 아르카나르의 왕들은 다시, 또다시 팜파 남작 가문의 영주권과 그들이 누리는 특권들을 인정해 줬다. 왕의 식탁에서 코를 후빌 수 있다거나 아르카나르 서쪽 국경 너머에서 사냥을 할 수 있다거나 왕자들을 작위나 호칭 없이 이름으로만 부를 수 있다는 특권이었다.

딸꾹질숲은 가늠할 수 없는 비밀로 가득했다. 낮에는 숲길을 따라 남쪽으로 광물을 가득 실은 짐마차들이 지나갔지만, 밤에는 별빛 아래 이 길을 걸으려는 용감한 이들이 거의 없는 관계로 텅 비었다. 밤마다 아버지-나무에서 그 누구도 본 적 없고 평범한 새가 아니기에 봐서는 안 되는 새 시우가 날카롭게 지저귄다는 이야기가 전해졌다. 커다란 털북숭이 거미들이 나뭇가지에 있다가 말들의 목으로 뛰어내려 순식간에 힘줄을 물고 피를 빨아 마신다는 이야기가 전해졌다. 몸통은 비늘로 뒤덮였고 열두 개의 꼬리에서는 독성이 있는 땀이 흐르고 12년에 한 번 번식하는 고대

• 러시아에서 쓰는 무게의 단위. 1푸드는 약 16.38킬로그램이다.

의 동물 페흐가 출몰한다는 이야기가 전해졌다. 어떤 이는 대낮에 성 미카의 저주를 받은 털 없는 멧돼지 이가, 철제 무기로는 상처 하나 못 입히지만, 뼈로 만든 무기로는 가죽이 쉽게 뚫리는 그 사나운 동물이 애처롭게 낑낑대며 지나가는 걸 봤다고도 했다.

어쩌면 어깨뼈 사이에 새까만 인장 자국이 있는 탈주 노예—털북숭이 흡혈 거미만큼이나 과묵하고 무자비하다—와 맞닥뜨릴 수도 있다. 신비로운 버섯을 채취해다가 모습을 숨기거나 동물로 변신하거나 두 번째 그림자를 만드는 마법 물약을 제조한 곱사등이 마법사를 마주칠지도 모른다. 잔인한 바퀴 와가가 거느린 밤의 용사들이나 은광에서 도망쳐 나온, 손바닥은 검고 얼굴은 하얗고 창백한 자들도 숲길을 지나다닌다. 주술사들이 모여들어 밤을 지새우고, 간혹 나오는 공터에는 팜파 남작의 시끌벅적한 사냥꾼 무리가 훔친 소로 통구이를 하며 앉아 있기도 한다.

울창한 숲 안쪽, 길에서 1마일 떨어진 곳에는 늙고 말라붙은 거대한 나무 아래 새까매진 울타리로 둘러싸인 커다란 통나무 오두막이 비스듬히 뿌리를 내리고 있었다. 헤아릴 수 없을 정도로 오래전부터 이 자리에 있는 오두막으로, 문은 언제나 닫힌 채였고 기울어진 현관에는 통나무를 깎아 만든 신상들이 비스듬히 서 있었다. 이 오두막은 딸꾹질숲에서 가장 위험한 곳이었다. 고대의 동물 페흐가 12년

주기인 출산을 위해 바로 여기로 와서는 새끼를 낳자마자 지하로 들어가 숨을 거두는 바람에 지하 전체가 검은 독에 잠겨 있고 이 독이 새어 나가는 순간 모든 것이 종말을 맞을 것이라는 얘기도 전해졌다. 또 스산한 밤이면 신상들이 땅에서 저절로 솟아나 숲길까지 가 신호를 보낸다는 얘기도 있다. 인적 없는 창이 가끔 인간의 것이 아닌 듯한 빛으로 환해지고 소리가 흘러나오며 굴뚝에서 기둥 같은 연기가 하늘 끝까지 솟아오른다고도 한다.

그리 오래된 일은 아닌데, 용해되는축복(간단하게는 냄새곳간으로 불리는 곳) 부락의 술 못 하는 시골 바보 이르마쿠키시가 멍청하게 저녁 시간에 오두막 근처를 서성이다 창 안쪽을 들여다봤다. 그는 완전히 얼이 빠져 집으로 돌아왔다가 정신을 좀 차리고 나서 이야기를 시작했다. 오두막 안은 밝았고 평범한 탁자 뒤편으로 어떤 사람이 장의자에 다리를 올리고 앉아서는 한 손으로 잔을 들고 홀짝이고 있었어요. 그 사람의 얼굴은 거의 허리에 닿을 것 같았고 점으로 가득했어요. 신앙을 갖기 전에 많은 부인을 거느렸던 입이 험한 술꾼일 적의 성 미카임에 틀림없었죠. 두려움만 무릅쓰면 성 미카를 볼 수 있었어요. 창가에서는 달착지근하고 탁한 냄새가 흘러나왔고 주위의 나무들에 그늘이 드리웠습니다. 이 바보의 이야기를 들으려고 사방에서 사람들이 몰려왔다. 이 소동은 결국 돌격대원들이 와서 바보의 팔꿈치를 어깻죽지까지 들어 올려 붙잡은 후 아르카나르로 쫓아 보내고 끝났다. 그러나 사람들은 계속해서 오두막에 관한 이야기를 하고 이제는 이 오두막을 술취한굴이라고 부른다……

루마타는 커다란 양치식물들을 헤치고 서둘러 술취한굴 입구로 나아가 신상에 고삐를 맸다. 오두막에는 불이 켜져 있었고 문은 활짝 열린 채 한쪽 경첩이 떨어져 나가 덜렁거렸다. 탁자에 카바니 신부가 축 늘어져 앉아 있었다. 안에서 강한 술기운이 느껴졌다. 탁자 위에는 먹고 남은 뼈들과 삶은 무 조각들 사이로 커다란 도자기 잔이 우뚝 서 있었다.

"안녕하시오, 카바니 신부." 루마타가 문턱을 넘으며 말했다.

"어서 오시지요." 카바니가 군대용 뿔피리처럼 갈라지는 목소리로 대답했다.

루마타는 박차 소리를 내며 탁자로 가 앉았다. 그는 의자에 장갑을 놓고 다시 카바니 신부를 쳐다봤다. 카바니 신부는 손바닥에 턱을 괴고 미동도 없이 앉아 있었다. 반쯤 허옇게 센 눈썹이 무성하고 길게 자라 벼랑에 난 마른 풀처럼 볼 위로 드리워 있었다. 그가 모공이 큰 코의 콧구멍으로 숨을 내쉴 때마다 휘 소리와 함께 소화되지 않은 알코올 냄새가 밴 공기가 불어왔다.

"내가 그걸 만들어 냈소!" 카바니 신부가 온 힘을 다해 오른쪽 눈썹을 씰룩이더니 부은 눈을 루마타에게 돌리며 불쑥 말했다. "바로 내가! 뭣 하러 그랬을까……?" 그는 턱을 괴고 있던 오른팔을 빼더니 털이 무성한 손가락을 흔들었다. "그래도 나는 잘못이 없어……! 내가 그것을 만들어 냈소…… 그런데 나는 상관없지 않나, 그렇지 않소……?! 확실해. 아무 잘못 없어…… 그리고 사실은 우리가 만들어 내는 게 아니지. 그게 뭔지 대체 누가 알겠소……!"

루마타는 혁대를 풀고 검들을 찬 벨트를 머리 위로 벗었다.

"뭐, 그렇지요!" 루마타가 말했다.

"상자!" 카바니 신부가 이렇게 외치고는 볼을 이상하게 씰룩이며 한참 동안 말을 잇지 않았다.

루마타는 그에게서 눈을 떼지 않은 채 먼지로 뒤덮인 긴 장화를 장의자 안쪽으로 넣고 앉은 다음 검들을 옆에 내려놓았다.

"상자……" 카바니 신부가 가라앉은 목소리로 다시 입을 열었다. "우리는 우리가 만들어 냈다는 듯 말하오. 하지만 사실은 전부 옛날 옛적에 만들어진 거요. 옛날 옛적에 누군가 모든 걸 만들어 내고 그걸 전부 상자에 넣은 다음 뚜껑에 구멍을 뚫어 놓고 가 버린 거요…… 자러 간 거지…… 그다음에 일어난 일은? 이 카바니 신부가 다시 눈을 감고 구멍에 손을 집어넣은 거요." 카바니 신부가 자기 손을 쳐다봤다. "잡았다! 생각해 냈어! 바로 내가 이걸 생각해 낸 거야, 라고 말하는 거지……! 그 말을 믿지 않는 자가 바보요…… 또다시 손을 넣소. 하나! 이게 뭐지? 가시가 달린 철선이군. 뭐에 쓰지? 늑대로부터 농가의 가축을 지키는 데 쓰면 되겠다…… 훌륭해! 손을 넣어 다음 것을 꺼내오! 뭐지? 이건 고기 다짐기라 불리는 편리한 물건이요. 어디에 쓰지? 고기가 부드럽게 다져진다고…… 멋지군! 손을 집어넣고 셋! 이번엔 뭐지? 인화성 액체…… 이걸 어디에 쓰지? 습기 찬 장작에 불을 붙일 때 쓰면 되겠군…… 어떻소?!"

카바니 신부는 입을 다물고 마치 누군가 그의 목을 잡아 굽힌 것처럼 앞으로 고꾸라졌다. 루마타는 잔을 들고 잠시 보다가 안에 든 액체를 손등에 몇 방울 떨궜다. 보랏빛이 도는 액체에서 퓨젤유 냄새가 났다. 루마타는 레이스 손수건으로 손등을 꼼꼼히 닦았다. 손수건에 기름 얼룩이 졌다. 카바니 신부가 덥수룩한 머리를 탁자에 기댔다가 바로 고개를 들었다.

"모든 걸 상자에 넣어 둔 사람은, 그 사람은 뭐에 쓰려고 만든 건지 알 거요…… 늑대를 쫓기 위한 가시?! 내가 바보였소. 늑대를 막기 위해서라니…… 그 철선이 둘러친 건 광산, 광산들이오…… 나라의 범죄자들이 광산에서 도망치지 못하게 하려고. 하지만 나는 그런 데 쓰이는 걸 원하지 않소……! 내가 바로 나라의 범죄자니까! 그런데 나한테 물어봤던가? 물어봤소! 이게 가시라고? 가시입니다. 늑대를 막아 준다고? 늑대의 침입을 막습니다. 좋다. 훌륭하군! 이걸로 광산을 둘러치도록 하지…… 돈 레바가 직접 둘러쳤소. 그리고 내 고기 다짐기를 가져갔지. 잘했다! 머리가 좋구나! 그러더니 지금, 그러니까 그걸로 즐거운탑에서 부드러운 고기 다짐을 만들고 있소…… 아주 유용하다고 하더군……"

알고 있다, 루마타가 생각했다. 다 알고 있다. 당신이 돈 레바의 집무실에서 소리친 것도, 그의 다리 밑에 엎드려 "돌려주시오, 안 되오!"라고 한 것도. 그때는 이미 늦었지. 당신의 고기 다짐기는 돌기 시작했고……

카바니 신부가 술잔을 잡아 수염이 덥수룩한 입으로 가져갔다. 그는 잔에 담긴 독성 화합물을 마시고 멧돼지 이처럼 포효했다. 그러고는 탁자에 잔을 놓고 순무를 씹기 시작했다. 눈물이 그의 뺨을 타고 흘렀다.

"이건 인화성 액체요!" 마침내 그가 목멘 소리로 공표하듯 말했다. "이걸로 모닥불도 피우고 재미있는 묘기도 선보일 수 있소. 인화성이든 뭐든 무슨 상관이란 말이오. 내가 마실 수 있는데? 이걸 맥주에 섞으면 맥줏값이 안 들지! 안 줄 거요! 내가 다 마셔 버리겠소…… 계속 마시지. 낮에도 마시고 밤에도 마시고. 몸이 완전히 부었소. 계속 넘어지고.

얼마 전에는 말이요, 정말이지 돈 루마타, 거울을 봤는데 깜짝 놀랐다니까. 거울을 보는데, 신이시여! 카바니 신부가 어디로 간 겁니까? 내가 마치 바다에 사는 문어 같았소. 알록달록 얼룩진 문어. 여기는 빨갛고. 저기는 파랗고. 내가 요술 음료를 만들어 냈지 뭐요……"

카바니 신부는 탁자에 침을 뱉고 의자 아래에서 발을 비벼 대며 뒤축을 끌었다. 그러더니 돌연 질문을 던졌다.

"오늘이 무슨 날이오?"

"공정한 카타의 날 전야." 루마타가 말했다.

"그런데 왜 해가 없소?"

"밤이니까."

"또 밤이로군……" 카바니 신부가 구슬피 말하고는 먹다 남은 음식들 사이로 머리를 떨궜다.

루마타는 얼마간 휘파람을 불면서 그를 쳐다봤다. 조금 뒤 루마타는 일어나 창고로 갔다. 창고의 순무와 톱밥 더미 사이로 카바니가 만든 거대한 알코올 제조기의 유리관이 빛나고 있었다. 타고난 기술자, 직관적인 화학자이자 유리 장인인 카바니가 만든 장치였다. 루마타는 그 〈악마의 기계〉를 두 번 돌아보고는 어둠 속에서 손을 더듬어 막대기를 찾아 딱히 조준하지 않고서 몇 번 힘차게 휘둘렀다. 창고에서 쨍그랑 소리가 나더니 쉬잇쉬잇 하고 부글거리는 소리가 나기 시작했다. 쉬어 버린 밀주의 고약한 냄새가 코를 찔렀다.

루마타는 깨진 유리 조각을 굽으로 밟으면서 창고 구석으로 걸어가 전등을 켰다. 잡동사니 밑에 단단한 실리케이트 금고가 있었고 그 안에는 작은 크기의 휴대용 합성기 〈미다스〉가 있었다. 그는 잡동사니들을 걷고 디스크에 숫자 조합을 누른 다음 금고 뚜껑을 열었다. 새하얀 전기 불빛 아래인데도 합성기는 파헤쳐진 쓰레기들 틈에서 이질적으로 보였다. 루마타가 깔때기에 삽으로 톱밥을 몇 번 퍼 넣자 합성기의 계기 패널이 자동으로 켜지더니 작은 소리로 노래가 흘러나오기 시작했다. 루마타는 장화 코로 녹슨 양동이를 합성기 파이프 밑으로 밀었다. 그 즉시 딩딩딩! 하면서 아르카나르의 왕, 피츠 6세의 문장이 찍힌 금화들이 찌그러진 양동이 바닥으로 떨어졌다.

루마타는 카바니 신부를 삐걱대는 판자 침대로 옮겼다. 그는 카바니 신부의 신발을 벗기고 오른쪽으로 돌려 눕힌 다음 오래전에 멸종된 짐승의 털 빠진 가죽을 덮어 줬다. 그사이 카바니 신부가 잠깐 깼다. 그는 움직일 수도, 상황을 인식할 수도 없는 상태였다. 그는 금지된 통속 사랑가 〈나는 당신의 조그마한 손바닥에 있는 자그마한 꽃과 같아요〉를 몇 구절 부르고는 다시 드르렁거리며 잠들었다.

루마타는 탁자를 치우고 바닥을 쓸고 카바니 신부가

창가에서 행하는 화학 실험과 먼지 때문에 새까매진, 이 집의 유일한 유리창을 닦았다. 그는 칠이 벗겨진 난로 뒤에서 술병을 찾아 술을 쥐구멍에 따라 버렸다. 그러고 나서 하마하르 종마에게 물을 주고 안장 가방에서 귀리를 꺼내 먹인 다음 손을 씻었다. 그는 앉아서 석유등의 거뭇한 불빛을 보며 기다렸다. 그는 6년째 이 이상한 이중생활을 하고 있었고 점점 여기에 익숙해지는 것 같았다. 문득문득, 예를 들면 지금처럼, 조직적인 야만성이라든가 강요된 회색성 같은 건 실재하지 않으며 그를, 루마타를 주연으로 한 기이한 연극이 상연되고 있는 것이 아닌가 하는 생각이 들었다. 그가 대사를 특별히 잘 읊으면 박수 소리가 터져 나오고 객석의 시험역사연구소 평가위원들이 감격해 외치는 것이다. 〈바로 그거야, 안톤! 그거야! 훌륭해, 토시카!〉 그는 실제로 뒤를 돌아봤다. 하지만 꽉 찬 객석이 아니라 통나무가 다 드러나서 이끼가 끼고 그을음이 겹겹이 쌓여 새까매진 벽들뿐이었다.

마당에서 하마하르 종마가 작은 소리로 히힝대며 발을 굴렀다. 일정하게 웅웅대는 저음이 들려왔다. 사무칠 정도로 익숙한, 이곳에서 듣고 있다는 게 믿어지지 않는 소리였다. 루마타는 입을 살짝 벌리고 귀를 기울였다. 웅웅대는 소리가 멎고 촛불 끝이 일렁이다 한층 더 밝아졌다. 루마타가 몸을 일으키는 순간 밤의 어둠 속에서 돈 콘도르가, 소안 상인공화국의 대법관이자 국가 인장의 수호자, 열두무역상협회의 부회장, 제국의 자비로운손 기사단 소속 기사가 들어왔다.

루마타는 벌떡 일어서다가 의자를 넘어뜨릴 뻔했다. 그는 달려가 돈 콘도르를 포옹하고 양 볼에 키스하고 싶었으나 자신의 의지와는 무관하게 예법에 따라 장엄하게 박차를 울리며 한쪽 무릎을 꿇었고 오른손은 가슴부터 커다랗게 원을 그리면서 옆으로 뻗었으며 고개는 턱이 레이스 프릴에 파묻힐 듯 푹 숙였다. 돈 콘도르는 평범한 여행용 깃털 장식이 달린 벨벳 베레모를 벗어 빠르게, 마치 모기라도 쫓는 듯 루마타 쪽에 대고 흔들며 인사를 받았다. 그는 베레모를 탁자에 놓고 양손으로 목 부근의 망토 호크를 풀었다. 망토가 아주 천천히 그의 등 뒤로 떨어졌고, 그는 망토가 다 떨어지기도 전에 이미 장의자에 앉아 탁자 밑으로 다리를 넣고 왼손은 허리에 대고 오른손으로는 더러운 바닥 판자까지 칼끝이 닿는 도금한 검의 칼자루를 쥐었다. 체격은 작고 말랐으며 얼굴은 갸름하고 창백했고 큰 눈은 튀어나와 있었다. 그의 검은 머리에는 루마타처럼 미간 위로 커다란 초록 돌이 박힌 묵직한 금빛 서클릿이 씌워져 있었다.

"자네 혼자 있소, 돈 루마타?" 그가 날카롭게 물었다.

"그렇습니다." 루마타가 우울한 목소리로 답했다.

카바니 신부가 갑자기 크고 또렷하게 말했다. "자비로운 돈 레바! ……네놈은 하이에나야. 그뿐이다."

돈 콘도르는 그쪽을 돌아보지 않았다.

"나는 날아왔소." 그가 말했다.

"아무도 못 봤기를 바랍니다." 루마타가 말했다.

"그저 전설이 하나 더 추가되거나 아니거나의 문제 아니오." 돈 콘도르가 성가시다는 듯 대답했다. "난 말을 타고 다닐 시간이 없소. 부다흐에게는 무슨 일이 생긴 거요? 어디로 사라진 거지? 돈 루마타, 좀 앉으시오! 자넬 쳐다보느라 목이 아프오."

루마타가 고분고분 의자에 앉았다.

"부다흐의 행방이 묘연합니다. 저는 무거운검들의땅에서 그를 기다리고 있었습니다. 그런데 한 외눈박이 부랑자가 나타나더니 암호를 대고 책이 든 자루를 전해 주는 게 아니겠습니까. 저는 이틀 더 기다려 본 다음 돈 구그에게 연락했습니다. 돈 구그는 자기가 부다흐를 국경까지 데려다줬고 그 후로는 자신한테 카드 노름에서 참패해 몸과 마음을 바친, 믿을 만한 착한 귀족더러 부다흐를 수행하라 했다더군요. 그러니까, 부다흐는 이곳, 아르카나르에서 실종된 겁니다. 제가 아는 건 여기까지입니다." 돈 루마타가 말했다.

"아는 게 별로 없군." 돈 콘도르가 말했다.

"부다호가 중요한 게 아닙니다." 루마타가 반박했다. "부다호가 살아 있다면 찾아내 구출할 겁니다. 그건 제가 할 수 있는 일이고요. 제가 하고 싶었던 얘기는 그게 아닙니다. 아르카나르의 정세가 기초 이론에서 벗어나고 있다고 다시 한번 반드시 말씀드리고 싶……" 돈 콘도르의 얼굴에 언짢은 기색이 비쳤다. "아니, 들으셔야 합니다." 루마타가 단호히 말했다. "통신상으로는 이따금 대화가 안 된다는 느낌을 받으니까요. 아르카나르가 완전히 달라졌습니다! 체계적으로 영향을 미치는 어떤 새로운 요인이 등장했습니다. 돈 레바가 의도적으로 왕국의 모든 회색성을 선동해 학자들을 짓밟는 것 같습니다. 사람들은 평균적인 회색 병사의 수준보다 조금만 뛰어나도 위험에 처합니다. 돈 콘도르, 이건 그냥 느낌이 아니라 사실입니다! 똑똑하고 교육받은 자가 의혹을 갖거나 눈에 띄는 말을 하면, 그저 포도주를 마시지 않는다는 이유만으로 위험에 처합니다! 장사꾼이 그런 걸 트집 잡아 사람을 죽도록 때릴 수 있어요. 수백 명, 수천 명이 공식적으로 법의 보호를 받지 못하게 됐습니다. 돌격대원들이 법의 테두리 밖으로 밀려난 사람들을 잡아다가 길가에 매답니다. 그것도 다 벗겨서, 거꾸로…… 어제는 저희 집 길가에서 한 노인을 군홧발로 짓밟더군요. 그 노인이 글을 읽을 수 있다는 걸 알고서요. 땀을 질질 흘리는 그 짐승 같은 낯짝의 멍청한 것들이 두 시간 동안 노인을 발로 찼……" 루마타는 감정을 추스르고서 차분히 끝맺었다. "한마디로, 아르카나르에서 곧 글을 읽을 줄 아는 사람이 사라질 겁니다. 성기사단주州에서 바르칸 학살이 벌어진 후 그랬듯이 말입니다."

돈 콘도르는 입을 꾹 다물고 그를 빤히 응시했다.

"그런 생각을 하고 있다니 불쾌하군, 안톤." 그가 러시아어로 말했다.

"저도 여러 가지로 불쾌합니다, 알렉산드르 바실리예비치." 루마타가 말했다. "스스로 정한 원칙에 우리의 손과 발이 묶여 있는 게 불쾌합니다. 그걸 무혈관여 원칙이라고 부르는 것도 불쾌하고요. 제가 목도하는 상황에서 그건 학문을 핑계 삼은 나태입니다…… 뭐라고 반박하실지 잘 압니다! 이론은 저도 알고 있습니다. 하지만 이론 문제가 아닙니다. 이곳에서 전형적인 파시즘이 작동하고 있어요. 짐승들이 끊임없이 사람을 죽이고 있다고요! 이런 상황에서는 아무것도 의미가 없습니다. 지식은 부족하고 금은 공급이 늦어져서 가치를 잃고 있고요."

"안톤, 흥분하지 말게." 돈 콘도르가 말했다. "나는 아르카나르의 정세가 정말로 특수하다고 생각하네만, 내 확신하건대 자네는 건설적인 해결책은 단 하나도 내놓지 못할 걸세."

"맞습니다." 루마타가 수긍했다. "건설적인 해결책 같은 건 없어요. 하지만 가만히 있기가 너무 힘듭니다."

"안톤, 이 행성 전역에 우리 같은 이들이 250명이라네. 모두들 자신을 잘 제어하고 있고 그건 누구에게나 힘든 일이지. 경력이 제일 긴 이들은 여기서 산 지 벌써 22년이네. 그들은 여기 일개 관찰자로 왔을 뿐이야. 그들에겐 개입이 일절 금지됐었네. 생각해 보게. 모든 게 금지됐던 걸세. 그들이었으면 부다흐를 구할 수도 없었을 거야. 눈앞에서 부다흐를 짓밟고 있어도."

"애 어르듯 말씀하지 마시지요." 루마타가 말했다.

"자네가 애처럼 인내심이 없으니 말이네." 돈 콘도르가 선언하듯 말했다. "그런데 인내심이 아주 강해야 하지."

루마타가 쓴웃음을 지었다.

"우리가 기다리고, 분석하고 목표를 설정하는 동안 짐승 같은 놈들이 매일, 매 순간 사람을 죽일 겁니다."

"안톤, 천체에는 우리가 아직 닿지 못한, 자기 방식대로 역사가 흘러가고 있는 행성이 수천 개네." 돈 콘도르가 말했다.

"하지만 이 행성에는 우리가 도착하지 않았습니까!"

"그래, 여기엔 도착했지. 하지만 이쪽 인류를 돕기 위해서지 자네의 그 정의로운 분노를 해소하기 위해서가 아니야. 마음이 약해졌다면 떠나게. 집으로 돌아가게. 그런데 말일세, 자네는 사실 애가 아니니 여기서 뭘 보게 될지 알고 있었겠지."

루마타는 말이 없었다. 그새 기력이 쇠하고 늙어 버린 것 같은 돈 콘도르가 음울하게 고개를 흔들며 칼자루를 지팡이처럼 끌면서 천천히 탁자를 돌아갔다.

"다 이해하네." 그가 말했다. "나도 다 겪은 일이니. 예전엔 그랬네. 무력감과 자기기만이 가장 끔찍했지. 그랬던 시절이 있었어. 나보다 약했던 이들은 그걸 견디지 못하고 미쳐 버려 지구로 소환됐고 지금은 요양 중이네. 후배여, 난 가장 끔찍한 게 뭔지 깨닫는 데 15년 걸렸어. 인간의 모습을 잃는 게 끔찍한 걸세, 안톤. 영혼을 더럽히고 잔인해지는 것. 안톤. 우리는 여기에서 신이네. 이곳 종족이 자신의 형상과 형태를 본떠서 만들어 낸 신보다 더 현명해야만 하고. 그런데 우리는 구덩이의 가장자리를 걷고 있지 않나. 발을 잘못 디디면 진창에 빠져 그 흔적을 평생 씻어 내지 못할 거야. 이루칸 사람 고란은 『도래의 역사』에서 이렇게 썼지. 〈신이 하늘에서 내려오시매 피탄 늪에서 나온 종족에게 가시니, 그분의 발은 진창에 빠져 있었다.〉"

"고란은 그 문구 때문에 화형에 처해졌지요." 루마타가 우울하게 말했다.

"그래. 화형 당했지. 그리고 그건 우리에 관한 이야기였고. 나는 여기에 15년 있었네. 나는, 후배여, 이제 꿈에서도 지구를 보지 않네. 서류를 뒤지다가 한 여자 사진을 봤는데 누구였는지 한참을 생각해야 했어. 때로는 공포에 휩싸여 내가 연구소 직원이 아니라 그 연구소 박물관의 전시품, 봉건주의 상인공화국의 대법관이라는 전시품은 아닐까, 박물관에 내가 진열된 전시실이 있는 건 아닐까 생각한다네. 가장 두려운 게 뭔지 아나. 역할이 되어 버리는 걸세. 우리 안에서는 저열한 귀족과 공산주의자가 싸우고 있네. 그리고 주위의 모든 것이 그 저열한 놈 편이지. 공산주의자는 철저히 고립되어 있어. 지구는 천 년• 하고도 또 천 파섹 떨어져 있으니." 돈 콘도르는 무릎을 응시하며 잠시 입을 다물었다. "그러니까, 안톤." 그가 힘주어 말했다. "우리는 공산주의자로 남으세."

돈 콘도르는 이해하지 못하고 있다. 그가 어떻게 이해할 수 있겠는가? 그는 운이 좋았다. 그는 회색 테러가 뭔지, 돈 레바가 도대체 어떤 인물인지 모른다. 이 행성에서 일한 지난 15년간 그가 목격한 것은 어쨌든 기초 이론의 틀에 들어맞는다. 그리고 내가 파시즘과 회색 돌격대에 대해, 소시민성의 확장에 대해 이야기하면 그는 감정적인 표현으로 받아들인다. "용어 갖고 장난치지 말게, 안톤! 용어를 혼동하면 위험한 결과를 초래할 수 있어." 그는 중세에서 용인

• 돈 루마타(안톤)와 돈 콘도르(알렉산드르)가 살다 온 미래 지구는 22세기로 설정되어 있다. 천 년은 22세기와 중세 즈음을 지나는 아르카나르의 시간 차이이다.

될 수 있는 수준의 야만성—행복했던 아르카나르의 과거라 할 수 있겠다—을 전혀 모른다. 그는 돈 레바를 리슐리외 공 같은, 봉건시대의 자유주의자들에 맞서 전제정치를 수호하는 영리하고 멀리 내다볼 줄 아는 정치가라 생각한다. 이 행성을 통틀어 나 혼자만 무서운 그림자가 이 나라를 덮치는 걸 보고 있다. 하지만 이걸 보면서도, 그러면서도 이게 무엇의 그림자고 왜 생겨났는지 이해하지 못한다. 게다가 내가 어떻게 돈 콘도르를 설득할 수 있겠는가. 그랬다가는 지구에 요양하라고 보낼 게 뻔한데.

"명예로운 신다는 어찌 지냅니까?" 루마타가 물었다.

돈 콘도르는 돈 루마타를 찬찬히 살펴보던 걸 멈추고 퉁명스럽게 대답했다. "잘 지내네. 물어봐 줘서 고맙네." 그러더니 이렇게 덧붙였다.

"그러니까, 자네도, 그리고 나도, 우리 중 아무도 자기 작업의 가시적인 성과를 직접 볼 수 없다는 것을 명심해야 하네. 우리는 물리학자가 아니라 역사학자일세. 우리의 시간 단위는 초가 아니라 세기야. 우리 일은 파종도 아니고, 그저 파종을 위해 토양을 다지는 작업일세. 그런데 지구에서 종종…… 열의가 지나친 자들이 오지. 망할…… 단거리 주자들이……"

루마타는 피식 웃고는 공연히 장화 끈을 묶기 시작했다. 단거리 주자들이라. 그렇다. 단거리 주자들이었다.

10년 전 스테판 오를롭스키, 그러니까 돈 카파다는 황제의 궁병 중대장이었다. 에스토르의 마녀 열여덟 명을 공개적으로 고문하는 현장에서 그는 자신이 이끄는 병사들에게 형리들을 쏘라고 명령했고 본인은 제국 법관과 법원 간부 둘을 죽였다. 그러고 나서 궁경비대원의 창에 찔렸다. 죽음을 앞두고 극심한 고통 속에 몸부림치던 그가 소리쳤다. "당신들은 사람이잖소! 그들을 죽이시오. 죽여!" 하지만 그의 말은 군중이 "불에 태워라! 활활 태워 버려……!" 하고 외치는 소리에 가려 거의 들리지 않았다.

비슷한 시기 이 행성의 다른 지역에 독일과 프랑스 농민 전쟁 연구의 권위자인 카를 로젠블룸이 양모 상인 파니-파로 위장해 있다가 무리스 농민 봉기를 일으켜 단숨에 도시 두 개를 점령했고 약탈을 저지하다가 목뒤에 화살을 맞고 죽었다. 헬기가 그를 데리러 갔을 때 그는 아직 숨이 붙어 있었지만, 말을 할 수 없는 상태였고 그저 크고 푸른 눈으로 후회스럽고 이해할 수 없다는 듯 쳐다봤다. 눈에서는 쉴 새 없이 눈물이 흘러내렸다.

루마타가 이곳에 오기 얼마 전, 카이산 독재자의 벗이자 심복으로 훌륭하게 위장해 있던 자(제러미 타프낫, 지구 혁명 역사 전문가)가 갑자기 궁에서 쿠데타를 일으키고 권력을 탈취했다. 그는 두 달 동안 이웃 지구인들과 지구 측의 성난 추궁에는 굳건히 침묵하며 황금시대를 열려 노력했다.

그는 미친 자로 명성을 떨쳤고 여덟 번의 암살 시도를 운 좋게 피하다가 마침내 연구소의 재난수습 팀에 붙잡혔고 잠수함에 태워져 남극에 있는 섬 기지로 보내졌다……

"생각을 좀 해 보면 될 문제입니다!" 루마타가 투덜댔다. "아직까지도 지구에서는 제로-물리의 영역이 가장 난해하다고 생각하지만……"

돈 콘도르가 고개를 들었다.

"드디어 왔군!" 그가 그리 크지 않은 목소리로 말했다.

하마하르 종마가 말발굽을 구르며 화난 듯 날카롭게 히힝댔고 강한 이루칸 악센트로 힘차게 저주를 퍼붓는 소리가 들렸다. 문간에 돈 구그가, 이루칸 공의 개인 용품을 관리하는 시종장이 등장했다. 체구는 뚱뚱하고 볼은 발그레하며 콧수염은 날렵했고 미소가 귀에 걸려 있었으며 동글하게 말린 밤색 가발 아래의 눈은 작고 유쾌해 보였다. 이번에도 루마타는 달려가 안으려 했다. 그는 파시카였으니. 하지만 돈 구그가 갑자기 옷매무새를 살피고 볼이 빵빵한 얼굴에 사랑스러운 표정을 짓더니 가볍게 허리를 굽히며 모자를 가슴에 대고 입술을 오므렸다. 루마타는 알렉산드르 바실리예비치를 슬쩍 봤다. 알렉산드르 바실리예비치는 없었다. 의자에는 대법관이자 국가 인장의 수호자가 앉아 있었다. 그는 다리를 벌리고 앉아 왼손은 허리에 대고 오른손으로는 도금한 검의 칼자루를 쥐고 있었다.

"많이 늦었소, 돈 구그." 그가 불쾌하다는 듯 말했다.

"천 번의 사죄를 드립니다!" 돈 구그가 유유히 탁자로 다가오며 우렁차게 말했다. "제가 모시는 공의 곱삿병을 두고 맹세하건대 전혀 예상치 못한 상황이 일어났습니다! 위대한 아르카나르왕의 순찰병들이 나를 네 번이나 멈춰 세웠지 뭡니까. 두 번은 웬 상놈들과 싸웠소이다." 그는 우아한 몸짓으로 소매가 피로 물든 왼팔을 들어 올렸다. "그건 그렇고, 오두막 뒤에 헬기는 누구 것입니까?"

"내 거요." 돈 콘도르가 퉁명스럽게 대답했다. "나는 길에서 싸움이나 하고 있을 시간이 없어서."

돈 구그는 환하게 웃으며 의자에 앉더니 이렇게 말했다.

"돈들. 우리는 학식이 높은 부다흐 박사가 이루칸 공국의 국경과 무거운검들의땅 사이 어딘가에서 사라졌다는 걸 인정해야겠습니다."

카바니 신부가 갑자기 침상에서 몸을 뒤척였다.

"돈 레바." 그가 잠결에 낮은 목소리로 말했다.

"부다흐 일은 제게 맡기시지요." 루마타가 우울하게 말했다. "그리고 부디 제 말을 이해하려고 노력해 주십시오……"

제 2 장

루마타가 몸을 뒤척이며 눈을 떴다. 해가 이미 중천이었다. 창밖에서는 소동이 한창이었다. 누군가, 군인으로 추정되는 자가 고함쳤다. "더-어러운 놈! 혀로 그 오물을 핥아라! ('이것 참 좋은 아침이로군!', 루마타가 생각했다.) 다-악쳐……! 성 미카의 등에 맹세하건대, 네놈 때문에 내가 돌아 버리겠구나!" 또 다른, 험악한 쉰 목소리가 이 거리를 걸을 땐 발밑을 조심해야 한다고 투덜댔다. "새벽에 비가 좀 내렸습니다, 이 길이 언제 정비됐는지 아시지 않습니까……" "나더러 잘 좀 보고 다니라고 지시까지 내리는구나……!" "절 풀어 주시는 게 좋을 겁니다, 귀족 나리. 옷을 놓으십쇼." "이놈이 또 나에게 지시를……!" 철썩하는 소리가 들렸다. 두 번째 따귀 소리일 테다. 첫 번째 따귀 소리에 루마타가 깼던 것이고. "절 때리지 않으시는 편이 좋을 겁니다, 귀족 나리……" 밑에서 웅얼대는 소리가 들렸다.

아는 목소리인데, 누구지? 돈 타메오인가 보군. 오늘은 내기에서 그를 꺾고 늙다리 하마하르 말을 돌려줘야겠다. 내가 언젠가는 말을 잘 보게 되려나? 사실 우리는, 에스토르의 루마타 가문 사람들은 아주 옛날부터 말을 볼 줄 모른다. 군용 낙타는 잘 본다. 아르카나르에 낙타가 거의 없기에 망정이지. 루마타는 소리를 내며 기지개를 켜고 머리맡에서 명주실 타래를 더듬어 몇 차례 당겼다. 집 안 멀리서 종이 울렸다. 그 아이도 물론 저 소동을 보고 있겠지, 루마타가 생각했다. 스스로 일어나 옷을 입을 수도 있지만, 괜한 소문을 만들 테다. 그는 창밖에서 들려오는 욕설에 귀를 기울였다. 어찌나 강렬한 언어인지! 믿기지 않는 엔트로피다. 돈 타메오가 저 사람을 죽이지 않으면 좋겠는데…… 최근 근위대에는 명예로운 싸움에 쓰는 검은 단 하나고 거리의 쓰레기들을 처리하기 위해 검을 하나 더 들고 다닌다는 뜨내기들이 생겨났다. 돈 레바의 보살핌 때문에 성스러운 아르카나르에 쓰레기 같은 놈들이 너무 많아졌다면서. 그런데 돈 타메오는 그런 뜨내기는 아니었다. 우리의 돈 타메오는 겁이 많다. 유명한 정치가이기도 하고……

하루를 돈 타메오로 시작하다니, 메슥거린다…… 루마타는 다 해진 고급 이불 밑으로 무릎을 잡고 앉았다. 침울한 어둠이 잠식하는 것 같았다. 슬픔에 잠기고 싶었고 환경

앞에서 우리가 얼마나 나약하고 무력한가에 대해 고뇌하고 싶었다…… 지구에서 우리는 이런 고민을 하지 않았다. 그곳에서 우리는 건강하고 확신에 차 있었으며 정신감정을 통과한, 모든 것에 준비된 학생이었다. 우리의 정신력은 강인했다. 우리는 폭행과 처형 현장을 보고도 고개를 돌리지 않을 수 있다. 인내심도 대단하다. 구제할 길 없는 천치들이 날뛰어도 참아 줄 수 있다. 우리는 까다롭지 않다. 여기서 으레 그러듯, 개한테 먹이를 덜어 줬던 그릇을 닦는답시고 더러운 천 쪼가리로 대충 문대서 줘도 잘 쓸 수 있다. 우리는 위대한 연기자다. 꿈에서도 지구의 언어를 쓰지 않는다. 우리는 연구실과 실험실의 고요 속에서, 혹은 먼지 날리는 발굴 현장에서, 혹은 치열한 논쟁의 장에서 도출한 봉건주의 기초 이론이라는 확실한 무기를 들고 있다……

돈 레바가 이 이론을 모르다니 그저 유감이다. 햇볕에 그을린 피부가 옅어지듯 단련된 정신이 약해지고 우리가 한계상황에 내몰리고 끊임없이 정신을 재무장해야만 한다는 사실이 유감일 뿐이다. '이를 악물고 기억해라. 너는 가면을 쓴 신이다. 그들은 자신이 뭘 하고 있는지 모른다. 그리고 대부분은 죄가 없다. 그러므로 너는 인내하고 또 기다려야 한다……' 지구에서는 바닥이 보이지 않던, 우리 영혼 속 휴머니즘의 우물이 무서운 속도로 말라 가고 있다. 성 미카여, 우리는 그곳, 지구에서는 진정 휴머니스트였다. 휴머니즘은 우리 본성의 뼈대였다. 우리는 인류에 대한 경외와 사랑으로 인간중심주의에 도달했다. 그런데 이곳에서는 갑자기 두려워지면서 사실 우리는 인류가 아니라 공산주의자를, 같은 지구인만을 사랑했던 것이 아닌가 하는 생각에 사로잡힌다…… 우리는 갈수록 자주 이런 생각에 휩싸인다. '그런데 솔직히, 저들이 인간인가? 시간이 지난들 저들이 인간이 될까?' 이때 키라라든가 부다흐, 곱사등이 아라타, 위대한 팜파 남작이 떠오르고 부끄러워지는데, 그러한 생각도 이상하고 불편하며, 뭣보다도, 별 도움이 되지 않는다……

이런 고민을 해서는 안 된다, 루마타가 생각했다. 아침부터 이래선 안 된다. 돈 타메오가 넘어졌더라면 좋았을 텐데……! 마음속에 시큼한 감정이 쌓였으나 이렇게 외로워서야 해소할 길이 없다. 그렇다. 외로움! 건강하고 확신에 차 있는 우리가 외로워지리라 누가 상상이나 했겠는가? 누가 그 말을 믿을까! 이봐, 안톤, 그게 대체 무슨 말이야? 네가 있는 곳에서 서쪽으로 세 시간 날아가면 알렉산드르 바실리예비치가, 친절하고 똑똑한 알렉산드르가 있고 동쪽에는 파시카가, 7년을 한 책상에서 공부한 믿음직하고 유쾌한 친구가 있는데. 너는 지쳤을 뿐이야, 토시카. 물론 안타까운 일이지만, 우리는 네가 더 강하리라 생각했어. 하지만 누구에게든 일어날 수 있는 일 아닌가? 끔찍한 직업이지.

이해해. 지구로 돌아가 쉬면서 이론 연구를 해. 거기서는 보일 거야……

그건 그렇고, 알렉산드르 바실리예비치는 골수 이론가다. 기초 이론에 회색 사람들이 언급되지 않으므로("후배여, 나는 15년 동안 근무하면서 이론에서 크게 벗어난 건 보지 못했네……") 내가 회색 사람들이라는 헛것을 보고 있다는 것이다. 헛것을 보는 거라면 내 정신이 지쳤다는 의미니 휴식을 취하도록 날 지구로 보낼 테다. "뭐, 알겠소. 약속하지. 내가 직접 검토하고 의견을 말해 주겠소. 하지만 돈 루마타, 그때까지 제발 선을 넘지는 마시오……" 그리고 파벨은, 유년기의 친구이자 학구적이고 박학다식한 정보의 창고 같은 그는…… 행성 두 개의 역사를 대충 뒤지더니 회색 움직임이 그저 남작 세력에 대항하는 평민들의 일반적인 움직임에 지나지 않는다고 증명해 냈다. "그래도 조만간 그쪽으로 가서 한번 볼게. 솔직히 부다흐 일이 신경 쓰이거든……" 퍽이나 고맙군! 하지만 됐어! 부다흐 일은 내가 처리할 것이다. 더 할 수 있는 일도 없으니.

학식이 높은 부다흐 박사는 이루칸 공국의 토박이 가문 출신이었다. 이루칸 공은 위대한 의학자인 그에게 귀족 계급을 하사할까 했으나, 생각을 바꿔 그를 탑에 가두기로 했다. 부다흐는 해독에 관해서라면 제국에서 가장 권위 있는 전문가였고 유명한 논문 「슬픔과 기쁨, 진정 효과가 있는 신비한 풀과 곡물에 관하여, 그리고 이러한 성질과 또 다른 많은 성질을 지닌 파충류, 거미, 털 없는 멧돼지 이의 침과 체액에 관하여」의 필자이기도 했다. 분명 인성을 겸비한 진정한 지식인, 확신이 있는 휴머니스트이자 청렴한 인물일 것이다. 짐이라고는 책이 든 자루뿐이었으니. 부다흐 박사, 당신은 암운이 드리운 무지한 나라, 음모와 물욕의 핏빛 구렁텅이에 빠진 이 나라에서 누구한테 잡혀간 건가?

당신이 아르카나르에 살아 있다고 전제하고서 일어났을 법한 일들을 생각해 보자. 북쪽 붉은 산등성이에서 내려온 야만족 약탈자들에게 잡혔을 가능성도 배제할 수 없다. 그 경우엔 돈 콘도르가 우리의 동료인 슈시툴레티도보두스에게, 마흔다섯 개의 음절로 된 이름을 가진 족장 밑에서 현재 간질병 걸린 샤먼으로 위장해 있는 원시 문명 전문가에게 연락해 볼 것이다. 하지만 아르카나르에서라면 바퀴와가가 거느린 밤의 일꾼들한테 잡혔을 가능성이 더 높다. 그냥 잡히는 것도 아니고 포로로 잡혔을 것이다. 이들에게는 당신과 동행 중인 귀족이 중요한 수확이기 때문이다. 어쨌거나 이들은 당신을 죽이지 않을 것이다. 그러기에 바퀴와가는 너무 탐욕스럽다.

웬 천치 남작한테 잡혔을 수도 있다. 전혀 악의 없이 그저 심심해서, 넘쳐흐르는 환대 의식을 주체하지 못해 저지르는 일이나. 격에 맞는 대화 상대의 주연을 열고 싶어 길에

다 친위병을 세워 놨다가 당신과 동행하던 귀족을 자기 성으로 데려간 것이다. 그 경우 당신은 남작들이 인사불성이 되도록 취해 주연을 파하기 전까지 악취 나는 사람들 틈에 앉아 있게 되겠지. 이 경우에도 당신은 위험하지 않다.

그러나 썩은땅 어딘가에는 얼마 전 출진했다가 패한 돈 크시와 척추 페르타의 농민군이 흩어져 있다. 지금 이들은 남작들과의 사이가 틀어질 때에 대비하는 우리의 독수리 돈 레바로부터 비밀리에 지원을 받고 있다. 이들은 자비를 모르므로 이들을 만났을 경우는 상상하지 않는 편이 좋겠다. 돈 사타리나도 있다. 제국에서 손꼽히는 가문의 귀족으로, 나이는 102세에 완전히 정신이 나간 인물이다. 오래전부터 이루칸 공국의 공들과 적대적 관계였던 그는 때때로 흥분하여 이루칸 국경에서 넘어오는 것들을 모조리 잡아들인다. 아주 위험한 인물이며, 담낭염이 도지면 감옥에 시체 쌓이는 속도를 묘지 관리인들이 감당할 수 없게 되는 명령을 내린다.

끝으로 가장 중요한 경우가 남았다. 가장 위험해서가 아니라 일어났을 가능성이 가장 크기에 중요하다. 바로 돈 레바의 회색 순찰대다. 이들 돌격대원들은 큰길마다 있다. 당신은 어쩌다가 돌격대원들에게 잡혔을 수 있는데, 그렇다면 동행 중인 귀족이 판단력과 침착함을 보였길 기대하는 수밖에 없다. 그런데 돈 레바가 당신에게 관심을 보이는 상황이었다면? 돈 레바는 의외의 것에 흥미를 가지기도 하니 말이다…… 당신이 아르카나르를 지나갈 거라는 첩자들의 보고를 듣고, 조그만 영지를 가진 머저리 같은 귀족 출신의 의욕 넘치는 회색 장교와 그의 부대를 보내 당신을 맞이한 걸지도 모른다. 이 경우라면 당신은 지금 즐거운탑 지하 돌방에 앉아 있겠지……

루마타는 참지 못하고 다시 한번 실타래를 당겼다. 침실 문이 불쾌하게 끼익 소리를 내며 열리더니 마른 체구의 우울한 소년 하인이 들어왔다. 이름은 우노였고 그의 운명은 발라드 가사가 될 수 있을 정도였다. 소년은 문턱 앞에서 인사하고는 찢어진 단화를 끌면서 침대로 다가와 편지와 커피, 치아를 튼튼하고 깨끗이 하기 위해 씹는 향긋한 뿌리가 놓인 쟁반을 협탁에 내려놓았다. 루마타는 화가 난 표정으로 소년을 쳐다봤다.

"대답해 봐라. 문에 기름칠을 하긴 할 것이냐?"

소년은 바닥을 응시한 채 말이 없었다. 루마타는 이불을 걷고 맨다리를 바닥에 내려놓은 다음 쟁반으로 팔을 뻗었다.

"오늘 몸은 씻었고?" 그가 물었다.

소년이 대답은 않고 한 걸음씩 바닥에 널브러진 옷가지를 주우면서 방 안을 돌아다녔다.

"내가 질문한 것 같은데. 오늘 씻었느냐, 안 씻었느냐?"

루마타가 첫 번째 편지를 펼치며 말했다.

"물로는 죄를 씻을 수 없어요." 소년이 웅얼거렸다. "씻다니, 제가 지체 높은 나리도 아니잖습니까?"

"내가 미생물이 뭔지 설명해 줬지?" 루마타가 물었다.

소년은 초록색 바지를 의자 등받이에 걸치고는 악령을 물리치기 위해 엄지손가락을 휘둘렀다.

"간밤에 세 번 기도했어요." 소년이 말했다. "그걸로 충분하잖아요?"

"어리석은 녀석." 루마타는 이렇게 말하고 편지를 읽기 시작했다.

도나 오카나, 궁의 여관이자 돈 레바의 새 연인에게서 온 편지다. 자신이 〈괴로움에 빠져 있으니 상냥하게〉 만나러 와 달라고 쓰여 있었다. 추신에 그녀가 만남에서 실제로 뭘 기대하는지가 노골적인 단어들로 쓰여 있었다. 루마타는 어쩔 줄 모르고 그만 얼굴이 빨개졌다. 그는 소년을 흘끗 보고는 중얼거렸다. '그래, 사실……' 이 일에 대해 생각해 봐야 했다. 가는 건 싫고, 가지 않는 것은 멍청한 짓이었다. 도나 오카나는 많은 것을 알았다. 그는 한입에 커피를 다 마시고는 치아용 뿌리를 입에 넣었다.

다음 편지는 봉투가 평평한 종이로 만들어져 있었다. 봉투의 밀랍 인장은 뜯긴 채였다. 누군가 열어 본 모양이다. 결단력 있는 출세주의자, 바느질 도구 장사꾼들로 구성된 회색 중대의 돈 리파트 중위가 보낸 편지였다. 그는 안부를 묻고 회색 위업이 반드시 달성될 거라 믿는다고 썼으며 말도 안 되는 상황을 핑계로 빚 상환 기간을 연장해 달라고 부탁했다. "알았네, 알았어……" 루마타가 이렇게 중얼거리고는 편지를 내려놓았다가 다시 봉투를 들어 흥미롭다는 듯 살펴봤다. 그래, 더 섬세하게 만들었어. 확실히 섬세해졌군.

세 번째 편지는 도나 피파를 두고 검으로 결투를 하자는 내용이었다. 다만 돈 루마타 본인이, 그러니까 고명한 돈 루마타가 도나 피파와 아무런 관계도 아니었고 또 아니라는 증거를 기꺼이 내놓는다면 결투 신청을 철회하겠다고 했다. 규격화된 양식의 편지였다. 본문은 서예가가 썼고 이름과 날짜가 문법에 맞지 않게 삐뚤빼뚤 쓰여 있었다.

루마타는 편지를 던져두고 모기에 물린 왼팔을 긁기 시작했다.

"그럼 씻도록 하지." 그가 지시했다.

소년은 방에서 나갔다가 곧 뒷걸음으로 물이 든 나무통을 끌면서 돌아왔다. 그리고 다시 한번 방에서 나가 빈 대야와 바가지를 가져왔다.

루마타는 바닥으로 뛰어내려 정교한 손자수가 놓인 해진 잠옷을 머리 위로 벗어 던진 다음 쨍그랑 소리를 내며 머리맡에 걸려 있던 검들을 뽑았다. 소년은 몸을 사리면서 소파 뒤로 가 섰다. 루마타는 10분 동안 찌르기와 막기 연습을 한 후 검들을 벽으로 던졌다. 그다음 빈 대야 위로 몸을 굽히고 명령했다. "부어라!" 비누 없이 몸을 씻기란 힘들었지만, 루마타는 이미 적응했다. 소년은 물을 한 바가지 한 바가지 등과 목, 머리에 부으면서 투덜댔다. "다들 사람처럼 사는데 우리만 신기한 짓을 해요. 이런 건 듣도 보도 못했습니다. 대야 두 개로 씻으시다니. 변소에는 웬 항아리를 갖다 놓으시고…… 매일 깨끗한 수건을 쓰고…… 그런데 정작 기도는 안 하고 맨몸으로 검을 들고 날뛰시다니요……"

루마타가 수건으로 물기를 닦으며 엄격하게 말했다.

"난 이를 득실대며 궁을 돌아다니는 남작들과 다르다. 궁정인이라면 마땅히 깔끔하고 좋은 향을 풍겨야지."

"전하께서 주인님 냄새를 신경 쓰실 때나 그렇겠지요." 소년이 대꾸했다. "다들 전하가 낮이고 밤이고 저희 죄인들을 위해 기도한다는 걸 알아요. 그리고 돈 레바도 전혀 씻지 않는다고요. 하인한테 제가 직접 들었어요."

"알았으니 그만 투덜대라." 루마타가 나일론 러닝셔츠를 입으며 말했다.

소년은 탐탁지 않다는 듯 그 러닝셔츠를 바라보았다. 아르카나르의 하인들 사이에서 이에 대한 소문이 벌써부터 돌고 있었다. 그럼에도 루마타는 타고난 결벽증을 어쩌지 못했다. 루마타가 팬티를 입기 시작하자 소년은 고개를 돌리고 악귀를 쫓는 듯한 입 모양을 만들었다.

어쨌거나 속옷을 유행시켰더라면 좋았을 텐데, 루마타가 생각했다. 하지만 자연스럽게 정착시키자면 여성들을 통해서만 가능했고, 여자 문제에서 루마타는 정보원으로서 용납이 안 될 정도로 까탈스러운 인물이었다. 루마타가 기사인 데다 바람둥이에, 수도의 관행을 알며 사랑 때문에 결투를 하고 지방으로 보내진 인물인 만큼, 애인이 최소 스무 명은 있어야 했다. 루마타는 루마타의 명성을 유지하기 위해 노력했다. 그의 요원 중 절반이 일다운 일이 아니라 루마타에 대한 난잡한 소문을, 아르카나르 근위대의 젊은이들에게 질투를 사고 감탄을 불러일으키는 소문을 퍼뜨리는 일을 했다. 루마타는 실의에 빠진 수십 명의 부인들 집에서 시를 읽는다며 일부러 늦은 밤까지 머물렀고(경비대가 세 번째 교대할 때 부인의 뺨에 우정의 키스를 하고 발코니에서 뛰어내리다가 알고 지내는 야간 순찰 지휘관 장교의 품으로 떨어지기도 했다), 사람들은 종주국에서 온 기사가 보여 주는 진정한 수도 스타일에 대해 앞다투어 이야기했다. 루마타는 그저 허세를 부리느라 불쾌할 정도로 밝히는 어리석은 부인네들과 관계를 유지했지만, 속옷 문제는 아직 해결하지 못했다. 손수건은 훨씬 쉬웠는데! 루마타는 처음 무도회에 참석했을 때 소매 아래에서 우아한 레이스 손수건을 꺼내 입술을 닦았다. 다음 무도회에서는 이미 씩씩한 근위병들이 제각기 크거나 작은, 다양한 색깔과 재질의, 자수가 놓였거나 글씨가 새겨진 천 조각들로 얼굴에 흐르는 땀을 닦고 있었다. 한 달 후에는 구부린 팔에 천을 바닥까지 닿도록 우아하게 걸어 늘어뜨리고 다니는 멋쟁이들도 등장했다.

루마타는 초록색 바지를 입고 옷깃이 깨끗이 빨린 하얀 삼베 셔츠를 입었다.

"누가 와 있느냐?" 그가 물었다.

"이발사가 기다리고 있습니다." 소년이 대답했다. "그리고 귀족 나리 두 분이 응접실에 앉아 계시고요. 돈 타메오와 돈 세라입니다. 포도주를 가져오라고 하시고는 주사위 노름을 하고 있어요. 나리와 아침 식사를 하려고 기다리고 계십니다."

"가서 이발사를 불러와라. 돈들한테는 곧 갈 거라고 전하고. 툴툴대지 말고 공손하게……"

아침은 그리 푸짐하지 않게 차려 이른 점심에 대비했다. 향신료를 잔뜩 넣고 양념한 고기구이와 식초에 절인 개의 귀가 나왔다. 이들은 이루칸산 발포주와 갈색의 진득한 에스토르산 포도주, 소안산 백포도주를 마셨다. 돈 타메오가 단검 두 개로 능숙하게 양의 다리를 썰며 하층민의 뻔뻔한 행태를 토로했다. "나는 전하께 건의서를 올릴 생각이오." 그가 말했다. "귀족들이 농민들과 미천한 수공업자들의 공공장소 및 거리 출몰을 금지하기를 원한다고 말이오. 그놈들은 마당이나 뒷길로 다니게 하면 되지 않소. 농민이 거리로 나와야만 하는 경우, 예를 들면 빵이나 고기, 포도주를 귀족의 저택에 배달할 때는 국왕경호부의 특별 허가서를 지참하게 하면 되오." "자네는 참 명석하구려!" 돈 세라가 침과 육즙을 튀기며 감탄했다. "그나저나 어제 궁에서……" 그가 새로운 소식을 전하기 시작했다. 돈 레바의 연인인 궁정 여관 오카나가 조심성 없게도 국왕 전하의 아픈 다리를 밟았지 뭐요. 전하께서 분개하여 돈 레바에게 당장 그 죄인을 벌하라 명하시자 돈 레바는 눈 하나 깜빡하지 않고 〈분부대로 하겠습니다, 전하. 오늘 밤!〉이라 대답했다고 하오. "내가 어찌나 웃어 댔는지." 돈 세라가 머리를 흔들며 말했다. "웃다가 조끼 호크가 두 개나 날아갔지 뭐요……"

아메바로군, 루마타가 생각했다. 게걸스럽게 먹고 번식이나 하는 아메바다.

"그렇소, 돈들." 루마타가 말했다. "돈 레바는 참 똑똑한 사람이오……"

"어허." 돈 세라가 말했다. "그 이상이지! 머리가 대단히 비상하오!"

"출중한 인물이오." 돈 타메오가 의미심장하게, 진심을 담아 말했다.

"지금 돌이켜 보면 아주 이상한데 말이지요." 루마타가 환하게 웃는 낯으로 말을 이었다. "불과 1년 전에 한 얘기들 말이오. 돈 타메오, 자네가 돈 레바의 굽은 다리를 두고 예리하게 풍자하던 것 기억 안 나시오?"

돈 타메오가 사레들려 기침을 하고는 잔에 든 이루칸산 포도주를 단숨에 비웠다.

"기억 안 나오." 그가 웅얼댔다. "내가 어디 비웃는 걸 좋아하는 사람이오……"

"그랬네, 그랬소." 돈 세라가 나무라듯 고개를 저으며 말했다.

"그랬지요!" 루마타가 소리쳤다. "돈 세라, 자네도 그때 같이 있었지 않소! 기억나오. 자네는 돈 타메오의 날카로운 지적에 단추가 떨어져 나갈 때까지 웃지 않았소……"

돈 세라는 얼굴이 벌게져서는 장황하게 두서없이 변명을 늘어놓았는데, 전부 거짓말이었다. 기분이 가라앉은 돈 타메오는 에스토르산 센 술을 퍼마시기 시작했다. 돈 타메오는, 본인 표현에 따르면 〈그저께 아침부터 시작해서 지금까지 멈출 수 없기〉 때문에 마시는 것이었고, 루마타의 집을 나설 때에는 양쪽에서 부축을 받아야 했다.

햇살 좋은 화창한 날이었다. 평민들이 구경거리를 찾아 집과 집 사이를 돌아다니고 사내아이들이 진흙을 던지면서 소리치고 휘파람을 불어 댔으며 머리에 손수건을 쓴 예쁜 여인들이 창밖을 내다봤고 들뜬 하녀들이 수줍어하면서 끈적한 눈길을 보냈다. 기분이 점차 풀렸다. 돈 세라가 아주 능숙하게 농민 하나를 밀치고는 그가 물웅덩이에서 허우적대는 걸 보며 자지러지게 웃었다. 돈 타메오는 칼을 찬 벨트를 반대로 맸다는 사실을 갑자기 깨닫고는 소리쳤다. "기다려 보시게!" 그러더니 벨트를 맨 채로 바로잡으려다가 제자리에서 돌기 시작했다. 돈 세라의 조끼에서 또 뭔가가 튕겨져 나갔다. 루마타는 달려가던 어린 하녀의 분홍빛 귀를 잡아 세우고 돈 타메오가 옷매무새를 정리하는 걸 도와 달라고 부탁했다. 순식간에 돈들 주변으로 여자들이 우르르 모여들어 어린 하녀에게 조언을 건넸고, 하녀는 얼굴이 새빨개졌으며 돈 세라의 조끼에서는 쉴 새 없이 단추와 호크, 버클이 떨어져 나갔다. 마침내 이들은 다시 가던 길을 가기 시작했다. 돈 타메오는 모두에게 들릴 만한 목소리로 〈예쁜 여자들은 농민과 평민들에게 붙여 놓지 말아야〉 한다며 건의서에 추가할 부분을 그 자리에서 생각해 냈다. 그때 항아리를 실은 수레가 길을 가로막았다. 돈 세라가 검 두 자루를 꺼내 들더니 귀족 나리들은 이따위 항아리들을 돌아갈 수 없다고 선언했다. 그는 수레를 두 동강 내서 길을 트려 했다. 그가 어디까지가 벽이고 어디부터가 항아리인지 파악하려 애쓰는 사이 루마타가 바퀴를 잡고 수레의 방향을 돌려 길을 열었다. 황홀한 눈으로 사태를 지켜보던 여자들이 루마타를 향해 〈만세〉 삼창을 했다. 돈들이 다시 가던 길을 가려는데 3층 창문에서 백발의 뚱뚱한 상인이 고개를 내밀더니 궁정인들의 만행을 떠벌리면서 그들을 〈우리의 돈 레바가 곧 응징할 것〉이라 했다. 그래서 잠깐 가던 길을 멈추고 그 창문으로 항아리들을 몽땅 던져야 했다. 루마타는 마지막 남은 항아리에다 피츠 6세의 문장이 찍힌 금화 두 개를 넣어 굳어 버린 수레 주인에게 내밀었다.

"얼마나 줬소?" 다시 길을 가던 돈 타메오가 물었다.

"많이는 아니오. 금화 두 개." 루마타가 심드렁하게 대답했다.

"성 미카의 등이여!" 돈 타메오가 탄성을 질렀다. "자네는 부자로군! 내 하마하르 종마를 살 생각은 없소?"

"주사위 노름에서 자네를 이기고 받는 게 낫겠소." 루마타가 말했다.

"그래!" 돈 세라가 이렇게 말하고는 멈춰 섰다. "당장 주사위 노름을 하지요!"

"바로 여기서 말이오?" 루마타가 물었다.

"그러면 안 되오?" 돈 세라가 물었다. "귀족 셋이 주사위 노름을 하고 싶은 곳에서 하면 안 되는 이유를 모르겠는데!"

그때 돈 타메오가 별안간 넘어졌다. 돈 세라는 그의 다리에 걸려 넘어졌다.

"내가 완전히 잊고 있었소." 그가 말했다. "이제 보초 서러 가야 할 시간 아니오."

루마타는 그들의 팔꿈치를 잡아 일으켜 세우고 부축해 줬다. 돈 사타리나의 거대하고 음울한 집 근처를 지나갈 때 루마타가 멈췄다.

"늙은 돈에게 가 보지 않겠소?" 그가 물었다.

"귀족 셋이 늙은 돈 사타리나에게 들르면 안 되는 이유를 전혀 못 찾겠군." 돈 세라가 말했다.

돈 타메오가 눈을 떴다.

"국왕 전하께 충성하는 우리는," 그가 크게 말했다. "여러 방면으로 미래를 봐야 하오. 돈 사타리나는 과거의 사람이오. 전진합시다, 돈들! 난 내 위치로 가야 하오……"

"그렇게 하지요." 루마타가 동의했다.

돈 타메오는 다시 고개를 가슴팍으로 떨궜고 더 이상 깨어나지 않았다. 돈 세라는 손가락으로 수를 세어 가며 자신이 쟁취했던 사랑 이야기를 늘어놨다. 그렇게 그들은 궁에 도달했다. 루마타는 근위대 위병소에 들어가 홀가분하게 돈 타메오를 장의자에 눕혔고 돈 세라는 탁자에 앉더니 왕이 서명한 명령서 뭉치를 불손하게 밀어 버리고는 드디어 차가운 이루간산 포도주를 마실 때가 왔노라 선언했다.

그는 주인장을 부르며 술통을 굴려 오고 저 여자들을(그는 다른 탁자에서 카드 노름 중인 보초 근위병들을 가리켰다) 이리로 오게 하라고 명령했다. 보초를 관리하는 근위병 중대의 중위가 다가왔다. 그는 돈 타메오를 한참 쳐다본 다음 돈 세라에게로 눈을 돌렸고, 돈 세라가 "어째서 사랑의 비밀 정원에 핀 꽃들이 모조리 시들었소"라고 묻자, 이들을 지금 제 위치로 보내지 않는 게 낫겠다고 결정했다. 일단 이렇게 누워 있으라지.

루마타는 중위와 노름을 하다 금화 하나를 잃었다. 그리고 그와 새 제복 혁대와 검날을 가는 방법들에 관해 잠시 얘기를 나눴다. 루마타는 구식으로 날을 간 무기를 갖고 있는 돈 사타리나에게 가 볼 생각이라는 말도 했다. 루마타는 명예로운 귀족, 돈 사타리나가 결국 정신이 나갔다는 얘기를 듣고 몹시 안타까워했다. 돈 사타리나는 이미 한 달 전에 포로들을 풀어 주고 친위대를 해산했으며 방대한 규모의 고문 기구들을 국고에 무상 기증해 버렸다고 한다. 102세의 노인은 여생을 착한 일 하는 데 쓰겠다고 했으나 오래는 못 살 것 같다.

중위와 헤어진 루마타는 궁에서 나와 항구로 향했다. 그는 웅덩이를 피하고 변색된 물이 고인 수레바퀴 자국을 뛰어넘으면서, 멍하니 있는 평민들을 무례하게 밀치고 자신의 외모에 치명적인 매력을 느낀 듯한 아가씨들에게는 눈짓을 보내고 가마를 탄 귀족 부인에게는 허리 굽혀 인사하고 알고 지내는 귀족과는 다정하게 인사를 나누고 회색 돌격대원들은 노골적으로 무시하며 걸어갔다.

그는 길을 돌아 애국학교에 들렀다. 2년 전 돈 레바가 사비를 들여 별 볼 일 없는 귀족이나 상인 계급의 아이들을 군인과 행정 인력으로 양성하고자 설립한 학교였다. 기둥이나 양각을 쓰지 않은 현대적인 양식의 석조 건물로 벽은 두껍고 창문은 작은 총구멍 같았으며 정문의 양옆으로 반원형 탑들이 붙어 있었다. 유사시에는 농성전도 가능한 건물이었다.

루마타는 좁은 계단을 따라 2층으로 올라갔고 박차를 돌에 부딪쳐 울리면서 교실을 지나 학교 총독실로 향했다. 교실에서는 목소리들이 섞여 울리는 소리, 합창과도 같은 외침이 들려왔다. "국왕 전하는 누구인가? 광채가 나시는 분이다. 장관들은 누구인가? 의심을 모르는 충복들이다……" "……그리고 신, 우리의 창조주는 이렇게 말했다. '저주하겠노라.' 그리고 저주를 내렸다……" "뿔피리가 두 번 울리면 창을 내려놓고 둘씩 짝지어 흩어져라……" "고문을 당하는 자가 졸도하면 놀라지 말고, 고문을 중지하는 건……"

이게 학교인가, 루마타가 생각했다. 지혜의 요람. 문화의 내들보가……

그는 노크 없이 낮은 아치형 문을 밀고 지하실처럼 캄캄하고 얼음장같이 차가운 총독실로 들어갔다. 서류와 체벌용 회초리가 어지럽게 쌓인 거대한 책상 뒤에서 대머리에 눈은 움푹 들어가 있고 국왕경호부 자수가 놓인 회색 제복을 몸에 딱 붙게 입은, 키가 크고 각진 사람이 벌떡 일어섰다. 그가 바로 애국학교의 총독인 학식 높은 킨 신부였다. 삭발을 하고 수도사가 된 사디스트 살인마이며 「밀고에 관한 논문」으로 돈 레바의 관심을 끈 자였다.

루마타는 킨 신부의 장황한 인사에 건성으로 고개를 끄덕여 답하고는 소파에 다리를 꼬고 앉았다. 킨 신부는 공손하게 주의를 기울이며 몸을 숙인 채 계속 서 있었다.

"그래 요즘 어떻게 지내나?" 루마타가 우호적으로 물었다. "어떤 식자는 죽이고 어떤 식자는 가르치고?"

킨 신부가 씩 웃었다.

"식자는 국왕 전하의 적이 아닙니다." 그가 말했다. "전하의 적은 식자면서 몽상가인 자들, 식자면서 의심하는 자들, 식자면서 믿지 않는 자들입니다! 저희는 여기서……"

"그래, 다 알고 있네." 루마타가 말했다. "그렇겠지, 자네를 믿어. 요즘엔 뭘 쓰나? 내가 자네 논문을 읽어 봤네. 아주 유용하지만 멍청해. 어떻게 그럴 수 있나? 그러면 안 되네. 총독……!"

"전 지식으로 세상을 놀래려 애쓰지 않았습니다." 킨

신부가 위엄 있게 대답했다. "제 유일한 성취는 제가 쓴 글이 국가의 쓸모에 맞았다는 것이지요. 똑똑한 자들은 필요 없습니다. 믿을 수 있는 자가 필요하지요. 그리고 저희는……"

"그래, 그래." 루마타가 말했다. "나도 아네. 그러니까, 새로운 걸 쓰고 있다는 건가, 아니라는 건가?"

"장관에게 새로운 국가, 아마 성기사단주 같은 형태가 될 국가 건설안을 제출하려 합니다."

"그게 무슨 말이지?" 루마타가 놀랐다. "우리 모두를 수도사로 만들 셈인가……?"

킨 신부가 두 손을 꼭 맞잡고 다가왔다.

"제가 설명해 드리겠습니다, 돈." 그가 입술에 침을 묻히면서 열정적으로 말했다. "그게 핵심이 아닙니다! 핵심은 새로운 국가의 기본 원칙입니다. 이 원칙은 아주 간단하고 단 세 가지뿐입니다. 법의 무결함에 대한 무조건적인 믿음, 법에 대한 절대적인 순종, 모두에 의한, 모두에 대한 지속적인 감시!"

"흠. 그런데 뭣 하러?" 루마타가 말했다.

"〈뭣 하러〉라니요?"

"자네는 이러나저러나 멍청하군." 루마타가 말했다. "뭐, 자네를 믿네. 내가 무슨 말을 하러 왔더라? ……그래! 내일 신생 둘을 새로 빈게 될 걸세. 디리 신부라는 사람인데 아주 존경받는 노인이야. 그 뭐야…… 우주학을 하네. 그리고 나닌 형제. 역시 믿을 만한 사람으로 역사를 잘 알지. 내 사람들이니 격에 맞게 대접해 주게. 여기 보증금이네." 그가 책상에 짤랑거리는 자루를 던졌다. "자네 몫은 여기 있네. 금화 다섯…… 다 이해했겠지?"

"예, 돈." 킨 신부가 말했다.

루마타가 하품을 하고 주위를 둘러봤다.

"이해했다니 잘됐군." 그가 말했다. "아버지께서는 어째서인지 이들을 몹시 사랑하여 이들이 먹고살 수 있게 도우라는 유언을 남겼네. 자네는 학자니까 설명해 보게. 손꼽히는 귀족이었던 아버지께서 어떻게 하면 그렇게 식자를 좋아할 수 있게 되나?"

"그 사람들이 뭔가 특별한 공을 세운 것 아닙니까?" 킨 신부가 추측했다.

"그게 무슨 의미인가?" 루마타가 미심쩍다는 듯 물었다. "하긴 그럴 수도 있지? 그래…… 그들에게 딸이나 어여쁜 누나나 여동생이 있었다거나…… 자네 물론 포도주는 없겠지?"

킨 신부는 죄라도 지은 양 손사래를 쳤다. 루마타는 책상에서 서류 한 장을 집어 들어 얼마간 들여다봤다.

"〈공조〉……" 루마타가 읽었다. "현명한 사람들이군!" 그는 종이를 바닥으로 떨구고 일어섰다. "자네의 학자 패거리가 내 사람들을 함부로 대하지 않도록 잘 지켜보게. 나는 어떻게든 그들을 만날 일이 있을 텐데, 그때 만약 자네가 제대로 대우하지 않은 걸 알게 되면……" 그가 킨 신부의 코앞에 주먹을 들이댔다. "뭐 됐네, 됐어. 겁먹지 말게. 그럴 일 없을 테니……"

킨 신부가 공손히 웃었다. 루마타는 그에게 고개를 끄덕여 보이고는 바닥에 박차를 끌며 문으로 향했다.

넘치는감사의거리에서 그는 무기 상점에 들러 칼집에 연결하는 고리를 사고 단검을 몇 개 보고선(벽에 던져 보고 손바닥으로 길이를 재 봤지만 마음에 들지 않았다) 계산대에 앉아 주인인 하우크 신부와 얘기를 나눴다. 하우크 신부의 눈은 우울하고도 따뜻했으며 지워지지 않은 잉크 얼룩 투성이인 그의 손은 작고 허옜다. 루마타는 추렌이 쓴 시의 가치를 놓고 그와 잠시 논쟁했다. 그는 시구 〈시든 잎사귀가 마음속으로 떨어지듯……〉에 대한 흥미로운 감상을 들었고 하우크에게 새로 쓴 자작시를 좀 읽어 달라고 했다. 루마타는 형언할 수 없이 우울한 구절을 두고서 작가와 함께 한숨을 내쉬고는 가게를 나서며 자신이 직접 이루칸어로 번역한 〈죽느냐 사느냐, 그것이 문제로다〉를 읊었다.

"성 미카여!" 열광한 하우크 신부가 탄성을 내뱉었다. "그건 누가 쓴 시입니까?"

"내가 썼소." 루마타는 이렇게 말하고 나갔다.

그는 〈회색 기쁨〉에 들러 아르카나르산 시큼한 술을 한 잔 마셨다. 그리고 주인의 볼을 가볍게 두드리고는 그에게 공허한 눈빛을 보내는 평범한 밀고자의 의자를 칼집으로 가볍게 밀어 돌렸다. 그러고 나서 멀리 떨어진 구석으로 가 해진 옷차림에 수염이 더부룩하며 목에 문신을 한 사람을 찾아다녔다.

"안녕한가, 나닌 형제." 루마타가 말했다. "오늘은 청원서를 몇 장이나 썼나?"

나닌 형제는 썩어 버린 자잘한 이를 드러내며 어색한 듯 웃어 보였다.

"요즘은 사람들이 청원서를 거의 쓰지 않습니다, 돈." 그가 말했다. "어떤 이들은 청원해 봤자라고 하고, 어떤 이들은 곧 허가 없이도 체포할 거라 하더군요."

루마타는 몸을 굽혀 그의 귀에 대고 애국학교 일이 잘 풀렸다고 속삭였다. "여기 자네 몫으로 금화 두 개네." 그가 대화를 끝맺으려 했다. "옷을 잘 차려입고 말끔히 하고 가게. 그리고 조심해야 해…… 처음 며칠만이라도. 킨 신부는 위험한 사람일세."

"제가 쓴 「소문에 대한 논문」을 그에게 읽어 주지요." 나닌 형제가 즐거운 듯 말했다. "감사합니다. 돈."

"자기 부친을 기리기 위해 못 할 일이 어디 있겠는가!" 루마타가 말했다. "이제 타라 신부를 어디서 찾으면 되는지 말해 주게."

나닌 형제는 미소를 거두고 불안한 듯 눈을 깜빡였다.

"어제 여기서 몸싸움이 있었습니다. 타라 신부는 좀 많이 마신 상태였고요. 그리고 그는 빨강 머리 아닙니까…… 갈비뼈가 부러졌습니다."

루마타가 탄식했다.

"그런 불행한 일이! 그런데 자네들은 도대체 왜 그렇게 많이 마셔 대나?"

"때로는 참기 힘든 때가 있지요." 나닌 형제가 울적하게 대답했다.

"그건 그렇지." 루마타가 말했다. "어쩌겠나. 여기 금화 두 개네. 타라 신부를 잘 돌봐 주게."

나닌 형제가 그의 손을 잡고 고개 숙여 인사했다. 루마타가 뒷걸음쳤다.

"어허, 어허." 그가 말했다. "재미없는 장난은 그만두게. 나닌 형제, 잘 있게."

항구에는 아르카나르의 다른 곳 어디에서도 맡을 수 없는 냄새가 진동했다. 소금기 밴 물과 썩은 가래, 향신료, 나무 진액, 연기, 오래된 소고기절임 냄새가 났고 술집에서는 코를 찌르는 듯한 악취와 구운 생선, 쉰 맥주 냄새가 새어 나왔다. 습한 공기에 다양한 언어로 진한 욕설이 실려

왔다. 부두와 창고 사이의 좁은 통로와 술집 주위로 기이한 행색의 사람들 수천 명이 모여 있었다. 수병들과 거만한 상인들, 험악한 어부들, 노예 상인들, 포주들, 화장을 진하게 한 여인들, 술 취한 병사들, 무기를 든 정체불명의 사람들, 지저분한 손에 금팔찌를 차고 있는 비현실적인 부랑자들. 다들 씩씩거리며 화가 나 있었다. 돈 레바의 명에 따라 벌써 사흘째 배 한 척, 통나무배 한 척도 항구를 떠나지 못한 것이다. 정박장에서는 회색 돌격대원들이 녹이 슨 고기용 망치를 들고서 뻔뻔하고 사나운 표정으로 사람들을 쳐다보며 침을 뱉었다. 압류된 배에는 털가죽을 걸치고 구리로 만든 고깔모자를 쓴 골격이 큰 구릿빛 피부의 사람들이 대여섯 명씩 쪼그려 앉아 있었다. 고용된 야만인들이다. 근접전에서는 아무짝에도 쓸모가 없지만, 원거리에서는 독이 묻은 촉을 기다란 원통 막대로 불어서 쏘는 무서운 존재였다. 돛대들의 숲 너머 바람 한 점 없는 탁 트인 바다에는 국왕군의 기다란 군함들이 까맣게 늘어서 있었다. 군함들은 때때로 빨간 불 연기를 내뿜어 바다를 붉게 물들였다. 공포감을 조성하기 위해 석유를 태운 것이다.

루마타는 항해 허가를 헛되이 기다리는 음울한 뱃사람들이 닫힌 문 앞에서 서성대고 있는 세관 검문소를 통과했고 손에 들어온 건(노예와 흑진주에서 마약이나 조련된 거미까지) 뭐든지 파는, 고래고래 소리 지르는 무리를 밀치면서 부두로 나아갔다. 그는 신원 확인을 위해 볕이 드는 곳에 줄지어 뉘어 둔, 수병 상의를 입은 부푼 시체들을 힐끗 봤고 지저분한 공터를 우회하여 항구 변두리의 악취 나는 뒷길로 들어섰다. 이곳은 조용했다. 불결한 건물들의 문 앞에는 헐벗은 여자들이 졸고 있었고 갈림길에는 한 병사가 깨진 면상을 처박고 주머니는 다 내놓고서 엎어져 있었으며 창백한 밤의 형상을 한 수상한 자들이 벽을 따라 살금살금 걷고 있었다.

루마타가 낮에 이곳을 방문한 건 처음이었다. 우선 아무도 자신에게 관심을 안 보인다는 데 놀랐다. 부은 눈으로 마주치는 자들은 그를 지나치거나 마치 그를 통과하는 듯했다. 비켜서서 길을 내주고 있기는 했지만 말이다. 그러나 루마타는 모퉁이를 돌면서 우연히 뒤를 돌아봤다가 생김새가 각기 다른 열다섯 개의 머리들이, 남자와 여자, 덥수룩하고 또 벗어진 머리가 일순간 문과 창 그리고 문 틈새로 숨어 버리는 걸 목격했다. 순간 이 음울한 장소에 서린 수상한 분위기가 느껴졌다. 적대적이거나 위협적이지는 않지만, 뭔가 좋지 않은, 탐욕스러운 관심이었다.

루마타는 어깨로 문을 밀면서 한 건물 안으로 들어갔다. 어두운 홀의 바 뒤에 미라 같은 얼굴에 코가 긴 노인이 졸고 있었다. 탁자는 모두 비어 있었다. 루마타가 조용히 바로 다가가 노인의 기다란 코를 손가락으로 튕기려던 순간 잠을 자는 노인이 사실은 자는 게 아니라 가늘게 뜬 눈꺼풀 틈새로 자신을 유심히 쳐다보고 있었다는 것을 알아차렸다. 루마타가 바 위로 은화를 던지자 노인의 눈이 즉시 휘둥그레졌다.

"귀족 나리께서는 뭐가 필요하신지요?" 그가 사무적으로 물었다. "마약? 코담배? 여자?"

"연기하지 말게." 루마타가 말했다. "자네는 내가 여기 왜 왔는지 알고 있어."

"아, 돈 루마타시군요!" 새삼 놀란 듯 노인이 소리쳤다. "어쩐지 좀 닮았다 했습니다……"

노인은 이렇게 말하고서 다시 눈꺼풀을 떨궜다. 모든 게 분명했다. 루마타는 바를 지나 작은 옆방으로 통하는 협소한 문으로 들어갔다. 그곳은 비좁고 어두웠으며 습기 찬 시큼한 냄새가 났다. 중앙에는 높은 책상이 있고 그 뒤에 납작한 검은색 모자를 쓴 나이 지긋하고 주름진 자가 서류 위로 몸을 굽히고 서 있었다. 책상 위에는 석유등이 타고 있었고 그 어둑한 빛은 벽에 붙어 꼼짝 않고 앉아 있는 자들의 얼굴만 간신히 비췄다. 루마타는 검을 쥐고서 역시 벽 앞에 있는 의자를 더듬어 앉았다. 이곳에는 이곳만의 법과 예절이 있었다. 들어온 사람에게 아무도 관심을 보이지 않는다. 누군가 들어왔으면, 그럴 만한 이유가 있다는 뜻이다. 들어오지 말아야 할 사람이었다면 눈 깜짝할 새에 이 세상

사람이 아니게 된다. 온 세상을 뒤져도 그 사람을 찾을 수 없게 되겠지…… 주름진 노인이 쉴 새 없이 깃펜을 사각거렸고 벽 앞의 사람들은 움직이지 않았다. 때로는 한 명씩 차례로 길게 숨을 내뱉었다. 보이지 않는 파리잡이 도마뱀이 가벼운 발소리를 내며 벽 위를 빠르게 가로질렀다.

벽 앞에 꼼짝 않고 있는 자들은 도적단의 두목들이었다. 몇몇은 루마타가 이전부터 알던 자들이다. 이 멍청한 짐승들은 그 자체로는 별 가치가 없다. 이들의 심리는 평범한 장사꾼들보다 복잡하지 않았다. 이들은 무식하고 무자비했으며 칼과 짧은 몽둥이를 잘 다뤘다. 그러나 책상 뒤에 서 있는 자는……

그는 바퀴 와가로 불리는, 권세가 대단한 인물이었다. 해협너머땅에, 이루칸 서쪽의 피탄 늪지부터 소안 상인공화국의 해안 사이에 포진한 도적단의 두목들 중에 그와 대적할 자는 없었다. 와가는 주제를 모르고 교만하다는 이유로 제국의 공식 교회 세 곳 모두에서 저주를 받았다. 자신이 여러 왕들을 형님으로 모신다고 했던 것이다. 그는 규모가 수만 명에 이르는 밤의 군대를 거느렸으며 금화 수십만 개를 보유했고 부하들은 관청의 가장 은밀한 곳까지 스며 있었다. 지난 20년 동안 그는 네 번 사형 당했고 그때마다 어마어마한 수의 군중이 몰려들었다. 그리고 공식적인 발표대로라면 현재 바퀴 와가는 제국에서 가장 가혹한 고문소 세 군데에 동시 수감되어 있는 셈이었다. 돈 레바는 여러 차례 〈실제로는 존재하지 않고 전설에 지나지 않는 바퀴 와가에 관한 거짓된 소문이 나라의 범죄자들과 불온한 사상을 가진 자들에 의해 퍼지는 사태〉에 관한 명령을 내렸다. 동시에 돈 레바가 힘 있는 친구들이 있는 남작들을 몇 명 불러다 놓고 바퀴 와가를 죽여서 데려오면 금화 500을, 산 채로 잡아 오면 7,000을 주겠다고 제안했다는 소문도 들렸다. 루마타도 한때는 바퀴 와가를 만나기 위해 적지 않은 노력과 금화를 써야 했다. 그에게 와가는 굉장히 거북한 인물이었으나 때때로 너무나 유용했다. 말 그대로 그가 아니면 안 되는 순간이 있었다. 게다가 와가는 학자로서의 루마타를 강하게 사로잡았다. 와가는 루마타가 본 중세의 괴물들 중에서도 가장 독특한 전시품으로, 과거가 일절 없는 듯한 인격이었다……

와가는 마침내 깃펜을 내려놓고 몸을 일으키고는 쉰 목소리로 말하기 시작했다.

"보아라 나의 아이들이여, 결과는 이렇다. 사흘 만에 금화 2,500이다. 반면 지출은 1,996뿐이다. 사흘 만에 귀여운 둥근 금화를 504개 벌어들인 것이다. 나쁘지 않다. 나의 아이들이여. 나쁘지 않아……"

아무도 움직이지 않았다. 와가가 책상 뒤에서 걸어 나와 모서리에 걸터앉더니 마른 손바닥을 힘껏 비볐다.

“나의 아이들이여, 기쁜 소식이 있다.” 그가 말했다. “좋은 시절이, 풍요의 시대가 오고 있다…… 하지만 열심히 일해야 한다. 당연히 그래야지! 나의 형님, 아르카나르의 왕께서 학식 있는 자들을 우리 왕국에서 전부 없애기로 했다. 글쎄, 이 결정의 의미는 왕께서 더 잘 아시겠지. 우리가 위에서 내리는 결정에 왈가왈부할 수 있겠느냐? 그래도 우리는 왕의 결정에서 이익을 취할 수 있고, 또 그래야만 한다. 우리는 왕의 신민이니 그를 위해 행동한다. 하지만 우리는 밤의 신민이기도 하므로 우리의 조그마한 몫까지 양보하지는 않을 것이다. 왕은 알지 못할 테니 우리에게 화낼 일도 없다. 뭔가?”

아무도 움직이지 않았다.

“피가가 한숨을 쉰 것 같았는데. 맞나? 나의 아들, 피가?”

암흑 속에서 사람들이 꿈틀대며 기침을 해 댔다.

“저는 한숨을 쉬지 않았습니다, 와가.” 거친 목소리가 답했다. “어떻게 그럴 수 있겠습니까……”

“그러면 안 되지, 피가. 안 돼! 맞는 말이다! 너희는 모두 이 자리에서 숨을 참고 내 말을 경청해야 한다. 너희 모두 여기서 나가면 고된 일을 하게 될 텐데, 그때는 아무도 너희에게 조언하지 않을 거다. 나의 형님인 왕께서 장관인 돈 레바의 입을 통해 달아나고 숨어 버린 학식 있는 자들의 머리에 적지 않은 돈을 약속했다. 우리는 왕께 그 머리들을 갖다 바쳐 그 늙은이를 기쁘게 할 것이다. 하지만 다른 한편으로는 학식 있는 자들 중 내 형님의 분노를 피하고 싶어 하고 그러기 위해 재산을 아끼지 않는 자들이 있다. 자비의 이름으로, 또 과도한 악행으로 인해 내 형님의 마음에 쌓인 짐을 덜어 주기 위해 우리는 이들을 돕는다. 그렇지만 왕께서 끝내 이들의 머리도 요구한다면 내줄 것이다. 싼값으로, 아주 싸게……"

와가는 입을 다물고 고개를 떨궜다. 갑자기 늙은이의 눈물이 천천히 그의 뺨을 타고 흘러내렸다.

"하지만 나는 늙어 가고 있다, 나의 아이들이여." 그가 흐느끼며 말했다. "내 손은 떨리고 무릎은 굽고 기억이 쇠퇴하기 시작했다. 그래서 이 자리에, 이 습하고 좁은 새장 속에 우리의 푼돈 계산에는 조금도 관심이 없을 귀족 나리가 괴로워하고 있다는 걸 잊고, 완전히 잊고 있었다. 내가 물러날 때가 됐다. 물러날 때가 됐어. 하지만 나의 아이들이여, 지금은 귀족 나리 앞에 사죄하도록 하자……"

그는 일어나더니 끙 소리를 내면서 허리를 굽혀 인사했다. 다른 사람들도 일어나 허리 굽혀 인사했지만, 분명 머뭇거리고 있었으며 심지어는 겁먹은 듯 보였다. 이치들의 아둔하고 원시적인 뇌가 허리 굽힌 늙은이의 말과 행동을 이해하려고 공연히 애쓰느라 지지직대는 소리를 루마타는 문자 그대로 들을 수 있었다.

상황은 뻔했다. 현재 진행 중인 회색 돌격대의 숙청에 밤의 군대가 힘을 보탤 의사가 있음을 바퀴 와가가 온갖 수단을 동원해 돈 레바에게 전한 것이다. 그리고 지금, 구체적인 명령을 내리고, 이름을 호명하고 작전 기간을 발표해야 하는 이때에 귀족이 와 있는 건, 부드럽게 표현하자면, 거추장스러우므로 그에게, 즉, 귀족 나리에게 어서 용건을 말하고 당장 꺼지라고 한 것이나 다름없다. 속을 알 수 없는 늙은이다. 무서운 늙은이. 그런데 와가가 왜 도시에 있지? 와가는 도시를 못 견뎌 하는데.

"자네 말이 맞네, 존경하는 와가." 루마타가 말했다. "나는 바쁜 몸이네. 하지만 사과를 해야 할 사람은 이쪽일세. 아주 사소한 일로 자네를 귀찮게 하고 있으니." 루마타는 계속 앉아 있었고 나머지는 모두 서서 그의 말을 들었다. "그러니까 자네의 조언이 필요하네…… 자네는 앉게."

와가가 한 번 더 몸을 굽혀 인사하고 앉았다.

"무슨 일인가 하면, 사흘 전 나는 무거운검들의땅에서 나의 벗, 이루칸에서 온 돈을 만나야 했네. 그런데 만나지 못했어. 그가 사라져 버린 걸세. 그가 이루칸 국경을 무사히 넘은 것은 틀림없는데 말이네. 자네 혹시 그가 어떻게 됐는지 알고 있나?"

와가는 오랫동안 내답하지 않았다. 도적들이 새새거리

고 한숨을 내쉬었다. 와가가 기침을 했다.

"아니요, 돈." 그가 말했다. "우리는 그 일에 대해서 아는 바가 전혀 없습니다."

루마타가 바로 일어섰다.

"고맙네, 존경하는 와가." 그가 말했다. 그는 방의 중앙으로 걸어가 책상 위에 금화 열 개가 든 자루를 내려놓았다. "자네에게 부탁 좀 하지. 뭔가 알게 되면 말해 주게." 그가 와가의 모자를 톡 건드렸다. "잘 있게."

루마타는 문 앞에서 멈춰 서더니 어깨 너머로 무심하게 흘리듯 말했다.

"자네는 방금 학식 있는 자들에 관해 뭔가 말하던데. 지금 든 생각이네만, 아르카나르왕의 노고 덕에 한 달 후면 제대로 된 애서가를 한 명도 못 찾을 것 같다는 예감이 들어. 그런데 나는 종주국에 대학을 세워야 하거든. 흑사병에 걸렸을 때 살아나게 되면 그렇게 하겠노라 맹세했었단 말이네. 그러니 애서가들을 죽일 일이 있으면 돈 레바보다 나에게 먼저 알려 주게. 어쩌면 내가 대학 설립에 필요한 이들을 몇 명 빼돌릴 수도 있지 않겠는가."

"비쌀 겁니다." 와가가 달콤한 목소리로 경고했다. "귀한 것은 팔리지 않는 법이 없으니까요."

"명예가 더 값지네." 루마타는 거만하게 말한 후 나갔다.

제 3 장

이 와가라는 인물을 잡아다가 지구로 보내면 얼마나 재미있을까, 루마타가 생각했다. 기술적으로는 어렵지 않다. 당장에라도 실행에 옮길 수 있다. 지구에서는 와가가 어떻게 행동할까? 루마타는 와가가 지구에서 어떻게 행동할지 상상했다. 사방에 거울이 붙어 있고 에어컨이 돌아가며 솔잎 향, 혹은 바다 내음이 풍기는 밝은 방에 거대한 털북숭이 거미를 던져 놓는다고 생각해 보자. 거미는 번쩍거리는 천장으로 기어가 불안한 듯 사나운 눈빛을 하고서—달리 어쩌겠는가?—옆으로 옆으로, 가장 어두운 구석까지 기어가 몸을 웅크리고, 독이 묻은 턱뼈를 세우고 위협할 것이다. 물론 와가라면 일단 화가 난 사람들을 찾겠지. 당연한 얘기지만, 그중에서 아주 어리석은 사람들은 너무 순수해서 이용할 가치가 없다고 생각할 것이다. 와가가 기력을 잃을 수도 있겠다. 심지어는 죽을 수도 있고. 누가 알겠는가! 문제는 이런 괴물들의 심리가 완전히 캄캄한 숲과 같다는 데 있다. 성 미카여! 괴물들의 심리는 비휴머노이드 문명의 심리보다 훨씬 파악하기 어렵다. 그들이 한 모든 행동은 설명할 수 있으나, 그들이 할 행동을 예상하기란 너무나 어렵다. 그래, 어쩌면 그는 우울증으로 죽을지도 모른다. 어쩌면 주위를 둘러보고 적응한 다음 뭘 할까 재 보다가 자연보호구역의 관리인 같은 걸 할지도 모른다. 이곳에서는 성가신 정도의 사소하고 온순한 취향이 지구에선 그의 삶에 결정적인 영향을 미칠 수도 있으니 말이다. 그는 고양이를 아주 좋아하는 듯하다. 그의 은신처에는 고양이들이 무리로 있고 돌보는 사람까지 붙여 놓았으며 돈까지 지불한다고 한다. 그렇게 인색한 와가가. 한 번 위협하는 것만으로도 충분했을 텐데 말이다. 어쨌든 지구에서 와가가 자신의 그 끔찍한 권력욕을 어떻게 할지는 짐작도 안 된다!

루마타는 선술집 앞에서 발걸음을 멈추고 들어가려다 금화 자루를 잃어버렸다는 사실을 알아차렸다. 몹시 당황한 그는(이런 일이 처음은 아니었지만, 좀처럼 익숙해지지 않았다) 입구에 서서 한참 동안 주머니란 주머니는 다 뒤적였다. 자루는 총 세 개 있었고 금화가 열 개씩 들어 있었다. 하나는 총독, 그러니까 킨 신부에게 줬고, 또 하나는 와가에게 줬다. 세 번째 자루가 사라진 것이다. 주머니는 텅 비어 있었으며 왼쪽 바짓가랑이의 금붙이들이 정교하게 잘려 나갔고 허리춤에 있던 단검도 사라지고 없었다.

그때 루마타는 조금 떨어진 곳에서 돌격대원 둘이 멈춰 서서 자신을 보면서 히죽이는 걸 발견했다. 연구소 정보원으로서의 그는 무시했겠지만, 에스토르의 귀족 돈 루마타는 분노에 사로잡혔다. 그는 순간 자제력을 잃었다. 돌격대원들에게 다가가는 그의 팔이 주먹을 쥔 채 높이 올라갔다. 그의 표정이 험악했는지 비웃던 돌격대원들은 마비라도 온 듯 경직된 움직임으로 뒷걸음치며 미소를 띠고 서둘러 선술집 안으로 쏙 들어가 버렸다.

루마타는 그 모습을 보자 겁이 났다. 일생에 딱 한 번—당시는 아직 행성 간 비행을 하는 부조종사였다—말라리아에 처음 감염된 걸 느꼈을 때 경험한 두려움이었다. 어떤 경로로 말라리아에 전염되었는지는 알 수 없었으나 두 시간 뒤에 그는 이미 농담처럼 완치되어 있었다. 하지만 완벽하게 건강하고 앓은 적 한 번 없던 자신이 경험한 공포를, 어딘가 망가지고 불구가 된 것 같고 오로지 자신의 것이라 믿었던 신체에 대한 통제력을 잃었다고 생각하며 경험한 공포를 그는 언제나 기억했다.

'그러려던 건 아니다.' 그가 생각했다. '그럴 생각도 없었다. 저들이 뭐 대단한 짓을 한 것도 아니지 않나. 그러니까, 멈춰 서서 그저 웃었을 뿐이다. 아주 멍청하게 히죽대긴

했지만, 내가 주머니를 뒤적거리는 모습이 아마 끔찍이도 웃겼겠지. 그런데 나는 저들을 죽일 뻔한 것 아닌가.' 불현듯 그가 깨달았다. '저들이 자리를 뜨지 않았더라면 죽였을 거다.' 그는 불과 얼마 전 내기를 하다가 검을 한 번 휘둘러 소안산 이중 갑옷을 입은 허수아비를 세로로 갈라 버린 일을 떠올리고는 등에 소름이 돋았다…… '저들은 여기서 돼지처럼 죽었을 수도 있다. 나는 검을 든 채 어찌할 바 모르고 서 있었겠지…… 이런 내가 신이라니! 짐승으로 변해 버렸는데……'

중노동이라도 한 듯 갑자기 온몸의 근육이 쑤셨다. 이런, 이런. 진정하자. 그가 자신에게 말했다. 괜찮다. 다 끝난 일이다. 그저 욱했을 뿐이다. 순간적으로 치밀어 오른 것이다. 다 끝났다. 어쨌든 나는 인간이고, 따라서 내게도 동물적 기질이 있다…… 신경이 곤두선 것뿐이다. 최근 며칠 동안 신경이 날카로워지고 긴장이 쌓여서…… 그리고 중요한 건 그게 그림자가 드리우는 느낌 때문이라는 것이다. 누구의 그림자인지, 어디서 시작된 건지 알 수 없지만, 비가역적으로 점점 더 드리우고 있다……

이 비가역성은 도처에서 느껴졌다. 얼마 전까지만 해도 기가 죽어서 막사에 처박혀 있던 돌격대원들이 이제는 도끼를 들고 자유로이 길 한복판을, 전에는 귀족들만 걸을 수 있던 공간을 활보한다. 거리의 악사와 이야기꾼, 춤꾼,

곡예사들이 도시에서 자취를 감췄다. 도시 사람들은 정치적인 내용을 담은 노래를 더 이상 부르지 않고 대단히 진중해졌으며 나라의 안녕을 위해 뭘 해야 하는지 아주 정확히 알았다. 또 아무런 설명 없이 갑자기 항구가 폐쇄됐다. 〈성난 민중〉이 귀중품 상점들을, 제국 내에서 유일하게 제국의 모든 언어와 고대 언어, 지금은 사어가 된 해협너머땅 선주민의 언어로 쓰인 책이나 기록을 사고 빌릴 수 있는 곳들을 전부 부수고 불태웠다. 도시를 장식하던 천문관측소의 빛나는 탑이 〈사고성 화재〉로 불타 이제는 푸른 하늘을 배경으로 검게 그은 이빨처럼 솟아 있다. 술 소비량이 2년 만에 네 배 증가했다. 그렇지 않아도 아르카나르는 못 말리는 폭음으로 유명했는데! 일상적으로 억압과 핍박을 받던 농민들은 결국 자신들이 사는 화창한날씨, 천국의오두막, 가벼운입맞춤의 지하로 들어가 숨었고 꼭 필요한 밭일을 해야 할 때에도 토굴에서 나오지 않는다. 그리고 마지막으로, 늙은 대머리수리 바퀴 와가가 막대한 돈 냄새를 맡고 도시로 근거지를 옮겼다…… 궁전 깊숙한 곳, 호화로운 방에는 통풍에 걸린 왕이 세상에 대한 두려움으로 태양을 보지 않은 지 20년이다. 자기 증조할아버지의 아들인 그는 아둔하게 킬킬대며 가혹한 명령을, 가장 결백하고 청렴한 사람들을 괴로운 죽음에 이르게 하는 명령을 끊임없이 써 내려가고 있다. 그곳 어딘가가 끔찍하게 곪았고, 그 고름은 언제 터져도 이상하지 않았다……

루마타는 부서진 참외를 밟고 미끄러졌다. 그가 고개를 들었다. 부유한 상인과 환전상, 귀금속 장인들이 모여 있는 넘치는감사의거리였다. 양옆으로 오래전에 지어진 튼튼한 집들과 매대, 상점들이 이어졌고 인도는 넓었으며 포장도로에는 화강암 판이 깔려 있었다. 평소에는 귀족들이나 부유한 사람들이 다니는 곳이었는데, 오늘은 흥분한 평민들이 끊임없이 루마타 쪽으로 쏟아졌다. 이들은 루마타를 조심스럽게 비껴갔다. 많은 이들이 비굴한 눈빛을 보내면서 혹시나 하는 마음으로 고개 숙여 인사했다. 높은 층의 창문에는 토실토실한 얼굴들이 보였고 그들의 표정에서는 들뜬 호기심이 가시고 있었다. 앞쪽 어디에선가 위압적인 목소리가 소리쳤다. "이제 물러가라……! 해산! 서둘러라……!" 군중이 웅성댔다.

"그들 속에 바로 악이 있어. 제일 두려운 자들이라고. 보기에는 조용하고 착하고 존경받는 사람들인데, 딱 봐도 상인일 뿐인데 속에 쓴 독을 품고 있었다니……!"

"그들이 어떻게 그를, 제기랄…… 알다시피 나는 이제 웬만한 것에는 익숙하지만, 보기 괴로웠어……"

"저들은 뭐든 잘 해치우는군…… 대단한 아이들이야! 가슴이 벅차오르네."

"그럴 것까진 없지 않나? 어쨌든 인간이고 숨이 붙어

있는데…… 죄를 지었으면 처벌을 해야 다음에 안 그런다지만, 뭣 하러 이렇게까지……?"

"에이, 무슨 소리야……! 좀 조용히 말해. 일단 주위에 사람들이 많아……"

"주인님, 아아, 주인님! 품질 좋은 천이 있어요. 밀어붙이면 비싼 값을 부르지 않을 거예요…… 다만 서둘러야 해요. 안 그러면 또 파킨의 판매상들이 다 쓸어 갈 거예요."

"아들아, 의심하지 말아야 한다. 믿음을 가져야 해. 권력자들이 행동할 때는 뭘 하는지 안다는 뜻이란다……"

또 사람을 죽였군, 루마타가 생각했다. 그는 당장 몸을 돌려서 군중이 쏟아져 나오는 곳을, 가라고, 해산하라고 소리치는 목소리가 시작되는 곳을 피해 가고 싶었다. 하지만 방향을 틀지 않았다. 금으로 된 서클릿에 박힌 돌을 가리지 않도록 앞으로 내려온 머리카락을 쓸어 올렸을 뿐이다. 이 돌은 평범한 돌이 아니라 송신기였고, 서클릿도 평범한 서클릿이 아니라 무전기였다. 지구의 역사학자들이 이 행성의 아홉 개 대륙에 파견된 정보원 250명이 보고 듣는 것을 전부 보고 듣고 있다. 바로 그렇기 때문에 정보원들은 보고 들어야 한다.

루마타는 턱을 치켜들고 사람들을 물리치기 위해 검들을 휘저으면서 곧장 도로 정중앙, 사람들 속으로 걸어갔다. 걸어오던 사람들이 황급히 물러나며 길을 내줬다. 그때 얼굴에 분을 바른 땅딸막한 가마꾼 넷이 나르는 은가마가 길을 가로질러 왔다. 커튼 뒤에서 속눈썹을 짙게 칠한 아름답고 차가운 얼굴이 나왔다. 루마타가 모자를 벗고 인사했다. 도나 오카나, 우리의 독수리 돈 레바의 새 연인이었다. 그녀는 멋진 기사를 발견하고는 나른한 표정으로 의미심장한 미소를 보냈다. 그가 아는 귀족 스무 명 정도는 이런 미소를 받으면 착각에 빠져서 아내나 애인의 품에 안겨 〈다들 조심해야 할걸. 이제 난 사람들의 마음을 사로잡은 다음 배반해 버릴 거야. 그들에게 전부 되갚아 주겠어……!〉 따위의 희소식을 전할 것이다. 이런 미소는 귀하고 때로는 헤아릴 수 없을 정도로 값지다. 루마타는 그 자리에 서서 눈빛으로 가마를 배웅했다. 결정해야 한다, 그가 생각했다. 이제 결정해야 해…… 그는 그 대가가 무엇일지 생각하며 몸을 부르르 떨었다. 하지만 해야 하는 일이다! 해야 하는 일…… 나는 결심했다. 그가 생각했다. 어쨌거나 다른 방법이 없다. 오늘 저녁이다. 그는 아까 단검을 보러 들렀다가 시 낭송을 들은 무기 상점을 지나치다 멈춰 섰다. 그렇군…… 그러니까, 당신 차례였던 거군. 선량한 하우크 신부……

군중은 벌써 흩어지고 없었다. 상점 문은 떨어져 나가고 창문은 깨져 있었다. 문이 있던 자리에는 회색 셔츠를 입은 거구의 돌격대원이 짝다리를 하고 서 있었다. 또 한 명의 깡마른 돌격대원은 벽 앞에 쪼그리고 앉아 있었다. 포장도로 위로 글자가 빼곡히 적힌 구깃구깃한 종이 쪼가리들이 바람에 날렸다.

거구의 돌격대원이 손가락을 입에 넣고 빨다가 빼더니 유심히 살펴봤다. 손가락에서 피가 나고 있었다. 돌격대원은 루마타의 시선을 눈치채고는 쉰 목소리로 친절하게 말했다.

"물었네요. 젠장맞을. 그 쥐새끼가……"

다른 돌격대원이 조급하게 킬킬댔다. 이 왜소하고 창백한 청년, 갈팡질팡하는 표정의 여드름투성이 녀석은 딱 봐도 신입 대원, 싹수가 노란 하룻강아지였다……

"무슨 일이 있었던 건가?" 루마타가 물었다.

"숨어 있던 애서가 때문에 발이 묶였죠." 하룻강아지 같은 놈이 신경질적으로 말했다.

꺽다리가 자세를 바꾸지 않고 다시 손가락을 빨기 시작했다.

"자세 바로!" 루마타가 조용히 명령했다.

하룻강아지가 황급히 일어나 도끼를 잡았다. 꺽다리는 잠시 생각하더니 어쨌든 다리를 내리고 제법 똑바로 섰다.

"그 애서가가 어쨌길래?" 루마타가 물었다.

"모릅니다. 추피크 신부의 명령대로……" 하룻강아지가 말했다.

"그래서 어떻게 했나? 잡았나?"

"그렇습니다! 잡았습니다!"

"잘했군." 루마타가 말했다.

분명 최악의 상황은 아니다. 아직 시간이 있다. 시간보다 값진 건 없지, 그가 생각했다. 한 시간이면 한 사람의 목숨을 구할 수 있고 하루는 가치를 가늠할 수 없다.

"그를 어디로 데려갔나? 즐거운탑으로?"

"예?" 하룻강아지가 못 알아들었다는 듯 물었다.

"그가 지금 탑에 있느냐고 물었다."

여드름투성이 낯짝에 애매한 미소가 퍼졌다. 꺽다리가 큰 소리로 웃어 젖혔다. 루마타가 힘겹게 몸을 돌렸다. 거기, 길 맞은편 대문에 설치된 교수대에 하우크 신부의 시체가 누더기 자루처럼 매달려 있었다. 남루한 차림의 사내아이들이 마당에서 입을 헤벌리고 시체를 쳐다보고 있었다.

"이제 탑으로 보내지 않습니다." 등 뒤에서 꺽다리가 친절하게 끽끽댔다. "요즘은 신속히 처리합니다. 귀에 들어오면 바로 가서 처리하는 거죠……"

하룻강아지가 또다시 킥킥댔다. 루마타는 멍하니 그를 쳐다본 후 천천히 길을 건넜다. 우울한 시인의 얼굴이 새카맣게 변해 낯설었다. 루마타가 눈을 떨궜다. 손만 알아볼 수 있었다. 잉크가 잔뜩 묻은 길고 연약한 손가락……

이제 삶에서 퇴장하지 않는다
이제 삶에서 끌려 나간다.
만일 누군가
지금과 다르기를 바란다 해도
무력하고 무능력한 자는
연약한 손을 떨굴 것이다
문어의 심장이 어디 있는지 모른 채
문어에게 심장이 있는지 모른 채……

루마타는 돌아서서 계속 걸었다. 따뜻하고 고귀한 하우크…… 문어에게는 심장이 있네. 그리고 우리는 그게 어디 있는지 알고 있지. 그런데 나의 말없는 가련한 친구여, 그 사실이 가장 무섭네. 우리는 그게 어디 있는지 알지만, 겁먹고 멍청하며 눈이 먼, 의심할 줄 모르는 수천 명의 피를 흘리지 않고서는 그 심장을 파괴할 수 없네. 그런데 그런 자들이, 무지한 자들, 세상과 단절된 자들, 끝이 보이지 않는 힘겨운 노동으로 악해진 자들, 비굴해진 자들, 동화 몇 개 더 모으는 것 말고는 생각이란 걸 할 수 없는 자들이 너무나 많다…… 절망적일 정도로 많다. 게다가 그들을 가르칠 수도, 단합할 수도, 교정할 수도, 자기 자신으로부터 구할 수도 없다. 이르다. 너무나 이른 시기에, 100년은 앞서 아르카나르에 회색 신장이 생기고 있고, 그 흐름은 저항에 부딪히지도 않을 것이다. 그러니 내가 할 수 있는 행동은 얼마 안 되는 이들을, 구할 수 있는 이들을 구하는 것뿐이다. 부다흐, 타라, 나닌…… 그 외에도 열 명은 더…… 아니 스무 명 더……

그러나 그들을 제외하고도 수천 명의 사람들이, 재능은 부족할지라도 순수하고 진실로 선한 자들이 치명적인 위험에 처해 있다는 생각에 루마타는 가슴 한구석이 얼음장같이 차가워지는 걸 느꼈고 자신의 위선을 감각했다. 이 감각은 점점 선명해졌고 의식은 침침해지는 듯했으며 루마타는 총탄의 보랏빛 포화 속에 회색 개자식들의 등짝을, 동물적 공포로 뒤틀린, 언제나 보잘것없던 창백한 돈 레바의 실루엣을, 내부에서부터 천천히 무너지는 즐거운탑을 실제로 자신의 눈앞에 보고 있는 것만 같았다…… 그래, 그렇게 됐더라면 아주 좋았겠지. 진정한 사건이었을 거다. 진정 거시적인 영향을 끼칠 사건 말이다. 하지만 그다음에는…… 그렇다. 연구소 사람들이 옳다. 그다음 일을 걷잡을 수 없을 것이다. 나라에 핏빛 혼돈이 시작될 테다. 와가가 거느리는 밤의 군대가 수면 위로 떠오르고 모든 교회와 절연한 만 명의 도적들, 폭도들, 살인자들, 소아성애자들이 판칠 것이다. 구릿빛 피부의 야만인 무리가 산에서 내려와 갓난아이부터 노인까지, 살아 있는 생명체는 전부 죽일 것이다. 공포에 눈이 먼 농민들과 시민들이 대거 숲으로, 산으로, 사막으로 도망갈 것이다. 그리고 너의 추종자들은—유쾌하고 용감한 사람들이지!—네가 피할 수 없는 폭력적인 죽음을 맞은 후 권력과 기관총을 차지하겠다고 잔혹하게 싸우면서 서로의 배를 가를 것이다…… 너의 죽음은 허무할 것이다. 가장 가까운 벗이 건넨 포도주 잔에, 혹은 커튼 뒤에서 날아온 석궁 화살을 등에 맞고 죽을 것이다. 그뿐만 아니라 지구에서 너를 대체하기 위해 파견된 자는 인적 없고 피로 물든, 전부 불에 타 모든 것을, 말 그대로 모든 것을 처음부터 다시 시작해야 하는 나라를 보고 돌처럼 굳겠지……

루마타는 먹구름처럼 음울한 상태로 집에 도착해 발로 차서 문을 열고 넓고 낡은 현관으로 들어섰다. 40년째 하인으로 일해 온 백발 무가는 머리를 어깨에 묻고 움츠린 채 젊고 난폭한 주인이 모자와 망토, 장갑을 벗고 검을 찬 벨트를 장의자에 내팽개치고 방으로 올라가는 모습을 지켜봤다. 응접실에서는 우노가 루마타를 기다리고 있었다.

"점심을 내오라고 해라." 루마타가 으르렁댔다. "서재로."

소년은 꿈쩍하지 않았다.

"손님이 나리를 기다리고 있습니다." 그가 울적한 목소리로 전했다.

"누구지?"

"어떤 여자분입니다. 어쩌면 도나일 수도 있어요. 호칭으로는 결혼을 안 하신 분인 듯했어요. 상냥했고 귀족 같은 차림을 하고 있었고…… 예뻤습니다."

키라로군, 루마타는 마음이 녹고 긴장이 풀렸다. 이렇게 적절한 때에 오다니! 나의 사랑스러운 키라가 어떻게 알고…… 그는 눈을 감고 생각을 정리하며 서 있었다.

"쫓아낼까요?" 소년이 사무적으로 물었다.

"멍청한 녀석." 루마타가 말했다. "네놈이야말로 쫓겨나고 싶은 거냐……! 그 손님은 어디 있지?"

"서재에요." 소년이 어색한 웃음을 지으며 말했다.

루마타가 잰걸음으로 서재로 향했다.

"두 사람분의 점심을 만들라고 해라." 그가 걸으면서 명령했다. "그리고 명심해라. 아무도 들이면 안 된다! 왕이 됐든 악마가 됐든 돈 레바가 직접 왔든……"

키라는 서재 소파에 다리를 올리고 앉아 턱을 주먹에 괴고 「소문에 대한 논문」을 정신없이 넘기고 있었다. 루마타가 들어가자 그녀는 일어나려 했으나 그가 그렇게 두지 않았다. 루마타는 달려가 그녀를 안고 복슬복슬한 머리카락에 코를 묻으며 중얼거렸다. "키라, 이렇게 제때에 오다니……! 당신이 필요한 때에……!"

특별한 구석이라고는 하나도 없었다. 평범한 여자였다. 열여덟 살에 들창코인. 아버지는 법원의 서기관 보조였고 오빠는 돌격대 중위였다. 혼사는 빨강 머리라는 이유로 늦어지고 있었다. 아르카나르 사람들이 빨강 머리는 별로 좋아하지 않기 때문이다. 그러한 연유로 그녀는 놀라울 정도로 조용했으며 수줍음을 탔다. 계층을 막론하고 인기 있는, 목청 크고 육감적인 속물들과는 공통점이 하나도 없었다. 그녀는 여성의 역할이 무얼 뜻하는지 너무나 일찍 알아버린 후 그걸 평생 의식하며 사는, 궁전의 나른한 미녀들과도 달랐다. 하지만 그녀는 사랑할 줄 알았다. 지구인들처럼 평온하게, 주저 없이……

"왜 울고 있어?"

"그러는 당신은 왜 그렇게 화가 나 있어?"

"아니, 당신이 먼저 말해. 왜 운 거야?"

"나중에 말할게. 당신 눈이 너무나 지쳐 보이는데…… 무슨 일 있어?"

"그건 이따 얘기하지. 누가 당신을 화나게 한 거야?"

"아무도 날 화나게 하지 않았어. 나를 이곳에서 데리고 가 줘."

"꼭 그럴게."

"그게 언젠데?"

"모르겠어, 키라. 하지만 우리는 반드시 이곳을 떠날 거야."

"먼 곳으로?"

"아주 먼 곳으로."

"종주국으로 가는 거야?"

"그렇지…… 종주국인 셈이지. 내가 태어난 곳으로 갈 거야."

"살기 좋은 곳이야?"

"정말 좋아. 거기서는 아무도 절대 울지 않아."

"그럴 순 없어."

"물론 그럴 순 없지. 하지만 당신은 그곳에서는 절대 울 일이 없을 거야."

"거기 사람들은 어때?"

"나 같아."

"모두들?"

"다 그런 건 아니지만. 나보다 훨씬 훌륭한 사람도 있고."

"그런 일은 불가능해."

"그런 일이 가능한 곳이야!"

"당신을 믿는 건 어쩜 이렇게 쉬울까? 아버지는 아무도 믿지 않아. 오빠는 모두들 돼지 새끼라고, 더러운 돼지랑 그렇지 않은 돼지만 있다고 하지. 하지만 나는 아버지와 오빠가 하는 말은 믿지 않아. 당신을 믿어……"

"사랑해……"

"잠깐, 루마타…… 서클릿을 벗어야지…… 안 그럼 죄

악이라고 했잖아……"

루마타가 행복하게 웃으며 머리의 서클릿을 벗어 탁자에 놓고 책으로 가렸다.

"이건 신의 눈이야. 잠깐 감고 있으라 하자……" 그는 그녀를 안아 올렸다. "아주 불경한 일이지만, 당신과 있을 땐 나에게 신이 필요 없어. 그렇지?"

"그래." 그녀가 조용히 속삭였다.

그들이 식탁에 앉았을 즈음에는 따뜻했던 음식이 다 식어 있었고 얼음 통에서 가져온 포도주도 미지근해져 있었다. 우노가 들어와 늙은 무가에게 배운 대로 소리 나지 않게 벽을 따라 걸으면서 등을 켰다. 바깥은 아직 밝았는데도.

"당신의 노예야?" 키라가 물었다.

"아니. 이 애는 자유인이야. 몹시 훌륭한 아이인데 몹시 인색하기도 하지."

"돈 문제에는 신중해야 하니까요." 우노가 고개를 돌리지 않고 말했다.

"그래서 새 시트를 사지 않은 거냐?" 루마타가 물었다.

"뭐 하러 사요." 소년이 대답했다. "낡은 것도 쓸 만한데……"

"잘 들어라, 우노." 루마타가 말했다. "너는 한 달 내내 같은 시트에서 잘 수 없어."

"헤에." 소년이 말했다. "전하는 반년을 같은 시트에서 자도 불평하지 않으신다던데……"

"그러면 기름은," 루마타가 키라에게 눈짓하며 말했다. "등을 켜는 데 쓰는 기름은 사지 않느냐. 그건 공짜냐?"

우노가 멈춰 섰다.

"손님들이 오시잖아요." 그가 마침내 단호히 말했다.

"봤지, 어떤 애인지!" 루마타가 말했다.

"귀여운 아이네." 키라가 진지하게 말했다. "이 애는 당신을 사랑해. 우리 이 애도 데려가자."

"두고 보자고." 루마타가 말했다.

소년은 의심스럽다는 듯 물었다.

"어디로 말씀이시죠? 저는 아무 데도 안 가요."

"우리는 모든 사람들이 돈 루마타 같은 곳으로 갈 거야." 키라가 말했다.

소년은 잠시 생각하더니 우습다는 듯 말했다. "귀족 나리들을 위한 천국 같은 거예요……?" 그러고는 비웃듯 쿵쿵대고 망가진 단화를 끌면서 서재에서 나갔다. 키라가 그의 뒷모습을 지켜봤다.

"착한 아이네." 그녀가 말했다. "새끼 곰처럼 거칠긴 하지만. 좋은 친구를 뒀구나."

"내 친구들은 모두 좋은 사람이야."

"팜파 남작은?"

"당신이 어떻게 그를 알지?" 루마타가 놀랐다.

"당신이 팜파 남작 얘기만 하잖아. 항상 듣는 얘기가 팜파 남작이 이랬다, 팜파 남작이 저랬다, 인걸."

"팜파 남작은 훌륭한 동지지."

"어떻게 남작이 동지일 수 있어?"

"좋은 사람이라는 의미야. 아주 다정하고 재밌는 사람이지. 자기 아내를 아주 사랑하고."

"나도 만나 보고 싶네…… 혹시 내가 부끄러워?"

"아니, 그럴 리가. 부끄럽지 않아. 그런데 그는 좋은 사람이긴 하지만, 결국 남작이어서."

"그렇구나……" 그녀가 말했다.

루마타가 접시를 밀었다.

"이제 왜 울었는지 말해 줘. 그리고 왜 혼자 도망쳐 왔는지도. 지금 여자 혼자서 길을 다닐 수 있기는 해?"

"집에 있을 수 없었어. 다시는 돌아가지 않을 거야. 여기서 하녀로 일하면 안 돼? 보수는 받지 않을게."

루마타의 목에 낀 음식물 사이로 큰 웃음이 터져 나왔다.

"아버지가 매일 보고서를 베껴 쓰고 있어." 그녀가 절망하며 조용히 말했다. "아버지가 베껴 쓰는 문서들에는 다 피가 묻어 있고. 아버지는 그걸 즐거운탑에서 받아 오는 거야. 당신은 왜 나에게 읽는 법을 가르쳐 줬지? 매일 저녁, 매일 저녁…… 아버지는 고문 기록을 베끼고 술을 마셔…… 너무 무서워. 너무나 무섭다고! '이것 봐라, 키라. 우리 이웃 서예가는 사람들에게 쓰는 법을 가르쳤지. 그런데 그의 정체가 뭐였는 줄 아느냐? 고문하는 중에 마법사이자 이루칸의 첩자로 밝혀졌다. 세상에 누구를 믿을 수 있겠느냐? 내가 바로 그에게 읽는 법을 배웠는데'라고 했어. 그리고 오빠는 순찰을 돌고 나서 맥주에 취해 돌아오는데 손에는 온통 피가 말라붙어 있어…… '전부 다, 12대손까지 죽여 버릴 거야……'라고 말하지. 아버지한테는 대체 왜 읽고 쓸 줄 아느냐고 따지고…… 오늘은 친구들과 어떤 사람을 집으로 끌고 와서는…… 때렸어. 사방에 피가 튀었어. 맞던 사람은 소리도 지르지 못할 지경이 됐고. 이렇게는 살 수 없어. 난 돌아가지 않을 거야. 차라리 죽는 편이 낫겠어……!"

루마타는 곁에 서서 그녀의 머리를 쓰다듬었다. 그녀는 눈물이 마른 건조한 눈빛을 빛내며 한곳을 응시했다. 그녀에게 무슨 말을 하면 좋단 말인가? 그는 그녀를 번쩍 들어 소파로 데려가 나란히 앉았다. 그는 크리스털 사원, 주위 수 마일 반경으로 오물이나 모기, 부패물이 없는 즐거운 정원들, 음식이 저절로 생기는 식탁보, 하늘을 나는 양탄자, 마법의 도시 레닌그라드, 자신만만하고 유쾌하며 다정한 자신의 친구들, 바다와 산맥 너머, 옛날식으로는 지구라고 부르는 신비로운 나라에 대해 이야기했다…… 그녀는 조용히 집중해서 들었다. 창밖에서 편자를 박은 장화가 철컥 철컥 철컥 묵직하게 울릴 때마다 그에게 더 꼭 붙었을 뿐이다.

그녀는 훌륭한 성정을 지녔다. 그녀는 좋은 것을 경건하고 순수하게 믿을 줄 알았다. 같은 이야기를 농민에게 하면 그럴 리 없다는 듯 흠 하고는 소매로 콧물을 훔친 다음 친절하고 멀쩡한데—비극적이게도!—머리가 이상해진 귀족 나리를 쳐다보다가 말없이 가 버릴 것이다. 돈 타메오와 돈 세라에겐 말해 봤자 끝까지 안 듣는다. 하나는 잠들고 하나는 트림하면서 이렇게 말하겠지. 〈그거 참 조오쿤. 그런데 그쪽 여자들은 어떤가……?〉 돈 레바라면 끝까지 주의 깊게 듣고 나서 돌격대원들에게 눈짓을 해 귀족 나리의 팔꿈치를 어깨 뒤로 잡게 한 다음 그런 위험한 이야기를 정확히 어디서 들었으며 누구한테 또 얘기했는지 밝혀낼 것이다……

키라가 진정하고 잠들자 루마타는 곤히 자는 그녀의 얼굴에 키스하고 가장자리가 털가죽으로 처리된 겨울용 망토를 덮어 줬다. 그러고는 불쾌하게 끼익대는 문을 조심스레 닫고 살금살금 나갔다. 그는 어두운 복도를 지나 하인실로 들어가서 고개 숙여 인사하는 머리들을 내려다보며 말했다.

"여집사를 고용했다. 이름은 키라다. 위층 내 방에서 지낼 거다. 서재 뒤에 있는 방을 내일 당장 깨끗이 치워 둬라. 여집사가 하는 말은 내 말처럼 듣도록." 그가 하인들을 눈으로 훑으면서 누가 비죽대며 웃지는 않나 살폈다. 아무도 히죽이지 않았고 마땅한 존경을 표하며 듣고 있었다. "대문 밖에서 이 일에 관해 떠드는 자는 혀를 뽑아 버리겠다!"

루마타는 연설을 끝낸 후에도 장엄한 효과를 주기 위해 잠시 서 있다가 몸을 돌려 다시 자기 방으로 올라갔다. 그는 녹슨 무기가 걸려 있고 나무 벌레가 좀먹은 기괴한 가구가 비치된 응접실 창가에 섰다. 차갑고 어두운 유리창에 이마를 대고 거리를 내다봤다. 순찰대 근무 시작을 알리는 종이 울렸다. 길 건너편 집들은 악한 자와 악한 혼을 쫓기 위해 등을 밝히고 덧창을 닫아 놓았다. 밖은 고요했다. 딱 한 번 밑에서 술 취한 자의 끔찍한 비명이 들려왔을 뿐이다. 누군가 그의 옷을 벗겨 갔거나, 혹은 그가 남의 집 문으로 돌진했던 걸지도 모른다.

가장 두려웠던 건 숨 막히고 외롭고 어두웠던 그 저녁들이었다. 우리는 그것이 영원으로 남을 싸움이라고, 치열하고 또 승리를 가져다줄 싸움이라고 생각했다. 우리는 선과 악, 적군과 아군을 언제나 선명하게 알 수 있으리라 생각했다. 우리의 생각은 대체로 옳았지만, 고려하지 못한 것들도 많이 있었다. 예를 들어, 우리는 그 저녁들을 구체적으로 상상하지 않았다. 그 저녁들이 오리라는 건 분명히 알았음에도……

아래층에서 쇳덩이를 움직이는 소리가 났다. 밤에 대비해 빗장을 지른 것이다. 부엌 하녀는 스스로 벌어먹을 능력이 있고 머리가 장식품이 아니기만 하면 아무나 남편으로 보내 달라고 성 미카에게 기도했다. 늙은 무가는 엄지손가락을 휘두르며 하품했다. 부엌에서 하인들이 저녁 맥주를 마시며 뒷소리를 늘어놓았다. 그리고 우노는 곱지 않은 눈빛을 반짝이며 어른스럽게 말했다. "쓸데없는 소리를 지껄이기는. 승냥이가 따로 없군……"

루마타는 창가에서 물러나 응접실을 서성댔다. 절망적이다, 그가 생각했다. 아무리 노력해도 이들을 관성적인 걱정이나 사고의 굴레에서 떼어 낼 수 없다. 이들에게 모든 것을 줄 수는 있다. 그러나 가장 현대적인 집에 살게 하고 이온 변화 과정을 가르친들 저녁이면 부엌에 모여 카드놀음을 하고 아내에게 바가지 긁히는 이웃 흉을 볼 것이다. 이들에게 그보다 좋은 시간 때우기는 없다. 이러한 관점에서는 돈 콘도르가 옳다. 수 세기에 걸쳐 전해지는, 검증된 불변의 전통과 법칙, 바보 중의 바보도 이해할 수 있는 법칙, 반드시 생각을 하거나 무언가에 관심을 가져야 하는 건 아니라는 군중심리의 전통과 법칙의 거대한 합에 비하면 레바는 별것 아닌 작은 오점에 불과하다. 그는 교과서에도 실리지 않을 것이다. 그는 〈절대주의가 강화되던 시대의 중요하지 않은 협잡꾼〉이다.

돈 레바, 돈 레바! 키가 크지 않으나 그렇다고 작지도 않고, 뚱뚱하지 않으나 그렇다고 깡마르지도 않았다. 머리숱이 아주 많지도 않으나 대머리도 절대 아니다. 몸짓은 날렵하지 않으나 굼뜨지도 않다. 기억에 남는 얼굴도 아니었다. 닮은 사람 수천 명이 즉시 머릿속에 떠오르는 얼굴이었다. 그는 예의 바르고 여성들을 정중하게 대하는 사려 깊은 대화 상대였지만, 특출한 의견으로 돋보이는 인물은 아니었다……

3년 전 하잘것없고 눈에 띄지 않는 관료였던 그가, 비굴하고 창백했으며 어떻게 보면 파리했던 그가 케케묵은 궁정 관료계의 밑바닥에서 기어 나왔다. 얼마 지나지 않아 당시 총리가 돌연 체포되어 사형 당했다. 공포에 질려 바보가 되어 버린, 아무것도 이해하지 못하는 고관들 몇몇도 고문을 당하다 죽었다. 그들의 시체 위로 창백한 버섯이 자라나듯 이 끈질기고 무자비한 보통의 천재가 존재감을 드러냈다. 그는 아무도 아니었다. 출신도 보잘것없었다. 그는 나약한 왕국에 출현한 강력한 지성이 아니었다. 역사가 알던, 전제정치 체제를 위한 통일 전쟁이라는 이념에 일생을 바치는 위대하고 무서운 인물이 아니었다. 금이나 여자 생각밖에 없거나 권력을 잡으려고 사방의 적을 죽이는, 혹은 죽이기 위해 권력을 취하는, 왕의 탐욕스러운 충신이 아니었다. 심지어 그를 두고 돈 레바가 절대 아니라고, 돈 레바와는 전혀 다른 사람이라고, 저자가 도대체 누군지 모르겠다고 하는 얘기마저 귀엣말로 전해진다. 누가 알겠는가. 인간으로 둔갑한 괴물인지, 분신인지, 요정이 바꿔치기해 놓은 자인지……

레바가 꾸민 일은 전부 실패로 끝났다. 그는 왕국 내 영향력이 큰 두 가문의 싸움을 부추겼다. 이들의 세력을 약화시킨 다음 남작령으로 대거 진군할 작정이었다. 그러나 두 가문은 화해했다. 술잔을 맞부딪치며 영원한 동맹을 공표했고 대대로 아르카나르의 토츠 왕가가 소유하던 꽤 좋은 땅을 왕에게서 빼앗았다. 레바는 이루칸 공국에 전쟁을 선포하기도 했다. 직접 군대를 이끌고 국경까지 나아갔으나, 군을 늪에 빠뜨리고 숲에서 상당수를 잃은 후 남은 병사들을 내팽개치고 아르카나르로 도망쳐 왔다. 레바는 돈 구그의 노력 덕분에—그는 돈 구그가 개입했다는 건 짐작도 못 했겠지만—이루칸 공과 평화협정을 맺을 수 있었다. 하지만 그 대가로 접경 도시 두 개를 잃었으며 왕은 나라 전역에서 일어나는 농민 봉기를 제압하기 위해 말라 가는 국고를 바닥까지 쓸어 모아야 했다. 이 정도 실패라면 어떤 장관이라도 즐거운탑의 꼭대기에 거꾸로 매달릴 법했지만, 돈 레바는 어째서인지 건재했다. 그는 교육과 복지를 담당하는 부처를 없애고 국왕경호부를 신설했다. 국가 직책을 맡고 있는 뼈대 있는 가문 출신의 귀족과 학자들을 축출했다. 결국에는 경제를 파탄 냈으며 「농민의 가축적 속성에 대하여」라는 논문을 썼다. 끝으로 1년 전, 〈경호근위대〉, 즉 〈회색 중대〉를 조직했다. 히틀러 뒤에는 독점 상인들이 있었다. 돈 레바 뒤에는 아무도 없으며 돌격대원들이 결국엔 그를 파리 죽이듯 제거할 것이 분명했다. 그러나 돈 레바는 마치 자기 자신을 속이려는 듯, 편집증적인 문화 말살 말고는 아무것도 모르는 듯 계속해서 모두를 혼란에 빠뜨리고 제멋대로 굴면서 어리석은 일에 어리석은 일을 거듭하고 있다. 바퀴 와가와 마찬가지로 그에겐 과거가 없다. 2년 전에는 온갖 귀족 머저리들이 레바를 〈국왕을 속이는 미친 놈〉이라며 무시했지만, 이제는 모든 귀족이 자기를 국왕경호부 장관의 모계 쪽 친척이라 말하고 다닌다.

그런 레바가 이번에는 부다흐를 원했다. 또다시 어리석은 짓을 저지르고 있다. 또다시 야만스러운 계략을 꾸미고 있다. 부다흐는 애서가다. 애서가는 죽인다. 이에 따르자면 누구나 알 수 있게 시끌벅적 요란하게 처리했어야 했다. 하지만 시끄럽지도 요란하지도 않았다. 다시 말해, 살아 있는 부다흐가 필요하다는 얘기다. 무엇을 위해? 부다흐가 자신을 위해 일해 주리라 기대할 만큼 레바가 어리석지는 않을 텐데? 아니, 어리석은가? 어쩌면 돈 레바는 그저 어리석고 운이 좋았던 모략가가 아닐까? 자신이 뭘 원하는지 전혀 모르는, 교활하지만 사람들 앞에서는 어릿광대짓을 하는 인물 아닐까? 재미있는 건, 3년 동안 그를 지켜보았는데도 아직 그가 어떤 인물인지 파악하지 못했다는 점이다. 그런데 그가 날 지켜봤더라도 마찬가지로 날 파악할 수 없었을 것 같기는 하다. 사실 무엇이든 가능하지 않나. 바로 이 부분이 흥미롭다! 기초 이론은 심리적 목적 지향성을 기본 유형에 따라 분류하지만, 실제로는 사람 수만큼 다양한 심리적 목적 지향성이 있으며, 권력은 누구에게든 주어질 수 있다! 예를 들자면, 일생을 이웃 괴롭히기로 보낸 사람에게도 주어질 수 있다. 타인의 수프 냄비에 침을 뱉은 자나 타인의 건초에 유리 가루를 뿌린 자에게도. 물론 그런 자는 축출되겠지만, 축출되기 전에 실컷 남을 무시하고 손해를 끼치고 장난질을 할 수 있을 것이다…… 역사에 자신의 자취가 남든 말든, 먼 후손이 자기 행적을 역사적 영향에 관한 이론에 끼워 맞추느라 머리가 깨지든 말든 신경 쓸 필요도 없다.

'나는 이제 이론까지 신경 쓸 여력이 없다.' 루마타가 생각했다. '한 가지는 알겠다. 인간은 이성의 물질적 매개라는 것. 인간이 이성을 발전시키지 못하게 가로막는 것은 전부 악이라는 것. 그리고 악은 무슨 수를 써서라도 하루빨리 제거해야 한다는 것. 무슨 수를 써서든? 정말 무슨 수든 써도 괜찮은가……? 아니, 무슨 수든 써도 되는 건 아닐 것이다. 아니면 무슨 수든 괜찮나? 쓸데없는 생각 집어치우자!' 그가 자기 자신에게 속으로 말했다. 결정해야 한다. 늦든 빠르든 어쨌거나 결정해야 한다.

불현듯 도나 오카나가 떠올랐다. 이 문제를 어떻게 할지 정해야 한다, 그가 생각했다. 이 문제부터 시작하자. 화장실 청소를 하는 신에게 깨끗한 손을 기대하지는 않을 것 아닌가…… 그는 앞으로 일어날 일을 생각하면 바보가 되는 것 같았다. 하지만 죽이는 것보다 낫다. 오물이 피보다 낫다. 그는 키라가 깨지 않도록 까치발로 서재에 들어가 옷을 갈아입었다. 그는 송신기가 장착된 금빛 서클릿을 손에 끼고 돌리다가 결심했다는 듯 책상 위 상자에 넣어 버렸다. 그러고 나서 오른쪽 귀 뒤에 열정적인 사랑을 상징하는 흰 깃털을 꽂은 다음 검들을 차고 가장 좋은 망토를 둘렀다. 그가 아래층으로 내려가 덧문을 밀면서 생각했다. 돈 레바가 알게 되면 도나 오카나는 끝장이겠지. 그러나 돌아가기에는 너무 늦었다.

제4장

손님들이 모두 모였지만, 도나 오카나는 아직이었다. 주안상이 차려진 도금한 식탁에는 결투를 많이 하고 문란하기로 유명한 왕의 근위대가 빈약한 엉덩이를 의자에 얹고 구부정하게 앉아 우쭐대며 술을 마시고 있었다. 난로 옆에서는 빼어난 구석이라고는 하나 없는, 바로 그 때문에 도나 오카나가 심복으로 삼은 삐쩍 마른 중년 여인들이 키득거렸다. 이들이 옹기종기 앉아 있는 침상형 소파의 맞은편에서는 노인 셋이 가느다란 다리를 쉴 새 없이 움직이며 분주히 돌아다녔다. 과거 섭정 시절, 멋쟁이로 이름을 날렸던 노인들로, 오래전에 잊힌 일화들을 기억하는 유일한 사람들이었다. 모두들 이 노인들이 없는 살롱은 살롱이 아니라고 생각했다. 홀 중앙에는 돈 리파트가 군홧발을 벌리고 서 있었다. 루마타의 믿음직스럽고 영리한 요원이자 바느질 도구 장사꾼들로 구성된 회색 중대를 이끄는 리파트 중위는 멋진 콧수염은 갖추었으면서 기강이란 기강은 다 팽개쳐 두고 있었다. 그는 크고 불그스름한 양손을 가죽 벨트 안으로 넣은 채 돈 타메오가 상인 계층을 위해 농민의 권리를 제한해야 한다는 새 법안을 두서없이 말하는 걸 들었고, 문을 찾는지 벽과 벽을 오가면서 서성이는 돈 세라를 보며 종종 콧수염을 비볐다. 구석에는 유명한 초상화가 둘이 경계하는 눈빛으로 주위를 둘러보면서 야생마늘을 곁들인 삶은 악어 고기를 먹어 치우는 중이었고, 그 옆으로 우묵 들어간 창가에는 검은 옷을 입은 장년 여성이 앉아 있었다. 돈 레바가 도나 오카나에게 붙여 준 유모였다. 그 여자는 흔들림 없는 눈빛으로 엄숙하게 앞을 보다가 때때로 몸을 확 기울이곤 했다. 무리에서 떨어진 다른 한편에서는 왕의 친족과 소안 공화국 대사관의 비서가 카드놀이를 즐기고 있었다. 왕의 친족은 속임수를 썼고 비서는 인내하며 미소를 지었다. 비서는 이 응접실에서 유일하게 일을 하는 사람이었다. 그는 다음 대사관 보고 때 쓸 자료를 모으고 있었다.

식탁에 앉아 있던 근위병들이 우렁찬 함성으로 루마타를 환영했다. 루마타는 그들에게 친근한 눈짓을 보내고는 손님들을 빙 둘러 갔다. 그는 멋쟁이 노인들에게 허리 굽혀 인사했고 자신을 보자마자 귀에 꽂힌 하얀 깃털에 눈길이 고정된 오카나의 심복들에게 몇 마디 찬사를 건넸으며 왕족의 뚱뚱한 등을 두드려 알은체한 다음 돈 리파트와 돈 타메오 쪽으로 갔다. 루마타가 창가를 지나갈 때 유모가 또다시 비틀거리며 몸을 기우뚱 앞으로 기울였는데 그녀에게서 진한 포도주 냄새가 풍겼다.

루마타를 보자 돈 리파트가 벨트 아래에 있던 손을 빼고 군화 뒷굽을 맞부딪쳐 인사했다. 돈 타메오가 낮은 목소리로 소리쳤다.

"이거 이거, 나의 벗 아니오? 자네가 오다니 정말 좋구려. 나는 이미 희망을 버렸소…… 〈날개 다친 백조가 우울하게 별들에게 호소하듯……〉 아주 지루했소이다…… 친애하는 돈 리파트가 아니었으면 진작 비탄에 잠겨 죽어 버렸을 거요!"

돈 타메오는 만찬이 시작될 즈음 술은 깼지만, 술주정은 멈출 수 없었던 것 같다.

"아니?" 루마타가 놀랐다. "반동분자 추렌의 시를 인용한 거요?"

돈 리파트가 즉시 끼어들더니 돈 타메오를 잡아먹을 듯 노려봤다.

"그게, 그러니까……" 돈 타메오가 당황하여 말했다. "추렌의 시? 내가 왜 그랬지? 그렇지…… 난 비꼰 거요. 돈들, 정말이오! 추렌이 어떤 사람이오! 못된 저질 선동가 아니오. 내가 강조하고 싶었던 건 그지……"

"도나 오카나가 이 자리에 없다는 거지요." 루마타가 말을 끊었다. "그녀가 없으니 자네가 쓸쓸했다는 거고."

"그게 바로 내가 하고 싶었던 말이오."

"그런데 도나 오카나는 어디에 있소?"

"금방 올 겁니다." 돈 리파트가 이렇게 말하더니 고개 숙여 인사하고 가 버렸다. 도나 오카나의 심복들은 하나같이 입을 헤벌리고 하얀 깃털을 뚫어져라 쳐다봤다. 멋쟁이 노인들은 점잔 빼며 킥킥댔다. 마침내 깃털을 발견한 돈 타메오가 겁을 먹었다.

"벗이여!" 그가 귓속말했다. "그건 왜 하고 왔소? 한 시간도 안 돼서 돈 레바가 올 텐데…… 사실 오늘은 오지 않을 거라 했지만 어쨌든……"

"그 얘기는 하지 않기로 하지요." 루마타가 초조하게 주위를 둘러보며 말했다. 그는 이 모든 게 한시라도 빨리 끝났으면 했다.

근위병들이 벌써 술잔을 들고 다가오고 있었다.

"자네 아주 창백하다오……" 돈 타메오가 귓속말했다. "나도 이해하오. 사랑, 열정…… 하지만, 성 미카여! 국가가 우선이라오…… 게다가 위험하잖소…… 그의 감정을 상하게 하면……"

돈 타메오의 표정이 미묘하게 변하더니 연신 인사하

며 뒷걸음질로 물러나 멀어져 갔다. 근위병들이 루마타를 둘러쌌다. 누군가 그에게 술이 가득 담긴 잔을 내밀었다.

"영광과 국왕 전하를 위하여!" 한 근위병이 소리쳤다.

"그리고 사랑을 위하여." 다른 근위병이 덧붙였다.

"근위병의 저력을 보여 주십쇼, 루마타." 또 다른 근위병이 말했다.

루마타는 잔을 받자마자 도나 오카나를 발견했다. 그녀는 부채를 부치느라 나른하게 어깨를 들썩이며 문간에 서 있었다. 그렇다. 그녀는 아름다웠다! 멀리서는 눈부셔 보이기까지 했다. 아둔하고 색을 밝히는 이 암탉 같은 여자는 루마타의 취향과 거리가 멀었으나 분명 아름다웠다. 사색의 흔적이나 다정한 기색 따위는 찾아볼 수 없는 크고 푸른 눈, 부드럽고 노련한 입, 멋지게 한껏 드러낸 근사한 몸매…… 루마타의 등 뒤에서 한 근위병이—참지 못했나 본데—상당히 큰 소리로 입맛을 다셨다. 루마타는 그쪽을 돌아보지 않고 뒤로 잔을 건넨 다음 도나 오카나에게 성큼성큼 걸어갔다. 응접실에 있던 모두가 이들에게서 눈길을 거두고 잡담에 열중하기 시작했다.

"눈이 멀어 버릴 것 같습니다." 루마타가 깊숙이 허리 숙여 인사하며 나직이 말했다. 검들이 바닥에 닿으면서 소리를 냈다. "당신의 발치에 머무르게 해 주십시오…… 사냥개가 아무것도 걸치지 않은 무심한 미녀의 발치에 엎드리듯……"

도나 오카나가 부채로 입을 가리고는 장난스럽게 얼굴을 찡그렸다.

"돈, 아주 대담하시군요." 그녀가 입을 열었다. "우리 가여운 시골 여자들은 그런 기습을 당해 내지 못하지요……" 그녀의 목소리는 낮고 허스키했다. "이런, 이제 성문을 열고 승리자를 맞이할 수밖에 없겠는걸요……"

루마타는 수치스럽고 분한 마음에 이를 악물며 더 깊숙이 몸을 굽혔다. 도나 오카나가 부채를 내리고 큰 소리로 말했다.

"여러분, 즐기고 계십시오! 저는 돈 루마타와 곧 돌아오겠습니다! 새로 들인 이루칸산 양탄자를 보여 드리기로 약속해서……"

"우리를 오래 버려두지는 마십시오, 매혹적인 여인이여!" 한 노인이 소리쳤다.

"아름다운 이여!" 다른 노인이 달콤한 목소리로 말했다. "요정이여!"

근위병들이 사이좋게 검을 맞부딪쳤다. "그래, 그가 보는 눈이 있다니까……" 왕의 핏줄이 잘 들리게 말했다. 도나 오카나가 루마타의 팔을 잡아끌었다. 이미 복도에 들어선 루마타는 돈 세라가 기분 상한 목소리로 "돈이 이루칸 양탄자를 보면 안 되는 이유를 모르겠군……"이라고 말하는 걸 들었다.

복도 끝에 다다르자 도나 오카나가 돌연 멈춰 서더니 루마타의 목을 안고 분출하는 욕정을 의미하는 게 분명한, 갈라지는 신음 소리를 내며 그에게 입 맞췄다. 루마타는 숨을 멈췄다. 요정이 풍기는 씻지 않은 몸 냄새와 에스토르 향수들의 냄새가 뒤섞여 코를 찔렀다. 그녀의 입술은 뜨겁고 축축했으며 단것을 먹었는지 끈적였다. 그는 분발해서 그녀의 키스에 부응하려 애썼고 성공한 듯했다. 도나 오카나가 또다시 신음 소리를 내며 눈을 감고 그의 팔에 안겨 왔다. 이 순간이 영원인 것 같았다. 맙소사, 내가 널 안다니, 매춘부를, 루마타는 이렇게 생각하면서 그녀를 힘껏 안았다. 갑자기 우두둑 소리가 났다. 코르셋도 아니고, 갈비뼈도 아니었다. 아름다운 여인이 애처로운 비명을 지르며 깜짝 놀라 눈을 크게 뜨고는 그의 품에서 벗어나려 몸부림쳤다. 루마타가 서둘러 팔을 풀었다.

"아파라……" 그녀가 헉헉대며 황홀한 듯 말했다. "뼈가 부러질 뻔했다고요……"

"사랑으로 달아올라서 그만……" 그가 미안해하며 중얼거렸다.

"나도 그래요. 그대를 얼마나 기다렸는지! 어서 가요……"

그녀는 그를 데리고 춥고 어두운 방들을 지났다. 루마

타는 손수건을 꺼내 몰래 입을 닦았다. 그가 볼 때, 일이 이제는 완전히 절망적인 방향으로 흘러가고 있었다. 해야 한다, 그가 생각했다. 해야 할 게 따로 있지……! 대화로는 빠져나갈 수 없을 것이다. 성 미카여. 왜 여기 궁 사람들은 절대로 몸을 씻지 않는 겁니까? 기질하고는. 돈 레바라도 오면 좋겠는데…… 도나 오카나는 말없이, 개미가 죽은 애벌레 끌고 가듯 끈질기게 그를 끌고 갔다. 루마타는 구제할 길 없는 바보가 된 심정으로 빠른 다리와 빨간 입술을 두고 점잖은 농담을 해 보았지만, 도나 오카나는 크게 웃을 뿐이었다. 그녀는 그를 뜨뜻하게 덥힌 방에 밀어 넣었다. 실제로 사방에 양탄자가 걸려 있기는 했다. 그녀가 커다란 침대로 뛰어들어 베개들 사이에 눕더니 촉촉하고 초정력적인 눈빛으로 그를 바라봤다. 루마타는 말뚝처럼 서 있었다. 방에서 나는 냄새의 출처는 틀림없이 빈대였다.

"아름다운 그대, 이리로 와요. 나는 너무 오래 기다렸어요……!" 그녀가 속삭였다.

루마타는 눈을 굴렸다. 속이 메슥거렸다. 땀방울이 불쾌하게 얼굴을 훑으며 흘렀다. 난 못 해, 그가 생각했다. 정보 따위 개나 주라지…… 여우 같은…… 원숭이 같은 여자를…… 이건 부자연스러운 일이다, 더럽다…… 더러움이 피보다 낫지만, 이건 더러운 것보다 나쁘다!

"뭘 꾸물대는 거죠, 돈?" 날카롭게 찢어지는 목소리로 도나 오카나가 소리 질렀다. "어서 오라니까요. 기다리고 있잖아요!"

"제…… 제기랄." 그가 갈라지는 소리로 말했다.

그녀가 일어나 그에게 달려왔다.

"뭐죠? 취했어요?"

"모르겠습니다." 그가 겨우 말했다. "숨이 막힙니다."

"대야라도 갖고 오라고 할까요?"

"무슨 대야 말입니까?"

"아니, 아니에요…… 괜찮아질 거예요." 도나 오카나가 서두르느라 후들거리는 손가락으로 그의 조끼를 벗기기 시작했다. "당신은 멋져요……" 그녀가 숨이 넘어갈 것처럼 헉헉대며 중얼거렸다. "그런데 처음 하는 사람처럼 소심하군요. 그럴 줄은 몰랐는데…… 성녀 바라에게 맹세하건대, 이건 황홀한 거예요……!"

그는 그녀를 붙들 수밖에 없었다. 그는 그녀를, 기름칠로 번들거리는 불결한 머리카락과 분가루가 떨어진 둥그런 맨어깨, 작고 귀여운 귀를 내려다봤다. 구역질 나는군, 그가 생각했다. 난 아무것도 알아내지 못할 거야. 유감이다. 이 여자는 틀림없이 뭔가를 알고 있을 텐데…… 돈 레바는 잠결에 말하기도 하고…… 이 여자를 신문하는 곳에 데려가기도 한다. 이 여자는 신문 보는 걸 아주 좋아하지…… 난 못 하겠다.

"뭐죠?" 그녀가 화를 냈다.

"양탄자가 아주 근사하군요." 루마타가 큰 목소리로 말했다. "그런데 저는 이만 가 봐야겠습니다."

처음에 오카나는 무슨 말인지 못 알아듣다가 이내 표정이 일그러졌다.

"어떻게 감히?" 그녀가 속삭였지만, 그는 이미 어깨로 문을 밀어젖히고 복도를 급히 내달리며 멀어지고 있었다. 내일부터는 나도 씻지 말아야겠어, 그가 생각했다. 이곳에서는 신이 아니라 돼지가 되어야 한다!

"고자 같은 놈!" 그녀가 뒤에 대고 소리쳤다. "머저리 고자 새끼! 네놈은 남자도 아니야! 나가 죽어 버려!"

루마타는 창문을 활짝 열고 정원으로 뛰어내렸다. 그는 문 앞에 잠시 서서 차가운 공기를 정신없이 들이마셨다. 그러고 나니 바보 같은 흰 깃털이 떠올랐다. 그는 깃털을 귀 뒤에서 뽑아 거칠게 구부려 팽개쳤다. 파시카였어도 알아내지 못했을 거야, 그가 생각했다. 누구라도 그랬을 거야. '정말 그렇게 생각해?' '그래, 확신해.' '넌 별것도 아닌 걸 신경 쓰고 있어!' '하지만 나는 그게 구역질 난다고!' '실험을 하는데 네 사정이 무슨 상관이야. 못 할 것 같으면 시작을 말았어야지.' '나는 짐승이 아니란 말이야!' '실험이 요구하면 짐승이 되어야지.' '실험은 그런 걸 요구할 수 없어.' '너도 알다시피, 그럴 수 있어.' '그러면……!' '〈그러면〉 어쩔 건데?' 그는 그러면 어떻게 해야 할지 알지 못했다. '그러면…… 그러면…… 좋아. 내가 나쁜 역사학자라 치자.' 그가 어깨를 으쓱했다. '더 나은 역사학자가 되도록 노력하면 돼. 돼지가 되는 법을 배우고……'

루마타가 집에 도착했을 때는 거의 자정이었다. 그는 겉옷을 벗고 칼집들을 매단 벨트만 푼 다음 응접실 소파에 누워 기절하듯 잠들었다.

우노의 성난 목소리와 듣기 좋게 울리는 낮은 목소리가 그를 깨웠다.

"비켜. 비키란 말이다, 이 늑대 녀석, 귀를 잡아당겨 주마……!"

"다들 자고 있다니까요!"

"꺼져, 발밑에서 얼쩡대지 말고!"

"그러시면 안 돼요, 말씀드렸잖아요!"

문이 활짝 열리더니 몸집은 짐승 페흐만큼 크며 볼은 발그스레하고 이는 하얗고 콧수염은 뾰족한 외모에, 양모 베레모를 비스듬히 쓰고 고급스러운 선홍색 망토를 걸치고 그 아래 은은하게 빛나는 구리 갑옷을 입은 바우의 돈 팜파 남작이 응접실로 들어왔다. 뒤에는 남작의 오른쪽 바지에 매달린 우노가 끌려왔다.

"남작!" 루마타가 소파에서 다리를 내리며 외쳤다. "친애하는 남작, 도시에는 웬일이십니까? 우노, 남작님을 놔

드려라!"

"보기 드물게 깐깐한 소년이오." 남작이 포옹하려 다가오면서 울리는 목소리로 말했다. "쓸모 있는 녀석이겠어. 이 소년을 얼마에 팔겠소? 뭐, 그건 나중에 얘기하고…… 일단 좀 안아 봅시다!"

그들은 포옹했다. 남작에게선 먼지투성이 길과 말의 땀 냄새, 여러 포도주가 뒤섞인 구수한 냄새가 났다.

"벗이여, 당신은 완전히 맨정신인 것 같구려." 그가 절망하며 말했다. "그런데 당신은 언제나 맨정신이었지. 행복한 사람이야!"

"앉으십시오, 벗이여." 루마타가 말했다. "우노! 에스토르산 포도주를 가져와라! 많이!"

남작이 거대한 손바닥을 들었다.

"한 방울도 필요 없소!"

"에스토르산 포도주는 한 방울도 필요 없다고요? 우노, 에스토르산 말고 이루칸산 포도주를 가져와라!"

"포도주는 필요 없소!" 남작이 쓴 목소리로 말했다. "나는 마시지 않을 거요."

루마타가 앉았다.

"무슨 일입니까?" 그가 걱정스럽다는 듯 물었다. "어디 아프십니까?"

"황소처럼 건강하오. 하지만 망할 가족 문제 때문

에…… 짧게 말하자면, 남작 부인과 다퉜소. 그래서 지금 여기 와 있는 거요."

"남작 부인과 다퉜다고요? 당신이? 남작, 정말 이상한 농담을 하십니다!"

"생각해 보시오. 나 자신도 안갯속에 있는 것 같소. 안개 속을 120마일 달려왔지!"

"벗이여, 당장 말을 타고 바우로 갑시다." 루마타가 말했다.

"하지만 내 말은 아직 충분히 쉬지 못했소!" 남작이 반대했다. "그리고 그녀를 벌주고 싶소!"

"누구를 말입니까?"

"남작 부인 말이오. 제기랄! 그래도 내가 남자 아니오?! 남작 부인은 아마 술 취한 팜파가 못마땅했던 것 같소. 멀쩡한 정신으로는 어떻게 나오는지 한번 보라지! 성으로 돌아가느니 여기서 물을 마시고 타락하겠소……"

우노가 음울하게 말했다.

"저분한테 제 귀를 꼬집지 말라고 말씀해 주세요……"

"저-어리 가거라, 이 늑대 녀석!" 남작이 너그러운 어조로 쩌렁쩌렁 울리면서 말했다. "됐으니 맥주를 가져와! 땀을 흘렸으니 수분을 공급해 줘야겠다."

남작은 30분 동안 수분 손실을 만회하고는 살짝 나른해졌다. 그는 술을 마시며 중간중간 루마타에게 불만을 토로했다. 그리고 〈성으로 놀러 오는 습관이 든 그 망할 이웃 술고래들〉을 여러 차례 저주했다. "사냥하러 가자며 아침부터 와서는 아차 할 겨를도 없이 이미 다들 취해서 가구를 박살 내고 있소. 온 성을 들쑤시며 어지르고 하녀를 희롱하고 개를 불구로 만들고 내 어린 아들에게 몹쓸 본보기를 보이고. 그런 다음 각자 자기들 집으로 돌아가 버리는데, 그러면 움직일 수 없을 만큼 취한 내가 남작 부인과 단둘이 있게 되는 거요……"

이야기의 말미에 한껏 침울해진 남작은 에스토르산 포도주를 가져오라고 했다가 퍼뜩 정신을 차리고 말했다.

"루마타, 벗이여. 여기서 나갑시다. 당신이 쓸데없이 커다란 포도주 저장고를 갖고 있어서……! 여기서 나갑시다!"

"어디로 말입니까?"

"어디든 상관없소! 〈회색 기쁨〉이라도 갑시다……"

"흠. 〈회색 기쁨〉에서 뭘 하시려고?" 루마타가 말했다.

남작은 잠시 말을 잇지 못하고 콧수염을 사납게 잡아당겼다.

"뭘 하느냐니 그런 말이 어딨소?" 그가 마침내 입을 열었다. "이상한 말이군…… 그냥 앉아서 이야기를 나누자는 거지……"

"〈회색 기쁨〉에서 말입니까?" 루마타가 믿기지 않는다는 듯 물었다.

"그렇소. 당신이 그런 반응을 보이는 것도 이해하오." 남작이 말했다. "끔찍한 곳이지…… 하지만 어쨌든 나갑시다. 여기 있으면 계속 에스토르산 포도주를 마시고 싶을 것 아니오……!"

"말들을 내와라." 루마타는 지시를 내린 후 서재에 가 송신기를 챙겼다.

몇 분 후 그들은 나란히 말을 타고 캄캄한 어둠에 잠긴 비좁은 길을 가고 있었다. 조금 기운을 차린 남작은 우렁찬 목소리로 그저께 잡은 멧돼지 이야기, 어린 아들의 놀라운 자질, 성 투카 사원의 기적, 즉 수도원장이 엉덩이에서 손가락이 여섯 개인 사내아이를 출산한 이야기를 늘어놨다…… 그 와중에도 장난치는 건 잊지 않았다. 가끔 늑대나 부엉이 우는 소리를 냈고 닫혀 있는 덧창을 가죽채로 두드렸다.

〈회색 기쁨〉에 거의 도달했을 즈음 남작은 말을 멈추고 깊은 생각에 잠겼다. 루마타는 기다렸다. 술집의 지저분한 창들이 환하게 빛났고 말뚝 옆에서는 말들이 발을 굴렀으며 창 아래 장의자에는 화장이 짙은 여자들이 모여 앉아 게으르게 말씨름을 했고 활짝 열린 문으로 하인 둘이 질산염 얼룩으로 뒤덮인 거대한 술통을 낑낑대며 밀고 있었다.

남작이 우울하게 말했다.

"혼자라니…… 오늘 밤 내내 혼자 있어야 하다니. 생각해 보니 끔찍하오……! 그녀는 저기에 홀로 있고……"

"벗이여, 그렇게 슬퍼하지 마시지요." 루마타가 말했다. "남작 부인 곁에는 준남작이 있고 당신 곁에는 내가 있지 않습니까."

"그건 전혀 다른 얘기요." 남작이 말했다. "벗이여, 당신은 아무것도 이해하지 못하오. 당신은 너무 젊고 생각이 짧아서…… 당신은 아마 저 매춘부들을 봐도 만족스러울 거요."

"왜 아니겠습니까?" 루마타가 호기심 어린 눈으로 남작을 쳐다보며 반발했다. "내가 보기엔 꽤 예쁜 것 같습니다만."

남작은 고개를 저으며 냉소적으로 웃었다.

"저기 서 있는 저 여자는" 그가 큰 목소리로 말했다. "엉덩이가 처졌소. 그리고 저기 지금 머리를 빗는 여자는 엉덩이랄 게 아예 없지…… 벗이여, 저건 암소들이오. 아무리 잘 봐 줘도, 암소. 남작 부인을 떠올려 보시오! 손은 어떤지, 또 얼마나 우아한지……! 몸매는 또 어떻고……!"

"그렇습니다." 루마타가 동의했다. "남작 부인은 아름답지요. 이제 갑시다."

"어디로 말이오?" 남작이 우울하게 말했다. "그리고 뭘 하러?" 그의 표정에 갑자기 결단력이 비쳤다. "아니오, 벗이여. 나는 여기 남겠소. 당신은 마음대로 하시오." 그가 말에서 내렸다. "당신이 나를 여기 혼자 두고 가면 마음이 크게 상하기야 하겠지만."

"물론 당신과 같이 있을 겁니다." 루마타가 말했다. "하지만……"

"〈하지만〉은 없소." 남작이 말했다.

그들은 달려 나온 하인에게 말고삐를 던져 주고 위풍당당하게 여자들을 지나 홀에 입장했다. 안으로 들어서자 숨쉬기가 힘들었다. 커다랗고 대단히 지저분한 증기 목욕탕에서처럼 촛불이 수증기 안개를 뚫고 간신히 빛을 발하고 있었다. 긴 탁자의 장의자에는 땀을 흘리며 제복을 풀어헤친 병사들과 알몸에 화려한 카프탄만 걸친 뱃사람들, 가슴을 다 드러내다시피 한 여자들, 다리 사이에 도끼를 끼고 있는 회색 돌격대원들, 불에 그슨 누더기를 걸친 수공업자들이 마시고 먹고 신의 이름으로 맹세하고 웃고 울고 키스하고 상스러운 노래를 목청껏 부르고 있었다. 왼쪽 안개 너머 바에는 거대한 술통들 사이로 주인장이 높이 앉아 민첩한 좀도둑 같은 하인들을 부리고 있었다. 오른편에서는 가게의 깔끔한 반쪽, 귀족들과 대상인들, 그리고 회색 장교들을 위한 공간으로 통하는 직사각형 입구가 환히 빛났다.

"어쨌든, 우리가 못 마실 이유가 뭐요?" 팜파 남작이 루마타의 팔을 잡고 바 정면으로 돌진하며 성난 목소리로 물었다. 그는 갑옷에 붙은 뾰족한 허리 장식으로 앉아 있는 사람들의 등을 찌르면서 간격이 좁은 탁자 사이를 지나갔다. 바에 도달한 그는 주인장이 잔에 포도주를 나눠 담는 데 쓰던 거대한 국자를 낚아채 말없이 끝까지 마시고선 이렇게 선언했다. 이제 다 망했고 남은 문제는 하나라고. 어떻게 즐길 것인가의 문제. 그러더니 주인장을 보면서 울리는 목소리로 이 술집에 귀족이 온갖 쓰레기 같은 놈들이나 가난한 놈들, 그리고 도적놈들과 함께 있는 걸 부끄러워할 필요가 없는, 격에 맞게 조용히 시간을 보낼 공간이 있는지 물었다. 주인장은 바로 이 술집이 그런 공간이 있는 술집이라고 했다.

"훌륭하군!" 남작이 장엄하게 말하고는 주인장에게 금화 몇 개를 던져 줬다. "나와 이 귀족에게 가장 좋은 것들을 내오게. 그리고 얼굴이 반반한 요부가 아니라 점잖은 중년 여자가 시중을 들게 하고!"

주인장이 직접 그들을 술집의 깨끗한 반쪽으로 안내했다. 그곳에는 사람이 많지 않았다. 구석에는 음울한 분위기의 회색 장교들이 즐거운 시간을 보내고 있었다. 꽉 끼는 제복을 입은 중위 넷과 국왕경호부라고 자수가 놓인 짧은 망토를 걸친 대위 둘이었다. 창가에는 젊은 귀족 둘이 얄팍한 주둥이가 달린 커다란 주전자를 앞에 놓고 앉아 절망적인 표정으로 풀이 죽어서는 답답해하고 있었다. 그들로부터 멀지 않은 곳에는 해진 재킷과 기운 망토를 걸친 가난한 돈들이 있었다. 이들은 맥주를 찔끔찔끔 마시며 굶주린 눈빛으로 끊임없이 술집을 둘러봤다.

남작이 빈자리에 털썩 앉아 회색 장교들을 흘낏 보더니 중얼거렸다. "그런데 여기도 쓰레기가 없는 건 아니군……" 그때 앞치마를 걸친 통통한 중년 여인이 음식을 내왔다. 남작은 크으, 하더니 허리춤의 칼집을 빼 놓고 먹기 시작했다. 그는 커다란 구운 사슴 고기 덩어리와 많은 양의 조개절임, 산더미같이 쌓인 바닷가재, 나무통 여럿은 족히 채울 양의 샐러드와 마요네즈를 말없이 먹어 댔다. 그러면서 포도주, 맥주, 밀주, 그리고 맥주를 섞은 포도주나 밀주를 섞은 포도주를 끊임없이 들이부었다. 가난한 돈들이 하나둘씩 그의 탁자로 왔다. 남작은 호쾌한 손짓과 꾸르륵대는 배 소리로 이들을 맞이했다.

갑자기 그가 먹던 것을 멈추더니 부릅뜬 눈으로 루마타를 보며 쩌렁쩌렁 울리는 목소리로 말했다.

"나의 벗이여, 나는 오랫동안 아르카나르를 떠나 있었소! 명예를 위해 말하건대, 아르카나르가 어딘가 잘못되고 있는 것 같소."

"무엇이 말입니까, 남작?" 루마타가 병아리 날개를 빨며 궁금하다는 듯 물었다. 가난한 돈들이 공손하게 관심 어린 표정을 지었다.

"말해 보오, 벗이여!" 남작이 기름 묻은 손을 망토 끄트머리에 닦으며 말했다. "말해 보시오, 돈들! 제국의 유서 깊은 귀족 후손들이 대체 언제부터 우리 위대한 국왕 전하의 수도에서 장사치나 도살자를 마주칠까 두려워 길거리를 돌아다니지 못하게 됐소?!"

가난한 귀족들이 눈빛을 주고받더니 자리를 뜨기 시작했다. 루마타는 회색 장교들이 앉아 있는 구석을 슬쩍 봤다. 그쪽도 마시는 걸 멈추고 남작을 쳐다보고 있었다.

"뭐가 문제인지 말해 주겠소, 돈들." 팜파 남작이 말을 이었다. "그렇게 된 건 전부 당신들이 겁을 먹었기 때문이오. 당신네들은 겁을 먹어서 그들을 참고 있소. 지금 당신도 겁내고 있고!" 그가 가까이에 앉아 있는 가난한 돈을 보며 호통쳤다. 그는 침울한 표정에 창백한 미소를 띠고 물러났다. "겁쟁이들!" 남작이 외쳤다. 그의 콧수염이 곤두섰다.

하지만 가난한 귀족들에게는 기대할 게 없었다. 이들은 분명 싸우고 싶어 하지 않았다. 이들은 그저 먹고 마시기를 바랄 뿐이었다.

남작이 다리를 장의자 위로 넘기고 오른쪽 콧수염을 주먹으로 쥐고는 회색 장교들이 앉아 있는 구석으로 시선을 던지며 말했다.

"나는 하나도 두렵지 않소! 내 손에 걸리기만 하면 회색 늑대 놈들을 죽여 버리리다!"

"저 술통이 뭐라고 지껄이는 거냐?" 길쭉한 얼굴의 회색 대위가 큰 목소리로 물었다.

남작은 만족스럽다는 듯 미소 지었다. 그는 포효하면서 일어나 장의자에 올라섰다. 루마타는 눈썹을 씰룩이고는 두 번째 병아리 날개를 먹기 시작했다.

"여봐라, 이 회색 찌끄레기들!" 남작은 마치 장교들이 천 미터는 떨어져 있는 양 쩌렁쩌렁 소리쳤다. "아는지 모르겠지만, 그저께 나 바우의 돈 팜파 남작이 너희 회색 놈들을 아주 무-욱사발로 만들어 버렸다! 벗이여, 이런 일이 있었소." 천장에 닿을락 말락 한 그가 루마타를 보면서 말했다. "저녁에 우리 성에서 카바니 신부와 술을 마시고 있었소. 그런데 갑자기 내 마구간지기가 달려오더니 회색 놈들이 객줏집 〈금빛 편자〉에서 깨-앵판을 치고 있다고 하지 않겠소. 내 객줏집에서, 내 영지에 있는 객줏집에서! 나는 '당장 말을 준비하라……!'고 명했고 그리로 향했소. 박차에 맹세하건대, 그놈들은 한 무더기였소. 스무 명이나 있었지! 그놈들은 사람 셋을 잡아 놓고선 술을 한껏 처마셨지 않았겠소. 돼지같이…… 이 상스러운 놈들은 술 마실 줄을 모르오…… 그래서 닥치는 대로 부수고 때리고 있었소. 나는 한 놈의 다리를 잡았고, 그 뒤로는 아주 볼만했지! 나는 그놈들을 무거운검들의땅까지 쫓아냈소. 피가—벗이여, 당신도 믿기지 않을 텐데—무릎까지 차올랐고 도끼는 노

얼마나 많이 남기고 갔는지……"

남작의 이야기는 여기서 중단됐다. 얼굴이 길쭉한 대위가 팔을 휘두르자 무거운 투척용 검이 남작의 갑옷 가슴팍에 부딪쳐 쨍그랑 소리를 냈다.

"진작 이렇게 나왔어야지!" 남작은 이렇게 말하고 칼집에서 양손검을 꺼내 들었다.

남작이 의외로 민첩하게 바닥으로 뛰어내렸고 그의 검이 번쩍 빛나면서 일직선으로 공기를 갈라 천장 대들보가 쪼개졌다. 남작이 욕설을 내뱉었다. 천장이 부서지면서 사람들의 머리로 파편들이 떨어졌다.

이제 모든 사람이 서 있었다. 가난한 돈들은 벽으로 물러섰다. 젊은 귀족들은 더 잘 보려고 탁자 위로 올라갔다. 회색 장교들은 칼을 들고 반원 대형으로 서서 조금씩 남작에게 다가갔다. 루마타만 앉아 있었다. 그는 어디에 서야 남작의 검에 맞을 일이 없을지 생각하는 중이었다.

넓은 칼날이 남작의 머리 위에서 번쩍번쩍 원을 그리며 무시무시하게 돌았다. 남작은 엄청났다. 마치 화물용 헬기의 프로펠러가 공회전을 하는 것 같았다.

회색 장교들은 남작을 세 방향에서 둘러싼 상태에서 더 다가가지 못했다. 그런데 그중 하나가 불운하게도 루마타에게 등을 보이고 있었다. 루마타는 탁자를 넘어가 그의 옷깃을 잡고 먹다 남은 음식들 쪽으로 던진 다음 손날로 귀

아래를 내리쳤다. 회색 장교가 눈을 감고 뻗었다.

남작이 소리쳤다.

"그놈을 죽여 버리시오, 루마타. 나는 나머지 놈들을 끝장내겠소!"

저이는 이들을 전부 죽일 셈이군, 루마타는 탐탁지 않았다.

"이보시오들." 루마타가 회색 장교들에게 말했다. "서로 즐거운 밤을 망치지 않도록 합시다. 당신들은 우리의 적수가 아니오. 무기를 버리고 나가시오."

"그건 또 무슨 소리요." 남작이 화를 내며 반발했다. "나는 싸우고 싶단 말이오! 이들이 덤비도록 놔두시오! 싸우자고, 이런 제기랄!"

그는 이렇게 말하며 회색 장교들에게 다가갔다. 그의 검이 더 빠르게 돌았다. 회색 장교들이 눈에 띄게 창백해져서는 뒷걸음쳤다. 이들은 분명 일생 동안 화물용 헬기를 본 적이 없을 것이다. 루마타는 탁자를 넘어갔다.

"들어 보십시오, 벗이여." 그가 말했다. "우리는 이 사람들과 다툴 이유가 하나도 없습니다. 이들이 여기 있는 게 불만 아닙니까? 이들은 나갈 거요."

"무기 없이는 못 나갑니다." 한 회색 중위가 음울하게 말했다. "무기 없이 나갔다가는 공격당할 겁니다. 순찰을 돌 거라서."

"제기랄. 그럼 무기를 갖고 나가시오." 루마타가 허락했다. "칼은 칼집에 넣고 손은 머리 위로 하고 한 명씩 나가시오! 허튼수작 부리지 말고! 그랬다간 뼈를 분질러 주겠소!"

"어떻게 나가란 말이오?" 얼굴이 길쭉한 대위가 화를 내며 물었다. "저 귀족이 길을 막아서고 있는데!"

"계속 막고 있겠다!" 남작이 대차게 말했다.

젊은 귀족들은 비열하게 웃어 젖혔다.

"그럼 이렇게 합시다." 루마타가 말했다. "내가 남작을 잡고 있을 테니 뛰어나가시오. 단, 빨리 가야 하오. 오래는 못 버티니까! 이봐, 문간에 서 있는 당신들! 길을 트시오! 남작." 그가 팜파의 풍만한 허리를 껴안으며 말했다. "내 생각에는 말입니다, 벗이여. 당신이 중요한 걸 하나 잊고 있습니다. 그 고귀한 검은 당신의 선조들이 귀족과 싸울 때만 쓰던 것 아닙니까? 그리고 〈술집에서는 검을 뽑지 마라〉는 말도 있지 않습니까."

계속해서 검을 돌리는 남작의 얼굴에 고민의 기색이 스쳤다.

"하지만 나에게는 다른 검이 없는데." 그가 흔들렸다.

"그렇다면 더더군다나 안 될 말이지요……!" 루마타가 힘주어 말했다.

"그렇게 생각하시오?" 남작이 더 흔들렸다.

"당신이 더 잘 아시지 않습니까……!"

"그렇지." 남작이 말했다. "당신 말이 맞소." 그는 위를, 미친 듯이 작동 중인 자신의 손목을 쳐다봤다. "당신은 믿지 못하겠지만, 친애하는 루마타, 나는 서너 시간이고 계속해서 이러고 있을 수 있다오. 그래도 전혀 지치지 않지……휴, 왜 그녀는 지금 이런 내 모습을 보지 못하는 걸까?!"

"남작 부인에게는 내가 말해 주겠습니다." 루마타가 약속했다.

남작이 한숨을 쉬고 검을 내려놨다. 회색 장교들이 몸을 굽히고 그를 지나갔다. 남작은 그들이 나가는 광경을 바라봤다.

"모르겠네. 모르겠군……" 그가 확신이 안 선다는 듯 말했다. "어떻게 생각하시오. 내빼는 저놈들을 발길로 배웅하지 않은 게 잘한 일이오?"

"아주 잘한 일입니다." 루마타가 단언했다.

"그렇다면야." 남작이 검을 칼집에 넣으며 말했다. "싸우지도 못하게 된 마당이니 이제 조금은 먹고 마실 권리가 있겠지."

그는 아직도 의식 없이 탁자에 뻗어 있는 회색 중위의 다리를 잡아서 끌어 내리고는 성량 좋은 목소리로 소리쳤다.

"이보시오, 주인장! 포도수랑 먹을 것!"

젊은 귀족들이 다가와 정중하게 승리를 축하했다.

"별일 아니오, 별일 아니었소." 남작이 기분 좋게 말했다. "여느 장사치들처럼 겁 많고 더러운 풋내기 여섯이었소. 〈금빛 편자〉에서는 저런 놈들 스무 명을 처리했지…… 아주 다행히도," 그가 루마타 쪽으로 고개를 돌렸다. "그때는 전투용 검을 갖고 있지 않았다오! 하마터면 그걸 사용할 뻔했지 뭐요. 〈금빛 편자〉는 술집이 아니라 고작 객줏집이지만……"

"어떤 사람은 〈객줏집에서는 검을 뽑지 마라〉고도 합니다." 루마타가 말했다.

여주인이 새로 만든 고기 요리를 내왔고 새로 채운 포도주 주전자를 들고 왔다. 남작은 소매를 걷어붙이고 먹기 시작했다.

"그런데," 루마타가 말을 꺼냈다. "당신이 〈금빛 편자〉에서 풀어 줬다는 포로 셋은 어떤 사람들이었습니까?"

"풀어 줬다고?" 남작이 씹던 걸 멈추고는 루마타를 쳐다봤다. "아니, 친애하는 벗이여, 내가 부정확하게 표현했던 것 같군! 난 아무도 풀어 주지 않았소. 그들은 체포되어 있던 거고, 그건 나랏일인데…… 내가 왜 그들을 풀어 줬겠소? 돈이 한 명 있었는데 대단한 겁쟁이였던 것 같고, 또 읽을 줄 아는 노인과 하인이었소……" 그는 어깨를 으쓱했다.

"그랬겠지요." 루마타가 우울하게 대답했다.

갑자기 남작이 핏대를 세우고 무섭게 눈알을 희번덕거렸다.

"뭐냐?! 또?!" 그가 소리쳤다.

루마타가 뒤돌아봤다. 문간에 돈 리파트가 서 있었다. 남작이 장의자를 뒤로 밀고 음식을 떨어뜨리면서 몸을 돌렸다. 돈 리파트는 의미심장한 눈빛으로 루마타의 눈을 마주치고 나갔다.

"실례하겠소, 남작." 루마타가 일어서며 말했다. "왕궁 일이라……"

"아……" 남작이 탄식했다. "유감이군…… 나라면 절대 공직에 몸담지 않았을 텐데!"

돈 리파트는 문 바로 뒤에서 기다리고 있었다.

"무슨 일인가?" 루마타가 물었다.

"두 시간 전 국왕경호부 장관 돈 레바의 명령으로 제가 도나 오카나를 체포해 즐거운탑으로 데려갔습니다." 돈 리파트가 사무적으로 보고했다.

"그런가." 루마타가 말했다.

"한 시간 전 도나 오카나는 불 고문을 견디지 못하고 죽었습니다."

"그렇군." 루마타가 말했다.

"공식적으로는 첩자 혐의였습니다. 하지만……" 돈 리파트가 머뭇거리면서 눈길을 떨궜다. "제 생각에는…… 제가 볼 때는……"

"이해하네." 루마타가 말했다.

돈 리파트는 눈을 들어 죄책감이 묻어나는 눈빛으로 그를 쳐다봤다.

"저는 어쩔 수 없었습니다……" 그가 입을 열었다.

"그건 자네 잘못이 아니네." 루마타가 목쉰 소리로 말했다.

돈 리파트의 눈빛이 다시 탁해졌다. 루마타는 그에게 고개를 끄덕이고 탁자로 돌아갔다.

남작은 소를 채운 오징어 요리를 막 끝낸 참이었다.

"에스토르산 포도주를 갖고 와라!" 루마타가 말했다. "음식도 더!" 그가 헛기침했다. "놀아 봅시다. 이런, 빌어먹을. 마십시다……"

……정신이 돌아온 루마타는 광활한 황야 한가운데 서 있는 자신을 발견했다. 잿빛 새벽이었으며 멀리서 시간을 알리는 수탉이 갈라지는 소리로 울었다. 잔뜩 모여든 까마귀 떼가 그리 멀지 않은 곳에서 정체를 알 수 없는 불길한 더미 위를 돌며 까깍댔고 습기 찬 썩은 내가 났다. 머릿속 안개가 빠르게 걷히면서 예리하고 분명하고 정확한 인지가 가능한, 익숙한 상태로 돌아왔다. 혀에서는 쌉쌀한 박하 맛이 기분 좋게 가시고 있었다. 오른손 손가락들이 몹시 쓰렸

다. 루마타는 주먹 쥔 상태 그대로 오른손을 들어 보았다. 뼈에 붙은 살점이 뜯겨 있었고 손안에는 강력한 알코올 해독제인 카스파라미드가 들어 있던 앰풀이 텅 빈 채 쥐여 있었다. 지구에서 낙후된 행성들로 파견되는 정보원들에게 미리 챙겨 준 약이었다. 루마타는 이곳, 황야로 온 다음 돼지가 되기 직전 무의식적으로, 거의 본능적으로 앰풀의 내용물을 몽땅 입에 털어 넣었던 듯했다.

아는 장소였다. 정면에는 불에 탄 천문관측소 탑의 검은 형체가 보였고 왼쪽에는 어스름한 빛 속에 회교 사원처럼 가느다란 왕궁의 망루들이 서 있었다. 루마타는 차고 눅눅한 공기를 깊게 들이마신 다음 집으로 향했다.

팜파 남작은 지난밤 아주 제대로 놀았다. 급속도로 인사불성이 되는 가난한 돈들을 잔뜩 대동하고 아르카나르 술집 대장정을 완수한 것이다. 그는 고급 벨트까지 팔아 젖히며 믿을 수 없는 양의 술과 안주를 해치웠고, 길에서는 최소 여덟 번 시비가 붙었다. 루마타는 적어도 자신이 끼어들어 남작을 떼어 놓고, 살인까지 가는 걸 막았던 여덟 번의 다툼은 확실히 기억했다. 이후의 기억은 안개에 잠겨 있었다. 그 안갯속에서 입에 칼을 문 사나운 낯짝들, 팜파 남작이 항구에서 노예로 팔아 버리려던, 마지막까지 같이 있던 가난한 귀족의 고통스럽고도 멍한 표정, 그리고 돈들에게 자기 말들을 내놓으라고 악을 쓰며 화내던 수염이 넙수룩한 이루칸 사람이 떠올랐다……

초반만 해도 아직 정보원이었다. 그는 남작과 똑같이 마셨다. 이루칸 포도주, 에스토르 포도주, 소안 포도주, 아르카나르 포도주. 하지만 포도주를 바꿀 때마다 몰래 혀 밑에 카스파라미드 알약을 넣었다. 그때까지만 해도 그는 판단력을 유지하고 있었으며 습관대로 사거리와 다리에 회색 순찰병들이 늘어나는 것, 소안 거리에 말을 탄 야만인 부대가 있는 걸 확인했다. 루마타가 야만인들의 존재를 눈치채지 못했다면 남작은 아마 소안 거리에서 화살을 맞았을 것이다. 루마타는 애국학교 앞에 부동자세로 줄 맞춰 서 있던, 후드 달린 검은색 긴 망토를 걸친 이상한 병사들이 수도원의 친위 부대라는 얘기를 듣고 놀랐던 게 또렷이 기억났다. 교회가 웬 말인가? 당시에는 그렇게 생각했다. 아르카나르에서 언제부터 교회가 세속의 일에 관여하고 있단 말인가?

그는 서서히 취기를 느꼈으나 어쨌든 정신을 잃을 정도로 취한 건 한순간이었다. 잠깐 정신이 들었을 때는 전혀 모르는 방이었고 부서진 통나무 탁자와 자기 손에 들린 검과 옆에서 박수를 치는 가난한 돈들이 보였고, 집에 가야겠다고 생각했다. 하지만 너무 늦었다. 인간이라면 응당 따라야 할 가치를 내려놓은 데서 오는 혐오스럽고 저급한 기쁨과 광기의 파도가 이미 그를 덮쳤다. 그는 아직 지구인이었고, 정보원이었고, 불과 철을 다루는 인류의 후예였다. 위대한 목적이란 기치 아래 자신을 희생하고 자비를 베풀지 않던 인류의 후예였다. 그는 에스토르의 루마타가 될 수 없었다. 약탈과 폭음으로 이름을 떨친 가문의 피를 이어받은 20대 후손이 될 수 없었다. 하지만 이제는 공산주의자도 아니었다. 이제는 대실험에 대한 책임을 느끼지 않았다. 자기 자신에 대한 책임만을 느꼈다. 이제는 의구심을 갖지 않았다. 그에겐 모든 것이, 정말로 모든 것이 분명했다. 그는 이 모든 것이 누구의 죄로 비롯된 것인지 분명히 알았고 자신이 무엇을 원하는지 분명히 알았다. 그는 단칼에 베고 불길에 넣고 왕궁의 계단에서 고함치는 민중의 창과 쇠갈퀴를 향해 내던지고 싶었다……

루마타는 퍼뜩 생각나는 게 있어 칼집에서 검을 뽑아 봤다. 칼날이 무뎌지긴 했지만, 깨끗했다. 누군가와 칼을 들고 싸웠다. 그런데 누구였지? 어떻게 끝났더라……?

……그들은 말까지 팔아 술을 마셨다. 가난한 돈들은 어딘가로 사라졌다. 루마타는—그는 이런 것도 기억하는데—남작을 집으로 데려갔다. 바우의 돈 팜파는 기운이 넘쳤고 완전히 쌩쌩해서는—그저 두 발로 더 이상 서 있지 못할 뿐이었다—여흥을 이어 갈 태세였다. 게다가 왜인지 방금 사랑스러운 남작 부인과 헤어지고 뻔뻔하기 이를 데 없는 오랜 적, 카스쿠 남작을 무찌르기 위해 행군하는 중이라 착각

하고 있었다. ("생각해 보게, 벗이여, 그 모자란 놈이 손가락이 여섯 개인 사내아이를 엉덩이로 나아서 팜파라는 이름을 붙였……")
"해가 지는군." 팜파가 해돋이를 묘사한 태피스트리를 보며 말했다. "돈들, 우리는 밤새도록 즐길 수도 있다. 하지만 전쟁에서 공을 세우려면 잠을 자야 한다. 행군 중에는 포도주를 한 방울도 입에 대지 않겠다. 남작 부인도 싫어할 거고."

뭐라? 잠자리? 밖에서 잠자리를 찾다니? 우리의 잠자리는 전투마의 엉덩이다! 그는 이렇게 말하더니 무고한 태피스트리를 벽에서 떼어 내 그걸로 자기 머리를 감싸고는 쿵 소리와 함께 구석의 석유등 아래로 쓰러졌다. 루마타는 우노더러 남작 옆에 소금물 양동이와 절임이 든 나무통을 가져다 놓으라고 했다. 소년은 잠이 덜 깨 골이 나 있었다.
"남작님이 엄청나게 취했네요." 그가 퉁명스럽게 말했다. "두 눈이 다른 방향을 보고 있어요……" "닥쳐, 이 멍청아." 그때 루마타가 이렇게 말했고…… 그다음에 어떤 사건이 일어났다. 뭔가 아주 역겨운 일이, 그로 하여금 도시를 가로질러 황야로 가게끔 한 일이. 뭔가 아주, 아주 역겹고 용서받을 수 없는 부끄러운 일이……

집에 거의 다 와서야 그는 그 일을 기억해 냈다. 그는 그 일을 기억하고서 발걸음을 멈췄다.
……그는 우노를 밀치고 계단을 올라가 문을 열어젖히고 자신이 그녀의 주인이라도 되는 양 그녀가 있는 곳으로 들

어갔었다. 그는 수면 등의 불빛 속에서 새하얀 얼굴과 공포와 혐오로 가득 찬 커다란 눈을, 그리고 그 눈에 비친 비틀대는 자신을, 침이 흐르는 입술과 너덜너덜한 주먹, 싸움으로 옷이 더러워진 뻔뻔하고 역겨운 건달 귀족을 봤다. 그녀의 시선은 그로 하여금 뒤로, 계단으로, 아래층으로, 현관으로, 대문 밖으로, 어두운 거리로, 멀리, 멀리, 가능한 한 멀리 달아나게 했다……

그는 이를 악물고 가슴 한편이 냉랭해져 얼어붙는 걸 느끼며 살며시 문을 열고 살금살금 현관으로 들어갔다. 구석에는 남작이 거대한 해양 포유류 같은 자태로 곤히 자고 있었다. "누구냐?" 무릎 위에 석궁을 놓고 장의자에 앉아 졸던 우노가 소리쳤다. "쉿." 루마타가 속삭였다. "부엌으로 가자. 물통이랑 식초랑 새 옷을 가져와라. 어서!"

그는 오랫동안 강렬한 만족을 느끼면서 몸에 세차게 물을 붓고 식초를 문지르며 간밤의 때를 씻어 냈다. 우노는 평소와 달리 옆에서 말없이 부지런히 돕고 있었다. 조금 지나서야, 돈 루마타가 호크가 뒤에 달린 멍청한 보라색 바지를 입는 걸 도울 때에야 음울하게 말했다.

"밤에, 나리가 가시고 나서 키라가 내려와 방금 다녀간 사람이 나리였느냐고 물었어요. 꿈이라고 생각한 것 같았어요. 저는 나리가 저녁 보초를 서러 가서 아직 돌아오지 않으셨다고 했고요……"

루마타는 몸을 돌리고 깊은 한숨을 내쉬었다. 마음이 편치 않았다. 더 무거워졌다.

"……저는 밤새도록 석궁을 갖고 남작 옆에 앉아 있었어요. 술에 취해서 위로 올라가실까 봐 걱정이 됐거든요."

"고맙다, 얘야." 루마타가 힘겹게 말했다.

루마타는 단화를 신고 현관으로 가 어두운 철제 거울 앞에 잠시 서 있었다. 카스파라미드의 효과는 확실했다. 거울 속에는 피곤한 밤 근무로 초췌해진, 하지만 대체로 말끔하고 우아한 돈의 얼굴이 보였다. 금빛 서클릿에 눌린, 윤기가 흐르는 머리카락은 부드럽고 차분하게 얼굴 옆으로 떨어졌다. 그는 기계적으로 미간 위에 달린 렌즈를 바로잡았다. 오늘 지구에서는 아주 재밌는 광경을 봤겠군. 그는 울적했다.

서서히 동이 트고 있었다. 먼지 낀 창으로 햇살이 비췄다. 빗장 푸는 소리가 들렸다. 거리에서 잠이 채 가시지 않은 목소리가 들려왔다. "잘 잤나, 키리스 형제?" "신의 가호가 있길. 고맙네, 티카 형제. 밤이 지나갔군. 다행히도." "누군가 우리 집 창문으로 들어오려고 했었어. 돈 루마타가 밤새 놀았다던데." "손님이 왔다는군." "그런데 요즘 사람들이 놀러 다니나? 내 기억에, 젊은 왕 치하에서는 놀러 다녔다가 눈 깜짝할 새에 도시 절반이 불태워졌었다고." "어쩌겠나, 티카 형제. 우리 이웃에 그런 귀족이 사는 걸, 신이 살펴

주시길. 그래도 기껏해야 1년에 한 번 놀러 다니니……"

루마타는 위층으로 올라가 문을 두드린 후 서재로 들어갔다. 키라가 어제처럼 소파에 앉아 있었다. 그녀는 눈을 들어 두려움과 걱정이 담긴 눈빛으로 그의 얼굴을 바라봤다.

"좋은 아침이야, 키라." 그는 그녀에게 다가가 손에 키스한 다음 맞은편 소파에 앉았다.

그녀는 떠보는 듯한 눈빛으로 그를 쳐다봤다. 그러더니 이렇게 물었다. "피곤해?"

"응. 조금. 그렇지만 다시 나가야 해."

"뭘 좀 만들어 줄까?"

"괜찮아. 고마워. 우노가 만들 거야. 여기 옷깃에 향수를 좀 뿌려 줄래……"

루마타는 그들 사이에 거짓의 벽이 자라나는 걸 느꼈다. 처음에는 얇았지만 점점 두껍고 견고해졌다. 평생 가겠지!, 그가 씁쓸하게 생각했다. 그녀가 조심스럽게 여러 가지 향수를 그의 풍성한 옷깃과 볼과 이마, 머리에 뿌리는 동안 그는 눈을 감고 앉아 있었다. 그녀가 말했다.

"잘 잤는지도 안 물어보네."

"잘 잤어?"

"꿈을 꿨어. 아주아주 무서운 꿈."

벽이 성벽처럼 두꺼워졌다.

"잠자리가 바뀌면 그렇지 뭐." 루마타가 거짓을 말했다. "남작도 아래층에서 아주 시끄럽게 굴었을 거고."

"아침 식사를 준비시킬까?" 그녀가 물었다.

"그렇게 해 줘."

"아침에 포도주는 어떤 걸로?"

루마타가 눈을 떴다.

"물을 줘." 그가 말했다. "아침에는 술을 마시지 않아."

그녀가 나갔고 그는 그녀가 차분하고 맑은 목소리로 우노와 이야기하는 것을 들었다.

그녀가 돌아와 그의 소파 팔걸이에 앉아서 꿈 얘기를 시작했다. 그는 눈썹을 찡그리고 그녀의 이야기를 들었다. 그는 벽이 점점 두껍고 견고해지는 걸, 그 벽이 이 엉망진창 세상에 단 하나뿐인 진정한 인간과 자신을 영원히 갈라놓는 걸 느꼈다. 그러자 그는 벽으로 온몸을 던졌다.

"키라, 그건 꿈이 아니야." 그가 말했다.

그리고 아무 일도 없었다.

"가여워라." 키라가 말했다. "잠시만. 소금물을 갖고 올게……"

제 5 장

불과 얼마 전만 하더라도 아르카나르의 왕궁은 제국에서 가장 깨어 있는 곳에 속했다. 궁에는 학자들이 드나들었다. 물론 대부분이 허풍선이였지만, 개중엔 어쨌든 행성이 구체임을 밝혀낸 바기르 키센스키 같은 학자도 있었다. 전염병이 바람이나 물에 실려 온, 눈에 안 보이는 작은 벌레를 매개로 퍼진다는 천재적인 추측을 해낸 궁정 주술사 타타도 있었다. 여느 연금술사와 마찬가지로 진흙으로 금 만드는 방법을 찾다가 질량보존의 법칙을 발견한 연금술사 신다도 있었다. 아르카나르의 궁에는 시인들도 오갔다. 대부분은 먹을 것이 목적인 자들과 아첨꾼들이었지만, 역사 비극 『북으로의 전진』을 쓴 영광의 페핀이 있었다. 민중이 노래로 만들어 부르는 발라드와 소네트를 500편 넘게 쓴 정직한 추렌이 있었다. 제국 역사상 처음으로 동식소실

—아름다운 야만족 여인을 사랑하게 된 왕자의 슬픈 이야기—을 쓴 저술가 구르도 있었다. 궁에는 위대한 예술가들, 무용수들, 그리고 가수들도 드나들었다. 훌륭한 화가들이 바래지 않는 프레스코화로 벽을 장식했고 명예로운 조각가들이 자신의 작품으로 궁의 정원을 꾸몄다. 아르카나르의 왕들이 특별히 계몽에 앞장섰다거나 예술을 잘 알았다고는 할 수 없다. 아침에 환복 의식을 치르고 정문 앞에 멋진 근위병들을 세워 놓듯, 그렇게 하는 게 보기 좋다고 여겼을 뿐이다. 귀족은 때때로 학자와 시인들에게 국정 업무에서 중요한 직책을 맡기는 인내심을 보여 주기도 했다. 그리하여 불과 50년 전, 학식이 높은 연금술사 봇사는 지금은 필요 없다는 이유로 사라진 광물부의 장관직을 맡았었다. 그는 광산 몇 군데를 개척했고 놀라운 합금을 개발하여 아르카나르의 위상을 높였는데, 합금의 비밀은 그가 죽은 뒤에 소실됐다. 그리고 바로 얼마 전까지, 역사문학부가 이성을 타락시키는 유해한 부처로 판명 나기 전까지 영광의 페핀이 그 부처를 이끌며 이 나라를 계몽하는 데 앞장섰었다.

물론 이전에도 화가와 학자가 멍청하거나 색을 밝히는 왕의 연인, 또는 왕족의 눈 밖에 나서 다른 나라로 팔려 가거나 비소로 살해당하는 일이 있기는 했지만, 돈 레바처럼 본격적으로 이 일에 매달린 사람은 없었다. 레바는 무소불위의 국왕경호부 장관직을 맡는 동안 아르카나르의 문화를 말살했다. 몇몇 귀족 고관들이 궁전이 심심해졌다고, 무도회에서 멍청한 유언비어만 들린다고 불만스러워할 정도였다.

바기르 키센스키는 국가적 범죄에 버금가는 광기를 품었다는 죄목으로 감옥에 갇혔다가 루마타의 엄청난 노력으로 풀려나 종주국으로 보내졌다. 그의 천문관측소는 불탔고 살아남은 제자들은 도망쳐 숨었다. 궁정 주술사 타타는 다른 다섯 명의 궁정 주술사들과 함께 느닷없이 독살자로 밝혀졌다. 그는 고문을 받던 중 이루칸 공의 사주를 받아 왕족을 죽이려 했다는 혐의를 전부 인정했고 왕의광장에 목매달렸다. 루마타는 그를 구하려다가 금 30킬로그램을 쓰고 네 명의 요원(무슨 일이 일어나고 있는지 모르는 귀족들)을 잃었다. 자신은 발각될 뻔했고 타타를 빼돌리려다가 부상까지 입었으나, 아무런 성과도 없었다. 이것이 루마타의 첫 패배였고, 이 일로 그는 돈 레바가 그저 우연한 인물은 아니라는 걸 마침내 깨달았다. 일주일 후, 패배로 인한 분노에 휩싸여 있던 루마타는 현자의 돌에 관한 비밀을 국가에 은폐했다는 죄를 연금술사 신다에게 뒤집어씌우려는 걸 알게 되었다. 루마타는 검은 복면을 쓰고 연금술사의 집에 직접 매복해 있다가 연금술사를 체포하러 온 돌격대원들을 제압하고 묶어 지하실에 던져 버린 다음, 그날 밤 즉시 어리둥절한 연금술사 신다를 소안 상인공화국으로 보냈다. 신다는 그곳에서 어깨를 한 번 으쓱하고는 돈 콘도르의 관찰하에 계속해서 현자의 돌을 찾고 있다. 시인 영광의 페핀은 갑자기 수도사처럼 머리를 깎더니 외딴곳에 있는 수도원으로 들어가 버렸다. 정직한 추렌은 왕실을 모독하고 하층민의 취향에 영합한 것으로 밝혀져 명예와 재산을 잃었다. 판결에 반발한 추렌은 금지된 발라드를 술집에서 공공연히 읊었고 애국자들에게 두 번 죽도록 맞고서야 든든한 친구이자 자기 작품을 알아봐 주는 돈 루마타에게 설득되어 종주국으로 떠났다. 루마타는 술에 취해 파리한 그를, 가느다란 팔로 돛대 줄을 잡은 채 떠나는 배의 갑판 위에 서 있던 그를, 자신이 쓴 이별 소네트 〈시든 잎사귀가 가슴에 떨어지듯〉을 앳되고 큰 목소리로 읊던 그를 영원히 기억했다. 저술가 구르는 돈 레바의 집무실에서 면담을 한 후 아르카나르의 왕자가 적의 자손과 사랑에 빠질 수 없다는 걸 이해했고 왕의광장에서 자신의 책들을 직접 불태웠다. 지금은 왕이 신하들 앞에 등장할 때마다 허리를 굽히고 죽은 표정으로 서 있다가 돈 레바의 아주 작은 신호에도 앞으로 나가 초애국적인 내용의 시를, 애환과 하품을 불러일으키는 시를 읊었다. 배우들은 이제 천편일률적인 연극만 공연한다. 〈야만인들의 죽음, 토츠 장군, 아르카나르의 피츠 1세〉 같은. 가수들은 주로 오케스트라와 함께 공연하는 걸 선호한다. 살아남은 화가들은 간판을 칠한다. 그중 두셋은 머리를 굴려 왕궁에 남았고 돈 레바와 왕이 함께 있는 초상화를 그렸다. 그림 속 돈 레바는 왕의 팔꿈치를 정중하게 잡고 있다. (다양성은 장려되지 않았다. 왕은 언제나 갑옷을 입은 스무 살 미남이었고 돈 레바는 근엄한 표정의 원숙한 남성이었다.)

그렇다. 아르카나르의 궁은 지루해졌다. 그럼에도 고관들과 하는 일 없는 돈들, 근위대 장교들, 경박하고 아름다운 도나들은—누구는 허영심에서, 누구는 습관대로, 또 누구는 두려워서—이전처럼 매일 아침 궁 알현실을 메운다. 솔직히 많은 이들은 변화를 조금도 감지하지 못했다. 과거 음악회나 시 경연회 때도 이들은 돈들이 사냥개의 자질을 논하거나 우스갯소리를 하던 쉬는 시간을 더 좋아했다. 이들은 사후 세계 생명체의 성질에 대해 그리 심도 깊지 않은 대화를 할 수는 있었으나, 행성의 형태라든가 전염병의 원인과 같은 화제는 덮어놓고 부적절하다 여겼다. 몇몇 근위대 장교들은 화가들이 사라졌다고 우울해하기도 했는데, 자취를 감춘 화가들 중에는 누드화의 대가들도 있었다……

루마타는 조금 늦게 궁에 등장했다. 아침 알현은 이미 시작된 후였다. 홀에는 사람들이 득실댔고 왕의 신경질적인 목소리가 들렸으며 의전부 장관이 왕의 환복 시중을 지시하는 목소리가 리드미컬하게 울려 퍼졌다. 궁에 모인 사람들은 간밤에 일어난 사건에 관해 이야기하고 있었다. 이루칸 사람같이 생긴 웬 괴한이 한밤중에 단검을 들고 궁으로 숨어들어 보초를 죽이고 왕의 침실로 들어갔는데, 침실에서 돈 레바에게 제압당해 잡힌 것 같다고 했다. 괴한은 즐거운탑으로 끌려가던 중 충성심에 경도되어 제정신이 아닌 자들에게 갈가리 찢겼다고 한다. 이번 달에만 벌써 여섯 번째 암살 시도였기 때문에 사람들은 암살 시도 자체에는 별 관심이 없었고 세부 내용만 이야기하고 있었다. 루마타는 암살자가 나타나자 침상에 있던 왕이 자신의 아름다운 도나 미다라를 감싸면서 역사에 길이 남을 대사, "썩 나가라, 이 더러운 놈!"을 읊었다는 얘기를 들었다. 사람들은 왕이 암살자를 하인으로 착각했을 거라 짐작하며 왕이 그런 역사적인 말을 뱉었다는 것 자체는 거부감 없이 믿었다. 그리고 레바가 언제나처럼 경계를 늦추지 않았고 근접전에서는 그를 당할 자가 없다는 데 모두들 동의했다. 루마타는 유쾌한 표정으로 그 의견에 동조하고는 돈 레바가 강도 열두 명의 습격을 받은 적이 있는데 그 자리에서 셋은 때려눕히고 나머지는 줄행랑치게 만들었다는 이야기를 그 자리에서 지어내 들려줬다. 다들 아주 재미있다는 듯 수긍하며 들었다. 하지만 루마타는 불현듯 그게 돈 세라한테 들은 이야기였다는 것을 깨닫고 그 사실을 가볍게 덧붙였다. 사람들의 얼굴에서 흥미롭다는 기색이 싹 사라졌다. 다들 돈 세라가 유명한 바보에 거짓말쟁이라는 걸 알았다. 도나 오카나에 관해서는 아무도 말하지 않았다. 그 일을 아직 모르거나 모르는 척하고 있었다.

부인들과 악수하고 인사치레를 해 가면서 루마타는 잘 차려입고 향수를 한껏 뿌리고 땀을 엄청 흘린 군중을 헤치며 조금씩 조금씩 앞줄까지 나아갔다. 귀족들이 목소리를 낮추고 얘기하고 있었다. "그래그래, 바로 그 암말이오. 그 암말이 발에 상처를 입었지만, 내 장담하건대, 그날 저녁 내가 돈 케우와의 내기에게 그 암말을 잃지 않았다면……" "엉덩이 얘기라면, 돈, 그 엉덩이는 예사로운 엉덩이가 아니오. 추렌의 시구처럼…… 음…… 서늘한 거품의 산…… 음…… 아니지, 서늘한 거품의 언덕…… 어쨌든 굉장한 엉덩이요." "그래서 내가 칼집을 입에 물고 창문을 살짝 열었는데, 상상이나 되오, 친구여, 글쎄 내 눈앞에서 창살이 휘는 것 같았소……" "나는 칼자루로 놈의 이빨을 갈겼소. 그래서 그 회색 개자식이 두 번이나 곤두박질쳤지. 그놈을 한 번 보고 싶을 수도 있겠군, 저기 저쪽에 서 있을 권리가 있다는 듯 서 있는 놈이오……" "돈 타메오가 바닥에 토하고 미끄러지면서 벽난로에 머리를 박았소……" "……수도사가 그 여자에게 이렇게 말하더군. '아름다운 이여, 당신이 꾼 꿈을 나에게 말해 주오……'라고. 하하핫……!"

'몹시 짜증나는군.' 루마타가 생각했다. '내가 지금 살해된다면, 이 단순무식한 놈들이 모여 사는 부락이 내가 마지막으로 본 장면이 되는 것 아닌가. 돌발성뿐이다. 내가 살 길은 돌발성이다. 그게 나와 부다흐를 살릴 길이다. 순간을 놓치지 말고 돌발 공격을 감행해야 한다. 불시에 그를 잡아 입을 열 틈도, 날 죽일 기회도 주지 않아야 한다. 내가 죽어야 할 이유는 하나도 없으니.'

그는 침실 문에 당도해 양손으로 검을 잡고는 예법에 따라 살짝 무릎을 굽히고서 왕의 침상으로 가까이 갔다. 왕은 스타킹을 신는 중이었다. 의전부 장관이 두 시종의 유연한 손놀림을 숨죽인 채 주의 깊게 살피고 있었다. 어질러진 침상 오른쪽에는 돈 레바가 회색 벨벳 군복을 입은 키가 크고 깡마른 자와 들리지 않게 이야기를 나누고 있었다. 아르카나르 돌격대의 장교이자 궁경비대의 대령인 추피크 신부였다. 돈 레바는 노련한 궁정인이었다. 그의 표정을 봐서는 암말이나 왕의 조카딸이 보인 훌륭한 품행에 관한 이야기 이상이 아니었다. 반면 추피크 신부는 군인이자 전직 식료품 상인답게 표정을 숨길 줄 몰랐다. 그의 안색이 어두워졌다. 그는 입술을 깨물고 칼자루를 잡고 있던 손가락을 쥐었다 폈다 하다가 갑자기 볼을 씰룩이며 획 돌아서더니 예법을 다 어기면서 왕의 침실을 나가 버렸고, 자신의 무례한 행동에 굳어 버린 궁정인들 속으로 걸어 들어갔다. 돈 레바는 미안하다는 듯 미소를 지으며 그가 나가는 모습을 바라봤고, 루마타는 분별없이 행동한 회색 장교를 눈으로 배웅하며 생각했다. '또 한 명 죽겠군.' 그는 돈 레바와 회색 지도부 사이에 갈등이 있다는 걸 알고 있었다. 파시스트 사령관 에른스트 룀•의 사건이 당장에라도 재연될 수 있었다.

스타킹이 다 신겼다. 시종들은 의전부 장관의 리드미컬한 지시에 맞춰 손끝으로 공손히 왕의 구두를 들어 올렸다. 왕은 시종들에게 발길질을 하더니 돈 레바를 향해 몸을 획 돌렸다. 왕의 뱃살이, 꽉 찬 자루 같은 그의 배가 한쪽 무릎에서 다른 쪽 무릎으로 옮겨 갔다.

"나는 자네가 말하는 그 암살 시도들이 지긋지긋하다!" 왕이 신경질적으로 끽끽댔다. "암살 시도! 암살 시도! 그놈의 암살 시도……! 밤에 나는 자고 싶지 암살자들과 싸우기 싫다! 어째서 암살 시도를 낮에 일어나게 하지 않는 거냐? 자네는 못난 장관이야, 레바! 한 번만 더 밤에 이런 일이 생기면 자네를 목 졸라 죽이라고 명령하겠다! (돈 레바는 손을 가슴에 얹고 고개를 숙였다.) 암살 시도를 당한 다음에는 머리가 아프단 말이다!"

왕은 갑자기 입을 다물더니 아둔하게 자기 배를 쳐다봤다. 적절한 타이밍이었다. 시종들이 주춤하고 있었다. 우

• 나치의 준군사 조직인 돌격대를 키운 인물이다. 이후 돌격대원 수는 정규군의 수를 넘어섰고 유대인이나 반나치스트들에 대한 과격한 행동이 도를 넘었다. 이를 의식한 히틀러가 친위대를 동원하여 돌격대에 대한 숙청을 감행했고 이때 룀은 처형당한다.

선 관심을 끌어야 했다. 루마타는 시종에게서 오른쪽 구두를 빼앗아 들고 왕 아래 무릎을 꿇고는 실크에 싸인 통통한 발에 정중히 구두를 신기기 시작했다. 제국에서 왕관을 쓴 자들의 오른발에 직접 신발을 신기는 것은 루마타 가문이 아주 오래전부터 누려 온 특권이었다. 왕은 퉁명스럽게 루마타 쪽으로 눈길을 돌렸다. 왕의 눈에 흥미롭다는 듯 불꽃이 일었다.

"아, 루마타로군!" 그가 말했다. "자네 아직 살아 있었나? 레바가 자네를 죽이겠다고 약속했는데!" 그는 키득댔다. "이 못된 장관, 레바 말이네. 이자는 약속을 잘도 지킨다니까. 반란을 뿌리 뽑겠다더니 반란은 점점 더 커지고 있고. 웬 회색 상놈들로 궁을 채우질 않나…… 내가 아프거늘 이자는 궁정 주술사들을 모두 목매달아 버렸네."

루마타는 구두를 다 신기고 고개 숙여 인사한 후 두 걸음 물러났다. 그는 돈 레바의 주의 깊은 시선을 끌었다는 걸 깨닫고는 서둘러 거만하고 멍청한 표정을 지어 보였다.

"나는 정말 아프네." 왕이 말을 이었다. "안 아픈 데가 없어. 나는 이제 왕위에서 내려가고 싶네. 진작 퇴위했어야 하는데 네놈들이 내가 없으면 다 우왕좌왕할 것 아니냐, 이 염소 같은 놈들……"

두 번째 신이 신겼다. 왕이 일어나자마자 바로 악 하고 소리를 지르더니 얼굴을 찌푸리며 무릎을 감쌌다.

"주술사들은 어딨느냐?" 그가 애통하게 끽끽댔다. "나의 상냥한 주술사 타타는 어딨느냐고? 네놈이 그를 목매달아 죽였지, 이 멍청한 것! 나는 타타의 말을 한 마디만 들어도 몸이 나아진단 말이다! 그가 독살자인 건 나도 아니까 닥쳐라! 그런 것 따윈 상관없었다! 그가 독살자인 게 뭐 어때서 그러느냐? 그는 주-술-사란 말이다! 이 살인마, 알겠느냐? 주술사라고! 사람을 독살하기도 하고 살리기도 하는 주술사! 하지만 네놈은 죽일 줄만 알지! 네놈이나 스스로 교수대에 매달리지 그랬느냐! (돈 레바는 손을 가슴에 얹고 고개 숙인 채 그대로 서 있었다.) 전부 다 목매달지 않았느냐! 네놈 밑에 있는 허풍쟁이들만 남았지! 약이 아니라 성수를 발라 대는 사제들이랑…… 이제 누가 물약을 만든단 말이냐? 누가 내 다리에 연고를 발라 준단 말이냐?"

"전하!" 루마타가 우렁차게 외치자 궁 안의 사람들이 모두 얼어붙은 듯 동작을 멈췄다. "전하께서 명령만 내리시면 제국에서 제일가는 약사가 30분 안에 올 것입니다!"

왕은 어리둥절한 표정으로 루마타를 쳐다봤다. 위험 부담이 엄청났다. 돈 레바는 눈짓만으로 그를 죽일 수 있었다…… 루마타는 지금 화살 깃 뒤에서 자신을 뚫어져라 내려다보고 있을 수많은 눈들을 물리적으로 느꼈다. 침실 천장에 동그랗고 검은 환풍구가 왜 이렇게 많은지 루마타는 알고 있었다. 돈 레바도 정중하고 호의적인 호기심을 표하며 그를 쳐다봤다.

"그게 무슨 소린가?" 왕이 투덜대며 물었다. "그래, 내 명령하겠네. 자네가 말하는 그 약사는 어디 있나?"

루마타가 한껏 긴장했다. 화살촉이 이미 그의 어깨뼈를 관통한 것만 같았다.

"전하." 그가 빠르게 말했다. "돈 레바더러 저명한 부다흐 박사를 데려오라고 하십시오!"

돈 레바는 당황했을 것이다. 가장 중요한 말은 나왔고 루마타는 살아 있었다. 왕은 흐리멍덩한 눈을 국왕경호부장관 쪽으로 돌렸다.

"전하." 루마타가 말을 이었다. 이제는 급하지 않게, 음절을 또박또박 발음하며 말했다. "전하께서 진정 참기 힘든 고통을 겪고 계시다는 것을 아는 저는 저희 가문이 전하께 빚진 것을 기억하여 이루칸의 저명하고 학식이 높은 약사인 부다흐 박사를 이 나라로 오게 했습니다. 그런데 유감스럽게도 부다흐 박사의 여정이 도중에 끊겼습니다. 존경하는 돈 레바의 회색 병사들이 지난주에 부다흐 박사를 잡아갔으니 그 후 박사가 어떻게 됐는지는 돈 레바만이 알 겁니다. 약사는 어딘가 가까운 곳에, 아마 즐거운탑에 있으리라 사료되옵니다. 약사들에 대한 돈 레바의 이해할 수 없는 적의가 부다흐 박사의 운명을 파멸시키지 않았길 바랍니다."

루마타는 말을 멈추고 숨을 참았다. 이보다 더 잘 말할 수는 없었을 것 같다. 잘 대응해 보시지, 돈 레바! 그러나 장관을 본 루마타는 그대로 얼어붙었다. 국왕경호부 장관은 조금도 당황하지 않았다. 그는 루마타에게 상냥하고 지엄한 표정으로 고개를 끄덕였다. 루마타가 예상한 반응이 아니었다. 기뻐하고 있잖아, 루마타가 경악했다. 그나마 왕의 반응이 예상대로였다.

"이 사기꾼!" 왕이 소리 질렀다. "목을 매달아 버리겠다! 박사는 어디 있느냐? 박사가 어딨느냐고 묻고 있지 않느냐! 모두 조용히 해라! 네놈한테 묻고 있다. 박사는 어디 있느냐?"

돈 레바가 활짝 미소 지으며 앞으로 나섰다.

"전하." 그가 입을 열었다. "전하는 진정 행복한 통치자십니다. 전하께 충성스러운 신하가 너무나 많은 나머지 때로는 전하를 모시는 과정에서 충돌이 생기기도 하니 말입니다. (왕이 멍청한 표정으로 그를 쳐다봤다.) 전하의 나라에서 일어나는 다른 모든 일들과 마찬가지로, 성격이 불같은 돈 루마타의 갸륵한 계획을 제가 알고 있었다는 사실을 숨기지는 않겠습니다. 제가 회색 병사들을 보내 부다흐 박사를 맞았다는 것도 숨기지 않겠습니다. 하지만 그 존경받는 선생이 길에서 무슨 일이라도 당할까 걱정이 되어 보호하고자 한 일이었을 뿐입니다. 이루칸 사람인 부다흐를 전하께 서둘러 데려오지 않은 것도 숨기지 않겠습니다……"

"어떻게 감히 그럴 수가 있느냐?" 왕이 꾸짖었다.

"전하, 돈 루마타는 젊고, 또 명예로운 전투 경험은 많으나 정치에는 미숙합니다. 그는 이루칸 공이 전하에 대한 광기 어린 악의로 어떤 더러운 짓까지 할 수 있는지 모릅니다. 하지만 전하, 저와 전하는 알고 있지 않습니까. 그렇지 않습니까? (왕이 고개를 끄덕였다.) 그래서 저는 사전에 조사를 좀 해야 한다고 판단했습니다. 저는 서두를 생각이 없었지만, 전하께서(왕에게 고개 숙인다) 그리고 돈 루마타가(루마타 쪽을 보고 고개를 끄덕인다) 그리 확고히 주장하신다면 오늘 만찬이 끝나고 부다흐 박사를 전하 앞에 데려와 치료를 시작하도록 하겠습니다."

"자네는 바보가 아니로군, 돈 레바." 왕이 이렇게 말하더니 잠시 생각을 하고서 덧붙였다. "조사라. 조사 좋지. 도움이 안 되는 경우는 없으니. 저주받을 이루칸 놈……" 그는 울부짖으며 다시 무릎을 감쌌다. "망할 놈의 다리! 그러니까 만찬 이후란 말이지? 기다리고 있겠다. 기다리고 있겠어."

왕은 의전부 장관의 어깨에 기대어 경악한 루마타를 지나 천천히 알현실로 갔다. 왕이 길을 트는 궁정인들 속으로 들어가자 돈 레바는 루마타에게 우호적인 미소를 지으며 물었다.

"오늘 밤 왕자님의 침실 경호 당직 맞습니까? 제가 제대로 알고 있는 것인지요?”

루마타는 말없이 고개를 숙였다.

루마타는 정처 없이 궁의 끝없는 회랑과 건물 간 연결 통로를 헤맸다. 어둡고 습했으며 암모니아 향과 썩은 내가 났다. 양탄자로 장식된 호화로운 방들과 창살이 촘촘한 먼지 낀 집무실들, 도금이 벗겨진 잡동사니들이 쌓인 창고들을 지났다. 사람이 거의 다니지 않는 곳이었다. 궁 뒤편에 있던 왕족의 방들은 어느새 국왕경호부의 관청으로 바뀌어 있었다. 이 궁 뒤편의 미로 방문을 감행하는 궁정인은 드물었다. 이곳에서는 길을 잃기 십상이었다. 다들 기억하는 사건으로, 뒷길로 궁 주위를 돌던 근위대 순찰병이 다 죽어 가는 비명과 함께 조그만 창의 창살 사이로 상처투성이 팔이 쑥 나오는 걸 보고 기겁한 일이 있다. “살려 주세요!” 안에 있던 사람이 소리쳤다. “저는 시종보입니다! 여기서 어떻게 나가는지 모르겠어요! 이틀 동안 아무것도 못 먹었습니다! 꺼내 주세요!” (이후 열흘간 재정부 장관과 궁관리부 장관 사이에 활발히 서신이 오갔고 결국 창살을 없애기로 했다. 서신이 오가던 열흘간 그 불쌍한 시종보에게는 꼬치에 고기와 빵을 꽂아 창살 사이로 넣어 주었다.) 그런 데다, 안전하지도 않았다. 좁은 복도에서 살짝 취한, 왕족을 경호하는 근위병들과 역시 살짝 취한, 국왕경호부를 경호하는 돌격대원들이 마주치는 일이 있었다. 이들은 온 힘을 다해 싸우고는 만족한 다음 각자 부상자를 데리고 헤어지곤 했다. 끝으로, 살해당한 자들이 방황하는 곳이기도 했다. 두 세기만에 왕궁에는 살해된 자들이 착실히 쌓였다.

도끼를 들고 대기 중이던 돌격대 보초가 우묵 파인 벽감에서 나왔다.

"이곳은 지나갈 수 없습니다." 그가 우울하게 말했다.

"네가 뭘 알아, 이 머저리!" 루마타가 그를 팔로 밀치며 사납게 말했다.

그는 돌격대원이 어쩔 줄 몰라 하면서 뒤에서 서성대는 소리를 들었다. 불현듯 그는 자기 입에서 모멸감을 주는 말과 거친 행동이 자연스럽게 나왔다는 걸 깨닫고는, 자신이 더 이상 건달 귀족을 연기하는 게 아니라 상당한 정도로 그 인물이 되어 버렸다는 생각이 들었다. 지구에서 그렇게 행동했으면 어땠을지 생각하니 역겹고 또 부끄러워졌다. 왜지? 나에게 무슨 일이 일어난 거지? 어려서부터 배워 온 우리 같은 자들, 인간, 〈인간〉이라는 놀라운 생명체에 대한 존중과 신뢰는 어디로 사라진 건가? 나는 구제 불능이다, 그가 끔찍한 감정에 사로잡혀 생각했다. 나는 그들을 진심으로 증오하고 경멸하지 않나…… 나는 그들을 가여워하지 않는다. 아니, 그들을 증오하고 경멸한다. 나는 방금 지나친 청년의 어리석음과 야만성을, 사회적 여건이라든가 가혹한 성장 환경이라든가 하는 요인을 이해하려면 얼마든지 이해해 줄 수 있지만, 지금은 저 청년이 나의 적으로, 내가 사랑하는 모든 것의 적, 내 친구들의 적, 내가 가장 성스럽다고 여기는 것의 뚜렷한 적으로 보였다. 그리고 나는 그를 이론적으로, 〈전형적인 인물〉로서의 그를 싫어하는 게 아니라 그라는 인간 자체를, 그의 인격을 증오한다. 침 범벅인 그의 낯짝을, 씻지 않은 몸의 체취를, 그의 눈먼 믿음을, 성행위와 술 외의 모든 것을 향한 그의 적개심을 증오했다. 지금도 그 미성년자 돌격대원은 서성대고 있다. 불과 6개월 전에는 배불뚝이 부친에게서 오래된 밀가루나 굳어 버린 잼 파는 법을 배우면서 맞고 있었을 저 멀대 같은 머저리는 엉성하게 외운 규정을 기억해 보려고 씩씩대며 애써 보지만, 도끼로 이 귀족을 내리쳐야 할지, 〈보초!〉라고 외쳐야 할지, 아니면 그저 손사래를 치며 잊어야 할지 도무지 알 수 없다—누가 알겠는가. 이제 그는 다 됐다고 손사래를 치고는 자기 벽감으로 돌아갈 테다. 치아용 뿌리를 아가리에 넣고서 침을 흘리고 쩝쩝대겠지. 그는 이 세상의 그 무엇도 알고 싶지 않다. 그리고 이 세상의 그 무엇에 대해서도 생각하고 싶지 않다. 생각이라! 그런데 우리의 독수리 돈 레바는 뭐가 다르던가? 물론 그의 심리는 더 뒤얽혀 있고 반응은 복잡하지만, 그의 사고는 바로 이 암모니아와 범죄의 냄새를 풍기는 궁 미로와 닮았고 이미 형언할 수 없을 정도로 해로웠다. 그는 무서운 범죄자이자 양심 없는 거미였다. 나는 이곳에 사람들을 사랑하기 위해, 이들이 곧게 서서 하늘을 보도록 돕기 위해 왔다. 아니, 나는 나쁜 정보원이다, 그가 반성했다. 나는 하등 쓸모없는 역사학자다. 나는 대체 언제 돈 콘도르가 말한 진창에 빠진 걸까? 신에게 동정심 말고 다른 감정을 가질 권리가 있기는 한가?

뒤에서 서둘러 달려오는 장화 굽 소리가 복도에 쿵쿵대며 울렸다. 루마타는 몸을 돌리고 손을 교차해 칼자루에 댔다. 돈 리파트가 허리춤의 칼을 잡고 달려오고 있었다.

"돈 루마타……! 돈 루마타……!" 그가 멀리서부터 갈라지는 목소리로 작게 외쳤다.

루마타는 검에서 손을 뗐다. 돈 리파트가 루마타에게 달려와 뒤를 살피더니 겨우 들릴 만한 목소리로 말하기 시작했다.

"한 시간째 돈을 찾아다니던 참입니다. 궁에 바퀴 와가가 와 있어요! 라일락빛 구역에서 돈 레바와 얘기 중입니다."

루마타는 순간적으로 얼굴을 찌푸렸다. 그러더니 조심스럽게 주위를 살피고 조금 놀랐다는 듯 말했다.

"그 유명한 도적 말인가? 그러니까 그는 사형당하지도 않았고, 가상의 인물도 아니었던 거군."

중위가 마른 입술에 침을 묻혔다.

"그는 존재합니다. 그가 궁에 있어요…… 돈이 흥미로워할 정보라 생각했습니다."

"친애하는 돈 리파트." 루마타가 근엄하게 말했다. "나는 소문을 좋아하네. 낭설이나 재밌는 일화나…… 삶이 너무 지루하지 않은가…… 자네는 나를 오해하고 있는 듯하네…… (중위가 영문을 모르겠다는 눈으로 쳐다봤다.) 생각해 보게. 내가 너무나 존경하는 나머지 비판할 수 없는 돈 레바가 떳떳지 않은 인맥을 갖고 있다 한들, 그 일에 신경 쓸 겨를이 어딨겠나……? 그리고 미안한데, 내가 지금 좀 바쁘다네. 부인들이 기다리고 있어서."

돈 리파트는 또다시 입술에 침을 묻히고 어정쩡하게 인사하고는 옆으로 물러났다. 루마타는 갑자기 좋은 생각이 떠올랐다.

"그런데 말일세, 나의 벗이여." 그가 친근하게 말했다. "오늘 아침 나와 돈 레바가 꾸민 작은 연극은 마음에 들었나?"

돈 리파트가 기다렸다는 듯 멈춰 섰다.

"저희는 아주 흡족해하고 있습니다." 그가 말했다.

"꽤 괜찮지 않았나?"

"대단했습니다! 회색군의 장교들은 당신이 드디어 공개적으로 우리 편을 들었다고 아주 기뻐했습니다. 돈 루마타, 당신처럼 똑똑한 사람이, 남작들이나 귀족들과 어울려

다니는 사람이 우리 편에 섰다고요……"

"친애하는 리파트!" 루마타가 가던 길을 가기 위해 몸을 돌리고선 거만하게 말했다. "자네는 잊고 있는 듯한데, 나 정도로 태생이 귀한 사람의 눈에는 왕과 자네 간에도 차이가 없어 보이네. 그럼 이만."

그는 확신에 찬 발걸음으로 지름길 통로들을 돌고 말없이 보초들을 물리며 성큼성큼 회랑을 걸어갔다. 뭘 해야 할지 몰랐지만, 드물게 찾아오는 엄청난 기회라는 것은 알았다. 두 마리의 거미가 나누는 대화를 들어야 한다. 돈 레바가 산 채로 와가를 잡아 올 경우 와가의 머리보다 열네 배 더 쳐주겠다고 한 데에는 이유가 있을 테니……

라일락빛 휘장 뒤에서 회색 중위 둘이 칼날을 세우고 그에게 다가왔다.

"안녕한가, 친구들." 돈 루마타가 그들 중간에 서서 말했다. "장관은 안에 계신가?"

"바쁘십니다, 돈 루마타." 한 중위가 대답했다.

"기다리지." 루마타가 말하고는 휘장 밑으로 들어갔다.

안은 앞이 보이지 않을 정도로 캄캄했다. 루마타는 손으로 더듬으며 소파와 탁자, 촛대들 사이로 나아갔다. 몇 번인가 그는 귀 위에서 무언가 울리는 소리를 분명히 들었고, 진한 마늘과 맥주 입 냄새를 느꼈다. 그는 곧 희미한 빛줄기를 봤고 익히 아는, 존경스러운 와가의 낮은 콧소리를 듣고는 멈춰 섰다. 바로 그때 날카로운 창끝들이 그의 날개뼈 사이를 지그시 눌렀다. "진정해라, 이 멍청한 놈." 루마타는 신경질이 났으나 작은 목소리로 말했다. "나다. 돈 루마타." 창이 거둬졌다. 루마타는 빛줄기가 들어오는 쪽으로 소파를 밀어 놓고 앉았다. 그는 다리를 쭉 편 다음 다 들리게 하품을 했다. 그리고 관람하기 시작했다.

거미들이 만났다. 돈 레바는 긴장한 자세로, 탁자에 팔꿈치를 대고 손가락을 맞대고 있었다. 그의 오른편 문서 더미 위에는 유사시에 던질 수 있는, 목제 손잡이가 달린 무거운 단검이 놓여 있었다. 장관의 표정은 약간 굳은 것 같았으나 어쨌든 환하게 웃고 있었다. 존경스러운 와가는 긴 안락의자에 루마타를 등지고 앉아 있었다. 그는 30년간 교외의 성에 틀어박혀 있다 나온 늙은 기인 귀족 같았다.

"병사들은 꽁무니를 빼겠지요." 와가가 말했다. "회색 것들을 급습할 겁니다. 금색 2만입니다. 왕의 근위대를 치는 것도 좋지요. 하지만 금액을 많이 치러야 할 것입니다. 그렇게 합시다. 마지막 제안입니다……"

돈 레바가 면도한 턱을 쓸었다.

"너무 크군요." 생각에 잠겨 말했다.

와가는 어깨를 으쓱했다.

"이쪽 제안은 그렇습니다. 당신 쪽은 상대가 안 됩니다. 어떻습니까?"

“그렇게 갑시다.” 국왕경호부 장관이 결심했다는 듯 말했다.

“포도주도 주셔야 합니다.” 와가가 일어나며 말했다.

루마타는 저 알아들을 수 없는 얘기를 멍하니 듣다가 와가의 얼굴에 난 덥수룩한 콧수염과 뾰족한 회색 턱수염을 봤다. 지난 섭정 시절의 궁정인이 따로 없었다.

“유익한 대화였습니다.” 와가가 말했다.

돈 레바도 일어섰다.

“당신과 나눈 얘기들이 아주 만족스럽군요.” 그가 말했다. “당신처럼 용기 있는 사람은 처음입니다. 존경하는……”

“저도 그렇습니다.” 와가가 지루하다는 듯한 목소리로 말했다. “저 역시 우리 왕국의 총리가 지닌 용기가 놀랍고 또 자랑스럽습니다.”

그는 돈 레바를 등지고 지팡이를 짚으며 문 쪽으로 갔다. 돈 레바는 와가에게서 신중한 시선을 거두지 않고 어쩔 줄 모르는 듯 손가락을 칼자루로 가져갔다. 바로 그때 루마타의 등 뒤에서 누군가 무섭게 숨을 쉬기 시작했고, 기다란 갈색 막대 원통이 그의 귀를 지나 휘장 틈새로 향했다. 돈 레바는 무슨 소리를 듣는 듯 잠시 서 있다가 앉았다. 그는 책상 위에 놓여 있던 상자를 가져와 서류 뭉치를 꺼내 읽기 시작했다. 루마타의 등 뒤에서 누군가 침을 뱉었고 원통 막대가 치워졌다. 모든 게 분명했다. 거미들이 합의한 것이다. 루마타는 일어서서 누군가의 발들을 밟으면서 라일락빛 구역의 입구로 되돌아갔다.

왕은 두 층에 걸쳐 창을 낸 커다란 홀에서 만찬을 열었다. 길이가 30미터에 이르는 식탁에는 100명분의 식사가 차려져 있었다. 왕 본인과 돈 레바, 왕의 혈족(다혈질 인간들과 뚱보, 술꾼 스무 명), 궁관리부 장관과 의전부 장관, 전통적으로 초대받는 유서 깊은 가문의 귀족들(여기에 루마타도 포함됐다), 얼간이 같은 아들을 대동하고 방문한 남작들 열둘, 그리고 갖은 수를 동원하여 왕의 만찬에 초대받아 식탁 끄트머리 자리를 배정받은 계급 낮은 귀족들이 참석할 예정이었다. 이 마지막 부류에게는 초청장과 지정석 번호를 주면서 이렇게 경고한다. '가만히 앉아 있으십시오. 전하께서는 사람들이 들썩이는 걸 싫어하십니다. 손은 식탁 위에 두십시오. 전하께서는 손을 식탁 아래로 내려 안 보이게 하는 걸 싫어하십니다. 두리번거리지 마십시오. 전하께서는 두리번거리는 걸 싫어하십니다.' 만찬마다 고급 요리를 어마어마하게 많이 먹어 댔고, 오래된 포도주를 호수도 채울 기세로 붓고 마셔 댔으며 그 유명한 에스토르산 도자기 그릇을 수없이 깨고 망가뜨렸다. 재무부 장관은 왕에게 올리는 한 보고서에서 전하의 만찬을 한 번 치르는 데 드는 비용이 소안 공화국 과학아카데미의 반년 치 운영비라며 자랑스러워했다.

의전부 장관이 나팔 소리에 맞춰 "식탁으로!"라고 세 번 외치기를 기다리는 동안 루마타는 궁정인들 사이에서 돈 타메오의 이야기를 열 번째 듣고 있었다. 돈 타메오가 반년 전 참석의 영광을 누렸던 왕의 만찬 때 일어난 일이었다.

"……나는 내 자리를 찾았고 우리 모두 서 있었소. 전하께서 입장해 앉으셨고 우리도 앉았지. 만찬은 순서대로 진행됐소. 그런데 갑자기, 아시겠소, 돈들, 아래가 어쩐지 젖은 느낌이 드는 것 아니겠소…… 축축하게! 나는 돌아보지도 몸을 들썩이지도 손으로 더듬지도 않았소. 그러다 기회를 틈타 손을 내려 봤지. 그런데 웬걸? 진짜로 젖어 있었소! 손가락을 가져와 냄새를 맡아 봤지만, 딱히 아무 냄새도 안 났소. 대체 어떻게 된 일인지! 그러는 사이 만찬이 끝나고 다들 일어섰소. 그런데 나는, 아시겠소, 돈들, 어쩐지 일어나기가 무서웠소…… 그때 전하께서 내 쪽으로 걸어오시는 게 아니겠소. 전하께서! 하지만 나는 예의범절이라곤 모르는 촌뜨기 남작처럼 그대로 앉아 있었소. 전하께서 가까이 오시더니 자비롭게 웃으며 내 어깨에 손을 얹었소. '친애하는 돈 타메오.' 전하께서 말씀하셨소. '우리는 다 먹고 일어났네. 이제 발레를 보러 갈 참인데 자네는 아직도 앉아 있군. 뭔가, 아직 다 먹지 못한 건가?' 내가 말했소. '전하, 제 머리를 치셔도 좋습니다. 하지만 제 아래가 젖어 있어서 못 일어나겠습니다.' 자비로운 전하께서는 크게 웃어 젖히시더니 일어서라 명하셨소. 내가 일어나니 어떻게 됐겠소? 주위에서 웃음이 터졌지. 돈들, 알고 보니 나는 만찬 내내 럼주 케이크 위에 앉아 있었던 거요! 전하께서는 엄청 웃으셨소. '레바, 레바.' 전하께서 마침내 입을 여셨소. '자네의 장난이로군! 돈을 깨끗이 해 주어라, 자네가 타메오의 의자를 더럽혀 놨군!' 돈 레바는 떠나가라 웃더니 칼을 빼 들어 내 바지에서 케이크를 떼어 내기 시작했소. 내가 어떤 기분이었는지 상상이 가시오, 돈들? 사람들 앞에서 창피를 당한 돈 레바가 나한테 복수할까 봐 떨고 있었다는 걸 숨기지 않겠소. 다행히 별일 없이 지나갔지. 돈들, 정말로 생애 최고로 행복한 경험이었소! 전하께서 어찌나 웃으시던지! 전하가 어찌나 만족하셨는지!"

궁정인들이 큰 소리로 웃었다. 그런데 이런 장난은 왕의 식탁에서 일상이었다. 초대한 사람을 페이스트리 위에 앉게 한다거나, 다리를 부러뜨린 의자에 앉게 한다거나, 거위 알 위에 앉게 한다거나. 한번은 독을 묻힌 바늘 위에 앉힌 적도 있었다. 왕은 자신을 웃겨 주는 걸 좋아했다. 루마타는 문득 이런 생각이 들었다. 내가 이 바보였다면 어떻게 했으려나? 왕은 국왕경호부 장관을 새로 임명해야 하고 연구소는 아르카나르에 다른 사람을 파견해야 할 일이 일어났을까 봐 무섭군. 그러니까, 늘 긴장을 놓지 않아야 한다. 우리의 독수리 돈 레바처럼……

나팔이 울리고 의전부 장관이 리드미컬하게 소리치자 왕이 다리를 절며 들어왔고 모두들 자기 자리를 찾아 앉았다. 홀 구석에는 당직 근위병들이 양손검에 기대어 부동자세로 서 있었다. 루마타의 옆자리에는 과묵한 이웃들이 배정됐다. 그의 오른쪽은 유명한 미녀의 남편인 음울한 뚱보 돈 피파의 겁먹은 몸뚱이가 차지하고 있었고, 왼쪽에는 저술가 구르가 빈 접시를 멍하니 응시하며 앉아 있었다. 자리에 모인 사람들은 움직이지 않고 왕을 바라봤다. 왕이 목깃에 회색빛이 도는 냅킨을 쑤셔 넣고 음식을 흘끗 보더니 닭다리를 집어 들었다. 그가 이에 닭다리를 가져다 대자마자 100개의 나이프가 접시로 하강해 달그락거렸고 100개의 손이 요리로 뻗쳐졌다. 쩝쩝대는 소리와 쪽쪽 빠는 소리가 홀을 메웠고 포도주가 콸콸 흘러내렸다. 양손검을 잡고 부동자세로 있는 근위병들은 허기진 듯 콧수염을 움찔거렸다. 예전에 루마타는 이 만찬에 오면 구역질이 올라오곤 했다. 이제는 익숙했다.

단검으로 양고기 어깨 살을 발라내면서 그는 오른쪽을 흘끗 보고는 바로 눈길을 돌렸다. 돈 피파가 구운 멧돼지 고기 위에서 굴착기처럼 작동하고 있었다. 그가 지나간 자리엔 뼈도 남지 않았다. 루마타는 숨을 고르고 이루칸산 포도주가 담긴 잔을 단숨에 비웠다. 그러고 나서 왼쪽을 흘끗 봤다. 저술가 구르는 숟가락으로 샐러드 접시를 대충 뒤적이고 있었다.

"요즘은 어떤 작품을 쓰고 있습니까, 구르 신부?" 루마타가 목소리를 낮추고 물었다.

구르가 몸을 떨었다.

"집필을……? 내가……? 글쎄…… 많은 걸 쓰고 있지요."

"시 말입니까?"

"그렇소…… 시 말이오……"

"당신의 시들은 형편없습니다, 구르 신부. (구르는 이상하다는 듯 그를 쳐다봤다.) 그래요, 당신은 시인이 아닙니다."

"시인이 아니라니…… 나는 때때로 자문합니다. 도대체 나는 누구인가? 그리고 나는 무엇을 두려워하는가?, 라고 말이오. 모르겠소."

"접시를 보며 계속 드십시오. 당신이 누군지 내가 말씀드리지요. 당신은 문학사에 가장 풍요로운 결실을 가져다줄 길을 개척한 천재 작가입니다. (구르의 뺨이 천천히 발그레해졌다.) 100년 안에, 어쩌면 그보다 이르게 수십 명의 작가들이 당신의 발자취를 따를 겁니다."

"신이시여, 그들을 구하소서!" 구르가 말했다.

"이제 당신이 무엇을 두려워하는지 내가 말해 보지요."

"어스름이 두렵소."

"어둠 말입니까?"

"어둠도 두렵소. 어둠 속에서 우리는 망령들의 지배를 받지요. 하지만 나는 무엇보다도 어스름이 두렵다오. 어스레할 때엔 모든 것이 똑같이 회색으로 변하니 말이오."

"멋진 말씀입니다, 구르 신부. 그건 그렇고, 지금도 당신의 작품을 구할 수 있을까요?"

"모르겠소…… 알고 싶지도 않소."

"만일을 위해 알아 두십시오. 한 권은 종주국에 있습니다. 황제 도서관에요. 또 한 권은 소안 공화국의 희귀품 박물관에 보관되어 있습니다. 그리고 또 한 권은 나에게 있습니다."

구르는 떨리는 손으로 숟가락을 움직여 젤리를 떴다.

"나는…… 모르겠소……" 그는 움푹 들어간 커다란 눈으로 고통스러운 듯 루마타를 쳐다봤다. "읽고 싶소…… 다시 읽어 보고 싶소……"

"기꺼이 보내 드리지요."

"그러고 나서는……?"

"읽은 다음 돌려주십시오."

"읽은 다음에 당신에게 돌려주라고!" 구르가 날카롭게 외쳤다.

루마타가 머리를 절레절레 흔들었다.

"돈 레바가 당신을 심하게 겁주었나 보군요, 구르 신부."

"겁줬다라…… 당신은 자기 자식들을 불태워야 했던 적이 있소? 당신이 공포에 대해 무얼 아오, 돈……!"

"구르 신부, 당신이 겪은 일에는 고개가 숙여집니다. 하지만 솔직히 당신이 굴복하지 말았어야 한다고 생각합니다."

저술가 구르가 갑자기 목소리를 낮추더니 쩝쩝거리는 소리와 웅웅 울리는 목소리들 틈에서 루마타 귀에 겨우 들리도록 속삭였다.

"이 모든 게 뭘 위한 거요……? 진실이란 게 대체 뭐길래……? 하르 왕자는 실제로 아름다운 구릿빛 피부의 야이네브니보라를 사랑했소…… 그들 사이엔 아이들도 있었고…… 나는 그들의 손자를 아오…… 그녀는 실제로 독살당했소…… 하지만 나에게 그 일이 거짓이라 하더군…… 왕에게 도움이 되는 것이 곧 진실이라고…… 그 외의 것들은 전부 거짓이고 범죄라고. 일생 동안 나는 거짓을 쓴 셈이오…… 지금에서야 진실을 쓰고 있고……"

그가 벌떡 일어서더니 우렁찬 목소리로 노래하듯 소리쳤다.

위대하고 성스럽도다, 영원처럼,

우리의 왕, 그대의 이름은 고결!

무한은 물러가고

장자상속권도 굴복하는구나!

왕이 씹던 걸 멈추고 멍하니 그를 봤다. 손님들은 머리를 어깨로 움츠렸다. 돈 레바만이 미소를 지으며 몇 번 소리 없이 손뼉을 쳤다. 왕은 식탁보에 뼈를 뱉고는 이렇게 말했다.

"무한……? 옳다. 옳은 말이야. 굴복했지…… 훌륭하다. 이제 먹어도 좋다."

쩝쩝대는 소리와 대화가 재개됐다. 구르는 자리에 앉았다.

"왕의 면전에서 진실을 말하는 건 쉽고도 황홀한 일이오." 그가 쉰 목소리로 말했다.

루마타는 잠시 말이 없었다.

"내가 당신 책을 한 권 드리겠습니다, 구르 신부." 그가 말했다. "하지만 한 가지 조건이 있습니다. 당장 다음 책 집필에 들어가야 합니다."

"싫소." 구르가 말했다. "늦었소. 키운더러 쓰라 하지. 나는 독에 물들었소. 게다가 이 모든 것에 조금도 관심이 없소. 지금 내가 원하는 건 단 하나, 술을 배우는 거요. 그런데 그럴 수가 없지…… 위가 아파서……"

또 한 번의 패배로군, 루마타가 생각했다. 늦었다.

"그런데 레바." 왕이 불쑥 입을 열었다. "약사는 어디 있느냐? 자네는 만찬 후에 약사를 데려오겠다고 약속했다."

"그는 여기 와 있습니다, 전하." 돈 레바가 말했다. "부르라고 명령하시겠습니까?"

"명령하겠느냐고? 당연하지 않느냐! 네놈의 무릎이 이 정도로 아팠으면 돼지처럼 끽끽대고 있었을 거야……! 당장 약사를 이리로 불러라!"

루마타는 의자에 등을 기대고 관람할 준비를 했다. 돈 레바가 손을 머리 위로 들어 손가락을 까딱였다. 문이 열리고 만찬장으로 은색 거미와 별, 그리고 뱀이 그려진 기다란 약사복을 입은 구부정한 늙은이가 연신 허리 굽혀 인사하면서 들어왔다. 그는 옆구리에 납작하고 긴 가방을 끼고 있었다. 루마타는 놀랐다. 그가 상상한 부다흐의 모습과 전혀 달랐다. 현자이자 휴머니스트, 통찰력 있는 「독에 대한 논문」을 쓴 사람의 눈빛이 저렇게 겁에 질려 탁하고 입술은 공포로 떨리고 안쓰러운 억지 미소를 띨 리가 없다. 하지만 저술가 구르가 생각났다. 이루칸의 첩자라는 혐의를 받는 자에 대한 조사에는 돈 레바의 집무실에서 진행되는 문학적 논의도 포함됐을 것이다. 돈 레바의 귀를 삼아끌고 살 수 있다면 얼마나 좋을까, 루마타가 달콤한 상상을 했다. 레바를 감옥에 넣는 거다. 그러고는 고문자들에게 이렇게 말해야지. 〈이자는 우리의 고귀한 장관으로 변장한 이루칸 첩자다. 국왕 전하께서는 진짜 장관이 어디 있는지 자백을 받아 내라고 명령하셨다. 어서 착수하라. 그리고 이자가 일주일도 안 돼 죽으면 너희가 쓴맛을 보게 될 것이다……〉 그는 표정을 숨기기 위해 얼굴을 손으로 가렸다. 증오심이란 어찌나 무서운지……

“자, 자. 이리 오너라, 약사.” 왕이 말했다. “이런, 자네, 삐쩍 말랐군. 자, 이리 와 앉아 보아라. 이리 와서 앉으라니까!”

불행한 부다흐가 몸을 굽혔다. 그의 표정이 공포로 일그러졌다.

“더, 더.” 왕이 코맹맹이 소리로 말했다. “더! 더! 무릎은 안 아픈가 보군. 어쨌든 자기 무릎은 고쳤어. 이제 이빨을 보여 다오! 그래, 이빨도 이상 없군. 나도 이런 이를 가졌어야 했는데…… 팔도 이상 없군. 튼튼해. 건강하군, 건강해. 허약해 보이지만…… 그럼 어디 치료를 시작해 보아라. 뭘 하고 있느냐……”

“저, 전하…… 다리를 보, 보여 주십시오…… 다리를……” 루마타가 그 소리를 듣고 눈을 들었다.

약사는 왕 앞에 무릎을 꿇고서 조심스럽게 그의 다리

를 주물렀다.

"아……악! 뭐 하는 거냐? 그렇게 꽉 잡지 마라! 이제 치료해! 어서!"

"전하, 자, 잘 알겠습니다." 약사가 중얼거리더니 급히 가방을 뒤지기 시작했다.

손님들이 먹던 걸 멈췄다. 식탁 끄트머리에 앉은 귀족들은 호기심을 못 이기고 목을 빼며 몸을 살짝 일으켰다.

부다흐는 가방에서 돌로 만든 약병을 몇 개 꺼내더니 마개들을 뽑고 차례로 냄새를 맡은 다음 식탁에 전부 일렬로 세웠다. 그러고 나서 왕의 술잔에 포도주를 반까지 채웠다. 그는 잔 위에서 두 손으로 마법을 부리는 손짓을 하면서 주문을 외웠고 모든 약병의 내용물을 빠른 손놀림으로 포도주에 전부 쏟아 넣었다. 독한 암모니아 냄새가 홀에 퍼졌다. 왕이 입술을 꽉 깨물고 잔을 보더니 코를 잡고 돈 레바를 쳐다봤다. 장관은 안쓰럽다는 듯 미소 지었다. 궁정인들이 숨을 죽였다.

대체 뭘 하는 거지, 루마타가 놀랐다. 늙은이가 앓고 있는 건 통풍인데! 무슨 액체를 섞은 거지? 논문에는 분명 부은 관절에는 하얀 뱀 쿠의 독을 사흘 동안 달인 즙을 바른다고 쓰여 있었다. 저게 바르는 데 쓰는 건가?

"그게 무엇이냐, 바르라는 거냐?" 왕이 조심스럽게 잔 쪽으로 고갯짓을 하며 물었다.

“절대 아닙니다, 전하.” 부다흐가 말했다. 벌써 조금 자신감을 찾은 모습이었다. “복용하는 겁니다.”

“복-용이라고?” 왕이 뚱한 표정을 짓더니 의자에 깊숙이 앉아 버렸다. “나는 마시기 싫다. 연고를 써라.”

“원하는 대로 하십시오, 전하.” 부다흐가 공손히 말했다. “그러나 감히 말씀드리건대, 연고로는 아무런 효과가 없을 겁니다.”

“하지만 다들 발랐었는데.” 왕이 툴툴댔다. “그런데 네 놈은 저 구역질 나는 걸 반드시 내 입에 넣겠단 말이지.”

“전하.” 부다흐가 자랑스럽게 몸을 일으키며 말했다. “이건 저만 아는 약입니다! 저는 이 약으로 이루칸 공의 숙부도 고쳤습니다. 연고라니요, 전하. 그것들로는 전하의 병을 고치지 못한 것 아닙니까……”

왕이 돈 레바를 쳐다봤다. 돈 레바는 안됐다는 듯 미소 지었다.

“더러운 놈.” 왕이 언짢은 목소리로 약사에게 말했다. “천한 것. 쓸모없는 멍청한 것.” 그가 잔을 들었다. “이 잔으로 네놈의 입을 갈겨 주고 싶구나……” 그는 잔을 쳐다봤다. “이걸 마시고 토하면?”

“다시 마시셔야 합니다, 전하.” 부다흐가 비통하게 말했다.

“뭐, 좋다. 신이 우리와 함께하나니!” 왕은 이렇게 말하고 잔을 입으로 가져가다가 입에 닿기 직전에 확 떼어 냈다. 그 바람에 식탁보에 약이 튀었다. "그럼 네놈이 먼저 마셔 봐라! 나는 너희 이루칸 놈들이 어떤 놈들인지 안다. 너희는 성 미카를 야만족에게 팔아넘겼지! 마셔라!"

부다흐는 모욕당한 표정으로 잔을 들고 몇 모금 마셨다.

"어떠냐?" 왕이 물었다.

"씁니다, 전하." 부다흐가 목소리를 죽이고 말했다. "하지만 마시셔야 합니다."

"이래-라 저래-라." 왕이 불평했다. "뭘 해야 하는지는 나도 안다. 이리 내놔라. 이것 봐라, 반이나 마셨군. 기회를 틈타……"

왕이 단숨에 잔을 비웠다. 식탁에서 탄식이 터져 나왔다. 일순간 고요가 찾아왔다. 왕이 입을 벌린 채 굳었다. 눈에서는 눈물이 쉴 새 없이 뿜어져 나왔고 얼굴은 천천히 붉어졌다가 파래졌다. 그가 식탁 위로 팔을 뻗고 경련하듯 손가락을 떨었다. 돈 레바가 황급히 왕에게 절인 오이를 내밀었다. 왕은 말없이 오이를 돈 레바에게 던지고는 다시 팔을 뻗었다.

"포도주를……" 그가 쉰 목소리로 말했다.

누군가 달려와서 포도주 주전자를 내밀었다. 왕은 광기에 휩싸인 눈알을 뒤룩내며 꿀꺽꿀꺽 마셨다. 붉은 물줄기가 하얀 조끼 위로 흘렀다. 술이 떨어지자 그는 빈 주전자를 부다흐에게 던졌지만, 빗나갔다.

"더러운 놈!" 왕이 그답지 않은 저음으로 말했다. "날 죽일 셈이냐? 목매달아도 시원치 않다! 네놈을 터뜨려 죽여야 하는데!"

왕은 입을 다물고 무릎을 만져 봤다.

"아프잖아!" 그가 이전과 같은 코맹맹이 소리로 말했다. "여전히 아프단 말이다!"

"전하. 완전히 나으려면 이 물약을 최소 일주일간 매일 드셔야 합니다……" 부다흐가 말했다.

왕의 목에서 뭔가 삑삑거리는 소리가 났다.

"나가!" 왕이 째지는 목소리로 소리쳤다. "다 나가라!"

궁정인들은 자리에서 일어나 일제히 문으로 향했다.

"나-가라고!" 왕이 식탁에 놓여 있던 접시들을 밀며 가슴이 터질 듯 꽥꽥댔다.

만찬장에서 나온 루마타는 커튼 뒤에 숨어 웃음을 터뜨렸다. 옆 커튼 뒤에서도 사람들이 웃고 있었다. 격렬하게, 숨을 헐떡이고 끽끽대면서.

제 6 장

왕자의 침실 경호원이 교대하는 시간은 자정이므로 루마타는 집에 들러 별일이 없는지 살피고 옷을 갈아입기로 했다. 그는 도시의 밤 풍경에 놀랐다. 길은 깊은 정적에 휩싸여 있었고 술집들은 닫혀 있었다. 사거리에 횃불을 든 돌격대원 무리가 쇳덩이를 소리 나게 끌며 서 있었다. 이들은 뭔가를 기다리는 듯 말이 없었다. 몇 번 루마타 쪽으로 다가오더니 그를 알아보고서 역시 말없이 길을 내줬다. 집까지 쉰 보 남았을 때 뒤에 수상한 자들이 붙었다. 루마타가 발길을 멈추고 검을 소리 내어 교차하자 물러섰다. 그때 어둠 속에서 석궁 시위를 당기는 소리가 들렸다. 루마타는 벽에 바짝 붙어 발걸음을 재촉했다. 그는 내내 등이 무방비 상태라는 걸 의식하면서 더듬더듬 문을 찾아 자물쇠를 열었고 안도의 한숨을 내쉬며 현관으로 뛰어 들어갔다.

현관에는 모든 하인들이 제각기 무기를 들고 모여 있었다. 몇 차례 문을 열려는 시도가 있었다고 했다. 루마타는 불쾌했다. '집에 있어야 하나?' 그가 생각했다. '그 아이에게, 왕자에게 무슨 일이 생기든 알 게 뭔가.'

"팜파 남작은 어디 있느냐?" 그가 물었다.

잔뜩 상기되어 어깨에 석궁을 얹고 있던 우노가 대답했다. "남작님은 정오에 일어나 집에 있는 소금물이란 소금물은 다 마시더니 또 놀러 나가셨습니다." 그러고 나서 목소리를 낮추더니 키라가 심히 걱정을 하고 있으며 벌써 몇 번이나 주인님에 대해 물었다고 전했다.

"알았다." 루마타가 대답하고는 하인들에게 나란히 서라고 명했다.

부엌 하녀를 제외하면 하인은 총 여섯이었다. 다들 거칠고 길거리 싸움에 익숙했다. 물론 무소불위의 권력을 휘두르는 장관의 화가 무서워 회색 돌격대와는 싸우려 하지 않겠지만, 밤의 군대 건달들에는 맞설 것이다. 그리고 이 도적들은 오늘 밤 쉬운 먹잇감을 찾을 터였다. 석궁 두 개, 자루 도끼 네 개, 무거운 도륙용 칼, 그리고 철모들도 구비되어 있다. 문은 튼튼했고 늘 그러하듯 쇠 빗장이 걸려 있었다. 아니, 혹시 모르는 일이니 가지 말아야 하나?

루마타는 위층으로 올라가 키라가 있는 방으로 살금살금 들어갔다. 키라는 가지런히 정리된 침대 위에 옷을 입은 채 웅크려 자고 있었다. 루마타는 그녀 위로 등잔불을 들고 섰다. 가느냐, 마느냐? 정말로 가고 싶지 않았다. 그는 그녀에게 모포를 덮어 주고 볼에 키스한 다음 서재로 나왔다. 가야 한다. 그곳에서 무슨 일이 벌어지든 정보원은 사건의 중심에 있어야 한다. 그래야 역사학자들에게 도움이 된다. 그는 웃음을 터뜨리고는 머리에서 서클릿을 빼 부드러운 스웨이드로 렌즈를 세심히 닦은 다음 다시 썼다. 그러고 나서 우노를 불러 갑옷과 깨끗이 닦은 구리 모자를 갖고 오라고 명령했다. 그는 조끼 아래, 러닝셔츠 바로 위에 쇠사슬 갑옷처럼 짜인 플라스틱메탈 셔츠(이곳의 쇠사슬 갑옷들은 장검과 단검은 잘 막았으나, 석궁 화살은 막지 못했다)를 입으며 추위에 몸을 움츠렸다. 그는 금속 장식들이 달린 제복 벨트를 차고 나서 우노에게 말했다.

"잘 들어라, 얘야. 나는 널 가장 신뢰한다. 무슨 일이 일어나든 키라는 반드시 다치지 않아야 하고 살아 있어야 한다. 집이 불에 타도, 전 재산을 약탈해 가도, 키라만은 지켜다오. 지붕 위로 올라가서 피하든 지하실로 숨든 알아서 해라. 하지만 지켜야 한다. 이해했느냐?"

"이해했어요." 우노가 말했다. "나리께서 오늘 나가지 않으시면 좋을 텐데……"

"잘 들어라. 사흘이 지나도 내가 돌아오지 않으면 키라를 사이바로, 딸꾹질숲으로 데려가라. 어딘지는 알고 있지?

딸꾹질숲에서는 술취한굴을 찾아라. 길에서 멀지 않은 곳에 그렇게 불리는 오두막이 있다. 물어보면 알려 줄 거다. 상대를 잘 봐서 물어보고. 오두막에는 카바니 신부라는 사람이 있을 거야. 그에게 있었던 일을 전부 얘기해라. 알겠느냐?"

"알겠어요. 그런데 오늘 안 나가시는 편이……"

"그러면 좋겠지. 하지만 그럴 수 없다. 의무라서…… 내가 한 말 명심해라."

그는 소년의 코를 부드럽게 건드리고는 소년의 어색한 미소에 웃음을 지었다.

루마타는 아래층으로 내려가 하인들의 사기를 북돋기 위해 짧은 연설을 한 다음 문밖으로 나갔다. 그는 다시 어둠 속에 있게 됐다. 그의 등 뒤로 쇠 빗장 지르는 소리가 들렸다.

왕자의 침실 경호는 언제나 허술했다. 바로 그렇기 때문에 아르카나르의 왕자들을 암살하려는 사람이 아무도 없었던 걸지도 모른다. 그리고 특히나 이번 왕자는 관심을 받지 못했다. 자기 아버지를 전혀 닮지 않은, 눈이 푸르고 허약한 소년은 이 세상 그 누구에게도 필요치 않았다. 루마타는 이 소년이 좋았다. 소년은 제대로 된 교육을 못 받았고, 바로 그렇기 때문에 사리 분별을 할 줄 알고 잔인하지 않았으며 돈 레바를—틀림없이 본능적으로—견딜 수 없어

했다. 추렌의 시를 가사로 붙인 여러 노래들을 큰 소리로 즐겨 불렀고 장난감 배를 갖고 놀길 좋아했다. 루마타는 왕자를 위해 종주국에서 그림책들을 주문했고 별이 빛나는 하늘에 대해 이야기해 주었으며 한번은 하늘을 나는 배 이야기를 들려주어 소년의 마음을 영원히 사로잡았다. 아이들을 마주칠 기회가 거의 없는 루마타에게 열 살짜리 왕자는 이 야만스러운 나라에 사는 모든 계층 인간들의 반대편에 있는 인간으로 보였다. 어떤 계층이든 상관없이, 바로 이런 푸른 눈을 가진 평범한 소년들 속에서 야만과 무지와 굴욕이 자라난다. 하지만 아이일 때에는 그 더러운 것의 흔적이나 기질을 조금도 찾아볼 수 없다. 루마타는 때때로 생각했다. 이 행성에서 열 살 넘은 사람들이 모두 사라져 버리면 얼마나 좋을까, 라고.

왕자는 벌써 자고 있었다. 루마타는 경호 업무를 시작했다. 다시 말해, 자고 있는 소년 옆에 교대할 근위병과 같이 서서 검을 뽑아 들고 예법에 따른 복잡한 동작을 한 다음 언제나처럼 모든 창이 닫혀 있는지, 유모들은 정해진 자리에 있는지, 침실마다 촛불이 켜져 있는지 확인한 후 대기실로 돌아와 교대한 근위병과 주사위 놀이를 했다. 루마타는 그 돈에게 도시에서 일어나는 일을 어떻게 생각하느냐고 물었다. 돈은—대단히 똑똑한 남자였는데—깊이 생각하더니 민중이 성 미카의 날을 준비하는 것 같다고 대답했다.

혼자 남게 되자 루마타는 의자를 창 쪽으로 옮겨 놓고 기대앉아 도시를 바라봤다. 왕자의 거처는 언덕 위에 있어서 낮이면 도시가 바다에 닿는 곳까지 보였다. 하지만 지금은 모든 것이 암흑에 잠겨 있는 가운데 무리 지은 불빛들만 보였다. 몇몇 교차로에 돌격대원들이 횃불을 들고 신호를 기다리고 있었다. 도시는 잠들었거나 잠든 척하고 있었다. 이 도시에 사는 사람들은 오늘 밤 끔찍한 무언가가 그들을 덮쳐 오는 걸 느끼고 있을까? 아니면 대단히 똑똑한 돈처럼 누군가가 성 미카의 날을 준비한다고 생각했을까? 남자와 여자 20만 명이다. 20만 명의 대장장이와 무기상, 푸줏간 주인, 바느질 도구 판매상, 귀금속 상점 주인, 주부, 매춘부, 수도사, 환전상, 병사, 떠돌이, 그리고 살아남은 식자들이 지금 이 순간 습하고 진드기 냄새가 나는 침대에서 뒤척이고 있었다. 잠을 자고 사랑을 나누고 머릿속으로 돈을 세고 울고 분이나 악에 받혀 이를 갈고 있었다…… 20만 명이다! 이들과 지구에서 온 방문자들 사이에는 어딘가 비슷한 구석이 있었다. 아마도 이들 모두가, 거의 예외 없이 아직 현대적인 의미의 인간이 아닌 반제품, 재료 상태의 쇳덩어리라는 점, 오로지 피비린내 나는 역사만이 언젠가 그들을 진정 당당하고 자유로운 인간으로 만들어 내리라는 점이 그랬다. 이들은 비관적이었고 탐욕스러웠으며 믿기지 않을 정도로, 가히 환상적으로 이기적이었다. 정신적으로는 이들 대부분이 노예였다. 믿음의 노예, 자기 같은 사람들의 노예, 하잘것없는 욕정의 노예, 탐욕의 노예. 운명의 장난으로 이들 중 누군가가 주인으로 태어나거나 주인이 되더라도 이들은 주어진 자유로 뭘 해야 할지 모를 것이다. 그리하여 다시 노예가 되려고 애쓸 것이다. 부의 노예, 부자연스러운 낭비의 노예, 방탕한 친구들의 노예, 자기 노예의 노예. 이들 중 대다수는 아무런 죄가 없었다. 이들은 너무나 비관적이었으며 너무나 무지했다. 이들의 노예성은 비관과 무지에 기인했다. 그리고 비관과 무지는 다시, 또다시 노예의 기질을 낳았다. 이들 모두가 똑같았더라면 아무것도 기대하지 않고 포기했을 것이다. 하지만 그래도 이들은 인간이었다. 이성의 불꽃을 품고 있는 인간이었다. 아주 멀리 있지만, 도래하고야 말 미래의 불씨가 여기저기에서 끊임없이, 이들 민중 속에서 발하고 타올랐다. 그 무엇에도 불구하고 타올랐다. 아무짝에도 쓸모없다고 여겨짐에도 불구하고. 박해에도 불구하고. 군홧발에 짓밟혔음에도 불구하고. 이 세상 그 누구도 이들을 원하지 않고 세상 모든 이가 이들 반대편에 있음에도 불구하고. 기껏해야 경멸 섞인 반쪽짜리 동정심만 기대할 수 있음에도 불구하고……

이들은 미래가 자신들 편이라는 것을, 자신들 없이는 미래가 올 수 없다는 걸 몰랐다. 무시무시한 과거의 망령들이 지배하는 이 세상에서 자신들이 미래의 유일한 현현이라는 것을, 사회라는 유기체의 효소이자 비타민이라는 것을 몰랐다. 이 비타민이 없으면 사회는 부패할 것이다. 괴혈병이 생기고 근육은 쇠약해지고 눈은 초점을 잃고 이는 빠질 것이다. 어떤 국가도 과학 없이는 발전할 수 없다. 이웃 나라에 점령될 것이다. 예술과 민중 문화가 없다면 국가는 자기비판 능력을 잃고 그릇된 경향들을 부추길 것이다. 매분 매초 위선자들과 인간 말종들을 낳을 것이다. 시민들의 소비지상주의와 자만심을 부추기고 결국에는 더 현명한 이웃 나라에 희생될 것이다. 얼마든지 식자들을 박해하고 과학을 금하고 예술을 말살할 수 있겠으나, 결국에는 이를 갈며 상황을 파악할 수밖에 없을 것이고 권력을 사랑하는 멍청하고 무식한 자들이 그토록 증오하던 모든 것에 길을 열 수밖에 없을 것이다. 권력의 편에 있는 이 회색 인간들이 아무리 지식을 경멸한다 해도 이들은 역사적 실재를 절대 거스를 수 없다. 늦출 수야 있겠지만, 멈출 수는 없다. 이들은 지식을 경멸하고 두려워하지만, 결국 어쩔 수 없이, 살아남기 위해서라도 지식을 발전시켜야 한다. 결국 대학과 과학계를 허가해야 하고 연구소와 관측소, 실험실을 지어야 하며 생각과 지식이 있는 인간을, 통제에서 벗어난 인간을, 전혀 다른 심리 상태의 인간을, 전혀 다른 것을 요구하는 인간을 육성해야 한다. 그런데 이런 인간들은 과거의 저급한 물욕이나 뒷소리, 덜떨어진 자기만족, 그리고 지독하게 평면적인 욕구만 있는 환경에서는 기능하지 못할뿐더러 존재할 수도 없다. 이들에게는 새로운 환경이, 전반적이고 포괄적인 인식이 가능하며 창조적 긴장감이 팽배한 환경이 필요하다. 이들에게는 작가와 화가, 작곡가가 필요하다. 권력의 편에 있는 회색 인간들이 양보할 수밖에 없다. 고집을 부리다가는 권력 다툼에서 더 영리한 적수에 의해 제거될 것이고, 양보하더라도 모순되지만 필연적으로 의도와는 달리 자기 무덤을 파는 꼴이 될 것이다. 왜냐하면 무지한 이기주의자와 광신도들에게는 모든 방면의 민중 문화 발전이—순수과학 연구에서 위대한 음악을 즐기는 능력까지—치명적이기 때문이다…… 그 후에는 유례없는 과학 발전과 그에 동반되는 광범위한 지적 발전에 의한 사회적 지각변동의 시대가 올 것이다. 회색성은 잔인함 면에서는 인류를 중세로 돌려놓는 마지막 전투에 나서고 패배할 것이며 그 실재적인 힘은 영원히 사라질 것이다.

루마타는 암흑 속에 얼어붙은 도시를 계속 바라봤다. 저기 어딘가, 악취가 나는 단칸방에 불구가 된 타라 신부가 열병에 시달리며 허름한 침대에 몸을 움츠리고 누워 있다. 그리고 나닌 형제는 취해서 즐겁고도 화가 난 상태로 타라 신부의 옆에 놓인, 다리가 삐걱대는 의자에 앉아 회색 인생에 대한 비웃음이 분명한 구절을 상투적인 문구로 위장하는 기쁨을 누리면서 「소문에 대한 논문」을 마무리하고 있다. 저기 어딘가 텅 빈 호화로운 방들 가운데 저술가 구르가 그 무엇에도 불구하고, 멋진 인간들과 놀라운 감정으로 가득 찬 밝은 세계들이 너덜너덜해지고 짓밟힌 자신의 내면에서 신비로운 힘의 압력을 받아 떠오르고 의식에 침투하는 걸 겁에 질려 느끼며 서성이고 있다. 그리고 저기 어딘가에서 굴욕을 당한, 무릎이 꿇린 부다흐 박사가 어떻게 밤을 보내고 있을지…… 박해를 받고도 목숨을 부지한 박사가…… 나의 형제들이다, 루마타가 생각했다. 나는 당신과 같은 사람이며, 우리는 당신들과 피로 이어져 있다. 불현듯 그는 자신이 손바닥 위 이성의 반딧불이들을 수호하는 신이 아니라 형제를 돕는 형제, 아버지를 구하는 아들이라는 느낌을 강하게 받았다. '나는 돈 레바를 죽일 거야.' '어째서?' '그는 내 형제들을 죽이고 있어.' '그는 자기가 뭘 하는지 몰라.' '그는 미래를 죽이고 있어.' '그는 잘못이 없어. 시대의 산물일 뿐이야.' '그러니까 그가 스스로 죄인이라는 걸 모른다는 거야? 하지만 그가 모른다는 사실이 뭐가 중요하지? 내가, 이 내가 그가 죄인임을 아는데.' '그럼 추피크 신부는 어떻게 할 건데? 많은 돈을 써서 돈 레바를 죽이고 그 자리를 차지할 수도 있는 인물이잖아. 말이 없구나? 많은 이들을 죽여야 할 거야, 그렇지?' '모르겠어. 많은 이들을 죽여야 할지도 모르지. 한 사람 그리고 그다음 사람을. 미래를 거부하면 모두 죽여야 할지도.' '그런 시도는 과거에도 있었어. 독살을 하고 사제 폭탄을 던졌지. 하지만 아무 것도 바뀌지 않았어.' '아니, 바뀌었어. 혁명의 전략은 그렇게 구축되는 거야.' '네가 혁명의 전략을 구축할 필요는 없어. 너는 그냥 죽여 버리고 싶은 것뿐이잖아.' '그래. 그러고 싶어.' '그런데 죽일 줄은 알고?' '어제 난 도나 오카나를 죽였어. 귀 뒤에 깃털을 꽂고 갈 때부터 그녀를 죽이고 있다는 걸 알았지. 그녀의 죽음이 헛되다는 게 애석할 뿐이야. 내가 알 만큼 아는 것 같은데.' '하지만 그건 나쁜 짓이야. 위험하고. 세르게이 코진 기억나? 조지 레니는? 자비네 크뤼거는?' 루마타는 손바닥으로 축축한 이마를 감쌌다. 이렇게도 생각하고 저렇게도 생각해 보고 생각을 거듭하다가 결국엔 화약을 만들어 내는 거겠지……

루마타는 일어나서 창문을 열어젖혔다. 어둑한 도시에 불빛 무리가 흩어졌다가 모여들더니 보이지 않는 집들 사이로 줄지어 나타났다 사라졌다 하면서 움직이기 시작했다. 도시 위로 어떤 소리가 들려왔다. 멀리서 여럿이 울부짖는 소리였다. 두 곳에서 불길이 치솟더니 그 옆의 지붕들이 빛을 받고 환해졌다. 항구에서 무언가가 불타올랐다. 사건의 시작이었다. 몇 시간 후면 회색 군대와 밤의 군대의 연합이, 가판대 상인들과 거리 약탈자들의 부자연스러운 연합이 무엇을 의미하는지, 돈 레바가 무엇을 하는 건지, 그가 또 무슨 도발을 꾸민 건지 알게 될 터였다. 간단히 말하자면, 오늘 누구를 죽이려는지 말이다. 긴 칼의 밤•이, 분수를 모르는 회색군의 간부들과 도시에 머무는 남작들, 그리고 껄끄러운 관계에 있는 귀족에 대한 소탕 작업이 시작된 것일 테다. 팜파 남작은 지금 뭘 하고 있을까, 루마타가 생각했다. 잠들지만 않았으면 자기 목숨은 지킬 수 있을 텐데……

그는 생각을 중단해야 했다. 문에서 숨이 넘어갈 듯한 외침이 들렸다. "열어 주시오! 경호병! 열어 주시오!" 주먹으로 문을 마구 두드렸다. 루마타가 덧문을 열었다. 옷을 반쯤 입다 만, 공포로 잿빛이 된 사람이 들어오더니 루마타의 조끼를 잡고 부들부들 떨며 소리쳤다.

"왕자님은 어디 계시오? 부다흐가 전하를 암살했소! 이루칸의 첩자들이 도시에서 폭동을 일으켰소! 왕자님을 구해야 하오!"

궁관리부 장관이었다. 머리가 나쁘고 대단히 충성스러운 인물이다. 그는 루마타를 밀치고 왕자의 침실로 들어갔다. 여자들이 비명을 질렀다. 문 앞에는 벌써 회색 윗도리를 입은, 얼굴이 땀으로 흥건한 돌격대원들이 녹슨 도끼를 들고 다가오고 있었다. 루마타는 검을 뽑았다.

"물러서라!" 그가 차갑게 말했다.

등 뒤 침실에서 단말마의 비명이 들렸다. '좋지 않은 상황이군.' 루마타가 생각했다. '도대체 어떻게 된 거지.' 그는 구석으로 가 탁자로 앞을 막았다. 돌격대원들이 가쁜 숨을 내쉬며 방으로 들어왔다. 열다섯 명이었다. 꼭 끼는 회색 제복을 입은 중위가 칼을 빼 들고 앞으로 나왔다.

"돈 루마타입니까?" 그가 숨을 몰아쉬며 물었다. "당신은 체포됐습니다. 칼을 주십시오."

루마타가 비웃었다.

"가져가 봐라." 그가 창밖을 흘끗 보며 말했다.

"잡아라!" 장교가 소리쳤다.

이곳 사람들이 최소 300년 후에야 알게 될 검술을 다루는 자에게 도끼를 든 살집 있고 굼뜬 열다섯은 그다지 버거운 상대가 아니었다. 회색 무리가 다가오다가 물러섰다. 바닥에 도끼 몇 개가 떨어졌고 돌격대원 둘이 몸을 굽히고 삔 팔을 조심스럽게 배 쪽으로 끌어당기며 뒷줄로 물러섰다. 루마타는 부채꼴 영역을 완벽히 방어할 줄 알았다. 공격하는 자들 앞으로 번뜩이는 검을 연속적으로 돌려 장막을 만드는 것이다. 이 장막을 뚫기란 불가능할 것 같았다. 숨을 헐떡대는 돌격대원들이 갈팡질팡하면서 눈짓을 주고받았다. 이들이 풍기는 맥주와 파 냄새가 코를 찔렀다.

루마타는 탁자를 밀고서 천천히 벽을 따라 창 쪽으로

- 1934년 히틀러가 돌격대를 육성한 에른스트 룀을 새벽에 급습해 체포한 사건을 말한다. 히틀러는 세력이 커진 룀을 경쟁자로 인식했고, 그를 살해함으로써 전권을 장악한다.

갔다. 뒷줄에 있던 누군가가 칼을 던졌지만 빗나갔다. 루마타가 다시 한번 크게 웃더니 한쪽 다리를 창틀에 올리고 말했다.

"한 번 더 던져 봐라. 내가 그 팔을 잘라 주지. 내가 어떤 인간인지는 알고 있겠지……"

그들은 루마타가 어떤 인간인지 알았다. 루마타가 어떤 인간인지 아주 잘 알았기에 장교가—역시 조심조심 몸을 사리고 있는 그가—욕을 하며 재촉하는데도 아무도 움직이지 않았다. 루마타는 창틀에 서서 검으로 위협했다. 그런데 그때 어둠 속 마당에서 무거운 창이 날아와 그의 등을 쳤다. 충격이 엄청났다. 창이 플라스틱메탈 셔츠를 관통하지는 않았으나, 루마타는 창틀에서 바닥으로 떨어졌다. 검을 놓치지는 않았지만, 검은 이미 아무런 쓸모가 없었다. 무리가 일제히 그를 덮쳤다. 이들의 무게를 합치면 아마 1톤을 넘지 않을까. 그러나 서로 엉키는 바람에 루마타는 일어날 수 있었다. 루마타는 주먹으로 누군가의 축축한 입술을 때렸고 누군가가 루마타의 겨드랑이 밑에서 토끼처럼 끽끽댔다. 루마타는 팔꿈치로, 주먹으로, 어깨로 그들을 때리고 또 때렸다.(이렇게 자유로운 기분은 오랜만이었다.) 하지만 그들을 떨쳐 낼 수 없었다. 그는 몸을 굽혀 다리에 달라붙어 있는 돌격대원들을 떼어 내려 애를 쓰면서 온 힘을 다해 다리에 매달린 몸뚱이들을 질질 끌고 문 쪽으로 향했다.

그러던 중 어깨에 강한 일격을 느끼고 뒤로 넘어졌다. 그의 아래에 깔린 사람들이 서로 부딪쳤다. 그는 다시 일어나 온 힘을 다해 주먹을 날렸고 돌격대원들은 팔다리를 허우적대면서 벽에 둔탁하게 부딪쳤다. 눈앞에 시위가 풀린 석궁을 들고 있는 중위의 찡그린 얼굴이 아른거렸다. 그 순간 문이 열리더니 땀범벅의 새로운 면상들이 그에게 몰려들었다. 그들은 루마타에게 그물망을 던지고 다리를 밧줄로 묶고서는 넘어뜨렸다.

루마타는 힘을 비축하기 위해 즉각 저항을 멈췄다. 그들은 얼마간 루마타를 군홧발로 짓밟았다. 집중해서, 말없이, 흥분해서 쿵쿵대며. 그런 다음 다리를 잡아 질질 끌고 갔다. 문이 활짝 열린 침실을 통과할 때 루마타는 창으로 벽에 찔려 있는 궁관리부 장관을, 침대에 쌓여 있는 피로 물든 시트를 봤다. '쿠데타구나!' 그가 생각했다. '가여운 소년……' 그는 계단으로 끌려갔고 곧 의식을 잃었다.

제 7 장

그는 언덕 위 풀밭에 누워 깊고 푸른 하늘에 떠가는 구름을 바라봤다. 기분 좋고 평온했으나, 옆 언덕에 가시 돋친 깡마른 아픔이 앉아 있었다. 아픔은 그의 밖에 있는 동시에 그의 안에, 특히 오른쪽 옆구리와 목뒤에 존재했다. 누군가 고함쳤다. "뒈진 거 아냐? 대가리들을 잘라야겠어!" 순간 하늘에서 얼음물이 쏟아졌다. 그는 실제로 누워서 하늘을 보고 있었다. 그저 언덕이 아닌 물웅덩이였고, 푸른색이 아닌 빨간 불빛이 반사된 검회색 하늘이었다. "아니." 다른 목소리가 말했다. "이놈들은 살아 있어, 눈을 껌뻑거리고들 있다고." 내가 살아 있는 거겠지, 그가 생각했다. 저건 내 이야기다. 눈을 껌뻑거리는 것도 나다. 대체 왜 이놈들이라고 하는 거지? 사람답게 말하는 법을 까먹은 건가?

근처에서 누군가 몸을 들썩이더니 둔탁하게 물을 튀

기며 걸어왔다. 하늘에 뾰족한 모자를 쓴 머리의 검은 실루엣이 나타났다.

"어떠신가, 귀족 나리. 제 발로 가겠나, 아니면 끌려갈 텐가?"

"다리를 풀어라." 루마타가 너덜너덜해진 입술에 날카로운 통증을 느끼며 화를 냈다. 혀로 입술을 더듬어 봤다. 이게 입술이라니, 그가 생각했다. 입술이 아니라 팬케이크다.

누군가 그의 다리 위에서 움직이기 시작했다. 발을 거칠게 당기고 돌렸다. 주위에서 사람들이 작은 목소리로 말을 주고받았다.

"당신들 이자를 거하게 팼군……"

"어쩌겠나, 이자가 거의 도망칠 뻔했는데…… 마법에 씐 건지 화살도 튕겨 내고……"

"나도 그런 사람을 본 적 있네. 도끼로 쳤는데 멀쩡했어."

"농민이었겠지……"

"농민이었네……"

"그럴 수 있어. 그런데 이자는 귀족이란 말이야."

"아, 꼬리로 자기 머리를 치는 것처럼…… 망할 매듭이 풀리지 않는군…… 불 좀 비춰 봐!"

"갖고 있는 칼로 자르면 되지 않나."

"이보게, 형제들이여. 이놈을 풀어 주면 안 되네. 이놈이 또 우리를 공격할 수 있어…… 내 머리가 박살 날 뻔했다니까."

"됐어, 이제는 그러지 못할 거야……"

"형제들, 마음대로 해, 그런데 내가 정말 창으로 이자를 쳤어. 대개는 그렇게 하면 갑옷이 뚫렸다고."

어둠 속에서 권위적인 목소리가 울렸다.

"이봐, 거의 끝났나?"

루마타는 그의 다리가 풀린 것을 알아차리고 온 몸에 힘을 주고 앉았다. 땅딸막한 돌격대원들이 그가 물웅덩이에서 허우적대는 걸 말없이 지켜봤다. 루마타는 수치와 굴욕을 느끼며 이를 악물었다. 어깨뼈를 당겨 봤다. 팔이 등 뒤에 묶여 있기는 했는데 팔꿈치랑 손목이 어디쯤 있는지도 느껴지지 않았다. 그는 온 힘을 집중해 단숨에 일어섰으나 그 즉시 옆구리에 엄청난 통증을 느끼면서 몸을 굽혔다. 돌격대원들이 웃어 댔다.

"도망갈 일은 없겠군." 한 명이 말했다.

"그러게, 힘이 빠졌네. 꼬리로 자기 머리를 치는 것처럼……"

"어떠쇼, 나리. 영 안 좋으신가?"

"그만 떠들어라." 어둠 속에서 권위적인 목소리가 들렸다. "돈 루마타, 이쪽으로 오시오."

루마타는 몸이 좌우로 흔들리는 걸 느끼며 목소리가 들리는 쪽으로 갔다. 어디선가 횃불을 든 자그마한 사람이 나오더니 앞장섰다. 루마타는 자신이 어디 있는지 알았다. 왕실 마구간 옆 어딘가, 국왕경호부의 많은 내부 정원 중 하나였다. 루마타가 재빨리 파악했다. 오른쪽으로 데려가면 탑으로, 고문실로 간다는 뜻이다. 왼쪽이면 관청이다. 그는 머리를 흔들었다. 괜찮다, 그가 생각했다. 살아 있으면 다시 싸울 수 있다. 그들은 왼쪽으로 돌았다. 고문실로 직행하는 건 아니군, 루마타가 생각했다. 사전 신문을 하겠지. 이상하다. 신문을 한들 나에게 무슨 혐의를 씌운단 말인가? 알겠다. 독살자 부다흐 초청, 왕 독살, 왕을 해치려는 음모…… 어쩌면 왕자 살해 혐의일지도. 그리고 물론 첩자라는 혐의도 씌우겠지…… 이루칸이나 소안, 야만족, 남작, 성기사단의 첩자 등 끝없이 갖다 붙일 수 있을 것이다. 내가 이제까지 살아 있다는 게 더 놀랍다. 그 독버섯 같은 작자가 또 무언가를 꾸미고 있다는 의미겠지.

"이쪽으로." 권위적인 목소리가 말했다.

그가 낮은 문을 열어젖혔고 루마타는 몸을 굽혀 열두 개의 초로 환하게 밝혀진 널찍한 방으로 들어갔다. 방 중앙, 해진 양탄자 위에 피투성이로 결박된 사람들이 앉거나 누워 있었다. 몇몇은 이미 죽었거나 의식이 없었다. 대부분 맨발이었고 찢어진 잠옷 셔츠를 걸치고 있었다. 벽에는 자기만족에 취한, 얼굴이 빨갛고 사나운 자들, 이 밤의 승리자들이 불량한 자세로 도끼와 자루 도끼에 기대어 서 있었다. 그들 앞에서는 옷깃에 기름때가 심하게 낀 회색 제복을 입은 칼 찬 장교가 뒷짐을 지고 서성댔다. 루마타의 동행인인 검은 망토를 걸친 키 큰 자가 장교에게 다가가 귀에 대고 뭐라고 속삭였다. 장교는 고개를 끄덕이고 흥미롭다는 듯 루마타를 보더니 방 반대편 끝에 걸린 알록달록한 휘장 뒤로 사라졌다.

돌격대원들도 흥미롭다는 듯 루마타를 쳐다봤다. 그들 중 하나가—눈이 퉁퉁 부은 자였는데—이렇게 말했다.

"돈이 꽤 좋은 돌을 갖고 있잖아!"

"멋진 돌인데." 다른 사람이 대답했다. "왕에게 딱이겠어. 금으로 만든 서클릿도."

"그런데 이제부터는 우리가 왕 아닌가."

"그럼 벗길까?"

"멈-추어라." 검은 망토를 걸친 자가 크지 않은 목소리로 말했다.

돌격대원들이 황당해하는 표정으로 그를 노려봤다.

"우리 말에 끼어드는 놈이 누구냐?" 눈이 퉁퉁 부은 돌격대원이 말했다.

망토를 걸친 자는 대답 없이 돌격대원에게서 등을 돌리고는 루마타 쪽으로 가 그 옆에 섰다. 돌격대원들이 험악한 표정으로 그를 위아래로 훑어봤다.

"사제인가?" 눈이 퉁퉁 부은 돌격대원이 말했다. "이봐, 사제. 정면으로 붙어 볼 테야?"

돌격대원들이 크게 웃어 젖혔다. 눈이 퉁퉁 부은 돌격대원이 양 손바닥에 침을 뱉더니 도끼를 한쪽 손에서 다른 쪽 손으로 던졌다 잡았다 하며 루마타 쪽으로 다가왔다. '이놈에게 본때를 보여 주지.' 루마타가 오른쪽 다리를 천천히 앞으로 빼면서 생각했다.

"내가 언제나 죽이는 놈들이 있어." 돌격대원이 루마타 앞에 멈춰 서더니 검은 망토를 두른 자를 쳐다보며 말을 이었다. "사제들, 온갖 식자들과 장인들. 한번은……"

망토를 두른 자가 손바닥을 위로 하고 팔을 휙 들었다. 천장 아래에서 철컥하는 소리가 났다. 지이익! 눈이 퉁퉁 부은 돌격대원이 망치를 떨어뜨리며 뒤로 넘어갔다. 그의 이마 정중앙에는 풍성한 깃털이 달린 짧고 두꺼운 석궁 화살이 박혀 있었다. 정적이 흘렀다. 돌격대원들은 천장의 통풍구들 쪽으로 겁먹은 눈알을 굴리며 뒷걸음쳤다. 망토를 두른 자가 팔을 내리고 명령했다.

"시체를 치워라. 당장!"

돌격대원 몇몇이 달려와 죽은 자의 팔다리를 끌고 갔다. 휘장 뒤에서 회색 장교가 나타나더니 들어오라는 손짓을 했다.

"갑시다. 돈 루마타." 망토를 두른 자가 말했다.

루마타는 포로 무리를 돌아서 휘장으로 갔다. 이해가 안 되는군, 그가 생각했다. 휘장 뒤 어둠 속에서 사람들이 그를 잡고 몸을 더듬더니 허리춤에서 빈 칼집들을 뗀 다음 그를 빛 속으로 떠밀었다.

루마타는 자신이 어디로 온 건지 바로 알아차렸다. 라일락빛 구역 중에서도 익숙한, 돈 레바의 집무실이었다. 돈 레바는 같은 자리에 앉아 정확히 같은 자세로, 몸을 꼿꼿이 세우고 팔꿈치는 책상 위에 올리고 손은 깍지를 끼고 앉아 있었다. 이 늙은이는 치질이 있지, 루마타는 갑자기 안쓰러운 마음이 들었다. 돈 레바의 오른쪽에는 추피크 신부가 점잖게, 집중한 표정으로 입술을 굳게 다물고 앉아 있었다. 왼쪽에는 대위 계급장을 단 회색 제복 차림의, 온화하게 웃는 뚱보가 있었다. 집무실에는 그들뿐이었다. 루마타가 들어가자 돈 레바가 부드럽고 조용하게 말했다.

"자, 벗들이여, 돈 루마타입니다."

추피크 신부가 경멸하듯 입을 삐죽거렸고 뚱보는 예를 갖춰 고개를 끄덕였다.

"우리의 오랜, 꽤나 분명한 적이지요." 돈 레바가 말했다.

"적이라면 매답시다." 추피크 신부가 목쉰 소리로 말했다.

"아바 형제, 당신의 의견은 어떻습니까?" 돈 레바가 뚱보 쪽으로 친절하게 몸을 기울이며 물었다.

"아시지 않습니까…… 저는 글쎄……" 아바 형제는 당황해서는 짧고 통통한 팔을 휘두르며 아이처럼 웃었다. "제 생각에는, 아시겠습니까. 어떤 방식이든 괜찮긴 합니다만, 매달지 않는 게 낫지 않을까요……? 화형은 어떨까요, 어떻게 생각하십니까, 돈 레바?"

"그것도 가능하겠습니다." 돈 레바가 생각에 잠긴 듯 말했다.

"아시다시피," 귀여운 아바 형제가 루마타에게 상냥하게 미소 지으며 말을 이었다. "교수형에 처해지는 건 인간 쓰레기, 잔챙이들이지요…… 그런데 우리는 민중이 앞으로도 계급제도를 존중하도록 해야 하고요. 루마타는 어쨌든 오래된 가문의 후예고, 이루칸의 거물 첩자니…… 이루칸 맞지요?" 그는 책상에 있던 종이를 들어 가까이 봤다. "아, 소안의 첩자기도 하군요…… 그렇다면 더더욱 말입니다!"

"화형도 괜찮군요." 추피크 신부가 동의했다.

"좋습니다. 의견이 모아졌군요. 화형으로 합시다." 돈 레바가 말했다.

"그런데, 돈 루마타가 자기 목숨을 구하는 것도 가능하지 않나 싶습니다만. 돈 레바, 무슨 말인지 이해하시겠습니까?" 아바 형제가 말했다.

"솔직히 잘 모르겠습니다만……"

"재산 말입니다! 친애하는 돈, 재산요! 루마타 가문은 말도 안 되게 부자입니다!"

"당신은 늘 옳은 말만 하십니다." 돈 레바가 말했다.

추피크 신부가 손으로 입을 가리며 하품하더니 오른편의 라일락빛 휘장을 흘깃 봤다.

"그렇다면 절차에 맞춰 진행하지요." 돈 레바가 한숨을 쉬며 말했다.

추피크 신부는 계속 휘장을 보고 있었다. 그는 틀림없이 뭔가를 기다리는 중이었으며 신문에는 조금도 관심이 없었다. 이게 웬 코미디인가? 루마타가 생각했다. 이게 무슨 상황이지?

"그럼, 돈." 돈 레바가 루마타를 보며 말을 시작했다. "우리가 궁금해하는 몇 가지 사항에 답해 준다면 매우 기쁘겠습니다."

"팔을 풀어 주시오." 루마타가 말했다.

추피크 신부가 움찔하더니 불안하게 입술을 깨물었다. 아바 형제는 머리를 세차게 흔들었다.

"그렇게 할까요?" 돈 레바는 이렇게 말하고서 먼저 아바 형제를, 그러고서 추피크 신부를 봤다. "벗들이여, 이해합니다. 하지만 돈 루마타는 자기가 지금 어떤 상황에 처해 있는지 알 겁니다……" 그가 의미심장한 눈빛으로 천장의

환풍구들을 봤다. "그의 팔을 풀어 주시오." 그가 목소리를 높이지 않고 말했다.

누군가 소리 없이 뒤로 다가왔다. 루마타는 누군가의 기이할 정도로 부드럽고 유연한 손가락이 팔에 닿는 걸 느꼈고, 풀린 밧줄이 털썩 떨어지는 소리를 들었다. 아바 형제는 그의 덩치와 어울리지 않는 잽싼 몸놀림으로 책상에서 커다란 전투용 석궁을 가져와 자기 앞의 문서들 위에 놓았다. 루마타의 팔이 덩굴처럼 옆으로 떨어졌다. 손에 감각이 거의 없었다.

"그럼 시작해 볼까요." 돈 레바가 호쾌하게 말했다. "이름과 가문, 계급을 말씀해 주시지요."

"루마타, 에스토르의 루마타 가문. 22대째 이어지는 귀족이오."

루마타는 주위를 둘러보고는 소파에 앉아 손목을 주무르기 시작했다. 아바 형제가 흥분해서 색색 숨을 내쉬며 석궁으로 그를 겨냥했다.

"당신의 부친은?"

"나의 고귀하신 아버지는 황제의 보좌관이자 충성스러운 가신이었으며 벗이었소."

"살아 있습니까?"

"죽었소."

"오래된 일입니까?"

"11년 전."

"당신은 몇 살입니까?"

루마타가 대답할 새가 없었다. 라일락빛 휘장 뒤에서 시끄러운 소리가 들려왔고 아바 형제는 불만스럽게 두리번거렸다. 추피크 신부가 비열하게 웃으며 천천히 일어섰다.

"뭐, 이렇게 됐군요. 여러분……!" 그가 신이 나서 악랄하게 말했다.

휘장 뒤에서 루마타가 여기서 보게 되리라고는 상상도 못 한 세 명이 튀어나왔다. 추피크 신부의 예상과도 다른 듯했다. 후드를 눈까지 내리고 검은 수도복을 입은 건장한 수도사들이었다. 그들은 소리도 내지 않고 신속하게 추피크 신부에게 달려가 그의 팔꿈치를 잡았다.

"아…… 아니……" 추피크 신부가 웅얼댔다. 그의 얼굴이 죽은 사람처럼 창백해졌다. 그는 전혀 다른 것을 기대하고 있었음이 분명했다.

"아바 형제, 어떻게 생각하십니까?" 돈 레바가 뚱보 쪽으로 몸을 기울이며 차분히 물었다.

"글쎄, 뻔하군요!" 아바가 단호히 답했다. "확실합니다!"

돈 레바가 살짝 손짓했다. 수도사들이 추피크 신부를 들더니 역시 아무 소리도 내지 않고 휘장 뒤로 데리고 나갔다. 루마타가 혐오스럽다는 듯 얼굴을 찌푸렸다. 아바 형제는 부드러운 앞발을 비비더니 호쾌하게 말했다.

"아주 잘 처리된 것 같습니다. 그렇지 않습니까, 돈 레바?"

"그렇습니다. 나쁘지 않군요." 돈 레바가 동의했다. "그럼 계속해 보지요. 그러니까 돈 루마타, 당신은 몇 살입니까?"

"서른다섯."

"언제 아르카나르로 왔습니까?"

"5년 전."

"어디로부터 왔지요?"

"그 전까지 나는 에스토르에, 태어난 성에 살았소."

"거처를 옮긴 이유는 무엇이었습니까?"

"어떤 상황 때문에 에스토르를 떠날 수밖에 없었소. 종주국의 수도만큼 번영한 수도를 알아봤고……"

드디어 팔이 화끈거리면서 피가 도는 느낌이 들었다. 루마타는 인내심을 발휘하며 부은 손목을 계속 주물렀다.

"그 상황이란 게 뭐였습니까?" 돈 레바가 물었다.

"결투에서 왕족을 죽였소."

"그런 일이 있었습니까? 누구였지요?"

"젊은 예키누 공."

"결투의 발단은 뭐였습니까?"

"여자." 루마타가 짧게 대답했다.

그는 이 모든 질문에 아무런 의미가 없다는 느낌이 들었다. 처형 방법에 대한 논의도 그렇고 이게 웬 장난인가. 세 사람 모두 다른 걸 기대하고 있다. 나는 손이 정상으로 돌아오길 기대한다. 아바 형제, 이 머저리는 돈 루마타 가문의 보물 창고에 있는 금이 자기 발치에 쏟아지기를 기대한다. 돈 레바 역시 뭔가를 기대하고…… 그런데 수도사들이라니, 수도사들이라니! 어떻게 궁에 수도사들이 있는 거지? 그것도 저렇게 무예에 능한……?

"여자의 이름은?"

또 질문이군, 루마타가 생각했다. 이보다 멍청한 질문은 없을 것 같다. 이놈들을 좀 자극해 볼까……

"도나 리타." 루마타가 대답했다.

"대답할 줄은 몰랐습니다. 고맙군요……"

"천만의 말씀이오."

돈 레바가 고개를 끄덕여 보였다.

"당신은 이루칸 공국을 방문할 일이 있었습니까?"

"없었소."

"확신합니까?"

"당신도 알지 않소."

"우리는 진실을 듣고 싶습니다!" 돈 레바가 엄중히 말했다. 아바 형제가 고개를 끄덕였다. "그저 진실 말입니다!"

"으흠. 하지만 내가 볼 때는……" 루마타가 말을 하다가 멈췄다.

"당신이 볼 때 어떻다는 겁니까?"

"내가 볼 때 당신들은 뭣보다도 내 가문의 재산을 손에 넣고 싶어 하는 것 같소. 그런데 도저히 모르겠소, 돈 레바. 어떻게 손에 넣을 작정이오?"

"당신에게는 상속받은 것이 있지 않습니까? 상속받은 것이!" 아바 형제가 소리쳤다.

루마타는 최대한 모욕적으로 웃었다.

"당신은 바보로군, 아바 형제. 아니면 당신 같은 자를 뭐라 하더라…… 한눈에 당신이 장사꾼인 걸 알겠군. 상속된 재산은 다른 사람에게 양도할 수 없다는 걸 설마 모르는 건가?"

아바 형제는 꽤 화가 난 기색이었지만, 억누르고 있었다.

"당신은 그런 어조로 말해선 안 됩니다." 돈 레바가 부드럽게 말했다.

"진실을 원한다고 했소?" 루마타가 따졌다. "이게 진실이오. 진정하고도 유일한 진실은 아바 형제가 멍청이에 장사치라는 것."

그러나 아바 형제는 이미 평정심을 되찾은 후였다.

"저희가 샛길로 빠진 것 같습니다." 아바가 미소를 띠고 말했다. "어떻게 생각하십니까, 돈 레바?"

"언제나처럼 당신 말이 맞습니다." 돈 레바가 말했다. "돈, 소안 공화국에 갈 일은 없었습니까?"

"소안에 갔었소."

"어떤 목적으로?"

"과학아카데미를 방문하러."

"당신 같은 젊은 귀족에게는 특이한 목적이로군요."

"내가 좀 변덕스럽소."

"그렇다면 소안의 대법관인 돈 콘도르를 아십니까?"

루마타가 주춤했다.

"우리 가족의 오랜 벗이오."

"기품 있는 사람이지요. 그렇지 않습니까?"

"분명 존경할 만한 인물이오."

"당신은 돈 콘도르가 전하를 암살하려는 음모에 가담했다는 걸 알고 있습니까?"

루마타가 고개를 들었다.

"똑똑히 기억해 두시오, 돈 레바." 그가 거만하게 말했다. "종주국의 유서 깊은 우리 가문에게 소안이나 이루칸이나 아르카나르는 언제나 제국의 속국이었고 앞으로도 그럴 것이오." 그는 다리를 꼬고 고개를 돌렸다.

돈 레바가 그를 골똘히 쳐다봤다.

"당신은 부자입니까?"

"마음만 먹으면 아르카나르를 통째로 사 버릴 수도 있지만, 쓰레기통에는 관심이 없어서……"

돈 레바가 한숨을 내쉬었다.

"가슴이 미어지는군요." 그가 말을 이었다. "제가 대단히 명예로운 가문의 훌륭한 싹들을 제거해 버렸으니 말입니다……! 나라를 위해 반드시 해야 할 일이 아니었다면, 범죄였겠지요."

"나랏일 생각은 줄이시지요." 루마타가 말했다. "자기 몸이나 더 돌보시고."

"당신 말이 맞습니다." 돈 레바가 이렇게 말하고는 손가락을 튕겨 소리를 냈다.

루마타는 재빨리 몸을 긴장시켰다가 근육을 풀었다. 몸이 말을 듣는 것 같았다. 휘장 뒤에서 다시 수도사 세 명이 뛰쳐나왔다. 육안으로 따라잡을 수 없는 빠르기와 정확성이 이들 모두 한두 번 해 본 솜씨가 아니라는 걸 증명했다. 그들은 여전히 달콤하게 웃고 있는 아바 형제에게 접근해 그의 팔을 붙잡고 등 뒤로 꺾었다.

"아야아야야……!" 아바 형제가 꽥꽥댔다. 그의 통통한 얼굴이 고통으로 일그러졌다.

"어서, 어서, 꾸물대지 말고!" 돈 레바가 혐오스럽다는 듯 말했다.

뚱보는 휘장 뒤로 끌려가는 내내 격렬하게 저항했다.

고함치고 끽끽대다가 갑자기 그가 낸 소리가 아닌 것 같은 끔찍한 비명을 지르고 이내 조용해졌다. 돈 레바가 일어서서 조심스럽게 석궁 시위를 풀었다. 루마타는 황당하다는 듯 그를 쳐다봤다.

돈 레바가 골똘히 석궁 화살로 등을 긁으며 방 안을 서성댔다. "좋아, 좋아." 그는 상냥하다고도 할 수 있을 목소리로 중얼댔다. "아주 잘됐어……!" 그는 루마타의 존재를 잊은 것 같았다. 발걸음이 점점 빨라졌고 화살을 지휘봉처럼 휘저으며 걸었다. 그러더니 갑자기 책상 뒤에 멈춰 서서 화살을 던져 버리고는 조심스럽게 앉아 활짝 웃으면서 말했다.

"제가 그들을 어떻게 했으려나 싶지요, 그렇지 않습니까……? 그 누구도 저항 한 번 못 했습니다……! 당신네들은 이렇게 할 수 없을 것 같은데……"

루마타는 아무 말도 하지 않았다.

"그렇지요……" 돈 레바가 꿈을 꾸듯 말을 늘였다. "좋습니다! 이제 이야기를 해 봅시다, 돈 루마타…… 당신은 루마타가 아니지 않습니까? 어쩌면 돈도 아닐지도? 그렇지 않습니까……?"

루마타는 재미있다는 듯 그를 바라보며 아무 말도 하지 않았다. 얼굴은 창백하고 코에는 빨간 핏줄이 선 레바가 손뼉을 치면서 〈나는 알고 있다! 알고 있다고!〉라 외치고 싶은 듯 흥분하여 몸을 떨었다. 하지만 네놈은 아무것도 모르지. 이 개 같은 자식. 알게 되더라도 믿지 못할걸. 그래, 말해 봐라. 말해 봐. 내가 들어 주지.

"계속 말해 보시오." 루마타가 말했다.

"당신은 돈 루마타가 아닙니다." 돈 레바가 선언했다. "당신은 참칭자입니다." 그가 엄숙한 표정으로 루마타를 바라봤다. "에스토르의 루마타는 5년 전에 죽어 가문의 가족묘에 안장되어 있습니다. 그리고 오래전에 성인들이 그의 달아오른, 노골적으로 말하자면, 그다지 순결하지 않은 영혼을 위로했지요. 어떻게 하시겠습니까. 직접 고백하시겠습니까, 아니면 도움을 드릴까요?"

"직접 고백하건대," 루마타가 입을 열었다. "나는 에스토르의 루마타고 내 말이 의심받는 것에 익숙지 않소."

'네놈을 자극해 볼까.' 그가 생각했다. '옆구리가 쑤시는군, 옆구리만 아니었으면 네놈을 계속 골탕 먹여 주는 건데.'

"우리가 대화를 다른 곳에서 이어 가야 할 것 같군요." 돈 레바가 악의를 담아 말했다.

레바의 표정이 놀랍도록 변했다. 사람 좋은 미소가 사라지고 입술이 일자로 굳었다. 이마의 가죽은 기묘하고 섬뜩하게 움직였다. 그래, 겁먹을 만한 표정이군, 루마타가 생각했다.

"당신이 치질을 앓고 있다던데 사실이오?" 루마타가 걱정스레 물었다.

돈 레바의 눈에 뭔가가 스쳐 지나갔으나 표정은 바뀌지 않았다. 그는 못 들은 척했다.

"당신은 부다흐를 잘못 활용했소." 루마타가 말했다. "그는 훌륭한 전문가인데. 전문가였다고 해야 하나……" 그가 의미심장하게 덧붙였다.

레바의 탁한 눈에 또 뭔가가 스쳐 갔다. 아하, 루마타가 생각했다. 부다흐가 아직 살아 있군…… 루마타는 더 편안한 자세로 앉아 손으로 무릎을 감쌌다.

"그러니까, 고백하지 않겠다는 거군요." 돈 레바가 말했다.

"뭘 말이오?"

"당신이 참칭자라는 사실 말입니다."

"존경하는 레바." 루마타가 엄중히 말했다. "그런 말들은 증명하셔야 할 거요. 당신은 나를 모욕하고 있소!"

돈 레바의 얼굴에 감미로운 표정이 떠올랐다.

"친애하는 돈 루마타," 그가 말했다. "아직 이렇게 부르는 실례를 용서하시기 바랍니다. 그러니까, 대체로 저는 그 무엇에 대해서도 절대 증명이란 걸 하지 않습니다. 증명은 저기, 즐거운탑에서 하는 일이지요. 그 일을 하라고 노련하고 비싼 전문가들을 고용했습니다. 전문가들이 성 미카의 고기 다짐기, 신의 정강이받이, 위대한 순교자 파타의 장갑, 아니면 그러니까 전사 토츠의 앉는 곳…… 그러니까…… 뭐더라…… 그러니까 전사 토츠의 의자를 사용해서 뭐든 증명해 냅니다. 신의 존재나 부재를 증명합니다. 사람들이 물구나무를 서서 걷는지 옆으로 걷는지 증명합니다. 제 말 알아들으시겠습니까? 당신은 아마 모르겠지만, 증거 도출의 과학이라는 것이 엄연히 존재합니다. 생각해 보십시오. 뭣 하러 이미 아는 걸 증명하겠습니까? 그리고 당신은 고백해도 위험해지지 않을 겁니다……"

"나는 위험해지지 않소." 루마타가 말했다. "당신이 위험해지겠지."

돈 레바가 얼마간 생각에 잠겼다.

"좋습니다." 그가 말했다. "보아하니 제가 먼저 시작해야겠군요. 에스토르의 돈 루마타가 아르카나르 왕국이라는 사후 세계에서 보낸 지난 5년간, 어떤 점에서 두드러졌는지 한번 살펴봅시다. 그리고 당신은 왜 그렇게 행동했는지 설명해 주기로 합시다. 어떻습니까?"

"경솔한 약속은 하고 싶지 않소." 루마타가 말했다. "하지만 경청하도록 하지요."

돈 레바가 책상을 뒤져 질긴 직사각형 종이를 꺼내더니 눈썹을 추켜세우고 봤다.

"당신도 아시다시피," 그가 우호적으로 웃으며 입을

열었다. "당신도 아시다시피, 아르카나르 국왕경호부 장관인 제가 식자나 학자처럼 쓸모없고 국가에 해로운 인간들을 제거하고자 일련의 조치를 취했습니다. 그런데 이상한 저항에 부딪혔지요. 하지만 온 민중은 합심하여 국왕 전하와 아르카나르의 전통에 대한 믿음을 지켰고 저를 전적으로 도왔습니다. 숨어 있는 자들을 넘기고 스스로 판단해 처리하고 제 눈을 피한 의심스러운 자들을 신고했지요. 그런데 누군지 알 수 없는 어떤 자가, 하지만 분명 열의에 넘치는 자가 가장 중요하고 가장 구제할 길 없는 끔찍한 범죄자들을 우리 코앞에서 채 가서는 왕국 밖으로 보내 버렸습니다. 그렇게 우리 손에서 빠져나간 자들에 누가 있는지 봅시다. 신을 모르는 천문학자 바기르 키센스키. 입증된 바에 따르면 불온한 힘과 이루칸 공국과 결탁한 범죄자인 연금술사 신다. 역겨운 선전물 작성자이자 평온을 깨뜨린 추렌. 그리고 낮은 계급 사람도 몇몇 있지요. 미친 마법사이자 기계공인 카바니의 행방이 묘연합니다. 누군가가 엄청난 양의 금을 써서 역겨운 첩자들과 독살자, 전하를 모시던 궁정 주술사를 향한 민중의 분노가 고조되는 걸 막았습니다. 누군가가 또다시 인류의 적을 연상케 하는, 실로 말도 안 되는 상황에서 방탕한 야수이자 민중의 영혼을 타락시킨 자를, 농민반란의 우두머리인 곱사등이 아라타를 풀어 줬습니다……" 돈 레바가 멈추더니 이마 가죽을 움찔거리면서 루마타를 의미심장한 눈빛으로 쳐다봤다. 루마타는 눈을 들어 천장을 보며 생각에 잠겨 미소 지었다. 곱사등이 아라타는 그가 데려갔다. 헬기를 타고 날아갔었지. 그 일은 보초들에게 엄청난 충격이었다. 아라타에게도 마찬가지였고. '내가 대단했지.' 그가 생각했다. '일을 참 잘했어.'

"그리고 당신이 아시다시피," 돈 레바가 말을 이었다. "앞서 말한 우두머리 아라타는 현재 반란 분자들을 이끌며 종주국의 동부 지역을 돌아다니고 있지요. 귀족의 피를 엄청나게 흘리면서, 자금이나 무기 부족도 겪지 않고 말입니다."

"그럴 법하오. 결단력 있는 사람이란 걸 한눈에 알겠더군요." 루마타가 말했다.

"지금 자백하시는 겁니까?" 돈 레바가 바로 끼어들었다.

"뭘 말이오?" 루마타가 놀랐다.

그들은 얼마간 서로를 마주 봤다.

"계속해 보겠습니다." 돈 레바가 말했다. "이 악한 영혼들을 구제하는 데 당신이, 돈 루마타가 쓴 액수를 제가 어림잡아 계산해 보니 최소 금 3푸드입니다. 당신이 불온한 세력과 교류함으로써 스스로를 영원히 모욕했다는 얘기는 하지 않겠습니다. 당신이 아르카나르에 사는 내내 에스토르에서 동화 한 개 받지 않았다는 얘기도 하지 않겠습니다.

하긴, 그 돈이 올 리가 있겠습니까? 아무리 가족이어도 뭐하러 죽은 사람에게 돈을 보내겠습니까? 그런데 당신은 금화를 쓰고 다녔지요!"

레바가 책상 위 문서 더미 밑에 묻혀 있던 상자를 열더니 피츠 6세가 그려진 금화를 한 줌 꺼냈다.

"이런 금화 하나만으로도 당신을 불태울 이유는 충분합니다!" 그가 소리쳤다. "이건 악마의 금입니다! 사람의 손은 이렇게 깨끗한 금속을 만들지 못합니다!"

그가 루마타를 노려봤다. '그래.' 루마타가 관대하게 생각했다. '그걸 눈치채다니 제법이군. 우리가 거기까지는 고려하지 못했던 것 같다. 눈치챈 건 이자가 처음인 듯하다. 앞으로는 이것도 고려해야겠군……' 레바가 갑자기 소리를 낮췄다. 그의 목소리에 너그러운 아버지 같은 어조가 묻어났다.

"그리고 당신은 행동거지를 전혀 조심하지 않더군요, 돈 루마타. 그동안 당신을 보고 있기가 얼마나 조마조마했는지 모릅니다. 결투를 어찌나 많이 하는지, 싸움은 또 어찌나 많이 하는지! 5년 동안 결투를 백스물여섯 번 했습니다! 그런데 사망자가 단 한 명도 없었지요…… 결국 여기서 사람들은 어떤 결론에 다다랐습니다. 적어도 저는 그랬습니다. 하지만 저만 그런 결론을 낸 건 아니더군요. 예를 들면, 지난밤 아바 형제가, 망자를 나쁘게 말하면 안 되겠지만 아주 잔혹한 자였습니다. 솔직히 참기 힘들었지요…… 뭐 어쨌든, 아바 형제가 무술에 능한 자들이 아니라 가장 몸집이 크고 힘센 자들을 골라 당신을 붙잡도록 했습니다. 그리고 그가 옳았던 것으로 판명됐지요. 돌격대원들의 팔이 몇 개 골절되고 목이 꺾이고 이빨들이 조금 나가긴 했지만…… 당신이 잡혀 오지 않았습니까! 목숨이 달린 싸움이라는 걸 몰랐을 리 없는데도 말입니다. 대단한 검술사인 당신이 말입니다. 당신은 분명히 제국 최고의 검술사입니다. 분명히 악마에게 영혼을 팔았을 겁니다. 지옥에서나 그런 믿기지 않는, 마법 같은 검술을 배울 수 있을 테니까요. 당신이 사람을 죽이지 않는다는 조건으로 그러한 능력을 얻은 건 아닌가 하는 생각까지 듭니다. 물론 악마가 왜 그런 조건을 내걸었는지는 상상하기 어렵지만…… 뭐, 그건 우리 학자들이 풀 문제고……"

가냘픈 돼지 울부짖는 소리가 레바의 말을 끊었다. 그는 불쾌한 표정으로 라일락빛 휘장을 쳐다봤다. 휘장 뒤에서 몸싸움이 일어났다. 때리는 소리와 "놓으시오! 놓으시오!"라는 외침이 들렸다. 그리고 목쉰 소리들과 욕설, 알아들을 수 없는 절규. 그러더니 휘장 한쪽이 지지직 소리를 내며 뜯겨 떨어졌다. 집무실에 어떤 사람이, 머리는 벗어지고 턱은 피투성이에 눈은 끔찍하게 커진 사람이 엎어지며 등장했다. 휘장 뒤에서 거대한 손이 나와 그 사람의 다리를 잡아 끌고 갔다. 루마타는 그를 알아봤다. 부다흐였다. 부다흐가 미친 듯이 소리쳤다.

"날 속였어……! 날 속였어……! 그게 독이었다니! 어째서……?"

그는 다시 어둠 속으로 끌려갔다. 검은 옷을 입은 누군가가 재빨리 휘장을 잡아 다시 걸었다. 고요가 엄습한 가운데 휘장 너머로 끔찍한 소리가 들려왔다. 누군가 토하고 있었다. 루마타는 상황을 파악했다.

"부다흐는 어딨습니까?" 루마타가 날카롭게 물었다.

"보셨다시피, 그에게 뭔가 안 좋은 일이 생긴 것 같군요." 돈 레바는 대답하면서 눈에 띄게 당황하고 있었다.

"날 기만하지 마시오." 루마타가 말했다. "부다흐는 어디 있소?"

"맙소사, 돈 루마타." 돈 레바가 고개를 절레절레 흔들며 말했다. 그는 즉시 원래의 표정으로 돌아왔다. "당신에게 뭐 하러 부다흐가 필요합니까? 친척이라도 됩니까? 한 번도 만난 적 없는 사람 아닙니까."

"잘 들으시오, 레바!" 루마타가 사납게 말했다. "난 당신과 장난하는 게 아니오! 부다흐에게 무슨 일이 생기면 당신은 개처럼 죽게 될 거요. 내가 당신의 숨통을 끊어 놓겠소."

"성공하지 못할 겁니다." 돈 레바가 서둘러 말했다. 그는 아주 창백했다.

"당신은 바보요, 레바. 당신은 노련한 모략가지만, 아무것도 이해하지 못하고 있소. 일생에 지금처럼 위험한 게임을 한 적이 없을 거요. 그리고 당신은 그런 건 상상도 못하고 있지."

돈 레바가 책상 뒤에서 몸을 웅크렸다. 그의 눈빛이 석탄처럼 타올랐다. 루마타는 자신도 죽음에 이렇게 가까웠던 적은 없다고 느꼈다. 패가 공개됐다. 누가 이 게임을 지배하는지 밝혀졌다. 루마타는 뛸 준비를 하며 몸을 긴장시켰다. 무기가 없으니, 창도 활도 없으니 단번에는 목숨을 끊을 수 없다. 돈 레바가 이런 계산을 하고 있다는 것이 그의 표정에 여실히 드러났다. 치질을 앓는 이 늙은이는 살고 싶어 했다.

"무슨 말씀이십니까." 레바가 간청하듯 말했다. "우리는 그저 앉아서 이야기를 나눴을 뿐인데…… 당신의 부다흐는 살아 있으니 진정하시지요. 살아 있는 데다 건강합니다. 그는 절 치료할 겁니다. 흥분하지 마시지요."

"부다흐는 어딨소?"

"즐거운탑에 있습니다."

"그가 필요하오."

"돈 루마타, 저도 그가 필요합니다."

"잘 들으시오, 레바." 루마타가 말했다. "날 자극하지 마시오. 가장하는 것도 그만두시고. 당신은 나를 겁내고 있소. 그래야 마땅하고. 부다흐는 내가 데려가겠소. 알겠습니까? 내가!"

이제 둘 다 일어나 있었다. 레바의 얼굴이 무섭게 변했다. 안색은 파리해졌고 입술은 발작적으로 꿈틀댔다. 그가 침을 튀기며 뭐라고 중얼댔다.

"이 어린것이!" 그가 꽥 소리 질렀다. "나는 아무것도 겁내지 않는다! 지금 널 거머리처럼 죽여 버릴 수 있는 건 나라고!"

그는 몸을 획 돌리더니 등 뒤에 걸려 있던 태피스트리를 떼어 냈다. 그러자 커다란 창이 드러났다.

"잘 봐라!"

루마타가 창으로 다가갔다. 창은 궁 앞 광장으로 나 있었다. 벌써 동이 트는 중이었다. 잿빛 하늘에 화재로 인한 연기들이 솟아올랐다. 광장에는 시체가 쌓여 있었다. 중앙에 움직이지 않는 검은 직사각형 같은 게 보였다. 루마타는 자세히 들여다봤다. 검은색 긴 망토를 걸치고 검은 후드로 눈을 덮은 기마병들이 왼손에는 검은 삼각 방패를, 오른손에는 긴 창을 들고 한 치의 오차도 없이 대열을 맞춰 서 있었다.

"잘 보-아라!" 돈 레바가 철컥대는 목소리로 말했다. 그는 떨고 있었다. "우리의 주인인 성기사단에 충성하는 자들이다. 우쭐대는 장사치들과 바퀴 와가의 밤의 부랑자들이 합세해 일으킨 야만적인 폭동을 진압하기 위해 오늘 밤 아르카나르 항구에 도착했다. 폭동은 진압되었다. 성스러운 기사단이 도시와 나라를 점령했고 이제부터는 기사단의 아르카나르주라 불릴 것이다……"

루마타는 자기도 모르게 목뒤를 긁었다. 그런 거였군, 그가 생각했다. 불운한 장사꾼들이 누구를 위해 길을 닦았는지 이제 알겠다. 꽤 대담한 계획이었어! 돈 레바가 이를 드러내며 승리의 미소를 지었다.

"우리가 아직 통성명을 안 했군요." 여전히 철컥대는 목소리로 레바가 말을 이었다. "인사드리겠습니다. 성기사단의 아르카나르주 대리인이자 주교이며 기사단장, 신을 섬기는 종 레바입니다!"

짐작할 수 있지 않았는가, 루마타가 생각했다. 회색이 승리하는 곳에서는 언제나 검은 자들이 권력을 잡았다. 아아, 역사학자들이란, 꼬리로 자기 머리를 치는 것처럼…… 그는 뒷짐을 지고 구두코와 발뒤꿈치가 번갈아 땅에 닿도록 발을 움직였다.

"이제 지쳤소." 루마타가 불쾌해하며 말했다. "나는 자고 싶소. 뜨거운 물로 몸을 씻고 싶고 당신의 살육자들이 뱉은 침과 피를 씻어 내고 싶소. 내일…… 정확히는 오늘이겠군. 그러니까 동이 트고 한 시간 후에 당신네 관청에 들르겠소. 부다흐를 풀어 준다는 명령서가 그때까지 준비되어 있어야 하오."

"2만 명이라고!" 돈 레바가 손으로 창을 가리키며 소리쳤다.

루마타는 얼굴을 찌푸렸다.

"좀 조용히 말해 주시겠소." 루마타가 말했다. "명심하시오, 레바. 나는 당신이 주교가 아니라는 걸 알고 있소. 나는 당신을 꿰뚫어 보오. 당신은 그저 더러운 배신자에 무능력한 싸구려 책략가요……" 돈 레바가 입술을 핥았다. 그의 눈에서 표정이 없어졌다. 루마타가 말을 이었다. "나는 자비를 모르오. 나, 혹은 내 벗들을 상대로 비열하게 행동하면 목숨으로 갚게 될 거요. 나는 당신을 증오하오, 이 점을 기억해 두시오. 나는 당신을 참아 줄 수 있지만, 당신은 내 앞에서 제때 물러나는 법을 배워야 할 거요. 알아들었소?"

돈 레바가 난처한 미소를 지으며 급히 답했다.

"제가 원하는 건 하나입니다. 돈 루마타, 저는 당신이 제 편이었으면 합니다. 저는 당신을 죽일 수 없어요. 왜인지는 모르지만 그러지 못하겠습니다."

"두려워하는 거겠지." 루마타가 말했다.

"두려워한다고 칩시다." 돈 레바가 동의했다. "어쩌면 당신은 악마일지도 모릅니다. 어쩌면 신의 아들일지도. 누가 당신의 정체를 알겠습니까? 어쩌면 당신은 머나먼 대국에서 왔을지도 모릅니다. 그런 곳이 있다고들 하니까……
저는 당신을 내보낸 틈새를 들여다보고 싶지도 않습니다.
머리가 어지럽거든요. 이단에 빠져드는 느낌이고. 하지만
저 역시 당신을 죽일 수 있습니다. 언제든. 지금도. 내일도.
어제도 그랬고. 그건 알고 있겠지요?"

"관심 없소." 루마타가 말했다.

"그렇습니까? 그럼 무엇에 관심이 있습니까?"

"나는 아무것에도 관심이 없소." 루마타가 말했다. "그저 즐기며 살 뿐이오. 나는 악마도, 신도 아닌 에스토르의 기사 루마타요. 변덕과 편견을 짊어졌으며 모든 것에 대한 자유에 익숙해진 지체 높은 유쾌한 귀족. 알아들었소?"

돈 레바는 벌써 원래 표정으로 돌아와 있었다. 그는 손수건으로 얼굴을 닦고 환하게 미소 지었다.

"당신의 고집을 높이 평가합니다." 그가 말했다. "그러니까 당신 역시 어떤 이상을 추구하는 거겠지요. 저는 그 이상들이 뭔지는 모르겠지만, 존중합니다. 우리가 서로의 입장을 알게 되어 매우 기쁘군요. 의견이 있다면 언제든 말해도 좋습니다. 당신이 제 이상들을 재고하게 하는 것도 충분히 가능합니다. 사람은 실수를 범하게 마련이니 말입니다. 어쩌면 지금 저는 실수를 하는 중이고, 이렇게 열심히, 대가도 바라지 않고 노력할 가치가 없는 목표를 추구하고 있는지도 모릅니다. 저는 시야가 넓은 사람입니다. 언젠가

는 당신과 협력하는 모습도 충분히 그릴 수 있고요……"

"두고 봅시다." 루마타가 이렇게 말하고 문 쪽으로 갔다. '민달팽이 같은 놈!' 그가 생각했다. '협력자 좋아하네. 협력이라니……'

도시는 끔찍한 공포의 충격에 빠져 있었다. 불그스름한 아침 해가 텅 빈 거리와 연기가 피어오르는 폐허를, 뜯긴 덧창을, 부서진 문들을 음울하게 비췄다. 잿더미 사이에서 유리 파편들이 핏방울처럼 빛났다. 무수히 많은 까마귀 떼가 도시로, 탁 트인 초원이라도 되는 양 내려왔다. 광장들과 교차로에는 검은 옷을 입은 기마병들이 두셋씩 있었다. 그들은 낮게 내려 쓴 후드 틈새로 주위를 살피며 안장에 앉은 채 천천히 몸을 돌렸다. 땅에 급히 박은 말뚝에는 완전히 재로 변한 숯 더미 위로 새까맣게 탄 시체들이 쇠사슬에 묶여 있었다. 도시에 살아 있는 것이라곤 하나도 남지 않은 듯했다. 깍깍대는 까마귀들과 사무적으로 일을 처리하는 검은 옷의 살인자들뿐이었다.

루마타는 길의 절반은 눈을 감고 지나가야 했다. 그는 숨이 막혔고 얻어맞은 몸이 쑤셨다. 이것이 인간인가? 이들에게 어떤 인간성이 있단 말인가? 사람들이 길가에서 도륙당하는 동안 다른 사람들은 집에 들어앉아서 순종적으로 자기 차례를 기다린다. 다들 나만 아니면 된다고 생각한다. 도륙하는 자의 냉혈한 야만성, 도륙되는 자들의 냉혈한 순종성. 냉혈함, 이것이 가장 두렵다. 열 사람이 공포로 마비되어 서 있다. 그리고 순종적으로 기다린다. 한 사람이 다가와 희생양을 고르고 냉혈하게 그를 도륙한다. 이들의 영혼은 더러운 것들로 가득 차 있다. 순종적으로 기다리는 매분 매초 점점 더 더러워진다. 지금 이 순간 이들이 숨어 있는 집에서 비열한 자들이, 밀고자들이, 살인자들이 비밀스레 태어난다. 공포에 패배하는 일생을 산 수천 명의 사람들이 자기 아이들에게, 자기 아이들의 아이들에게 공포가 무엇인지 가혹하게 가르칠 것이다. "나는 이제 못 하겠다." 루마타가 되뇌었다. "여기에 더 있다가는 정신이 나가서 똑같은 인간이 되어 버릴 것이다. 더 있다간 결국 여기에 온 목적도 잊을 것이다…… 쉬어야 한다. 이 모든 것들과 거리를 두고 안정을 취해야 한다……"

〈역사가 유구한 제국에서 원심력의 작용이 강해진 것은 물의 해—신력으로는 ××년—가 끝나 갈 무렵이었다. 무슨 수를 써서라도 원심력의 분출을 막아 보려던 봉건사회 극보수층의 이해를 대변하는 성기사단이 그걸 기회 삼아……〉 그런데 말뚝에 묶여 불탄 시체가 어떤 냄새를 풍기는지 아는가? 배가 찢긴 알몸의 여자가 길가의 잿더미에 쓰러져 있는 걸 본 적이 있는가? 사람은 침묵하고 까마귀만 외치는 도시를 본 적이 있는가? 당신은 아르카나르 사회주의 공화국의 학교에서 교과서대로 획일적인 가치관을 가르치기 시작한 이후에 태어난 소년, 소녀들인가?

뭔가 딱딱하고 날카로운 것에 가슴이 부딪쳤다. 그의 앞에 검은 기병이 있었고 길고 면적이 넓은 톱날 창이 루마타의 가슴을 지그시 누르고 있었다. 기병이 얼굴을 덮은 검은 후드 틈새로 루마타를 말없이 봤다. 후드 아래로 작은 턱과 얇은 입술만 드러나 있었다. 어떻게든 해야 하는데, 루마타가 생각했다. 뭘 해야 한단 말인가? 이자를 말에서 떨어뜨려? 안 된다. 기병이 천천히 창을 뒤로 빼면서 루마타를 칠 태세를 취했다. 아, 그게 있었지……! 루마타는 천천히 왼쪽 팔을 들어 소매를 걷고는 궁을 나설 때 받은 철제 팔찌를 보였다. 기병은 그걸 보더니 창을 위로 하고 지나갔다. "신의 이름으로." 그가 이상한 억양으로 불분명하게 말했다. "그분의 이름으로." 루마타는 이렇게 중얼거린 다음 다른 기병을 지나갔다. 그 기병은 처마 아래로 튀어나와 있는 즐거워하는 악령 형상의 목재 조각을 창으로 찌르려 애쓰는 중이었다. 건물 2층에서는 반절이 뜯겨 나간 덧창 뒤에 공포로 경직된 통통한 얼굴이 어른거렸다. 분명 사흘 전에는 맥주를 마시며 들뜬 목소리로 〈돈 레바 만세!〉라고 외치고 있었을, 징을 박은 장화가 철컥 철컥 철컥 우렁차게 울리면서 포장도로를 지나가는 소리를 즐거운 마음으로 듣고 있었을 장사꾼이다. 아, 회색성, 회색성이란…… 루마타가 고개를 돌렸다.

'그런데 집은 무사할까?' 불현듯 집이 걱정된 그는 발걸음을 재촉했다. 마지막 구역은 달려가다시피 했다. 집은 멀쩡했다. 현관 계단에 수도사 둘이 후드를 벗고 이상하게 삭발한 머리를 햇볕에 내놓고 앉아 있었다. 그들은 루마타를 보고 일어섰다. "신의 이름으로." 그들이 동시에 말했다. "그분의 이름으로." 루마타가 답했다. "여기서 뭐 하고 있는 거요?" 수도사들이 두 손을 배에 대고 인사했다. "오셨으니 우리는 가 보겠습니다." 한 수도사가 말했다. 그들은 계단을 내려가더니 손을 소매에 넣고 구부정한 자세로 천천히 멀어졌다. 루마타는 그들의 뒷모습을 보자마자, 길거리에서 자락을 길게 늘어뜨린 검은 수도복을 입은, 이들 같은 유순한 자들을 수천 번은 봤던 것이 기억났다. 전에는 무거운 칼집이 이들 뒤에 먼지를 일으키지 않았다는 점이 달랐다. 간과했다. 아니, 어떻게 그걸 간과할 수 있지!, 그가 생각했다. 돈들은 혼자서 돌아다니는 수도사 양옆에 붙어 그를 사이에 두고 선정적인 이야기를 나누면서 장난치곤 했다. 그런데 나는, 나란 바보는, 술 취한 척 뒤에서 춤추고 목청껏 웃었고, 제국이 최소한 종교적 광기에는 휩싸이지 않았다며 대단히 기뻐했다…… 하지만 알았다고 한들 뭘 할 수 있었단 말인가? 그래, 무엇을 할 수 있었단 말인가?

"거기 누구요?" 그릉그릉 떨리는 목소리가 물었다.

"열어라, 무가. 나다." 루마타가 조용히 말했다.

빗장이 삐걱대더니 문이 살짝 열렸고 루마타가 현관으로 들어갔다. 평소와 다름없는 모습을 보고 루마타는 안도의 한숨을 내쉬었다. 머리가 하얗게 센 늙은 무가가 고개를 흔들면서 언제나와 같이 공손하게 구리 모자와 검들을 받기 위해 손을 뻗었다.

"키라는 어떤가?" 루마타가 물었다.

"키라는 위에 있습니다." 무가가 말했다. "잘 있습니다."

"잘됐군." 루마타가 검들을 매달고 있던 벨트를 벗으며 말했다. "그런데 우노는 어딨느냐? 왜 나를 맞이하지 않지?"

무가가 검을 받았다.

"우노는 죽었습니다. 하인실에 있습니다." 그가 차분히 말했다.

루마타가 눈을 감았다.

"우노가 죽었다고……" 그가 반복했다. "누가 죽였느냐?"

그는 대답을 채 기다리지 않고 하인실로 갔다. 우노가 허리까지 시트를 덮고 탁자에 누워 있었다. 팔은 가슴에 포개어져 있었고 눈은 크게 뜬 채였으며 입은 일그러져 있었다. 하인들이 침통한 표정으로 탁자에 둘러서서 수도사가 구석에서 읊조리는 소리를 듣고 있었다. 부엌 하녀가 흐느꼈다. 루마타는 소년의 얼굴에서 눈을 떼지 않으면서 말을 듣지 않는 손가락으로 자신의 조끼 깃을 풀었다.

"개자식들……" 그가 말했다. "어떤 개자식들이……!"

그는 휘청거리며 탁자로 다가가 죽은 자의 눈동자를 바라봤고, 시트를 들췄다가 바로 다시 덮었다.

"그래, 늦었군." 그가 말했다. "늦었어…… 가망이 없어…… 이런, 개 같은 놈들! 누가 이 애를 죽였느냐! 수도사들이냐?"

그는 수도사 쪽으로 몸을 돌리더니 단숨에 그를 들어 올려 얼굴을 들이밀었다.

"누가 죽였느냐? 너희 패거리냐? 말해!"

"수도사들이 아니었습니다." 등 뒤에서 무가가 조용히 말했다. "회색 병사들이었습니다……"

루마타는 수도사의 마른 얼굴을, 천천히 열리는 그의 동공을 얼마간 더 응시했다. "신의 이름으로……" 수도사가 목쉰 소리로 말했다. 루마타는 그를 놓아주고는 우노의 발치에 놓인 장의자에 앉아 울었다. 손바닥으로 얼굴을 감싸고 울면서 무심하게 말하는 무가의 그릉거리는 목소리를 들었다. 무가의 말에 따르면, 두 번째 순찰대 교대 후 누군가 왕의 이름을 대면서 문을 두드렸고 우노는 열지 말라고 소리쳤으나 회색 병사들이 열지 않으면 집을 태워 버리겠다고 협박했기 때문에 열 수밖에 없었다. 그들은 현관에 들이닥쳤고 하인들을 때리고 결박한 다음 계단으로 올라갔습니다. 침실 입구에 서 있던 우노는 석궁을 쏘기 시작했습니다. 우노는 석궁을 두 개 갖고 있었고 두 개 다 쏘기는 했지만 하나가 빗나갔습니다. 회색 병사들이 칼을 던졌고 우노는 쓰러졌습니다. 그들은 우노를 아래층으로 끌고 내려와 발로 짓밟고 도끼로 찍었는데, 바로 그때 검은 수도사들이 들어왔습니다. 그들은 회색 병사를 둘 죽였고 나머지는 항복시켜서 목에 포승줄을 걸고 밖으로 내몰았습니다.

무가의 목소리가 잦아들어 사라졌으나, 루마타는 탁자에 누워 있는 우노의 발치에 팔꿈치를 괴고 오래도록 앉아 있었다. 그는 조금 뒤 힘겹게 일어서서 이틀간 면도 안 한 수염에 맺힌 눈물을 소매로 훔치고 소년의 얼음장 같은 이마에 키스한 후 다리를 겨우 가누어 위층으로 올라갔다.

그는 피곤과 충격으로 반쯤 죽어 있었다. 간신히 계단을 올라가 응접실을 지나서 침대에 도달한 그는 끙끙대며 베개에 얼굴을 묻었다. 키라가 달려왔다. 그는 그녀가 자신의 옷을 벗기는 데 협조할 수 없을 정도로 지쳐 있었다. 그녀는 부츠를 벗겼고 그의 퉁퉁 부은 얼굴을 보고 눈물을 흘렸으며 그의 너덜너덜해진 제복과 플라스틱메탈 셔츠를 벗긴 다음 얻어맞은 몸을 보고 또 울기 시작했다. 그제야 그는 중력 훈련이라도 한 것처럼 뼈가 마디마디 쑤시는 걸 느꼈다. 키라는 식초에 담갔던 스펀지로 그의 몸을 닦았다. 그는 눈을 감은 채 굳게 다문 입술 사이로 식식대며 중얼거렸다. "그놈에게 손을 댈 수 있었다…… 옆에 있었으니…… 두 손가락으로 질식시킬 걸 그랬어…… 이런 걸 삶이라 할 수 있을까, 키라? 이곳을 떠나자…… 이건 나를 대상으로 한 실험이지 그들을 대상으로 한 실험이 아니야." 그는 자신이 러시아어로 말하고 있다는 사실조차 깨닫지 못했다. 키라는 겁에 질려 눈물이 반짝이는 눈으로 그를 바라보고는 그저 말없이 그의 뺨에 키스했다. 그러고 나서 낡아 해진 시트로—우노는 정말 새 시트를 살 생각이 없었다—그의 몸을 덮어 주고 따뜻한 포도주를 준비하기 위해 아래로 내려갔다. 그는 침대에서 나와 몸이 부서질 것 같은 고통에 신음하며 맨발로 서재에 갔다. 그러고는 책상 위 비밀 상자를 열고 구급함에 있는 스포라민을 몇 정 먹었다. 키라가 무거운 은쟁반에 김이 피어오르는 주전자를 들고 왔을 때 그는 누워서 아픔이 가시는 소리를, 머릿속에서 소음이 잦아드는 소리를, 몸에 새로운 힘과 기운이 채워지는 소리를 듣고 있었다. 주전자를 비우고 나서는 완전히 회복했다. 그는 무가를 불러 옷 입을 준비를 하라고 명령했다.

"가지 마, 루마타." 키라가 말했다. "가지 마. 집에 있어."

"가야 해."

"겁이 나. 집에 있어…… 그들이 당신을 죽일 거야."

"그게 무슨 소리야? 뭣 때문에 나를 죽이겠어? 그들은 나를 전적으로 두려워해."

키라는 다시 울기 시작했다. 마치 그가 화낼까 봐 겁먹은 듯 조용히, 숨죽여 눈물을 흘렸다.

루마타는 그녀를 무릎에 앉히고 그녀의 머리카락을 쓰다듬었다.

"최악의 상황은 이미 지나갔어." 그가 말했다. "그리고 여기서 떠나기로 했잖아……"

그녀는 울음을 그치고 그에게 안겼다. 무가는 고개를 저으면서 주인의 방울 달린 바지를 들고 덤덤한 표정으로 옆에 서 있었다.

"하지만 그 전에 여기서 해야 할 일이 많아." 루마타가 말을 이었다. "지난밤 많은 사람이 죽었어. 누가 무사하고 누가 죽었는지 확인해야 해. 죽임을 당할 사람들이 목숨을 구하도록 도와야 하고."

"그럼 당신은 누가 도와주는데?"

"다른 이들을 생각할 수 있는 사람은 행복한 거야…… 게다가 전능한 인간들이 우리를 돕고 있어."

"난 다른 사람들 생각은 못 하겠어." 그녀가 말했다. "당신은 겨우 살아 돌아왔다고. 내가 봤어. 그들이 당신을 때렸잖아. 우노는 완전히 죽어 버렸고. 당신이 말하는 그 전능한 인간들은 대체 뭘 보고 있는 거야? 어째서 그들은 살인을 막지 않았지? 믿을 수 없어…… 못 믿겠어……"

그녀가 무릎에서 빠져나가려고 했지만, 그가 꽉 잡고 있었다.

"어쩌겠어. 이번엔 그들이 좀 늦었지. 그래도 지금 그들은 다시 우리를 주시하고 염려하고 있어. 왜 오늘은 내 말을 믿지 않지? 당신은 언제나 내 말을 믿어 줬는데. 당신이 본 것처럼 나는 겨우 살아 돌아왔어. 하지만 지금의 내 상태를 보라고……!"

"보고 싶지 않아." 그녀가 고개를 돌리며 말했다. "또 울고 싶지 않아."

"봐! 고작 상처 몇 군데라고! 별것 아니야…… 최악의 상황은 이미 지나갔어. 적어도 우리에게는 그래. 하지만 공포에서 아직 벗어나지 못한, 아주 선하고 훌륭한 사람들이 있어. 나는 그들을 도와야 해."

그녀는 깊이 한숨을 내쉬더니 그의 목에 키스하고 몸을 살짝 뺐다.

"오늘 밤에는 돌아와야 해." 그녀가 부탁했다. "돌아올 거지?"

"당연하지!" 그가 힘차게 대답했다. "그보다 일찍, 아마 다른 사람을 데려올 거야. 점심 식사 즈음해서."

그녀는 물러나 소파에 앉아서 무릎에 손을 놓고 그가

옷 입는 걸 지켜봤다. 루마타는 러시아어 단어를 중얼대며 방울이 달린 바지를 추켜올리고(무가는 루마타 앞에 쪼그려 앉아 무수히 많은 호크와 단추를 잠그고 있었다) 깨끗한 러닝셔츠 위에 플라스틱메탈로 만든 행운의 비늘 셔츠를 입은 다음 결국 절망적으로 말했다.

"키라, 이해해 줘. 난 가야 해. 어쩌겠어?! 가지 않을 수 없다고!"

그녀가 갑자기 생각에 잠겨 말했다.

"가끔은 당신이 왜 날 때리지 않는지 모르겠어."

레이스가 풍성한 셔츠를 잠그던 루마타가 굳었다.

"그게 대체 무슨 말이야, 왜 때리지 않느냐니?" 그가 혼미해져서는 물었다. "당신을 때리는 게 가당키나 해?"

"당신은 그냥 착하고 좋은 사람이 아니야." 그녀가 그의 질문에 대답하지 않고 말을 이었다. "당신은 아주 이상한 사람이야. 대천사 같아…… 당신과 함께 있을 때면 나는 대담해져. 지금도 봐, 대담하잖아…… 언젠간 당신에게 꼭 묻고 싶은 게 있어. 지금은 말고 나중에, 전부 끝나면 당신에 대해 얘기해 줘."

루마타는 오랫동안 말이 없었다. 무가가 빨간 줄무늬 리본이 달린 오렌지색 조끼를 그에게 건넸다. 루마타는 억지로 그걸 입고 혁대를 바싹 조였다.

"알겠어." 마침내 그가 말했다. "언젠간 전부 말해 줄

게, 키라."

"기다리고 있을게." 그녀가 진지하게 대답했다. "지금은 가. 나는 신경 쓰지 말고."

루마타는 그녀에게 다가가 다 터진 입술로 그녀의 입술에 힘껏 키스했다. 그러고 나서 철제 팔찌를 빼 그녀에게 내밀었다.

"왼팔에 차고 있어." 그가 말했다. "오늘 집에 누가 또 오지는 않겠지만, 오거든 그걸 보여 줘."

그녀는 그의 뒷모습을 바라봤고, 그는 그녀가 무슨 생각을 하는지 정확히 알 수 있었다. 그녀는 이런 생각을 하고 있었다. '모르겠어. 어쩌면 당신은 악마일지도. 신의 아들이거나. 아니면 옛이야기로 전해지던 머나먼 나라에서 온 사람일지도 모르지. 그런데 당신이 돌아오지 않으면 난 죽어 버릴 거야.' 그는 그녀의 침묵에 무한한 고마움을 느꼈다. 나가기가 너무나 힘들었다. 화창한 에메랄드빛 바닷가에서 악취 나는 웅덩이로 머리부터 떨어지는 기분이었다.

제 8 장

아르카나르 주교의 관청까지 루마타는 뒷길로 갔다. 빨랫줄에 널린 누더기 같은 옷들을 헤치면서 도시인들의 좁은 마당을 살금살금 지났고 고급 리본과 값비싼 소안산 레이스를 녹슨 못에 찢겨 가며 울타리의 구멍을 통과한 다음 감자밭을 서둘러 기어갔다. 하지만 검은 군대의 시퍼렇게 부릅뜬 눈을 피할 수는 없었다. 루마타는 쓰레기장으로 이어지는 좁고 구불구불한 골목길에 들어서자마자 술기운이 도는 음울한 수도사 둘과 마주쳤다.

루마타는 수도사들을 지나치려 했지만, 그들이 검을 꺼내 들고 길을 막아섰다. 루마타가 칼자루로 손을 가져갔고 수도사들은 손가락 세 개로 휘파람을 불어 지원을 요청했다. 루마타가 방금 나온 구멍으로 다시 들어가려는데 어디선가 특색 없는 얼굴의 작고 민첩한 사람이 골목길로 튀어나와 루마타에게 다가왔다. 그는 루마타의 어깨를 툭 치더니 수도사들에게 달려가 뭔가를 말했다. 수도사들은 보라색 스타킹을 신은 다리를 덮고 있던 긴 수도복을 들어 올리더니 잰걸음으로 멀어졌고 집들 뒤로 모습을 감췄다. 작은 사람도 뒤돌아보지 않고 수도사들을 뒤따라 사라졌다.

그렇군, 루마타가 생각했다. 경호원 겸 첩자다. 자신의 존재를 애써 숨기지도 않는다. 아르카나르의 주교는 철두철미하군. 그가 무엇을 두려워하는 건지 궁금하다. 나인가, 아니면 나를 해치고 나면 닥칠 후폭풍인가? 첩자가 멀어지는 모습을 지켜보던 그는 쓰레기장 방향으로 몸을 돌렸다. 쓰레기장은 전 국왕경호부 장관의 관청 뒤편으로 통했다. 그는 순찰이 없기를 바랐다.

골목길은 텅 비어 있었다. 하지만 벌써 덧문들이 조용히 삐걱댔고 문이 쾅쾅 닫혔으며 아기들이 울었고 겁에 질린 속삭임이 들렸다. 썩어서 다 떨어지는 울타리 뒤에서 검댕이 묻어 얼굴이 거뭇하고 삐쩍 마른 지친 기색의 사람이 머뭇거리며 나왔다. 그는 움푹 꺼진 겁먹은 눈으로 루마타를 바라봤다.

"죄송합니다, 나리. 그리고 나리, 또 죄송합니다만, 도시에 무슨 일이 있는지 아시는지요? 저는 대장장이 키쿠스라고 합니다. 절뚝이라고 불리지요. 대장간에 가야 하는데 두려워서……"

"가지 말게." 루마타가 조언했다. "수도사들은 농담하지 않으니까. 이제 왕도 없네. 이제는 돈 레바가, 성기사단의 주교가 나라를 통치하게 됐네. 그러니 조심히 있게."

루마타가 한마디 할 때마다 대장장이가 연신 고개를 끄덕였다. 그의 눈에 음울함과 절망이 차올랐다.

"기사단이라면……" 그가 웅얼댔다. "이런 염병할…… 죄송합니다요. 나리. 기사단이면…… 그러니까 어떻게 되는 거지요? 회색인가요, 아니면……?"

"아니네." 루마타가 흥미롭다는 듯 그를 바라보며 말했다. "회색 병사들은 아마 다 죽였을 거네, 수도사들이."

"이런!" 대장장이가 말했다. "그러니까 회색 병사들까지…… 과연 기사단이군요! 회색 분자들을 다 죽였다니, 그건 그것 자체로는 아주 좋은 일이네요. 그런데 나리, 나리께선 어떻게 생각하시는지요? 저희가 적응해 살 수 있을까요? 네? 기사단 치하에서요. 네?"

"당연하지 않겠나?" 루마타가 말했다. "기사단도 먹고 마셔야 하네. 적응할 걸세."

대장장이가 기운을 차렸다.

"저도 그렇게 생각합니다요. 적응할 거라고요. 제가 볼 때 중요한 건 이거지요. 내가 먼저 건드리지 않으면 아무도 날 건드리지 않을 것이다. 안 그렇습니까?"

루마타가 고개를 저었다.

“아니. 아무도 건드리지 않는 자는 가장 먼저 죽임 당할 걸세.”

“그것도 그러네요.” 대장장이가 한숨을 쉬었다. “어디로 갈지가 문제인데…… 제가 혼자라면 몰라도 애들이 여덟이나 바짓가랑이를 잡고 있어서요. 에휴, 제기랄. 대장간 주인이라도 죽었다면 좋겠는데 말입니다요! 회색 군대의 장교였거든요. 나리, 어떻게 생각하세요, 수도사들이 대장간 주인을 죽였을까요? 전 그에게 금화 다섯 개를 빚졌거든요.”

“모르겠군.” 루마타가 말했다. “죽였을지도 모르지. 하지만 자네는 다른 생각을 하는 게 낫겠네. 대장장이, 자네는 결국 혼자고, 도시에 자네 같은 사람을 합치면 수만 명이네.”

“그런데요?” 대장장이가 물었다.

“그러니까, 잘 생각해 보란 말일세.” 루마타는 화를 내고는 가던 길을 갔다.

저자가 뭔가를 생각할 리 없다. 뭔가를 생각해 내기엔 아직 이르다. 그런데 저이 같은, 망치 만드는 대장장이 만 명이 분노한다면 누구든 없앨 수 있지 않은가. 그보다 간단한 게 어디 있는가. 하지만 그들에겐 아직 분노라는 감정이 없다. 공포뿐이다. 다들 자기만을 위하고 신만이 모두를 위하지.

길가의 덤불들이 갑자기 흔들리더니 골목길로 돈 타메오가 나왔다. 루마타를 발견한 그는 기쁨의 탄성을 지르며 펄쩍 뛰더니 흙이 잔뜩 묻은 팔을 루마타에게 뻗고서 휘청거리면서 다가왔다.

"돈!" 돈 타메오가 소리쳤다. "정말 기쁘군! 자네도 관청에 가는 길이오?"

"그렇소, 돈." 루마타가 교묘히 포옹을 피하며 대답했다.

"같이 가도 괜찮겠소, 돈?"

"영광이오, 돈."

그들은 허리 굽혀 인사했다. 돈 타메오는 어제부터 여태까지 마시고 있는 게 분명했다. 그는 통이 넓은 노란색 바지에서 정교한 유리병을 꺼냈다.

"돈, 마시지 않겠소?" 그가 정중히 권했다.

"고맙지만 괜찮소." 루마타가 말했다.

"럼주요!" 돈 타메오가 말했다. "종주국에서 온 진짜 럼주란 말이오. 금화 하나를 냈소."

그들은 쓰레기장으로 내려가 코를 잡고 쓰레기 더미와 개 사체들, 흰 벌레들이 들끓는 악취 나는 웅덩이를 지나갔다. 아침 공기 중에 어마어마하게 많은 에메랄드빛 파리들이 끊임없이 웅웅댔다.

"이상하게도," 돈 타메오가 병을 닫으며 말했다. "나는 여기에 와 본 적이 없소."

루마타는 대답하지 않았다.

"나는 언제나 돈 레바가 대단하다고 생각했소." 돈 타메오가 말했다. "나는 그가 언젠가 시시한 군주제를 전복시키리라고, 우리에게 새로운 길을 제시하고 빛나는 앞날을 열어 줄 거라고 확신했소." 그는 이렇게 말하며 전율했고 한쪽 발을 황록색 물웅덩이에 헛디디더니 넘어지지 않으려고 루마타를 붙잡았다. "그렇소!" 그들이 마른 땅으로 들어서자 돈 타메오가 말을 이었다. "우리, 젊은 귀족들은 늘 돈 레바 편에 있을 거요! 드디어 바라 마지않던 평화가 도래했소. 돈 루마타, 생각해 보시오. 벌써 한 시간째 뒷골목과 텃밭을 지나왔는데 회색 병사를 한 명도 못 봤소. 우리가 더러운 회색 놈들을 쓸어버린 거요. 다시 태어난 아르카나르에서 숨 쉬는 게 어찌나 황홀하고 기쁜지! 거친 장사꾼들 대신, 그 뻔뻔한 상놈들과 농민 놈들 대신 신의 종들이 거리를 채우고 있소. 내가 봤는데, 어떤 귀족들은 벌써 보란 듯이 자기 집 앞을 돌아다니고 있더군. 이제 지저분한 앞치마를 두른 웬 무식한 놈이 더러운 손수레를 끌다가 진흙을 튀길까 두려워할 필요가 없는 거요. 게다가 이제는 지난날의 푸줏간 상인들과 바느질 도구 판매상들에게 연줄을 대려고 노력하지 않아도 되오. 내가 언제나 존경해 마지않던, 그리고 더 솔직히 말하면 마음속 깊이 따뜻한 애정을 품고 있는 위대한 성기사단의 축복을 받아 우리는 전례 없는 번영을 이룩할 거요. 그 어떤 농민도 기사단 관구 사찰관의 서명이 들어간 허가서 없이는 귀족을 감히 쳐다보지도 못하는 시대가 올 거요. 지금 나는 이런 내용의 건의서를 제출하러 가는 길이오."

"참을 수 없는 악취가 나오." 루마타가 감정을 실어 말했다.

"그렇소. 끔찍한 악취요." 돈 타메오가 병을 닫으며 동의했다. "그래도 다시 태어난 아르카나르에서 숨 쉬니 얼마나 좋은지! 포도줏값도 반절로 떨어졌고……"

길이 끝나는 곳에 이르자 돈 타메오는 병을 끝까지 비운 후 땅에 내팽개치더니 비정상적으로 흥분했다. 그는 두 번 넘어졌는데 두 번째에는 먼지도 떨지 않겠다고 했다. 자신은 죄가 많다며, 자연에 의해 더럽혀졌으니 그 상태 그대로 가겠다고 했다. 그는 자신이 쓴 건의서를 다시, 또다시 목청껏 읊어 댔다. "내가 어찌나 단호히 썼는지!" 그가 소리쳤다. "일례로, 이 장소를 생각해 봅시다, 돈들이여. 냄새나는 농민이 못…… 어떻소? 이 어찌나 좋은 생각인지!" 그들이 관청 뒷마당에 도착했을 때 돈 타메오는 처음 마주친 수도사에게 달려들어 눈물을 흘리며 죄를 사하여 달라고 기도하기 시작했다. 목이 졸린 수도사는 화를 내면서 몸을 뺐고 휘파람을 불어 사람을 부르려 했지만, 돈 타메오가 그의 수도복을 잡는 바람에 둘 다 쓰레기 더미로 자빠지고 말았다. 루마타는 그들을 내버려 두고 갈 길을 갔다. 애처롭게 띄엄띄엄 울리는 휘파람 소리와 고함 소리가 꽤 오랫동안 들려왔다. "냄새나는 농민들을……! 축보오옥을……! 진심으로……! 난 사랑을 느꼈다, 사랑 말이다. 이해했느냐, 이 농민같이 생긴 것아?"

궁의 입구 앞 광장, 즐거운탑의 네모난 그림자 속에서 수도사 군단이 위협적인 울퉁불퉁한 몽둥이로 무장한 채 걸어 다니고 있었다. 죽은 자들은 치워지고 없었다. 아침 바람에 노란 먼지기둥이 광장에서 소용돌이쳤다. 즐거운탑의 넓은 원추형 지붕 끄트머리 아래에서는 여느 때와 마찬가지로 까마귀들이 깍깍거리며 다퉜다. 돌출된 대들보에는 교수형 당한 사람들이 거꾸로 매달려 있었다. 즐거운탑은 200년 전, 죽은 왕의 선조가 군사적 용도로 특정하고 지은 건물이었다. 공방전에 대비해 언제나 식량을 저장해 두던 튼튼한 지하 3층짜리 토대 위에 지어졌다. 이후 탑은 감옥으로 바뀌었다. 그런데 지진으로 내부의 천장들이 전부 무너지는 바람에 감옥을 지하로 옮겨야 했다. 그러던 어느 날 아르카나르의 한 왕비가 주위에서 울리는 고문받는 자들의 비명 때문에 즐거운 시간을 보낼 수 없다고 남편에게 불평했다. 그녀의 왕족 남편은 군악대더러 아침부터 밤까지 탑에서 연주하라 명했다. 그때부터 탑은 오늘날의 별칭으로 불렸다. 탑의 지상 층은 석재 골조만 남고 텅 비어 있은 지 오래고 신문실을 새로 파서 만든, 토대의 가장 아래층으로 옮긴 지 오래고 군악대의 연주가 멈춘 지 오래지만, 도시 사람들은 여전히 이곳을 즐거운탑이라 불렀다.

평소에 즐거운탑 주위는 황량하다. 하지만 오늘은 분주한 분위기였다. 갈기갈기 찢긴 회색 제복을 입은 돌격대원들, 넝마를 두른, 이가 들끓는 부랑자들과 옷을 반쯤 걸치고 있는, 공포로 얼굴에 부스럼이 올라온 도시인들, 째지는 비명을 지르는 여자들이 즐거운탑으로 잡혀 오고 묶여 오고 땅에 질질 끌려왔으며 어두운 표정으로 두리번거리는 밤의 군대 건달 무리가 단체로 끌려왔다. 그와 동시에 사슬에 묶인 시체들이 비밀 통로를 통해 옮겨졌고 수레에 실려 도시 밖으로 나갔다. 관청의 문틈부터 끝없이 이어지는 줄에서는 귀족들과 부유한 도시인들이 공포와 혼돈 속에 이 끔찍한 북새통을 지켜봤다.

관청에는 모두 들여보내졌고 몇몇에게는 호위까지 붙었다. 루마타는 사람들을 밀치고 들어갔다. 안은 쓰레기장처럼 숨이 막혔다. 목록들이 수북이 쌓인 널찍한 탁자에 튀어나온 귀 뒤로 커다란 거위 깃털을 꽂은, 얼굴이 누리끼리한 관료가 앉아 있었다. 다음 순서 신청인인 돈 케우가 거만하게 콧수염을 씰룩이며 이름을 댔다.

"모자를 벗으십시오." 관료가 서류에서 눈을 떼지 않고 색채 없는 목소리로 말했다.

"케우 가문은 국왕 전하 앞에서도 모자를 쓸 특권이 있소." 돈 케우가 당당히 말했다.

"기사단 앞에서는 그 누구도 특권이 없습니다." 관료가 예의 색채 없는 목소리로 답했다.

돈 케우는 코를 킁킁대고 얼굴을 붉혔으나 어쨌든 모자를 벗었다. 관료가 기다랗고 누런 손톱으로 목록을 훑었다.

"돈 케우…… 돈 케우……" 그가 중얼거렸다. "돈 케우…… 왕의거리, 12번지. 맞습니까?"

"그렇소." 돈 케우가 낮은 목소리로 불만스럽게 말했다.

"485번이네, 티바크 형제."

옆 탁자에 앉아 있던, 탁한 공기로 낯빛이 붉어진 육중한 티바크 형제가 서류를 뒤지더니 대머리에 흐르는 땀을 훔치고 일어나 단조롭게 읊었다.

"〈485번, 돈 케우, 왕의거리, 12번지, 2년 전 왕궁 무도회에서 아르카나르의 주교 돈 레바 예하의 이름을 욕되게 한 죄로 맨엉덩이에 매질 30대, 그리고 예하의 구두에 입맞추기를 선고한다.〉"

티바크 형제가 앉았다.

"이 복도를 따라가십시오." 관료가 색채 없는 목소리로 말했다. "매는 오른쪽, 구두는 왼쪽입니다. 다음……"

루마타는 돈 케우가 반발하지 않은 데에 깜짝 놀랐다. 줄에 서 있으면서 더한 것도 한참 본 모양이었다. 그는 그저 끙 하더니 점잖게 콧수염을 매만지며 복도로 사라졌다. 다음 순서로 지방이 출렁대는 거대한 돈 피파가 벌써 모자를 벗고 서 있었다.

"돈 피파…… 돈 피파……" 관료가 손톱으로 목록을 훑으며 웅얼댔다. "우유통거리, 2번지 맞습니까?"

돈 피파가 가래 끓는 소리를 냈다.

"504번이네, 티바크 형제."

티바크 형제는 다시 몸을 털고는 다시 일어났다.

"504번, 돈 피파, 우유통거리, 2번지, 예하를 대하는 태도에 지적 사항 없음. 즉, 무고함."

"돈 피파." 관료가 말했다. "정화의 징표를 받으시오." 그는 몸을 굽혀 의자 옆에 놓인 상자에서 철제 팔찌를 꺼내 피파에게 건넸다. "이걸 왼손에 끼고 기사단의 병사가 요청하면 보여 주시오. 다음……"

돈 피파는 가래 끓는 소리를 내고는 팔찌를 물끄러미 보며 물러갔다. 관료는 다음 이름을 웅얼댔다. 루마타가 줄을 흘끗 봤다. 아는 얼굴이 많았다. 몇몇은 평소처럼 부유한 티가 나게 차려입었고, 몇몇은 가난한 척하는 것 같았다. 하지만 다들 기본적으로 먼지를 뒤집어쓴 지저분한 행색이었다. 줄 어디에선가 돈 세라가 다 들릴 정도로 우렁차게 "돈이라 해도 예하의 이름으로 매 몇 대 맞지 못할 이유는 없지!"라고 선언했다. 지난 5분 동안만 벌써 세 번째 말하고 있었다.

루마타는 다음 사람(유명한 생선 장수였다. 그는 불온한 사상을 가졌다는 죄목으로 매 다섯 대를 선고받았고, 입맞춤은 면제됐다)이 복도로 이동하길 기다렸다가 탁자로 다가가 관료 앞의 서류를 손으로 난폭하게 짚었다.

"실례지만," 그가 말했다. "부다흐 박사를 석방한다는 명령서가 필요하오. 나는 돈 루마타요."

관료는 고개를 들지 않았다.

"돈 루마타…… 돈 루마타……" 그는 중얼대면서 루마타의 손을 치우고 손톱으로 목록을 훑었다.

"이 늙은 먹물 같은 놈, 지금 뭐 하는 거냐?" 루마타가 말했다. "석방 명령서를 내놔라!"

"돈 루마타…… 돈 루마타……" 이 기계를 멈추기란 불가능해 보였다. "제관공거리, 8번지. 16번이네, 티바크 형제."

루마타는 등 뒤에서 다들 숨죽이고 있는 걸 느꼈다. 고백하건대, 자신도 아찔했다. 땀범벅의 발그레한 티바크 형제가 일어섰다.

"16번, 돈 루마타, 제관공거리, 8번지. 기사단에 대한 특별한 공로에 예하께서 감사를 표하며 특별히 부다흐 박사 석방 명령서를 발급하도록 함. 이로써 부다흐는 그의 재량에 맡긴다. 6-17-11번 문서를 볼 것."

관료는 즉시 목록 밑에서 그 문서를 빼내 루마타에게 내밀었다.

"2층 노란 문, 6번 방이오. 복도를 곧장 지나 오른쪽으로 꺾었다가 왼쪽으로 도시오. 다음……"

루마타는 문서를 봤다. 부다흐를 풀어 준다는 명령서가 아니었다. 기밀업무 사무국에 제출해야 하는 명령서를 받게 될, 5번 기밀부서 출입증을 받는 데 필요한 명령서였다.

"이 멍청한 놈, 내게 뭘 준 거지?" 루마타가 물었다. "명령서는 어디 있느냐?"

"2층 노란 문, 6번 방이오. 복도를 곧장 지나 오른쪽으로 꺾었다가 왼쪽으로 도시오." 관료가 되풀이했다.

"묻고 있다. 명령서는 어디 있느냐?" 루마타가 소리쳤다.

"모르오…… 모르오…… 다음!"

루마타의 귓등에 색색거리는 소리가 들리더니 뭔가 부드럽고 뜨뜻한 것이 등에 닿았다. 루마타가 몸을 뺐다. 돈 피파가 다시 탁자로 다가와 있었다.

"들어가지 않소." 돈 피파가 비명을 지르듯 말했다.

관료는 흐리멍덩한 눈으로 그를 봤다.

"이름? 호칭?" 그가 물었다.

"들어가지 않소이다." 돈 피파가 통통한 손가락 세 개에 겨우 들어간 팔찌를 당기며 반복했다.

"들어가지 않는다…… 들어가지 않는다……" 관료가 중얼대더니 탁자 오른편에 놓여 있던 두꺼운 책을 휙 가져왔다. 기름때가 낀 검은 표지의, 불길해 보이는 책이었다. 돈 피파는 망연자실한 표정으로 몇 초간 그 책을 보더니 갑자기 물러났고 말없이 출구로 서둘렀다. 줄에서는 이구동성으로 소리쳤다. "꾸물대지 마시오! 빨리!" 루마타도 탁자에서 물러났다. '이게 진창이로군. 그래, 내가 당신들을……' 그가 생각했다. 관료가 허공에 대고 중얼대기 시작했다. "정화의 표식이 정화된 자의 왼쪽 손목에 들어가지 않는 경우, 혹은 정화된 자에게 왼쪽 손목이 없는 경우……" 루마타는 탁자를 돌아 팔찌가 든 상자에 손을 집어넣고 가능한 한 많이 챙겨서 출구로 향했다.

"이보시오, 이보시오." 관료가 별다른 감정 표현 없이 대응했다. "근거를 대시오!"

"신의 이름으로." 루마타가 어깨 너머로 그를 바라보며 의미심장하게 말했다.

관료와 티바크 형제가 동시에 일어서더니 불협화음으로 대답했다. "그분의 이름으로." 줄에 선 사람들이 질투심과 경외심을 품고 루마타의 뒷모습을 쳐다봤다.

관청을 나선 루마타는 왼손에 낀 팔찌를 짤랑대며 천천히 즐거운탑으로 갔다. 팔찌는 아홉 개였는데 왼팔에는 다섯 개만 들어갔다. 나머지 네 개는 오른팔에 꼈다. '아르카나르의 주교가 내 인내심을 바닥내려는 거군.' 루마타가 생각했다. '그렇게는 안 되지.' 팔찌들이 걸음을 내디딜 때마다 짤랑거렸고 루마타는 막강한 문서를 잘 보이게 쥐었다. 6-17-11번 문서는 형형색색의 날인으로 치장되어 있었다. 마주치는 수도사들은, 걸어 다니고 있든 말을 타고 있든 황급히 길에서 물러났다. 특색 없는 얼굴의 경호원 겸 첩자가 저 멀리 사람들 틈에서 적당한 거리를 유지하면서 나타났다가 사라졌다가 했다. 루마타는 굼뜨게 움직이는 자들을 칼집으로 무자비하게 밀치면서 문으로 나아갔고 귀찮게 끼어든 경비에게 근엄하게 소리쳤다. 그는 마당을 지나 움푹 패고 미끌미끌한 계단을 내려가 아스라한 횃불이 비추는 컴컴한 장소로 들어갔다. 전 국왕경호부 장관이 비밀스러운 음모를 꾸미곤 했던, 왕국 감옥과 신문실이었다.

천장은 아치형이었고 복도 벽에는 열 보마다 고약한 냄새가 나는 횃불이 녹슨 구멍에 꽂혀 있었다. 횃불 아래 동굴 구멍 같은 곳에는 조그마한 창살 창문이 난 작고 시커먼 문이 있었다. 무거운 철제 빗장으로 바깥에서 닫혀 있는 수감실 문이었다. 복도는 사람들로 가득했다. 서로 부딪치고 뛰어다니고 소리치고 명령했다…… 빗장이 끽끽거렸고 문이 쾅쾅 닫혔고 누군가를 때렸고 그 누군가는 소리 질렀고, 누군가를 끌고 갔고 그 누군가는 저항했고, 누군가를 이미 발 디딜 틈 없는 신문실로 밀어 넣었고, 누군가를 신문실에서 끌어내려고 했지만 도저히 끌어낼 수 없었으며 그 누군가는 미친 듯이 소리 질렀다. "내가 아니야! 내가 아니라고!" 그는 이렇게 외치며 옆 사람에게 매달렸다. 마주치는 수도사들의 표정은 잔혹할 정도로 사무적이었다. 다들 바빴고 다들 국가적으로 중요한 일을 하고 있었다. 루마타는 뭘 어떻게 해야 할지 알아내려 애쓰면서 찬찬히 복도를 지나 아래로, 아래로 내려갔다. 아래층들은 보다 조용했다. 들려오는 대화로 추측하건대 애국학교 졸업생들이 여기서 시험을 보는 중인 듯했다. 가슴이 딱 바라진 덜떨어진 녀석들이 반쯤 헐벗은 몸에 가죽 앞치마를 두르고 고문실 앞에 단체로 서서는 기름때 묻은 지침서를 뒤적였다. 때로는 거대한 물통으로 가서 쇠사슬에 매달린 컵으로 물을 마시고 오기도 했다. 방에서는 끔찍한 비명과 때리는 소리가 들려왔고 탄내가 진하게 풍겨 왔다. 그리고 대화들, 대화들……!

"뼈 부수는 기계 위에 이런 나사가 하나 있었는데 그게 망가진 거야. 그게 내 잘못인가? 그런데 날 내쫓는 거야.

'멍청이, 얼간이, 나가서 볼기짝 다섯 대 맞고 와……'라면서."

"누가 때리는지 알면 좋을 텐데. 어쩌면 우리 동급생 형제가 때리고 있을 수도 있잖아. 그럼 미리 짜는 거야. 동전을 다섯 개씩 모아서 찔러주는 거지……"

"뚱뚱한 놈이면 갈퀴를 달궈 봤자야. 지방을 통과하면서 다 식어 버리거든. 그런 경우엔 핀셋으로 비곗살을 살짝 벌려서……"

"신의 정강이받이는 다리에 쓰는 거야. 훨씬 넓적하고 쐐기들이 박혀 있어. 위대한 순교자의 장갑에는 나사가 박혀 있고. 그건 손에 쓰는 거야. 알겠어?"

"웃기는 일이지 뭐야, 형제들! 걷다가 딱 보니까 쇠사슬에 누가 묶여 있었게? 빨강머리 피카, 우리 집과 같은 거리에 사는 정육점 주인 아니겠어. 술에 취하기만 하면 내 귀를 잡아당기던 놈. 뭐, 잘 참아 보라고. 나는 재미 좀 봐야겠다고 생각했지……"

"그런데 입술 페코라는 아침부터 수도사들한테 끌려가더니 아직도 돌아오지 않았네. 시험 치러도 안 왔고."

"에휴, 내가 고기 다짐기를 썼어야 했는데, 멍청하게도 그놈 옆구리를 쇠몽둥이로 때려서, 글쎄, 갈비뼈를 부러뜨렸지 뭐야. 그러자 킨 신부가 내 머리를 잡고는 장화로 꼬리뼈를 찼어. 아주 정확하게. 형제들, 아찔했다니까. 그 정도로 아팠다고. '네놈은 내 교구를 망가뜨리는 거냐?'라고 하더군."

잘 봐라, 친구들, 잘 봐 두라고, 루마타가 천천히 고개를 돌리며 생각했다. 이건 이론이 아니다. 이걸 본 사람은 아직 아무도 없다. 보고 듣고 영상화하라…… 자신의 시간을, 제기랄, 귀하게 여기고 사랑하고 이걸 겪은 자들의 기억에 고개 숙여 감사하란 말이다! 이 낯짝들, 젊고 멍청하고 공감 능력 없고 온갖 야만성에 익숙해진 이자들을 보라. 우쭐할 것 없다. 당신들의 선조라고 더 나았던 건 아니다……

그들이 루마타의 존재를 눈치챘다. 온갖 것을 다 봐 온 수십 쌍의 눈이 그에게 꽂혔다.

"어라, 돈이 서 있잖아. 완전히 창백해져서는."

"호오…… 귀족들은, 알다시피, 익숙지 않아서……"

"저런 상황에서는 물을 달라고 하지, 그런데 사슬이 짧아서 닿지 않겠네……"

"그럴 거 없어, 알아서 정신 차릴 거야……"

"내게 저런 놈들을 보내 줬으면…… 저런 놈들은 묻는 것에 답하지……"

"이봐, 형제들, 좀 조용히 해. 저자가 우리를 때릴 수도 있겠어…… 팔찌를 몇 개나 찬 거야…… 서류도 들고 있고."

"우리를 쳐다보는 것 좀 봐…… 가자, 형제들. 괜히 문제 일으키지 말자고."

그들은 무리 지어 그늘로 들어가 경계하는 거미의 눈빛으로 응시했다. '이봐, 나는 그만 쳐다보라고.' 루마타가 생각했다. 그가 달려가는 수도사의 옷자락이라도 잡아야겠다고 생각하던 중 수도사 셋이 눈에 들어왔다. 이들은 부산스럽지 않게 자기 자리에서 주어진 일을 하고 있었다. 몽둥이로 형리를 패고 있었는데 아마 업무 태만이 죄목인 듯했다. 루마타가 그들에게 다가갔다.

"신의 이름으로." 그가 팔찌를 짤랑이며 크지 않은 목소리로 말했다.

수도사들은 몽둥이를 내려놓고 그를 빤히 쳐다봤다.

"그분의 이름으로." 가장 키 큰 자가 말했다.

"이보게, 신부들." 루마타가 말했다. "날 복도 간수에게 데려다주지 않겠나."

수도사들이 눈빛을 주고받았다. 형리가 그 틈을 타 잽싸게 빠져나가 물통 뒤에 숨었다.

"그는 왜 찾지?" 키 큰 수도사가 물었다.

루마타는 말없이 그의 면전에 문서를 내밀고 잠시 뜸을 들이다가 펼쳤다.

"그렇군." 수도사가 말했다. "지금은 내가 복도 간수다."

"마침 잘됐군." 루마타가 말하고는 문서를 돌돌 말았

다. "나는 돈 루마타다. 예하가 내게 부다흐 박사를 선물했다. 어서 그를 데려오게."

수도사가 후드 아래로 손을 넣더니 박박 긁었다.

"부다흐." 그가 생각에 잠겨 말했다. "그 부다흐 말인가? 소아성애자?"

"아니네." 다른 수도사가 말했다. "소아성애자는 루다흐야. 그는 밤에 벌써 내보냈다네. 킨 신부가 그의 족쇄를 풀어 밖으로 데려갔어. 그리고 나는……"

"쓸데없는 소리는 그만하게, 그만!" 루마타가 초조하게 문서로 자기 허벅지를 치며 말했다. "부다흐 말이다. 왕 독살자."

"아……" 간수가 말했다. "누군지 알겠군. 하지만 벌써 죽은 것 같았는데…… 파카 형제, 12번 방에 가 봐. 그런데 당신은 그를 데리고 나갈 생각인가?" 그가 루마타를 쳐다봤다.

"물론." 루마타가 말했다. "그는 내 것이다."

"그러면 그 서류를 이리 내라. 서류에 쓰여 있는 대로 될 것이니." 루마타가 문서를 내밀었다. 그걸 펼쳐 본 간수는 날인을 발견하더니 감탄했다.

"사람들이 참 잘 쓴다니까! 돈. 옆에 서서 기다리게. 우리는 아직 해야 할 일이 남았으니…… 아니, 근데 녀석이 어디로 갔지?"

수도사들은 두리번거리며 죄가 있는 형리를 찾기 시작했다. 루마타는 구석으로 물러났다. 수도사들이 물통 뒤에서 형리를 끌어내 다시 바닥에 눕히고 사무적으로, 과도한 잔인성은 배제하고 몽둥이질을 시작했다. 5분 후 모퉁이에 아까 그 수도사와 검은 옷차림의 마르고 머리가 하얗게 센 노인이 밧줄에 묶여 나타났다.

"부다흐가! 여기 있네!" 수도사가 멀리서부터 기뻐하며 소리쳤다. "전혀 죽지 않았어. 부다흐는 살아 있는 데다 멀쩡해! 약간 허약해지긴 했지만. 그러고 보니 오래전부터 굶주리며 앉아 있었지……"

루마타가 그들 쪽으로 걸어가 수도사의 손에서 밧줄을 낚아채고는 노인의 목에 씌워져 있는 밧줄을 벗겼다.

"당신이 이루칸에서 온 부다흐입니까?" 루마타가 물었다.

"그렇소." 노인이 곁눈질을 하며 말했다.

"저는 루마타입니다. 제 뒤에서 뒤처지지 않게 따라오십시오." 루마타는 수도사들 쪽으로 몸을 돌렸다. "신의 이름으로." 그가 말했다.

간수가 몸을 펴고 몽둥이를 내리고는 숨을 헐떡이며 대답했다. "그분의 이름으로." 루마타가 부다흐를 흘끗 봤다. 노인은 벽을 잡고 겨우 서 있었다.

"몸이 안 좋소." 그가 고통스러운 듯 미소 지으며 말했다. "미안하오, 돈."

루마타는 그의 팔을 부축해 나아갔다. 수도사들의 시야에서 벗어나자 루마타는 걸음을 멈추고 앰풀에서 스포라민 알약을 꺼내 부다흐에게 내밀었다. 부다흐는 이게 뭐냐는 듯 그를 쳐다봤다.

"삼키십시오." 루마타가 말했다. "바로 좋아질 겁니다."

부다흐는 벽에 기댄 채 알약을 받았다. 그는 알약을 이리저리 살펴보고 냄새를 맡아 보더니 무성히 자란 눈썹을 추켜세웠다. 그리고 조심스럽게 혀에 놓고 맛을 봤다.

"삼키십시오. 삼키세요." 루마타가 웃으며 말했다.

부다흐가 삼켰다.

"음……" 그가 소리를 냈다. "약에 관해서라면 전부 안다고 생각했는데." 그는 입을 다물고 자신의 감각에 귀를 기울였다. "음……!" 그가 말했다. "흥미롭군! 멧돼지 이의 비장을 말린 것이오? 아무튼 역한 맛은 아니군."

"갑시다." 루마타가 말했다.

그들은 복도를 따라 걸었고 계단을 올랐고 또 한 차례 복도를 지난 다음 또 한 차례 계단을 올랐다. 그때 루마타가 우뚝 멈춰 섰다. 귀에 익은 걸쭉한 포효가 감옥의 아치 천장에 울려 퍼졌다. 감옥의 한 작은 방에서 그의 진실한 벗, 아르카나르 가타 수루가 바우의 돈 팜파 남작이 혼신의 힘을 다해 무시무시한 저주를 퍼붓고, 신과 성자들, 지옥,

성기사단, 돈 레바 그리고 다른 많은 자들을 향해 고래고래 욕하고 있었다. '남작이 걸려들었군.' 루마타가 자책했다. '남작을 완전히 잊고 있었다. 그라면 나를 잊지 않았을 텐데……' 루마타는 급히 팔에서 팔찌 두 개를 빼내 부다흐 박사의 마른 손목에 껴 주고는 이렇게 말했다.

"위로 올라가 계십시오. 하지만 문밖으로는 나가지 마시고요. 구석진 곳에서 절 기다리십시오. 누군가 당신을 멈춰 세우거든 팔찌를 보이고 당당하게 행동하십시오."

팜파 남작은 남극에서 안개 속을 헤치고 나아가는 쇄빙선처럼 울부짖었다. 먹먹한 메아리가 아치 천장에 울렸다. 복도에 있던 사람들은 하던 일을 멈추고 입을 헤벌린 채 경건히 그 소리를 들었다. 많은 이들이 엄지손가락을 휘두르며 악한 기운을 물리쳤다. 루마타는 두 층을 내려갔다. 마주치는 수도사들을 밀치고 칼집을 휘둘러 애국학교의 졸업생들 사이에 길을 냈다. 그는 남작의 포효하는 소리로 일그러져 보이는 신문실 문을 박차고 들어갔다. 횃불의 매캐한 불빛 속에서 그는 자신의 벗 팜파를 발견했다. 강인한 팜파 남작은 발가벗겨져 벽에 거꾸로 매달려 있었다. 그의 얼굴이 흘러내리는 피로 까맸다. 살짝 휜 작은 책상 뒤에는 구부정한 관료가 귀를 막고 앉아 있었고 어딘가 치과 의사를 연상케 하는, 땀으로 반짝대는 형리가 절그럭거리며 철제 대야에서 고문 기구를 고르고 있었다.

루마타는 살며시 문을 닫고 형리 뒤로 다가가 칼자루로 목뒤를 쳤다. 형리는 빙글 돌더니 머리를 잡고 대야에 주저앉았다. 그런 다음에는 칼을 빼 들고 관료가 앉아 있는 서류 더미 책상을 두 동강 냈다. 모두 생각대로 풀렸다. 형리는 약하게 딸꾹질을 하면서 대야에 주저앉아 있었고 관료는 쏜살같이 구석으로 기어가 몸을 웅크렸다. 루마타는 기뻐하며 호기심 어린 눈으로 자신을 위아래로 쳐다보는 남작에게 다가가 두 번의 시도 만에 그의 다리를 묶고 있던 사슬을 벽에서 빼냈다. 그런 다음 남작의 다리를 바닥에 조심스럽게 내려놓았다. 남작은 입을 다물고 이상한 자세로 굳어 있다가 힘차게 몸부림을 쳤고 묶여 있던 손을 풀었다.

"믿기지 않는군." 그가 핏발이 선 눈을 희번덕거리며 다시 포효하듯 말했다. "나의 벗, 정말 당신 맞소?! 드디어 당신을 찾았군!"

"그렇소. 나요." 루마타가 말했다. "여기서 나갑시다, 벗이여. 여긴 당신이 있을 곳이 못 되오."

"맥주!" 남작이 말했다. "여기 어딘가 맥주가 있던데." 그는 아직 발에 달려 있는 사슬을 덜그럭거리며 끌었다. 그는 우렁찬 목소리로 끊임없이 말했다. "밤새 도시를 뛰어다녔소! 제기랄, 당신이 체포됐다고 그러던데. 게다가 나는 사람들을 엄청 죽였소! 당신을 이 감옥에서 찾을 거라 확신했지! 아, 저기 있겠군!"

그는 형리에게 다가가 그를 먼지 털듯 대야째 털었다. 대야바닥에 있던 나무 맥주 통이 발견됐다. 남작은 주먹으로 나무통의 바닥을 부순 다음 높이 올려 머리 위로 부으면서 고개를 들었다. 맥주가 콸콸거리며 남작의 목구멍으로 세차게 쏟아졌다. '보기 좋은 광경이로군.' 루마타가 상냥한 눈빛으로 남작을 보며 생각했다. '황소, 지능이 낮은 황소 같다. 하지만 날 찾아다니지 않았는가, 구하려 했고. 날 찾으러 제 발로 이 감옥에 온 것 아닐까…… 그래, 저주받은 세계지만 여기에도 사람이 있다…… 어쨌든 일이 제법 잘 풀렸군!'

남작은 관료가 호들갑스럽게 떨고 있는 구석으로 비운 맥주 통을 던졌다. 구석에서 히익 하는 비명 소리가 들렸다.

"이제 됐소." 남작이 손바닥으로 턱을 훔치며 말했다. "이제 당신을 따라갈 준비가 됐소. 내가 아무것도 입지 않아도 괜찮겠소?"

루마타는 주위를 살피더니 형리에게 다가가 그가 입고 있던 앞치마에서 그를 떨어냈다.

"일단 이걸 두르시지요." 그가 말했다.

"옳은 말이오." 남작이 허리에 앞치마를 둘러 묶으며 말했다. "남작 부인 앞에 알몸으로 등장하면 부끄러울 뻔했소……"

그들은 방에서 나왔다. 아무도 그들을 막아서지 못했고, 복도는 스무 보 앞까지 비어 있었다.

"그놈들 모두 박살을 내 주겠어!" 남작이 울부짖었다. "그놈들이 내 성을 점령했소! 그러더니 그리로 아리마 신부神父라는 놈을 보냈지! 그가 누구 아비父인지는 몰라도, 신께 맹세컨대, 그 자식들은 곧 고아가 될 거요. 젠장. 벗이여, 여기 천장이 너무 낮지 않소? 정수리가 완전히 더러워졌군……"

그들은 탑에서 나왔다. 눈앞에 군중들 사이로 경호원 겸 첩자가 반짝 보이더니 사라졌다. 루마타는 부다흐에게 따라오라는 신호를 보냈다. 문에 모여 있던 군중이 칼로 가른 듯 물러나 길을 만들었다. 어떤 이들은 나라의 중범죄자가 달아난다고 외쳤고 또 다른 이들은 "저자야, 벌거벗은 악마, 에스토르에서 유명한, 사람을 잡아 찢는 형리래"라고 소리쳤다.

남작은 광장 중앙으로 나아가더니 햇살에 얼굴을 찌푸리며 멈췄다. 서둘러야 했다. 루마타는 재빨리 주위를 살폈다.

"여기 어디에 내 말이 있었는데." 남작이 말했다. "여봐라! 말을 내오너라!"

기사단 기마병의 말들이 서성이던 말뚝이 분주해졌다.

"그 말 말고!" 남작이 소리 질렀다. "저 말이다. 회색 점박이 말!"

"신의 이름으로!" 루마타가 뒤늦게 외치고는, 오른쪽 검을 찬 벨트를 머리 위로 벗었다.

더러운 수도복을 입은 겁먹은 수도사가 남작에게 말을 데려왔다.

"돈 루마타, 이자에게 뭐라도 좀 주시오." 남작이 힘겹게 안장에 앉으며 말했다.

"거기 서라! 거기 서!" 탑 쪽에서 외치는 소리가 들려왔다.

수도사들이 몽둥이를 휘두르며 광장을 가로질러 달려오고 있었다. 루마타는 남작에게 검을 내밀었다.

"서두르시오, 남작." 그가 말했다.

"알겠소." 팜파가 말했다. "서둘러야지. 아리마란 놈이 내 술 창고를 털어 가면 안 되니까. 벗이여, 내일이나 내일모레 집에서 기다리고 있겠소. 남작 부인에게 전할 말은?"

"손등에 키스를 전해 주시지요." 루마타가 말했다. 수도사들이 바로 코앞까지 달려왔다. "어서, 서두르시오, 남작……!"

"그런데 당신은 안전한 거요?" 남작이 걱정하며 물었다.

"그렇소. 제기랄. 그렇다니까! 가시오!"

남작은 수도사들 무리로 돌진했다. 누군가 말에서 떨어져 나뒹굴었고 누군가는 비명을 질렀고 먼지가 일었으며 말발굽이 돌길을 딛고 달리는 소리가 울렸다. 남작의 모습이 보이지 않게 되었다. 루마타가 말에서 떨어진 자들이 주저앉아 정신없이 머리를 흔드는 골목길을 보는데 귓가에 싹싹한 목소리가 들려왔다.

"친애하는 돈, 스스로에게 너무 많은 걸 허용하고 있다는 생각이 안 드십니까?"

루마타가 뒤돌아봤다. 굳은 미소를 띤 돈 레바가 그를 빤히 쳐다보고 있었다.

"너무 많은 것이라 했소?" 루마타가 되물었다. "내 사전에 〈너무〉란 없소." 갑자기 돈 세라가 생각났다. "그리고 한 돈이 곤경에 빠진 돈을 도와주면 안 되는 이유를 전혀 모르겠군."

창을 든 기마병들이 그들을 지나 힘겹게 달려갔다. 추격에 나선 것이었다. 돈 레바의 표정이 어딘가 변했다.

"뭐, 좋습니다." 그가 말했다. "그 얘기는 하지 않겠습니다…… 이런, 학식 높은 부다흐 박사가 여기 계시는군요…… 박사, 아주 좋아 보입니다. 내, 감옥을 한번 감찰해야겠습니다. 국가의 범죄자들은, 풀려났다 하더라도 감옥에서 제 발로 걸어 나오면 안 되는데 말입니다. 실려 나와야지."

부다흐 박사가 눈먼 듯 레바에게 다가갔다. 루마타가 급히 그들 사이에 섰다.

"그건 그렇고, 돈 레바. 아리마 신부를 어떻게 평가하시오?"

"아리마 신부?" 돈 레바가 눈썹을 추켜세웠다. "훌륭한 군인이지요. 제 관할 교구에서 중요한 직책을 맡고 있습니다. 무슨 일인데 그러십니까?"

"예하의 충실한 종으로서 서둘러 말씀드립니다만," 루마타가 고개를 숙이며 심술궂게 말했다. "그 중요한 직책이 비어 있다고 생각하는 게 좋겠소."

"그게 무슨 말입니까?"

루마타는 노란 먼지가 채 가라앉지 않은 뒷골목을 바라봤다. 돈 레바도 그쪽을 쳐다봤다. 그의 얼굴에 걱정스러운 표정이 서렸다.

키라가 루마타와 그의 학식 높은 친구를 식탁으로 불렀을 때는 정오가 한참 지나 있었다. 몸을 씻고 말끔하게 면도하고 깨끗한 옷으로 갈아입은 부다흐 박사는 몹시 위엄 있어 보였다. 그의 몸가짐은 차분했고 품위가 넘쳤다. 지혜로운 회색 눈동자는 호의로 가득했고 겸손함마저 서려 있었다. 우선 그는 광장에서 돌발적으로 행동한 것에 대해 루마타에게 사과했다. "그래도 날 이해해 주셔야 하오." 그가 말했다. "그는 무서운 사람이오. 신의 실수로 세상에 나온 괴물이지. 나는 의사지만, 기회가 있었다면 기꺼이 그를 죽였을 거라고 당당하게 고백할 수 있소. 왕께서 독살됐다고 들었소. 이제 뭐로 독살됐는지 알겠소. (루마타가 긴장했다.) 그 레바라는 자가 내가 있는 방으로 오더니 몇 시간 안에 효력이 나타나는 독을 만들어 달라고 했소. 물론 거절했소. 그랬더니 고문을 하겠다고 협박하더군. 나는 그의 면전에 대고 웃었소. 그랬더니 그 못된 놈이 형리들에게 소리쳤고, 형리들은 길에서 열 살이 채 되지 않은 아이들을 열 명 끌고 왔소. 그는 아이들을 내 앞에 세우고 내 약 가방을 열었소. 그러고는 이렇게 말하더군. 원하는 약을 찾을 때까지 아이들에게 모든 약물을 차례로 시험해 보겠다고. 그렇게 해서 왕이 독살된 거요, 돈 루마타……" 부다흐의 입술이 움찔거렸다. 하지만 잘 참았다. 루마타는 조심스럽게 눈길을 돌리며 고개를 끄덕였다. 그랬군, 그가 생각했다. 그랬던 거군. 왕은 레바가 내미는 거라면 오이도 받아먹지 않았을 거다. 그 간사한 놈이 왕에게 웬 돌팔이를 보낸 거군. 왕을 치료하면 궁정 주술사라는 지위를 주겠다고 약속하고서. 이제야 알겠다. 내가 왕의 침실에서 돈 레바가 한 짓을 폭로했을 때 그가 왜 그렇게 좋아했는지 알겠다. 가짜 부다흐를 왕에게 선보이는 것보다 편리한 방법을 생각해 내기 어려웠겠지. 모든 책임은 에스토르에서 온 루마타에게, 이루칸의 첩자이자 모략가에게 전가될 거고. 우리가 미숙했어, 그가 생각했다. 연구소에 봉건시대의 음모를 다루는 강좌를 꼭 개설해야겠다. 점수는 레바를 단위로 매기고. 물론 데시•-레바가 낫겠지. 안 그러면 숫자가 너무 커질 테니……

부다흐 박사는 아주 배고파 보였다. 그런데도 부드럽고 단호하게 고기를 거절하고 샐러드와 잼 파이에만 열중했다. 에스토르산 포도주를 한 잔 마시자 그의 눈이 빛나기 시작했고 볼에는 생기가 돌아 발그레해졌다. 루마타는 먹을 수 없었다. 그의 눈앞에서 빨건 횃불이 지직거리며 연기를 피웠고 사방에서 그을린 고기 냄새가 났기 때문이다. 게다가 목이 꽉 막힌 것 같았다. 손님이 배를 채우길 기다리는 동안 루마타는 창가에 서서 먹는 데 방해가 되지 않을 정도의 속도로 천천히 차분하고 정중한 대화를 이어 갔다.

도시는 점차 활기를 되찾고 있었다. 거리에 사람들이 나타났고 말소리가 점점 커졌으며 망치 두드리는 소리와 나무 쪼개는 소리가 들려왔다. 사람들은 지붕과 벽에서 이교의 상징을 떼어 냈다. 뚱뚱한 대머리 상인이 맥주 통 수레를 끌고 왔다. 광장에서 한 잔에 동전 두 개씩 받고 팔았다. 도시인들이 적응한 것이다. 맞은편 집 입구에, 키 작은 경호원 겸 첩자가 코를 후비면서 깡마른 여주인과 이야기를 나누고 있었다. 창 밑 2층 높이까지 짐을 실은 수레들이 지나갔다. 루마타는 무엇을 실은 수레인지 바로 알아채지 못했다. 하지만 거적때기에서 삐져나온 시퍼렇고 검은 팔다리를 보고는 서둘러 식탁으로 돌아왔다.

"사람의 본질은," 부다흐가 천천히 음식을 씹으며 말했다. "모든 것에 적응할 수 있는 놀라운 능력이오. 인간이 참아 내지 못할 것은 자연에 없소. 말도, 개도, 쥐도 이런 성질을 지니고 있지는 않지. 분명 신은 인간을 창조할 때 인간들이 어떠한 시련을 겪을지 알고 큰 힘과 인내심을 비축해 준 거요. 그게 좋은지 나쁜지는 간단히 말할 수 없지만. 인간에게 그 정도의 참을성과 인내심이 없었다면 선한 사람이란 선한 사람은 모두 진작에 죽었을 거요. 그리고 세상에는 악하고 영혼 없는 자들만 남아 있겠지. 하지만 또 한편으로는 참고 적응하는 습관이 인간을 말 못 하는 가축으로 바꾸기도 하오. 이런 자들은 생체 구조 말고는 짐승과 다를 바 없을뿐더러 심지어 더 무력하기까지 하오. 매일 새날이 밝으면 악과 폭력에 대한 새로운 공포가 생겨나고……"

루마타는 키라를 쳐다봤다. 그녀는 부다흐 맞은편에 앉아 주먹에 뺨을 괴고 집중해 듣고 있었다. 그녀의 눈빛이 우울했다. 인간들을 몹시 가여워하는 것 같았다.

"확실히 맞는 말씀이십니다. 존경하는 부다흐 박사." 루마타가 말했다. "하지만 저의 경우를 보시지요. 여기 있

• 그리스어의 10분의 1이라는 뜻에서 유래한 보조단위의 접두어.

는 저는 평범한 돈입니다. (부다흐의 넓은 이마에 주름이 잡혔고 놀랍고 재미있다는 듯 눈이 동그래졌다.) 저는 식자들을 너무나 사랑하는데, 그건 제 영혼이 귀족적이기 때문입니다. 저는 어마어마한 지식을 수호하고 또 유일하게 알고 있는 당신 같은 사람들이 왜 그렇게 한없이 비관적인지 모르겠습니다. 당신들은 어째서 체념한 채 자신을 무시하고 감옥에 가두고 불태워 죽이도록 놔두는 겁니까? 왜 당신들은 인생의 의미를, 그러니까 지식을 쌓는 행위를 실질적인 삶의 요구와, 그러니까 악에 대항하는 싸움과 별개로 생각하는 겁니까?"

부다흐는 파이가 담겨 있던 빈 그릇을 밀어 놓았다.

"이상한 질문을 하시는구려, 돈 루마타." 그가 말했다. "재미있게도 돈 구그가 같은 질문을 한 적이 있소. 우리 이루칸 공의 시종장 말이오. 그와 아는 사이입니까? 그럴 것 같았소…… 악과 싸운다, 라니! 그런데 악이 도대체 뭡니까? 다들 꽤나 제멋대로 그 말을 이해하오. 우리 같은 학자들에게는 무지가 악이지만, 교회에서는 무지가 축복이라고, 모든 악은 지식에서 나온다고 가르치지요. 농부에게는 세와 가뭄이 악이지만, 빵 가게 주인에게 가뭄은 선이오. 노예에게는 술에 취한 악랄한 주인이 악이고 수공업자에게는 탐욕스러운 고리대금업자가 악이오. 상황이 이런데, 어떤 악에 맞서 싸워야 한단 말입니까, 돈 루마타?" 그는 우울하게 청자들을 바라봤다. "악은 없앨 수 없소. 그 누구도 세상에서 악의 총량을 줄일 수 없소. 어느 정도는 자신의 운명을 개선할 수 있지만, 그건 언제나 타인의 운명을 타락시킴으로써만 가능합니다. 그리고 왕은 늘 있을 겁니다. 더, 혹은 덜 잔혹한 왕이 있을 것이고 더, 혹은 덜 야만스러운 남작들이 있을 것이고 무지한 민중이, 자신을 억압하는 자들은 경외하고 자신을 해방시켜 주는 자들은 증오하는 민중이 늘 있을 겁니다. 이 모든 건, 노예가 아주 잔혹한 주인일지라도 자유를 주는 해방자보다 자기 주인을 훨씬 더 잘 이해하기 때문입니다. 모든 노예가 주인의 입장을 너무나 잘 이해해 줍니다. 반면 사사로운 이해에 휘둘리지 않는 해방자의 입장을 헤아리려는 사람은 거의 없지요. 인간이 이렇소, 돈 루마타. 우리가 사는 세상이 이렇고."

"세상은 언제나 변합니다, 부다흐 박사." 루마타가 말했다. "우리는 왕이 없었던 시대가 있다는 걸 알고 있지 않습니까……"

"세상이 언제까지고 변할 수는 없소." 부다흐가 반박했다. "영원한 건 아무것도 없기 때문이오. 변화조차도…… 우리는 완성의 법칙들을 모르지만, 늦든 빠르든 완성은 이뤄질 것이오. 일례로 우리 사회의 구조를 보시지요. 분명하고 기하학적으로 정확히 맞아떨어지는 체계가 눈을 즐겁게 하지 않소! 맨 아래에는 농민과 수공업자들이 있고 그

위에는 귀족들, 또 그 위에는 사제들이 있고 맨 꼭대기에 왕이 있습니다. 어찌나 잘 고안되었는지. 이 얼마나 견고하고 조화로운 질서요! 천상의 장인이 창조한 이 완성된 크리스털을 무엇이 대체할 수 있겠소? 피라미드보다 더 안정적인 건축 형태는 없소. 조예가 깊은 건축가라면 누구나 그렇게 말할 거요." 그는 가르치듯 손가락을 들어 올렸다. "자루를 쏟으면 그 안에 있던 알갱이들은 모두 같은 층위에 있지 않고 원뿔형 피라미드를 형성하오. 모든 알갱이들은 아래로 흘러 내려가지 않기 위해 다른 알갱이들을 딛고 있소. 인류도 마찬가지요. 인류가 통일체로 존재하려면 사람들은 서로에게 매달려 어쩔 수 없이 피라미드를 형성하고 있어야 하오."

"설마 진심으로 이 세계가 완성되어 있다고 생각하시는 건 아니겠지요?" 루마타가 놀랐다. "돈 레바와 만나고서, 감옥을 경험하고서……"

"나의 젊은 벗이여, 당연하지 않소! 나는 이 세상의 많은 것들이 마음에 들지 않고, 다른 모습이면 좋겠다고 생각하오…… 하지만 어쩌겠소? 가장 높은 곳에 거하는 신들의 눈에는 내가 보는 것과 전혀 다른 세계가 보이겠지요. 나무가 움직일 수 없다고 불평한들 어쩌겠소. 움직일 수 있게 되면 벌목꾼의 도끼로부터 온 힘을 다해 달아날 수 있게 됐다고 기뻐할 수도 있겠지만."

"만약 높은 차원의 계획을 바꿀 수 있다면요?"

"그건 가장 높은 곳에 거하는 신들만이 할 수 있는 일이오……"

"그래도 상상해 봅시다. 박사께서 신이라면……"

부다흐가 웃음을 터뜨렸다.

"스스로를 신으로 상상할 수 있다면 신이 되었겠소!"

"그럼 이건 어떻습니까. 신에게 진언할 수 있는 기회가 있다면요?"

"당신은 상상력이 풍부하구려." 부다흐가 만족스럽다는 듯 말했다. "좋은 일이오. 당신은 교육을 받았소? 훌륭하군! 기회가 있었더라면 기쁜 마음으로 당신과 연구를 했을 텐데……"

"과찬이십니다…… 그러니까 어쨌든 박사께서 전능한 신에게 조언을 할 수 있다면요? 그러니까 박사 생각엔, 이제 세상이 선하고 좋군, 이라고 말하려면 전능한 신이 뭘 해야 합니까……?"

부다흐는 재미있다는 듯 미소 지었다. 그리고 소파에 등을 기대고 손을 배에 올렸다. 키라가 그를 빤히 쳐다봤다.

"글쎄. 어디 봅시다. 신에게 이렇게 말할 것 같소. 〈창조주여, 저는 당신의 계획을 알지 못합니다. 어쩌면 당신은 사람들을 선하고 행복하게 만들 생각이 없는지도 모릅니다. 그걸 원해 주소서! 그걸 이루기란 아주 간단하지 않습니까! 사람들에게 충분한 빵과 고기와 포도주를 주소서. 그들에게 집과 옷을 주소서. 배고픔과 탐욕이 사라지게 해 주소서. 사람들을 분열시키는 모든 것을 없애 주소서.〉"

"끝입니까?" 루마타가 물었다.

"이 정도로는 안 될 것 같소?"

루마타가 고개를 저었다.

"신은 당신에게 이렇게 답할 겁니다. 〈그렇게 해도 인간들에게 도움이 되지 않는다. 너희 세상에서는 강한 자들이 약한 자들에게서 내가 준 것을 앗아 갈 테고, 약한 자들은 이전과 마찬가지로 비참할 것이다.〉"

"신에게 약한 자들을 보호해 달라고 빌겠소. 〈잔혹한 통치자들을 계몽시켜 주소서.〉 이렇게 말할 거요."

"잔혹함이 곧 힘입니다. 잔혹함을 없애면 통치자들이 힘을 잃겠지요. 그러면 또 다른 잔혹한 자들이 그 자리를 차지할 거고요."

부다흐의 얼굴에서 웃음기가 사라졌다.

"잔혹한 자들을 벌하소서." 그가 굳은 목소리로 말했다. "강한 자들이 약한 자들에게 잔혹하게 굴지 못하도록 해 주소서."

"사람은 약한 존재로 태어납니다. 주위에 자신보다 강한 자가 없을 때 강한 존재가 되지요. 강하고 잔혹한 자가 벌을 받게 되면 약한 자들 중 강한 자들이 그 자리를 메꿀 겁니다. 역시 잔혹한 자들이 말입니다. 그러면 결과적으로 모든 인간을 벌하게 됩니다. 하지만 내가 바라는 건 그게 아니란 말입니다."

"당신이 더 잘 알겠지요, 전능한 신이시여. 그러면 그냥 사람들이 모든 것을 받고, 당신이 그들에게 준 것을 서로 빼앗지 못하게 해 주소서."

"그것도 도움이 되지 않습니다." 루마타가 한숨을 쉬었다. "노동하지 않아도 전부 공짜로 받을 수 있게 되면 사람은 노동을 잊고 삶에 대한 의욕을 잃을 것이고, 내가 앞으로 평생 먹여 주고 입혀 줘야 하는 가축으로 변할 겁니다."

"인간들에게 한꺼번에 주지 않으면 되잖습니까!" 부다흐가 열정적으로 말했다. "조금씩, 순차적으로 주소서!"

"순차적으로는 인간들 스스로도 필요한 걸 손에 넣을 겁니다."

부다흐가 씁쓸하게 웃었다.

"그렇군. 쉬운 문제가 아니라는 걸 알겠소. 왜인지 이전에는 그런 문제를 생각해 보지 않았소…… 우리가 모든 방면을 다 검토해 본 것 같군. 그런데," 그가 몸을 내밀었다. "이런 것도 가능하지 않겠소. 인간들이 무엇보다도 노동과 지식을 사랑하도록 하는 거요. 노동과 지식이 삶의 유일한 의미가 되도록!"

'그래, 그건 우리도 시도해 보려고 했었다.' 루마타가 생각했다. '대중을 상대로 한 최면 감응, 긍정적인 방향으로의 재도덕화. 석 대의 적도 위성에서 시도하는 정신 교란……'

"나는 그렇게 할 수도 있었습니다." 루마타가 말했다. "하지만 인류에게서 역사를 빼앗을 필요가 있을까요? 한 인류를 다른 인류로 바꿀 필요가 있을까요? 그건 한 인류를 땅에서 없애고 그 자리에 새로운 인류를 살게 하는 것과 마찬가지지 않습니까?"

부다흐는 이마를 찌푸리고는 생각에 잠겨 말이 없었다. 루마타가 기다렸다. 창 너머 수레차가 우울하게 끽끽대며 지나갔다. 부다흐가 조용히 말을 꺼냈다.

"그렇다면, 맙소사. 저희를 땅에서 제거하고 더 완전한 인류를 창조하시지요…… 아니면 저희를 내버려 두고 알아서 살도록 하는 게 더 좋겠나이다."

"나는 동정심 때문에" 루마타가 천천히 말했다. "그냥 그렇게 내버려 둘 수 없습니다."

그때 그는 키라의 눈빛을 봤다. 키라는 공포와 희망이 담긴 눈길로 그를 쳐다보고 있었다.

제 9 장

루마타는 긴 여정을 앞둔 부다호를 쉬게 한 뒤 서재로 갔다. 스포라민의 약효가 다해 피곤했고 몸이 으스러질 것 같았다. 상처들이 다시 비명을 지르고 밧줄에 묶여 너덜너덜해진 손목이 부어오르기 시작했다. 좀 자야 한다, 그가 생각했다. 반드시 잠을 자고, 그러고 나서 돈 콘도르에게 연락을 해야 한다. 순찰선에도 연락해 본부에 전달하게끔 해야 한다. 그리고 우리가 앞으로 무엇을 해야 할지, 우리가 뭔가를 할 수 있을지, 우리가 할 수 있는 게 없다면 어떻게 할지 검토해 봐야 한다.

서재 책상에는 후드를 낮게 내려 쓴 검은 수도사가 높은 팔걸이에 팔을 걸치고 구부정한 자세로 앉아 있었다. 제법인걸, 루마타가 생각했다.

"누구냐? 누가 널 들여보냈지?" 루마타가 시친 목소리로 물었다.

“안녕하십니까, 돈 루마타.” 사제가 후드를 벗으며 입을 열었다.

루마타가 고개를 끄덕였다.

“제법이군!” 루마타가 말했다. “안녕하시오, 명예로운 아라타. 여기서 뭘 하는 거요? 무슨 일이라도 있는 거요?”

“평소와 같습니다.” 아라타가 말했다. “군은 뿔뿔이 흩어졌고 다들 땅을 나눠 갖고 있지요. 남쪽으로는 아무도 가고 싶어 하지 않고요. 에스토르 공국의 공은 미처 죽이지 못한 자들을 징집하는 중이고 곧 나의 농민들을 에스토르 길에 거꾸로 매달아 놓겠지요. 전부 평소와 같습니다.” 그가 다시 한번 말했다.

“그렇군.” 루마타가 말했다.

그는 기다란 소파에 털썩 앉아 두 손으로 머리 뒤를 감싸고는 아라타를 쳐다봤다. 20년 전, 안톤이 무기를 만들고 윌리엄 텔 놀이를 하던 시절 이자는 아름다운 아라타로 불렸다. 당시의 그는 분명 지금과는 전혀 다른 모습이었다.

아름다운 아라타의 넓고 잘생긴 이마에는 저 이상한 라일락빛 낙인이 없었다. 저 낙인은 소안 뱃사람들의 폭동 때 생긴 것이다. 제국 전역에서 소안의 조선소로 보내진, 자기 보전의 본능을 잊을 만큼 착취당하던 3천 명의 벌거벗은 수공업자 노예들이 어느 음산한 밤, 항구에서 뛰쳐나와 소안 공화국을 휩쓸었고 그들이 떠난 자리에는 불길과 시체들이 남았다. 그러나 그들은 변방에서 갑옷으로 무장한 제국 보병대를 맞닥뜨렸다……

아름다운 아라타였을 때는 두 눈도 멀쩡했다. 그의 오른쪽 눈은 남작의 철퇴로 머리를 세게 가격당했을 때 튀어나왔다. 2만 명에 달하는 농민 군대가 남작의 친위대를 쫓아내고 종주국을 휘젓다가 평야에서 황제의 근위병 5천 명을 마주쳤었다. 농민 군대는 눈 깜짝할 새 격파되고 포위되어 전투 낙타들의 발굽에 박힌 징에 짓이겨졌는데, 그때 일어난 일이다……

그래도 아름다운 아라타는 꿋꿋했을 것이다. 그의 허리가 굽고 새 별명을 얻게 된 것은 여기서 바다를 두 번 건너야 갈 수 있는 우반 공국에서 일어난 쇠스랑 전쟁 후였다. 7년 동안 흑사병과 가뭄을 겪은 살아 있는 해골들 40만 명이 쇠스랑과 수레에 묶인 채로 귀족들을 죽이고 우반 공을 거처에 가뒀다. 공의 허약한 이성은 극심한 공포를 못 이긴 나머지 백성들에게 사과했고 술값을 5분의 1로 내렸으며 자유를 허용하겠다고 약속했다. 아라타는 사태가 종결된 걸 보고는 기만에 속지 말라고 애원하고 요구하고 명령하다가 이만하면 충분히 쟁취했다고 생각하는 반란 세력의 우두머리들에게 잡혀 쇠몽둥이로 얻어맞고 오물 구덩이에 던져져 죽을 뻔했다……

그가 오른쪽 손목에 끼고 있는 저 커다란 고리는 아직 아름다운 아라타로 불릴 적부터 끼고 있었던 것이다. 해적 갤리선의 노에 쇠사슬로 연결되어 있던 고리였다. 아라타는 쇠사슬을 뽑고는 저 고리로 친절한 에가 선장의 관자놀이를 가격한 다음 배를 장악했고 대규모 해적단을 통째로 거느리게 됐었다. 그는 물 위에 자유 공화국을 세우려고 했다…… 하지만 그러한 구상은 술에 취해 벌어진 유혈 사태로 끝났다. 당시 아라타는 젊었고 누구를 미워할 줄 몰랐으며 자유만 주어지면 노예도 신과 비슷해지리라 생각했기 때문이다……

그는 전문 반란가였고, 신의 자비로 복수하는 자였다. 중세에는 보기 드문 인물이다. 때로는 역사적 진화가 저런 강꼬치고기들을 탄생시켜 사회라는 심연에 풀어놓는다. 바닥의 플랑크톤을 먹어 치우는 살진 붕어들이 졸지 않도록…… 아라타는 루마타가 이곳에서 증오도, 가여움도 느끼지 않는 유일한 대상이었다. 피와 악취 속에서 5년을 산 지구인 루마타는 열에 들뜬 꿈속에서 스스로를 자주 아라타 같은 인물로 보았다. 이 세계의 악이란 악은 모두 겪은, 그 대가로 살인자들을 죽일 수 있고 형리를 고문할 수 있고 배신자들을 배신할 수 있는 고등한 권리를 부여받은 인물로 말이다……

"때로는 이런 생각이 듭니다." 아라타가 말했다. "우리 모두 무력하다고요. 나는 언제까지나 폭도들의 우두머리일 테고, 나의 모든 힘이 기이한 생존력 때문이라는 걸 압니다. 하지만 그 힘도 내 무력감을 덜어 주지는 않습니다. 나의 승리들은 마법처럼 패배로 변하고 있어요. 전우들은 적이 되고 가장 용감한 자들은 달아나며 가장 믿을 만한 자들은 배반하거나 죽습니다. 내게는 맨손밖에 없습니다. 그러나 맨손으로는 성벽 안에 앉아 있는 금으로 치장한 우상들에게 닿을 수 없지요……"

"아르카나르에는 어떻게 왔소?" 루마타가 물었다.

"수도사들과 배를 타고 왔습니다."

"미쳤군. 당신을 알아보기가 이렇게 쉬운데……"

"수도사들 틈에서는 그렇지도 않지요. 기사단의 장교들은 절반이 성 바보나 나 같은 불구자들입니다. 신에게나 쓰임이 있는 불구자들." 그가 루마타의 얼굴을 정면으로 보며 웃음을 터뜨렸다.

"그러면 이제 어떻게 할 생각이오?" 루마타가 눈길을 떨구며 물었다.

"여느 때와 같습니다. 나는 성기사단을 압니다. 1년이 채 못 되어 아르카나르 사람들은 도끼를 들고 문틈에서 나와 길거리에서 싸울 겁니다. 그렇게 되면 그들이 서로를 죽이지 않고, 눈앞에 보이는 대로 죽이지 않고 죽여야 할 사람을 죽이도록 이끌어야죠."

"자금이 필요할 것 같소?" 루마타가 물었다.

"그렇습니다. 여느 때와 같이요. 무기도 필요하……" 그는 입을 다물었다. 그러더니 애원조로 말하기 시작했다. "돈 루마타, 내가 당신의 정체를 알았을 때 얼마나 절망했는지 기억하십니까? 나는 성직자들을 증오합니다. 그래서 그들의 거짓된 이야기가 진실로 밝혀졌을 때 몹시 괴로웠습니다. 하지만 가난한 폭도는 어떤 상황에서든 취할 걸 취할 수밖에요. 성직자들은 신들이 번개를 다룰 수 있다고 말합니다…… 돈 루마타, 성벽을 부수려면 번개가 꼭 필요합니다."

루마타가 깊은 한숨을 내쉬었다. 기적처럼 헬기로 구조된 후 아라타는 끈질기게 설명을 요구했다. 루마타는 자신이 누구인지 설명해 보려 노력했다. 밤하늘에서 지구의 태양을 보여 주기도 했다. 아주 작게 겨우 보이는 별을 말이다. 그러나 이 폭동자가 이해한 건 망할 성직자들이 옳았으며 하늘 저편에 실제로 신들이, 선하고 전능한 신들이 존재한다는 것뿐이었다. 그날 이후 그는 루마타와 대화할 때마다 매번 똑같은 얘기를 했다. 신이시여, 당신이 정녕 존재한다면 당신의 힘을 나에게 주십시오. 그것이 당신의 최선이기 때문입니다.

그럴 때마다 루마타는 대답하지 않거나 말을 돌렸다.

"돈 루마타." 반란자가 말했다. "당신은 왜 우리를 도와

주려 하지 않습니까?"

"잠시만." 루마타가 말했다. "미안하지만, 나는 당신이 어떻게 집 안으로 들어왔는지 알고 싶소."

"그건 중요하지 않습니다. 나 말고는 그 길을 아는 사람이 없으니까요. 돈 루마타, 말 돌리지 마십시오. 왜 당신은 우리에게 힘을 빌려주지 않습니까?"

"그 얘기는 하지 말도록 하지요."

"아니요. 그 얘기를 할 겁니다. 나는 당신을 부르지 않았습니다. 나는 그 누구에게도 기도한 적 없습니다. 당신이 스스로 내게 왔단 말입니다. 당신에게는 그저 심심풀이였던 겁니까?"

신이 되기란 힘들군, 루마타가 생각했다. 그가 참을성 있게 말했다.

"당신은 나를 이해하지 못할 거요. 나는 내가 신이 아니라고 스무 번은 설명해 줬소. 그런데 당신은 믿지 않았지. 그러니 당신은 내가 어째서 당신에게 무기를 줄 수 없는지도 이해하지 못할 거요."

"당신은 번개를 다룰 수 있습니까?"

"당신에게 번개를 줄 수 없소."

"그 대답도 벌써 스무 번째입니다." 아라타가 말했다. "이제는 이유를 알고 싶습니다. 어째서입니까?"

"다시 말하지만, 당신은 이해하지 못할 거요."

"시도는 해 보시지요."

"번개로 뭘 할 생각이오?"

"금을 휘감은 개자식들을 지져 버릴 겁니다. 진드기 잡듯이. 한 명도 빠짐없이. 그 저주받을 종족을 12대손까지 멸할 겁니다. 이 땅에서 그들의 성을 밀어 버릴 겁니다. 그들의 군대와 그들을 지키고 지지하는 이들을 다 태워 버릴 겁니다. 걱정하지 않으셔도 됩니다. 당신의 번개는 좋은 일에만 쓰일 테니까요. 이 땅에 자유인이 된 노예만 남고 평화가 찾아오거든 당신의 번개를 돌려드리고 다시는 그걸 요구하지 않겠습니다."

아라타는 말을 멈추고 힘겹게 숨을 쉬었다. 그의 머리로 피가 몰려 얼굴이 까매졌다. 아마도 그는 불길에 휩싸인 공국과 왕국을 보았을 것이다. 그리고 폐허들 사이로 솟아 있는 불에 탄 시체 더미를, 승자들의 거대한 군대가 환희에 차서 〈자유! 자유!〉라 울부짖는 모습을.

"안 되오." 루마타가 말했다. "나는 당신에게 번개를 주지 않을 거요. 그건 실수가 될 테니. 날 믿으려 노력해 보시오. 나는 당신보다 더 멀리 내다보오……" (아라타는 머리를 떨구고 그의 말을 들었다.) 루마타가 주먹을 꼭 쥐었다. "당신에게 번개를 줬다가 벌어질 수 있는 일을 하나만 생각해 봅시다. 더 거대한 여파와 비교하면 보잘것없지만, 그렇기에 당신이 이해할 수 있을 거요. 당신은 생명력이 강합니다, 영광스러운 아라타. 하지만 당신 역시 필멸자지요. 당신이 죽고 번개가 다른 이들의 손으로 넘어가면, 당신만큼 순수하지 않은 자들에게 넘어가면 어떻게 될지 생각하기도 두렵소. 그게 어떤 결말을 초래할지……"

그들은 오래도록 말이 없었다. 루마타가 보관함에서 에스토르산 포도주 한 잔과 먹을 걸 꺼내 손님 앞에 놨다. 아라타는 눈길을 떨구고 빵을 먹고 포도주를 마셨다. 루마타는 병적인 이원론이 야기한 기묘함을 감지했다. 그는 자신이 옳다는 걸 알았다. 그런데 기묘하게도 옳기 때문에 그는 아라타 앞에서 작아졌다. 아라타는 어떤 면에서는 분명 루마타보다 나은 인물이다. 루마타 자신을 비롯해, 부르지도 않았는데 이 행성에 와서 무력한 동정심에 가득 차 이곳 상황이 무서운 속도로 과열되는 현상을, 무정한 가설들의 의미 없는 가치와 이곳에선 생소한 도덕적 잣대를 들이대며 관찰하는 자들보다 낫다. 루마타는 처음으로 이런 생각을 했다. 잃지 않고서는 아무것도 얻을 수 없다고. 다시 말해, 선이 지배하는 우리의 세계에서 우리는 아라타보다 한없이 강하고 악이 지배하는 아라타의 세계에서 우리는 그보다 한없이 약하다고……

"당신은 하늘에서 내려오지 말았어야 합니다." 아라타가 불쑥 말했다. "원래 있던 곳으로 돌아가십시오. 당신은 우리에게 해만 끼치고 있습니다."

"그렇지 않소. 적어도 우리는 아무도 해치지 않소."

루마타가 부드럽게 말했다.

"아니, 해치고 있습니다. 근거 없는 희망을 불어넣고 있지 않습니까……"

"누구에게 말이오?"

"나한테요. 당신은 내 의지를 약하게 만듭니다, 돈 루마타. 예전에 나는 나 자신만을 믿었습니다. 그런데 지금은 내 뒤에 당신의 힘이 있음을 느낍니다. 전에는 싸울 때마다 마지막처럼 임했습니다. 그런데 지금은 다른 결정적인 싸움을 염두에 두고 몸을 사리고 있더군요. 왜냐하면 당신이 그 싸움에 참여할 거니까…… 이곳을 떠나십시오, 돈 루마타. 원래 있던 곳으로, 하늘로 가서 다시는 돌아오지 마십시오. 그게 아니라면 당신이 가진 번개의 힘을 빌려주십시오. 아니면 당신의 그 철로 만든 새라도…… 그것도 안 된다면 당신이 직접 검을 뽑고 우리를 이끌어 주십시오."

아라타는 입을 다물고 다시 빵을 먹기 시작했다. 루마타는 손톱이 없는 그의 손가락들을 바라봤다. 그의 손톱은 2년 전 돈 레바가 직접 특수 장치로 뽑았다. '너는 아직 아무것도 모른다.' 루마타가 생각했다. '너는 아직 너 자신만이 패배할 운명이라며 위안을 삼지. 너는 네가 하는 일 자체가 얼마나 가망이 없는지 아직 모른다. 너는 네 병사들 밖에만 적이 있는 것이 아니라 안에도 적이 있다는 사실을 모른다. 너는 어쩌면 기사단을 무찌를 수도 있겠지. 그리고 농민봉기의 흐름이 너를 아르카나르의 왕으로 만들 수도 있을 것이다. 너는 귀족들의 성을 밀어 버리고 남작들을 해협에 던져 죽일 것이다. 봉기한 민중은 너에게 온갖 명예를 안겨 줄 것이다. 위대한 해방자에게 그러하듯. 그리고 너는 선하고 지혜롭겠지. 네 왕국에서 유일하게 선하고 지혜로운 사람일 것이다. 그러다가 너는 전우들에게 땅을 나눠주기 시작하고. 그런데 농노가 없으면 땅이 있어 봤자 무슨 의미가 있겠나? 그럼 바퀴가 거꾸로 돌아가는 것이다. 네가 제명에 죽으면 다행이고, 어제의 신뢰하던 병사들 중에 새로운 백작과 남작이 나타나는 걸 보지 못하면 다행이다. 이미 그런 역사가 있었다, 나의 명예로운 아라타. 지구에서도, 네 행성에서도.'

"아무 말씀 안 하실 겁니까?" 아라타가 말했다. 그는 접시를 밀어 놓고 수도복 소매로 책상에 떨어진 부스러기들을 훔쳤다. "예전에 한 친구가 있었습니다." 그가 말했다. "당신도 이름을 들어 봤을 텐데, 바퀴 와가라고요. 우리는 함께 시작했습니다. 후에 그는 도적이, 밤의 제왕이 됐죠. 나는 그의 변절을 용서하지 않았고 그도 그걸 알았습니다. 그는 여러 방면에서 날 도왔습니다. 겁이 나서, 그리고 이익을 바라고서요. 그러나 돌아오고 싶어 한 적은 단 한 번도 없었습니다. 그에게는 자신의 목표가 있었거든요. 그런데

2년 전 그의 부하들이 나를 돈 레바에게 넘겼고……" 그는 자신의 손가락을 바라보고는 주먹을 꽉 쥐었다. "오늘 아침 그를 아르카나르 항에서 잡았습니다…… 우리 세계에 절반만 친구인 경우는 없습니다. 절반이 친구란 얘기는 언제나 절반은 적이라는 뜻이니." 그는 일어서서 눈이 덮일 정도로 후드를 내려 썼다. "금은 전의 그 장소에서 찾으면 됩니까?"

"그렇소." 루마타가 천천히 말했다. "전의 그 장소에서."

"그럼 가 보겠습니다. 고맙습니다. 돈 루마타."

그는 소리 없이 서재를 지나 문 뒤로 사라졌다. 아래 현관에서 살짝 덧문 여는 소리가 들렸다. 걱정거리가 하나 늘었군, 루마타가 생각했다. 도대체 어떻게 집 안으로 들어온 거지……?

제 10 장

술취한굴은 비교적 깨끗했다. 바닥은 꼼꼼히 닦여 있었고 탁자는 하얗게 될 정도로 때가 벗겨져 있었으며 구석에는 방향용으로 풀잎과 나뭇가지가 한 줌 놓여 있었다. 카바니 신부가 술에 취하지 않은 차분한 상태로 깨끗이 씻은 두 손을 무릎에 놓고 얌전히 구석 장의자에 앉아 있었다. 그들은 부다흐가 잠들기를 기다리며 잡담을 나누는 중이었다. 탁자에서는 부다흐가 루마타 옆에 앉아 우호적인 미소를 띠고 돈들의 의미 없는 수다를 들으면서 때때로 밀려오는 졸음에 몸을 부르르 떨었다. 그의 음료에 몰래 섞어 둔 엄청난 양의 수면제 때문에 움푹 꺼진 양 볼이 달아올랐다. 노인은 몹시 상기되어 있어서 쉽사리 잠들지 않았다. 참을성이 부족한 돈 구그는 탁자 아래에서 낙타 편자를 구부렸다 폈다 반복했다. 그래도 부드럽고 유쾌한 표정은 유지하고 있었다. 루마타는 빵을 먹으면서 돈 콘도르가 점점 초조해지는 모습을 지친 눈으로 지켜봤다. 국가 인장의 수호자 돈 콘도르는 아르카나르 쿠데타를 의제로 연합국의 열두 무역상이 모이는 야간 비상 회의에 늦게 되어 신경질이 난 듯했다. 그는 이 회의에서 의장을 맡을 예정이었다.

"친애하는 벗들이여!" 부다흐 박사가 우렁차게 말하며 일어서더니 드디어 루마타 위로 엎어졌다.

루마타가 조심스럽게 그의 어깨를 감쌌다.

"다 된 건가?" 돈 콘도르가 물었다.

"아침까지 깨지 않을 겁니다." 루마타가 부다흐를 들어 카바니 신부의 침상에 뉘며 말했다.

카바니 신부가 부럽다는 듯 말했다.

"그러니까, 박사는 술을 마셔도 되고, 카바니 신부는, 그러니까, 안 된다는 거군. 안 된다니. 이럴 수가!"

"15분 정도 있네." 돈 콘도르가 러시아어로 말했다.

"5분이면 충분합니다." 루마타가 화를 겨우 억누르며 대답했다. "제가 이 문제에 대해 아주 여러 번 말씀드렸으니 몇 분이면 충분합니다. 봉건주의의 기초 이론을 전적으로 따르자면," 그는 돈 콘도르의 눈을 정면으로 노려보았다. "남작 세력에 대항하는 시민들의 특별할 것 없는 움직임은" 이번에는 돈 구그에게 눈길을 돌렸다. "성기사단의 도발적인 계략으로 이어졌고 아르카나르는 봉건주의 파시스트 세력의 근거지가 되어 버렸습니다. 우리는 복잡하고 모순되고 의뭉스러운 우리의 독수리 돈 레바를 리슐리외 추기경, 네케르, 도쿠가와 이에야스, 멍크와 같은 줄에 끼워 넣으려고 공연히 애를 쓰며 골머리를 썩였습니다. 그런데 그는 하찮은 잡배에 멍청이로 판명 났지요! 그는 가능한 모든 것을 배반하거나 팔아넘겼습니다. 자기 계략에 휘말려 죽을 만큼 겁을 집어먹고서는 성기사단에 의탁해 목숨을 부지했습니다. 반년 후면 죽임 당할 겁니다. 하지만 기사단은 남아 있겠지요. 이 일이 해협너머땅에, 더 나아가 전 제국에 어떤 파장을 일으킬지는 상상하기조차 두렵습니다. 어쨌든 제국 내에서 20년간 해 온 일이 수포로 돌아갔어요. 성기사단 치하에서는 완수할 수 없을 겁니다. 아마도 부다흐는 제가 마지막으로 구하는 사람이겠지요. 이제는 구할 사람도 남아 있지 않습니다. 저는 할 일을 다 했어요."

돈 구그가 결국 편자를 부러뜨리고는 조각을 구석으로 던졌다.

"그래, 우리가 기회를 놓쳤어." 그가 말했다. "그렇지만, 안톤. 이게 그렇게까지 무서운 일은 아닐지도 모르잖나?"

루마타는 그를 그저 응시할 뿐이었다.

"자네는 돈 레바를 제거해야 했네." 돈 콘도르가 불쑥 말했다.

"〈제거한다〉는 게 무슨 뜻입니까?"

돈 콘도르의 얼굴에 빨간 반점들이 피어올랐다.

"물리적으로 말일세!" 그가 날카롭게 소리쳤다.

루마타가 앉았다.

"그러니까 죽이는 것 말씀이십니까?"

"그래. 그래! 그래!!! 죽이거나! 납치하거나! 제거하거나! 감옥에 넣거나! 조치를 취해야 했네. 무슨 일이 벌어지는 건지 조금도 이해하지 못하는 두 바보와 상의할 게 아니라."

"저 역시 하나도 이해하지 못했습니다."

"적어도 자네는 느끼고 있었네."

모두 말이 없었다.

"바르칸 학살과 비슷한 일이라고 보면 되나?" 돈 콘도르가 눈길을 돌리며 작은 목소리로 물었다.

"네, 비슷합니다. 하지만 훨씬 조직적입니다."

돈 콘도르가 입술을 깨물었다.

"그를 제거하기에는 이미 늦었나?"

"의미 없는 일입니다." 루마타가 말했다. "첫째, 저희가 개입하지 않아도 그는 제거될 것이고, 둘째, 그럴 필요가 전혀 없습니다. 적어도 그는 제 손안에 있습니다."

"무슨 뜻이지?"

"그는 저를 두려워합니다. 제 뒤에 힘이 있다고 추측하고 있어요. 심지어는 협력하자고 제안하더군요."

"그래?" 돈 콘도르가 중얼거렸다. "그렇다면 죽이는 건 의미가 없겠군."

돈 구그가 더듬거리며 말했다.

"뭡니까, 동무들. 진지하게 하는 말입니까?"

"뭐 말인가?" 돈 콘도르가 물었다.

"전부 말입니다…… 죽인다느니, 물리적으로 제거한다느니…… 뭐죠, 제정신입니까?"

"돈이 뒤꿈치에 화살을 맞았군."• 루마타가 조용히 말했다.

돈 콘도르는 천천히 또박또박 말했다.

"비상사태에는 비상조치만이 효과가 있네."

돈 구그는 입술을 떨며 둘을 번갈아 쳐다봤다.

"당신들은…… 당신들은 그게 어떤 결과를 초래할지 알고 있습니까? 다, 당신들은 어떻게 될지 알고 있는 겁니까?"

"제발 진정하게." 돈 콘도르가 말했다. "아무 일도 없을 거네. 그 얘기는 이제 그만하도록 하지. 기사단을 어떻게 처리하면 좋겠나? 나는 아르카나르 지역을 봉쇄하는 게 좋을

• '약점을 찔리다'라는 의미로, 불사신 아킬레우스가 트로이의 왕자 파리스에게 유일한 약점인 발뒤꿈치에 화살을 맞아 죽음에 이르는 데서 유래했다.

것 같네. 동무들의 의견은 어떤가? 내가 좀 급하니 빨리 말하게."

"아직 아무 의견도 없습니다." 루마타가 대들듯 말했다. "파시카에겐 더더욱 없을 거고요. 본부와 상의해야 합니다. 상황을 살펴야 해요. 일주일 후에 만나서 결정하도록 합시다."

"그렇게 하지." 돈 콘도르가 대답하고는 일어섰다. "이제 가세."

루마타는 부다흐를 어깨에 둘러메고 오두막을 나섰다. 돈 콘도르가 그의 앞으로 랜턴을 비춰 줬다. 그들은 헬기까지 걸어갔고 루마타가 부다흐를 뒷좌석에 뉘었다. 돈 콘도르는 검을 끌며 걸리적거리는 망토를 걷고 조종석에 올라탔다.

"집에 좀 데려다주시지 않겠습니까?" 루마타가 물었다. "이제 눈을 좀 붙이고 싶어서요."

"데려다줄 테니 빨리 나오게." 돈 콘도르가 퉁명스럽게 말했다.

"바로 나오겠습니다." 루마타는 이렇게 말하고서 오두막으로 뛰어갔다.

돈 구그는 아직 탁자에 앉아 앞을 응시하면서 턱을 문지르고 있었다. 카바니 신부가 그의 옆에 서서 말했다.

"그러니까 언제나 그런 거요, 벗이여. 한다고 했는데

결과는 후지지……"

루마타가 검과 벨트를 챙겼다.

"잘 있어, 파시카, 화내지 마. 그저 우리 모두는 지쳤고 흥분해 있었을 뿐이야." 루마타가 말했다.

돈 구그가 고개를 저었다.

"안톤, 들어 봐." 그가 입을 열었다. "좀 들어 보라니까……! 사샤* 아저씨 얘기가 아니야. 아저씨는 오래전부터 이곳에 와 있었고 우리가 아저씨를 가르칠 수는 없으니까. 그런데 너는……"

"나는 그저 자고 싶을 뿐이야." 루마타가 말했다. "카바니 신부, 부탁 좀 하겠소. 내 말들을 팜파 남작에게 데려다 놓아 주시오. 며칠 내로 그곳을 방문할 테니."

밖에서 프로펠러 돌아가는 소리가 들리기 시작했다. 루마타는 손을 흔들고 오두막에서 뛰어나갔다. 헬기의 밝은 전조등 빛 속에 커다란 양치식물들이 높이 솟아 있었고 하얀 나무줄기들이 기괴하고 소름 끼쳐 보였다. 루마타는 헬기에 올라타서 문을 힘껏 닫았다.

헬기 안에서는 오존과 유기적으로 연결된 패널 구조물, 그리고 향수 냄새가 났다. 돈 콘도르가 헬기를 이륙시키고 믿음직스럽게 아르카나르의 길 위로 몰았다. 지금의 나

* 돈 콘도르의 러시아 이름인 '알렉산드르'의 애칭.

라면 이렇게 조종할 수 없을 거야, 루마타가 가벼운 질투심을 느끼며 생각했다. 뒤에서 늙은 부다흐가 꿈결에 평화로이 입맛을 다셨다.

"안톤," 돈 콘도르가 말했다. "나는…… 음…… 분별없는 사람은 아니고 싶네. 그리고 내가…… 그러니까 자네의 사적인 일에 간섭한다고 생각하지는 말아 주게."

"말씀해 보세요." 루마타가 말했다. 그는 돈 콘도르가 무슨 말을 할지 바로 알아차렸다.

"우리는 모두 정보원들이지." 돈 콘도르가 말했다. "그러니까 우리의 소중한 것들은 전부 머나먼 지구에 있거나 우리 안에 있어야 하네. 우리에게서 앗아 가 인질로 삼아서는 안 되니까."

"키라 말씀이시지요?" 루마타가 물었다.

"그렇다네, 후배여. 내가 돈 레바에 관해 아는 것들이 전부 사실이라면, 그를 손아귀에 잡고 있는 건 쉽지 않고 또 위험한 일일 거야. 자네는 내가 무슨 말을 하고 싶은지 알겠지……"

"네. 압니다." 루마타가 말했다. "방법을 찾아보겠습니다."

그들은 어둠 속에 손을 잡고 누워 있었다. 도시는 조용했다. 가끔 그다지 멀지 않은 어디선가 말들이 성난 듯 히힝대며 발을 굴렀다. 루마타는 간간이 졸다가 잠에 빠져들어 꿈결에 키라의 팔을 꽉 잡았고 그녀가 숨죽이는 순간 바로 깨어나곤 했다.

"당신, 굉장히 졸린 것 같아. 좀 자도록 해." 키라가 속삭였다.

"아냐, 아니야. 얘기해. 듣고 있어."

"계속 졸고 있는걸."

"그래도 듣고 있어. 사실 무척 지쳤지만, 그보다 당신이 너무나 그리웠어. 자고 싶지 않아. 그러니 얘기를 해 줘. 정말로 듣고 싶으니까."

그녀는 사랑스럽게 그의 어깨에 코를 비비고 그의 뺨에 키스한 다음 그날 저녁 아버지가 보낸 이웃집 사내아이가 해 준 이야기를 이어 갔다. 아버지는 누워서 지낸대. 관청에서 그를 쫓아내면서 작별 인사로 몽둥이세례를 흠씬 퍼부었다고 해. 요즘 아버지는 거의 아무것도 먹지 않고 술만 마신대. 완전히 파리해져서 몸을 떨고 있다고. 또 그 애가 그러더라고, 오빠가 돌아왔다고. 부상을 입었지만, 즐겁게 취한 상태로 새 제복을 입고 나타났다고 해. 아버지에게 돈을 주고 함께 술을 퍼마시고는 자신들이 모두를 혼쭐내주겠다고 또 으름장을 놓았대. 오빠는 이제 어떤 특수부대의 중위랬어. 기사단에 믿음을 맹세하고 성직을 받을 생각이라고. 아버지는 나더러 무슨 일이 있어도 집에 돌아오지 말라고 전했어. 오빠가 빨강 머리 암소에게 귀족과 놀아난 죄를 묻겠다며 벼른다고……

그래, 루마타가 생각했다, 그녀를 집에 보내는 건 당연히 안 된다. 그렇다고 여기 계속 있는 것도 절대 안 된다. 그녀에게 무슨 일이라도 생긴다면…… 그는 그녀에게 나쁜 일이 일어나는 걸 상상하고는 그대로 돌처럼 굳어 버렸다.

"자?" 키라가 물었다.

그는 정신을 차리고 손을 폈다.

"아니, 아니야…… 또 뭐 하고 지냈어?"

"그리고 당신 방들을 치웠지. 완전히 뒤죽박죽이더라고. 내가 책을 한 권, 저술가 구르 신부의 책을 찾았어. 왕자가 아주 아름답지만 산에서 내려온 야만족 여자와 사랑에 빠지는 이야기야. 그 여자는 정말 미개해서 남자가 신이라고 생각했어. 하지만 그를 아주 사랑했지. 그런데 그 둘은 헤어질 수밖에 없었고 여자는 슬픔에 잠겨 죽어 버려."

"훌륭한 책이야." 루마타가 말했다.

"눈물까지 흘렸어. 읽는 내내 나와 당신 이야기라는 생각이 들었고."

"맞아. 우리 이야기야. 또 사랑에 빠진 모든 이들에 관한 이야기기도 하지. 하지만 우리는 헤어지지 않을 거야."

'지구에 있는 게 가장 안전하겠지.' 그가 생각했다. '하지만 당신이 어떻게 내가 없는 그곳에 있을 수 있을까? 또 나는 어떻게 여기 혼자 있을 수 있을까? 안카에게 부탁할 수 있을 거야. 지구에서 당신 곁에 있어 달라고. 하지만 나는 당신 없는 이곳에 어떻게 있을 수 있을까? 안 돼. 우리는 함께 지구로 가야 해. 내가 직접 우주선을 몰겠어. 당신을 옆에 앉히고. 그리고 당신에게 전부 설명해 줄 거야. 당신이 아무것도 두려워하지 않도록. 당신이 단번에 지구와 사랑에 빠지도록. 당신이 무시무시한 고향을 절대 그리워하지 않도록. 왜냐하면 그건 당신의 고향이 아니니까. 당신의 고향이 당신을 저버렸으니까. 당신은 태어나야 할 시대보다 천 년은 앞서 태어나 버렸으니까. 다정하고 신실하고 헌신적이고 물욕 없는 당신이…… 당신 같은 사람들이 우리의 행성들에서 피로 얼룩진 역사의 시대에 태어났지. 깨끗하고 순수한 영혼들, 증오할 줄 모르고 잔인함을 용납할 수 없는 사람들. 희생양들. 의미 없는 희생양들. 저술가 구르나 갈릴레이에 비하면 훨씬 쓸모없는 사람들. 왜냐하면 당신 같은 사람들은 투사도 못 되거든. 투사가 되려면 증오할 수 있어야 하는데 당신들은 정확히 그걸 못 하거든. 지금 우리처럼……'

……루마타는 다시 졸았고, 키라를 봤다. 키라가 허리띠에 중력 무화 장치를 달고서 위원회의 평평한 지붕 끝에 서 있었고 안카가 즐거운 듯 깔깔대며 키라를 1.5킬로미터 깊이의 구렁으로 천천히 떠밀고 있었다.

"루마타." 키라가 말했다. "겁이 나."

"무슨 말이야?"

"당신이 계속 말이 없잖아. 두려워……"

루마타는 그녀를 끌어당겼다.

"괜찮아." 그가 말했다. "지금부터는 내가 얘기할게. 잘 들어 봐. 머나먼 곳 사이바 너머 위압감을 주는 넘볼 수 없는 성이 있었어. 그 안에는 유쾌하고 다정하고 웃긴 팜파 남작이 살고 있었지. 아르카나르에서 가장 마음씨 좋은 남작이었어. 그에게는 아름답고 상냥한 아내가 있었는데, 술에 취하지 않은 팜파는 무척 사랑하고 술에 취한 팜파는 못 견디는 사람이었어……"

루마타가 귀를 곤두세우며 말을 멈췄다. 밖에서 수많은 발굽이 울리는 소리와 많은 사람들과 말들이 거칠게 숨을 몰아쉬는 소리가 들려왔다. "여긴가?" 창 아래에서 거친 목소리가 물었다. "여기일 텐데……" "멈-춰라!" 현관 계단에서 발굽 소리가 울리더니 곧 주먹 몇 개가 문을 마구 두드렸다. 키라가 떨면서 루마타에게 붙었다.

"잠깐만 기다려." 그가 이불을 걷으며 말했다.

"날 잡으러 온 거야." 키라가 속삭였다. "이렇게 될 줄 알았어!"

루마타는 겨우 키라의 팔에서 벗어나 창가로 달려갔다. "신의 이름으로!" 아래에서 고함치는 소리가 들렸다.

"열어라! 부수고 들어가면 더 나쁜 상황이 될 거다!" 루마타는 커튼을 떼어 버렸다. 그러자 익히 아는 횃불 빛이 넘실대며 방 안으로 쏟아졌다. 많은 수의 기병들이 아래에 서 있었다. 끝이 뾰족한 후드를 쓴 음울한 검은 자들이었다. 루마타는 몇 초간 아래를 내려다보고는 창틀을 봤다. 창턱에 단단히 고정되어 있는 평범한 창틀이었다. 뭔가 육중한 것으로 대문을 치는 소리가 들렸다. 루마타는 어둠 속에서 손을 더듬어 검을 찾았고 칼자루로 유리창을 깼다. 큰 소리와 함께 유리 파편이 흩어졌다.

"이봐라!" 루마타가 소리쳤다. "네놈들은 사는 게 지겨워진 거냐?"

문을 치던 소리가 멈췄다.

"맨날 헷갈린다니까." 아래에서 작은 목소리들이 수군댔다. "주인이 집에 있잖아……"

"그게 무슨 상관인데?"

"문제는 저자가 검술로 세계 일인자라는 거야."

"집주인은 나가서 아침까지 안 들어올 거랬는데."

"겁먹었어?"

"우리는 겁먹지 않았다. 그저 저자에 대해서는 어떤 명령도 받은 게 없을 뿐이지. 죽일 필요는 없을 텐데……"

"잡으면 되지. 불구로 만들어 잡자고! 이봐, 석궁을 든 자는 뭐 하고 있나?"

"저자는 우리를 불구로 만들지 못해……"

"맞아, 불구로 만들지 않을 거야. 다들 아는 사실인걸. 저자는 아무도 죽이지 않는다는 서약을 했다던데."

"개처럼 죽여 주마." 루마타가 무서운 목소리로 말했다.

키라가 등 뒤로 다가와 붙었다. 그는 그녀의 심장이 미친 듯이 뛰는 소리를 들었다. 아래에서 새된 목소리로 명령하는 소리가 들렸다. "부숴라, 형제들! 신의 이름으로!" 루마타가 뒤돌아 키라의 얼굴을 바라봤다. 그녀는 그를 얼마 전처럼 공포와 기대가 섞인 표정으로 바라봤다. 그녀의 마른 눈에 횃불 빛이 일렁였다.

"왜 그래, 당신." 그가 상냥하게 말했다. "겁먹었어? 설마 저 쓰레기 같은 놈들 때문에 겁먹은 거야? 가서 옷 입어. 우리가 여기서 할 일은 이제 아무것도 없어……" 그는 서둘러 플라스틱메탈 셔츠를 입었다. "내가 당장 저놈들을 쫓아버릴게. 그러고 나서 나가자. 팜파 남작한테 가는 거야."

그녀는 창가에 서서 아래를 보고 있었다. 빨간 불빛이 그녀의 얼굴을 훑었다. 아래에서 부수고 고함치는 소리가 들렸다. 루마타는 가엾고 안쓰러운 마음에 가슴이 옥죄었다. 개 쫓듯이 내쫓아 주마, 그가 생각했다. 그는 두 번째 검을 찾기 위해 몸을 굽혔다. 그리고 그가 다시 일어섰을 때 키라는 창가에 서 있지 않았다. 그녀는 커튼을 잡고 천천히 떨어지고 있었다.

"키라!" 그가 소리쳤다.

석궁 화살 하나가 그녀의 목을 관통했고, 또 다른 화살은 가슴에 박혀 있었다. 루마타는 그녀를 들어 침대에 뉘었다. "키라……" 그가 그녀를 불렀다. 그녀는 흐느끼며 몸을 뻗었다. "키라……" 그가 말했다. 그녀는 대답하지 않았다. 그는 그녀를 바라보며 얼마간 서 있다가 검들을 챙겨 천천히 계단을 걸어 내려갔다. 그리고 현관에 서서 문이 열리기를 기다렸다……

에필로그

"그다음엔 어떻게 됐는데?" 안카가 물었다.

파시카가 눈길을 돌리고 손바닥으로 무릎을 몇 번 때리더니 몸을 굽혀 발치의 땅딸기를 주웠다. 안카는 기다렸다.

"그다음에는……" 그가 웅얼댔다. "안카, 사실 그 뒤로 어떻게 되었는지는 아무도 몰라. 안톤이 송신기를 집에 두고 나갔거든. 집은 다 타 버렸고. 순찰선이 뭔가 일이 잘못 돌아가고 있다는 걸 알아차리고 바로 아르카나르로 갔어. 혹시 모를 상황에 대비해 수면 가스가 흘러나오는 작은 통들을 도시에 뿌렸고. 그들이 도착했을 때 집은 이미 전소되어 있었대. 처음에는 안톤을 어디서 찾아야 할지 몰라 당황했는데 곧 알게 됐다고……" 그가 머뭇거렸다. "그러니까, 그가 어디로 갔는지 뻔히 보였대."

파시카는 말을 마치고 입에 땅딸기를 하나씩 넣었다.

"그래서?" 안카가 조용히 물었다.

"그들은 궁으로 갔고…… 거기서 그를 찾은 거지."

"어떻게?"

"그러니까…… 그는 잠들어 있었어. 주위 사람들 모두…… 역시…… 쓰러져 있었지…… 몇몇은 자고 있었고…… 몇몇은 그러니까…… 돈 레바도 있었고……" 파시카는 안카를 재빨리 슬쩍 보고는 다시 눈길을 돌렸다. "그들은 그를, 그러니까 안톤을 본부에 데려다 놓았어…… 그런데 안카. 안톤은 아무 얘기도 하지 않아. 이제 말을 거의 안 해."

안카는 몹시 창백한 얼굴로 꼿꼿이 앉아 파시카의 머리 너머로, 작은 집 앞에 펼쳐진 초원을 올려다보았다. 소나무들이 온화하게 흔들리면서 웅웅댔고 푸른 하늘에서는 풍성한 구름이 천천히 움직였다.

"그 여자는 어떻게 됐어?" 안카가 물었다.

"모르겠어." 파시카가 부자연스럽게 대답했다.

"그런데 말이야, 파샤." 안카가 말했다. "내가 여기 괜히 온 거 아닐까?"

"아니야. 그게 무슨 소리야! 널 보면 아주 좋아할 텐데……"

"아까부터 안톤이 덤불 같은 데 숨어 우리를 지켜보면

서 내가 떠나길 기다리고 있을지도 모른다는 생각이 들어."

파시카가 웃음을 터뜨렸다.

"그럴 리 없어." 그가 말했다. "안톤은 덤불 사이에 숨어 있지 않을 거야. 그는 네가 여기 온 걸 모를 뿐이야. 어디선가 낚시를 하고 있을걸. 언제나처럼."

"너랑 있을 때는 어때?"

"특별할 거 없어. 참고 있지. 하지만 너는 달라……"

그들은 잠시 아무 말이 없었다.

"안카." 파시카가 입을 뗐다. "이방성길 기억나?"

안카가 이마를 찌푸렸다.

"무슨 길?"

"이방성길. 〈일방통행〉 표지판이 걸려 있었잖아. 기억해? 우리 셋이 갔던……"

"기억나. 그 길이 이방성길이라고 말한 게 안톤이었지."

"그때 안톤은 〈일방통행〉 너머로 갔었어. 돌아왔을 때에는 표지판 너머에서 부서진 다리랑 기관총에 묶여 있는 파시스트의 해골을 발견했다고 했었고."

"그랬었나." 안카가 말했다. "그게 왜?"

"요즘 들어 그 길이 자주 생각나." 파시카가 말했다. "뭔가 연관이 있는 것처럼…… 그 길은 이방성이었잖아. 역사처럼. 거슬러 가서는 안 돼. 그런데 안톤은 거슬러 갔어.

그러고서 묶여 있는 해골과 마주친 거야."

"무슨 말을 하는지 모르겠다. 묶여 있는 해골이 지금 무슨 상관인데?"

"나도 모르겠어." 파시카가 시인했다. "그냥 그런 것 같다는 말이야."

"안톤이 많은 생각을 하게 만들면 안 돼. 계속 무슨 말이든 걸어 봐. 뭔가 바보 같은 얘기를 해 보는 거야. 안톤이 반박할 수 있게." 안카가 말했다.

파시카가 한숨을 내쉬었다.

"나도 알아. 그런데 내 멍청한 생각이 그에게 무슨 의미가 있겠어……? 듣고는 미소 지으며 이렇게 말할걸. '파샤, 앉아 있어. 나는 좀 걷고 올게.' 이러고는 가 버리겠지. 나는 앉아 있고…… 처음에는 바보처럼 그의 뒤를 몰래 쫓아가 봤지만 요즘은 그냥 앉아서 기다려. 그래서 너라면……"

갑자기 안카가 일어섰다. 파시카도 뒤돌아보더니 몸을 일으켰다. 안카는 들판 너머에서 안톤이 걸어오는 모습을 숨죽인 채 바라봤다. 하얀, 그을지 않은 얼굴에 훤칠하고 듬직한 그를. 그는 하나도 변하지 않았다. 그는 언제나 좀 음울했다.

그녀가 그에게 다가갔다.

"안카." 그가 부드럽게 말했다. "안카, 내 친구……"

그는 그녀에게 커다란 양손을 뻗었다. 그녀는 머뭇머뭇 다가가다가 돌연 펄쩍 뛰며 물러섰다. 그의 손가락에는…… 그건 피가 아니었다. 그냥 땅딸기 즙이었다.

추천사

분파는 어디에나, 심지어 중세 판타지에도 있다. 기이한weird 이야기•가 기이해지는 방법은 하나가 아니다. 우선 서정적이고 보수적이며 선과 악의 명확한 구별이 특징인 목가적 전통이 있다. 바로 J. R. R. 톨킨과 C. S. 루이스의 영국식 판타지 계보로, 이 세계에서는 예수를 연상시키는 사자와 학교에 다닐 나이의 아이들이 수상쩍게도 이국적인 이름을 가진 코즈모폴리턴 마녀와 마법사들에 맞서 싸운다. 공업지역 모르도르의 지저분한 일꾼들이 평화로운 시골 마을을 위협한다. 드워프들이 철로를 놓고 엘프들이 마침내 뜨끈한 욕조에서 나와 인터넷을 발명하면 출퇴근 노

• '위어드 픽션'은 19세기 말에서 20세기 초에 발달했던 사변소설의 일종으로, 판타지/SF와 호러 장르가 정립되기 전의 판타지/SF+호러 작품을 가리키는 용어이다.

동자가 될 운명인, 도덕관념이 철저한 장인과 소규모 상인들이 사는 샤이어 말이다. 한편 호빗의 후예라 할 수 있을, 앵글로색슨인人 포터들과 위즐리들은 오랜 세월 적대 관계였던 노르만프랑스인 말포이들과 볼드모트들을 물리친다. 이러한 부류의 판타지는 편안함과 위안을 지향하고, 바로 이 같은 이유로 아이들을 겨냥해 쓰이곤 한다. 독자는 현실의 모호함에서 벗어나 그린우드•로, 옳고 그름의 경계가 분명한 곳으로 간다. 마지막 장에 이르면 존왕의 지배가 막을 내리고 선한 리처드왕이, 활기차고 즐거운 시대가 도래했음을 알리며 귀환할 것이다.

이러한 영국 판타지의 전통에서는 도시의 부재가 두드러진다. 그런데 그 반대편의 매혹적이고 냉소적인 전통은 정신없이 복잡하고 술집과 탑들, 시장, 닫아건 문, 골목길로 가득 찬 도시의 삶에 대한 낭만을 이야기한다. M. 존 해리슨의 비리코니움이나 프리츠 라이버의 랭크마, 조지 R. R. 마틴의 킹스랜딩 같은 도시에는 도둑과 불량배들, 마법사들, 그리고 높은 창문에 고개를 내민 미녀들이 있다. 이런 판타지 세계의 도시에는 그림자가 여기저기 드리워 있으며 선의 승리가 보장되지 않는다. 이러한 낭만성은 중세 기사문학이나 아이슬란드의 사가보다는 알렉상드르 뒤마의 삼총사와 샤를 보들레르의 산책자flâneur의 도시인 파리에 더 가깝다. 그리하여 『신이 되기는 어렵다』가 우리를 아르카나르로 데려갔을 때 어디에 와 있는지 안다는 느낌을 받는다. 허세 있는 검사이자 술꾼에 재치꾼인 돈 루마타는 여자에게 말을 걸 때면 얼굴이 붉어지는 빌보 배긴스가 아니다. 아르카나르 역시 캐멀롯이나 곤도르와는 조금도 닮지 않았다. 아르카나르의 시민들은 '수상한 책벌레'들을 목매다는 데서 기쁨을 느끼고 귀족들도 일상적으로 농민이나 강도, 계급이 낮은 불손한 자들에게 검을 들이댄다.

그러나 이 소설은 귀족의 무도한 행동에 대한 반동적인 찬양이 아니다. 사실 루마타는 공산주의가 승리를 거두어 이성적이고 자비로운 사회를 건설 중인 미래 지구에서 온 정보원 안톤으로, 이 과거 세계의 불결함과 잔인함을 역겨워하며 바라볼 수밖에 없다. 루마타/안톤은 지구의 역사학자들을 위해 정보원으로 일하는 중이다. 그는 행성 사람들이 역사의 곧고 좁은 길을 따라 '진보'하도록 도우려는 자세로 행성의 봉건주의적 관습을 연구한다. 늘 달에 기지를 세우고 있거나 외계 행성으로 이주하려 애쓰는 내용의 동시대 양키 SF들과 달리 정오 세계관의 계몽된 인간들은 제국주의자들처럼 개입하지 않는다. 안톤은 정착이나 식민화 계획의 선봉에 있는 인물이 아니다. 그보다는 아르카나

• 푸른 잎이 우거진 숲이라는 의미에서, 『로빈 후드』의 셔우드 숲처럼 중세 영국의 무법자들 이야기의 전통적인 무대를 뜻하는 말이 되었다.

르의 고약한 궁정 정치에 휘말린 가운데 녹화한 영상을 고향 행성으로 보내는 인간 웹캠에 가깝다. 전임 정보원들과 마찬가지로 그는 행성에서 벌어지는 일에 직접적으로 간섭하지 말라는 엄격한 금지 사항에 반발한다. 잔인함과 무가치의 범람, 퇴폐적인 귀족들을 마주한 그는 몹시도 문제를 바로잡고 싶고 머리 몇 개를 부수고 싶어 한다. 하지만 그는 자신의 신성을 숨겨야만 하는 신이다.

교전규칙에 얽매여 있는 안톤은 상황에 뒤얽혀 있지 그것들을 초월해 있지 않기에 때로는 신이라기보다는 트릭스터*, 반半신성한 까마귀나 아난시**, 코요테 같다. 그는 특별한 힘을 갖고 있되 그 힘을 마음대로 사용할 수는 없다. 그는 언제나 정신적으로 고뇌한다. 오랜 시간 잠입해 있던 정보원이라면 누구나 겪었을 고뇌이다. 그에게 머나먼 곳에 떨어져 있는 고향이 어떤 실재적 의미를 갖는가? 말쑥한 귀족의 가면이 그의 얼굴을 집어삼킬까?

모든 과학소설이 미래만큼이나 집필 당시에 대해 많이 이야기한다는 것은 범상한 통찰이다. 스트루가츠키 형제는 『신이 되기는 어렵다』를 쓸 무렵 상당한 정치적 압박을 받고 있었다. 1962년 니키타 흐루쇼프의 악명 높은 추상예술 전시회 방문('개소리'는 지면에 실을 수 있는 몇 안 되는 그의 반응 중 하나였다) 이후 공황 상태에 빠진 이데올로기적 숙청의 파도가 소련 예술계를 휩쓸었던 것이다. 보리스 스트루가츠키가 회고하길, 그 결과 SF 작가들에게 실제로 허용된 유일한 주제는 '두 세계의 충돌'이었다. 당시 스트루가츠키 형제는 공산주의가 정오 세계관 소설들의 배경과 같은 계몽된 문명을 만들어 낼 수 있으리라는 희망을 품고 있었다. 하지만 아마도 어쩔 수 없이, 뒤마의 영향을 받아 허세를 부리는 지구인의 중세 모험기를 쓰려던 처음 계획은 전체주의를 겪는 인텔리겐치아의 운명을 그리는 훨씬 어두운 이야기로 바뀌었다. 첩보 기관의 우두머리 악당 돈 레바의 원래 이름은 레비야Rebiya였는데, 누가 보더라도 스탈린 치하 내무인민위원회의 악명 높은 수장이던 베리야Beriya의 애너그램이었다. 레바가 과학과 지적 탐구의 가치를 체계적으로 파괴하는 장면은 1930년대의 숙청을 연상케 하는 동시에 전임자의 길을 따르지 말아 달라는, 흐루쇼프에게 보내는 암호화된 간청이기도 했다. 그렇게 해서 완성된 소설은 모험소설이자 디스토피아 정치 풍자를 뒤섞은 메타판타지였고 뒤마나 톨킨과는 다른 길을 간, 판타지 장르의 중세주의에 대한 냉소적 비평이었다. 이 소설은 러시아에서 반세기 가까이 널리 인기를 누렸다. 이제는 영

• 도덕과 관습을 무시하고 사회질서를 어지럽히는 신화 속의 인물이나 동물 등을 이르는 말.

•• 서아프리카 민담에서 모든 지식을 상징하는 영혼으로 여겨지며, 주로 거미의 형상을 하고 있다.

미권에서 새로운 팬을 찾을 것이라 확신한다.

하리 쿤즈루

후기

이 소설을 희망찬 미래에 관한 작품이라 할 수 있을까? 어느 정도는 분명 그렇다. 하지만 미미한 정도다. 사실 이 소설은 집필 과정에서 상당히 바뀌었다. 시작은(구상 단계에서는) 유쾌한 순수 모험소설, 『삼총사』 같은 소설이었다.

62/02/01 아르카디 스트루가츠키 : ……미안하지만, 〈1964년 국립어린이출판사 출판 계획〉에 『일곱 번째 하늘』을 기입했어. 두 종류의 이성체가 거주하는, 봉건주의 체제의 타 행성으로 간 지구인 관찰자 이야기야. 내가 구상해 봤는데 줄거리가 뚜렷한 이야기가 될 것 같아. 아주 신나고 모험으로 가득하고 익살스러운 소재들, 해적과 정복자들, 어쩌면 이단심문 이야기까지 나올지도……

〈타 행성으로 간 지구인 관찰자〉라는 아이디어는 『탈출 시도』를 쓸 때에도 있었다. 이 소설에 마침 타고라 행성에 관찰자로 가 있는 베니 두로프라는 인물이 잠깐 등장한다. 소설에 관한 구상(구상이라고 할 정도도 아니었다)은 떠올랐다가 사라졌지만, 완전히 자취를 감춘 것은 아니었다. 그러다가 그 구상을 실현할 차례가 왔다. 그때까지만 해도 이후에 닥칠 수 있는 모든 일들과 전망을 잘 내다보지 못했지만.

형 아르카디 스트루가츠키의 편지를 보면 아직 쓰이지 않은 마법사들 이야기에 〈일곱 번째 하늘〉이라는 제목이 붙게 된 경위와, 다시 그 제목이 〈지구인 관찰자〉에 관한, 역시 쓰이지 않은 이야기에 붙게 된 경위를 알 수 있다. 작가가 초기에 세운 계획이나 초안이 최종 구현물과 얼마나 다를 수 있는지 독자들이 구체적인 예를 통해 가늠해 볼 수 있도록 형 아르카디의 편지 상당 부분을 발췌해 옮기지 않을 수 없다. 편지에 날짜는 쓰여 있지 않다. 1963년 3월 중순 즈음 받았던 것 같다.

……어디엔가 정확히 지구의 복사본 같은 행성이 있어. 역사의 발전 경로가 지구와는 조금 다를 수도 있지만, 배경은 위대한 지리적 발견의 시대 직전이야. 전제정치, 술에 취한 즐거운 총사들, 추기경, 왕, 역모를 일으킨 왕자들, 종교재판, 해군들의 술

집, 갤리언선, 프리깃[•], 미녀들, 줄사다리, 세레나데 등. 이미 오래전에 완벽한 공산주의자가 된 우리 지구인들은 바로 이 나라(프랑스와 에스파냐를 섞어 놓은, 혹은 러시아와 에스파냐를 섞은 나라)에 주먹이 세고 훌륭한 검객의 자질을 갖춘 강하고 젊고 건장한 미남을 〈빠꾸기〉로 보내. 전 지구적 차원에서 보낸 건 아니고 모스크바 역사학회가 보낸 거야. 어느 날 역사학회 사람들이 그쪽 행성의 추기경에게 조용히 가서 이렇게 말하지. "사정이 이러저러한데, 당신은 이해 못 할 거요. 하지만 어쨌든 당신에게 이 청년을 맡기고 가겠소. 이 청년이 함정에 빠지지 않게 보호해 주시오. 그 대가로 여기 금 주머니를 주겠소. 이 청년에게 무슨 일이 생기면 당신의 가죽을 산 채로 벗길 것이오." 추기경은 동의하고 그들은 행성 근처에 송수신 위성을 남겨. 남겨진 청년은 그 행성의 양식에 맞게 머리에 금으로 된 서클릿을 쓰고 있어. 다이아몬드가 있어야 할 자리에는 송신기를 달고. 그는 송신기로 행성 사회의 사진을 위성으로 보내고 위성은 그걸 지구에 보내. 청년은 그 행성에 혼자 남아 있어. 보나시외 씨의 아파트 방에 세 들어 살면서[••] 도시를 배회하고 귀족의 저택 현관에서 시간을 보내고 선술집에서 술을 마시고 장검으로 싸우고(하지만 아무도 죽이지 않아, 절대 사람을 죽이지 않는

• 19세기 전반까지 유럽에서 활약한, 돛을 단 목조 군함. 주로 경계 임무를 맡았다.

•• 뒤마의 『삼총사』에서 달타냥 하숙집 주인의 성이 보나시외이다.

다는 소문이 있기도 해) 여자들 뒤꽁무니를 쫓아다니는 거야. 이 부분을 잘, 재미있고 웃기게 쓸 수 있을 것 같아. 이 청년은 부인의 방에 숨어드느라 줄사다리를 오를 때면 부끄러움에 깃털 달린 모자로 송신기를 가려.

그러던 중 지리적 발견의 시대가 시작돼. 그곳의 콜럼버스가 귀환해서는 아메리카 대륙을, 일곱 번째 하늘•만큼 멋진 대륙을 발견했다고 해. 하지만 그곳에서 뭘 해 볼 수 있는 가능성은 없다고 하지. 대양의 이쪽에서는 본 적 없는 짐승들이 신대륙을 지배하고 있다는 거야. 그러자 추기경이 우리의 역사학자 청년을 불러서 이렇게 말해. 도와 달라. 당신은 많은 일을 할 수 있다. 쓸데없는 희생자가 생기는 걸 막을 수 있다. 그 뒤로는 뻔하지. 청년은 지구에 도움을 청하고 고성능 방어 탱크와 레이저 총을 든 지구인 친구들 열 명이 그 행성으로 향해. 청년은 지구인 친구들과 반대편 해안가에서 만나기로 하고 병사들과 함께 갤리언선을 타고 가. 그들이 해안가에 도착하면 전쟁이 시작돼. 그런데 그쪽 편에 있다는 짐승들도 이성이 있는 생명체로 밝혀져. 역사학자들은 창피를 당하고 세계 의회로 불려 가서 혼란을 야기했다는 이유로 크게 꾸중을 들어.

이 이야기를 뒤마의 『삼총사』처럼 유쾌하고 재미있게 쓸 수 있을 거야. 중세의 오물과 더러운 환경, 그곳 사람들이 냄새를 엄청 풍긴다는 얘기나 포도주에 죽은 파리들이 가득하다는 것도 쓸 거야. 이면에는 이러한 환경에 처한 공산주의자가 천천히, 하지만 확실히 소시민이 되어 가는 이야기가 그려질 거고. 독자들에게는 그저 착하고 사랑스러운 청년으로 비치겠지만……

이때부터 이미 **그 소설**인 것 같은데, 완전하지 않지만 그래도 **그 소설** 같으면서도 어떤 측면에서는 전혀 **그 소설이 아니**다. 우리 스트루가츠키 형제는 위와 같은 계획을 〈탄탄한 기초 골격〉이라 불렀다. 이런 골격(미흡하더라도)은 실제 작업에 착수하기 위해 반드시 필요했다. 적어도 당시에는 그랬다. 나중에는 너무나 중요한 조건이 하나 더 생겼다. 〈어떻게 우리의 마음을 달래는지〉, 즉 기획한 작품이 어떤 결말을 맞는지, 줄거리를 어디까지 끌고 나갈지를 반드시 알아야 했다. 1960년대 초 우리는 그게 얼마나 중요한지 이해하지 못했기에 종종 위험을 감수해야 했고 작업 도중에 줄거리를 통째로 바꿔야 하는 경우도 있었다. 『일곱 번째 하늘』도 이런 일을 겪었다. 아르카디가 제안한 소설의 〈탄탄한 기초 골격〉은 확실히 좋았고 분명 훌륭한 작품으로 발전할 터였다. 하지만 공동 저자들이 논의를 시작하자 접근법을 두고 이견이 생겼다. 본격적으로 작업하려고 책상에

• 하늘을 구성하는 일곱 개의 하늘(천공) 중 마지막 천공. 지상에서 가장 멀리 떨어져 있고 절대자와 가장 가까운 하늘로 최고의 행복, 기쁨, 지복을 의미하는 표현으로도 쓰인다.

않기도 전에 우리는 논쟁했다. 물론 그 내용을 세세하게 기억 못 하지만 전반적인 내용은 형 아르카디가 보낸 편지의 발췌분에서 짐작해 볼 수 있다. (내가 쓴 편지는 1963년도 것까지 소실되어—맙소사!—되살릴 수 없다는 점을 상기하는 바이다.)

> 63/03/17 아르카디 스트루가츠키 : ……네가 짠 구상은 우리가 닷새면 완성할 수 있어. 일단 얘기해 두고 싶은데, 창백하고 토실토실한 동생아, 나는 가벼운 쪽이 마음에 들어. 『일곱 번째 하늘』 말이야. 여자들이 울고 벽들이 웃고 500명의 부랑자들이 "죽여라! 죽여!"라고 외치는 광경. 하지만 공산주의자 한 명은 아무것도 할 수 없지……

마지막 말은 우리가 사랑하는 뒤마의 3부작*에 나오는 말을 약간 바꾼 것이다. 전반적으로 무엇을 핵심으로 해서 새 소설을 작업할지에 관한 편지였던 듯하다. 이 문제에 있어 나는 주관이 뚜렷했다. 내가 어떤 생각이었는지는 다음 발췌분에서 추측할 수 있다.

> 63/03/22 아르카디 스트루가츠키 : ……『관찰자』(『일곱 번째 하늘』의 제목을 이렇게 바꿨어)에 관하여. 주위가 소란스러운 인생에 관심이 있다면 그걸 『크라켄의 날』과 『마법사들』**에 쏟아부을 수 있을 거야. 나는 추상적인 고귀함과 명예, 기쁨에

관한 이야기를 쓰고 싶어. 뒤마처럼. 반대할 생각 마. 현대의 문제가 개입되지 않은 순수한 단편이 하나는 있어야 하지 않겠어. 이 악마 같은 동생아, 내가 무릎 꿇고 빌게! 검을, 검을 허락해 줘! 추기경들을! 항구의 술집들을……!

이러한 편지들은 꽤나 흥미로운 국내 정치적 상황을 배경으로 오갔다. 1962년 12월 중순(정확한 날짜는 기억 안 난다) 흐루쇼프 서기장이 모스크바 마네시 전시장에서 열린 현대 예술 박람회를 방문했다. 당시 소련공산당 중앙위원회의 일리초프 사상위원회장의 (소문에 의하면) 설득으로 박람회에 오게 된, 화가 난 흐루쇼프 서기장은—놀랍게도—회화와 고급 예술 분야의 대단한 전문가였던 것으로 밝혀졌고 (역시 소문에 의하면) 이렇게 소리 지르면서 박람회장을 돌아다녔다고 한다. "똥싸개들! 누구를 위해 일하는 거지? 누구의 빵을 먹는 거냐? 호모들! 실력 없는 놈들, 누구 보라고 이따위 것들을 그려?" 그는 발을 구르고 피가 몰려 얼굴이 까매졌으며 2미터 밖으로 침을 튀겼다. (바로 이 사건을 토대로 다음과 같은 유명한 일화가 탄생했다. 포악해진 옥수수 인간 니

• 「달타냥 로망스」의 첫 작품이 『삼총사』이다.

•• 『크라켄의 날*Дни Кракена*』은 1962~1963년에 작업했던 스트루가츠키 형제의 미완성 작품. 『마법사들*Маги*』은 1982년 영화로 제작되었던 시나리오 「마법사Чародеи」의 초고로 추정된다.

키타•가 액자에 걸린 웬 이상한 그림을 노려보면서 괴상한 목소리로 꽥꽥댔다. "〈엉덩이에 귀가 붙어 있는 이건 뭐지?〉 사람들이 벌벌 떨면서 대답했다. 〈니키타 세르게예비치, 그건 거울입니다……〉)

예외 없이 모든 매체가 즉각 예술의 추상주의와 형식주의를 공격했다. 너무나 중요한 이 문제에 대해 의견을 말하는 것이 허가되기만을 기다리며 지난 10년 동안 특별히 준비하고 자료를 모아 놓은 것 같았다.

그건 시작에 불과했다. 〈12월 17일 레닌 언덕에 있는 연회의 집에서 공산당 및 소련 정부 지도자들과 문학 및 예술계 인사들의 회동이 있었다.〉 브레즈네프, 보로노프, 키릴렌코, 코즐로프, 코시긴, 미코얀, 폴랸스키, 수슬로프, 흐루쇼프와 그 외 소련의 저명한 문학자들과 예술계 전문가들이 정식으로 한자리에 모여 〈문학과 예술의 발전에 대한 제언과 비판을 하기로〉 한 것이다.

그들이 의견을 말했다. 언론은 이제 외치지 않았다. 말 그대로 울부짖었다. **〈타협은 있을 수 없다〉 〈예술가의 책임〉 〈명료함의 빛〉 〈예술가들을 고무시키는 염려〉 〈예술과 거짓 예술〉 〈민중과 함께〉 〈우리의 힘과 무기〉 〈이런 당이, 이런 예술이 있다!〉 〈레닌식으로〉 〈낯선 목소리들〉**……

해묵은 종기가 터졌다. 고름과 불결한 피가 신문 지면을 타고 흘렀다. 얼마 전 〈해빙기〉에는 (우리 생각에) 숨죽이고 그저 귀를 틀어막고 고통스럽게 주위를 살피던 자들이 과거를 상대로 생각지도 않던, 불가능한, 믿을 수 없는 복수를 할 수 있게 됐다고 기대하는 듯했다. 스탈린주의와 베리야주의의 못된 산물들이 죄 없는 희생양들의 피를 팔꿈치까지 묻혔다. 숨어서, 혹은 공개적으로 활동하던 모든 밀고자들, 사상적 사기꾼들과 멍청하고 순진한 사회개량주의자들. 이런 사람들이 모두 요새에서 쏟아져 나왔다. 알고 보니 다들 기력이 넘쳤으며 약고 노련한, 펜을 든 하이에나였고 타자기를 치는 악어였다. **이럴 수가!**

여기서 끝이 아니었다. 1963년 3월 7일 크렘린에서 〈문학 및 예술에 관한 의견 교환〉이 이어졌다. 고급 예술 전문가의 목록에 포드고르니, 그리신, 마주로프가 추가됐다. 의견 교환은 이틀간 계속됐다. 더 심해질 구석이 없다고 생각했던 신문의 비명은 더 심해졌다. **〈진짜 예술의 위대함〉 〈레닌식으로!〉**(이전에도 썼던 말이나 이번에는 느낌표가 붙었다.) **〈서방 예술의 철학은 허상이고 타락이며 죽음이다〉 〈높은 이상과 예술적 기교는 소련 문학과 예술의 위대한 힘이다〉 〈'세 번째' 사상은 없다!〉 〈공산주의의 이름하에 창조하다〉 〈영웅주의를 영광되게 하고, 찬양하고 교육하는 것〉 〈이대로 하라!〉**(확실히 느낌표의 빈도가 증가하고 있다.) **〈시의 추구, 진짜와 가짜〉 〈앞을**

• 니키타 세르게예비치 흐루쇼프를 말한다. 적극적으로 옥수수 농사 정책을 펼쳤기 때문에 얻은 별명이다.

보라!〉

태양이 비추지만 열기는 없다, 나쁜 일은 아니지,

물이 흘러넘친다, 얼음 녹은 물이.

모든 몸집 큰 가축들은 기쁘다

해빙기가 왔다, 아니 해빙기가 아니다!

율리 킴•의 반응이다. 그는 언제나와 같이 독설로, 그리고 나무랄 데 없이 정확하고 신속히 썼다.

얼음 녹은 물, 봄을 알리는 물

흐릿하고 정처 없이 갈 곳 잃은 물……

그물을 챙겨라, 마음대로 던져라

형제들이여, 끌어내어라, 연못에서 물고기를!

그래도 된다!

모든 확성기에서, 지식인들의 부엌에서 일부러 다 들리도록 부드러운 목소리, 심지어는 간드러지는 목소리로 율리 킴의 후렴구를 불렀다.

아! 이 시간은! 시간이 아니라 꿈이로구나!

수탉들이 사방에서 꼬끼오 운다!

마당에서 부를 법한 이 노래를

나는《옥탸브리》에서도 들어 본 적 없구나!

(수탉은 물론 당시 악질적인 친스탈린 잡지《옥탸브리》의 편집장이었던 B. 코체토프의 추종자들과 전우들을 암시한다. 그는 공공연한 스탈린주의자에 반유대주의자, 반계몽주의자였으며 지도부에서조차 〈국제 노동운동의 눈〉을 의식하며 체면을 지키기 위해 종종 제어해야 하는 인물이었다.)

모더니즘 예술가들부터 시작됐다. 팔크, 시두르, 에른스트 네이즈베스트니. 그다음에는 숨 돌릴 틈 없이 이미 예렌부르크, 빅토르 네크라소프, 안드레이 보즈네센스키, 알렉산드르 야신과 영화 〈일리치의 관문〉이 논의되었다. 그리고 부지런한 자들은 악쇼노프, 옙투셴코, 소스노르, 아흐마둘리나, 심지어는—정중하게, 과도한 예의를 차리며—솔제니친을 짓밟았다. (솔제니친은 그때까지도 그 사람[••]의 비호를 받고 있었다. 하지만 그 사람의 추종자들이, 맙소사, 다들 솔제니친을 어쩌나 증오하고 두려워하던지! 우두머리보다도 그 밑에

• 율리 체르사노비치 킴은 한국계 러시아인으로, 러시아 음유시가의 거장이다. 러시아 4대 음유시인 중 유일하게 생존해 있으며 그의 작품은 러시아 초등학교 교과서에 실릴 정도로 많은 사랑과 존경을 받고 있다.

•• 흐루쇼프로 짐작된다. 그가 정치국의 반대를 모조리 물리치고 솔제니친의 작품을 지지한 덕에『이반 데니소비치의 하루』가 잡지에 발표될 수 있었다.

있는 사람들이 난리다.)

때를 맞춰 고름의 파도가 우리 울타리까지, 고요했던 우리 환상문학 작가들의 작업장까지 밀려왔다. 1963년 3월 26일 모스크바 작가협회의 SF·모험문학분과 확대회의가 열렸다. 참석자는 다음과 같다. 게오르기 투시칸(분과 대표, 다수의 모험소설 및 SF『검은 회오리』의 저자), A. P. 카잔체프, 게오르기 구레비치, 아나톨리 드네프로프, 로만 킴(단편「순천에서 발견된 수기」「히로시마에서 온 소녀」「다 읽으면 태우시오」의 저자), 세르게이 제마이티스(출판사 〈청년근위대〉의 SF 담당자), 예브게니 파블로비치 브란디스 외 다수. 이 회의와 관련해서는 형 아르카디 스트루가츠키가 상세하게 써 준 보고서의 주요 부분을 발췌해 소개하겠다.

> ……그러고 나서 아주 무서운 일이 일어났어. 카잔체프가 발표한 거야. 발표의 첫 반절은 전부 알토프와 주라블레바야에 대한 이야기였어. 나머지 반절은 듣지 못했어. 어쩔 줄 모를 정도로 화가 난 상태였거든. 카잔체프가 한 말의 주요 내용은 이래. 환상문학계에서 알토프의 노선은 천만다행히도 발전하지 못했다. 당연한 일이다. 소비에트의 환상문학가들은 대부분 이념적 인간이기 때문이다. 1958년 회의에서 알토프는 〈나와 드네프로프〉를 비난했다. 우리(드네프로프와 그, 즉 카잔체프)가 다들 질려 버린 유일한 주제, 두 세계의 충돌에 천착한다고 말이

다. 아니다, 알토프 동무. 우리는 그 주제가 지겹지 않으며 당신은 이념이 없는 인간이다. (속기사들은 쉴 새 없이 쓰고 있었어. 정말 모든 내용을 속기하고 있었지.) 알토프는 『'빛의 강' 실험장』이란 작품에서 아인슈타인이 발표한 빛의 속력에 대한 이론을 반박했다. 그런데 1930년대 파시스트들이 아인슈타인을 괴롭히고 못살게 군 것이 바로 이 이론 때문이다. 아무튼 알토프의 모든 작품이 파시즘을 위해 쓰인다. (속기사들은 계속 쓰고 있었어! 내가 과장한다고 생각하지 마. 나 자신도 꿈을 꾸는 것 같았으니까.) 게다가 알토프의 모든 작품은 삶과 동떨어져 있고 그런 만큼 공허하며 실제 삶의 내용을 담고 있지 않기에 감히 그를 문학계의 추상주의자라고, 머저리라고, 모략가라고 부를 수 있을 것이다.

그다음은 듣지 않았어. 식은땀이 흐르더군. 다들 조용히 탁자만 응시하며 앉아 있었어. 아무 소리도 내지 않고. 그때 나는 살면서 처음으로 1937년, 1949년에 일어난 일에 복수하는 백치 각하와 만났다는 걸 깨달았지. 반대 의견을 말할까? 만약 내가 지지받지 못하면? 저들이 마음속에 무슨 생각을 품고 있는지 어떻게 알지? 카잔체프가 하는 말이 이미 승인되고 합의된 것이라면? 끔찍한 소심함이 나를 지배했어. 괜한 일은 아니었어. 나는 너도 걱정됐으니까. 그런데 그 후에는 너무나 분노한 나머지 소심함을 잊었어. 카잔체프가 말을 마치자 내가 소리쳤지. 할 말이 있습니다! 투시칸은 달갑지 않은 눈빛으로 나를 보더니 이렇게 말하더군. 음, 그렇습니까. 그럼 얘기해 보시지요.
스트루가츠키 : 저는 알렉산드르 페트로비치 카잔체프를 몹시 존경하지만, 그의 의견에는 강경하게 반대합니다. 우리는 알토프를 좋아할 수도, 싫어할 수도 있습니다. 저 자신도 알토프를 그리 좋아하지는 않습니다만, 말씀하신 걸 한번 생각해 보십시오. 알토프가 파시스트라니요! 그건 꼬리표 아닙니까. 이건 속기되는 발언입니다. 우리는 지금 술집에 앉아 있는 게 아니란 말입니다. 지금 뭐 하시는 건지 모르겠습니다. 이건 그저 있을 수 없는 일입니다! (여기까지가 내가 기억하는 부분이고 나는 그 후로도 5분 더 말했어.)

잠시 쥐 죽은 듯 고요했어. 잠시 후 톨랴 드네프로프가 엄중한 목소리로 말했지. 알토프가 두 세계 간 충돌이라는 주제에 천착했다고 저를 비판했다고 하셨는데, 저는 그런 말을 들은 바 없습니다. 알토프는 제 작품의 인물들이 인물이 아니라 사상이고 기계라고 비판했습니다.
킴 : 그리고 그는 추상주의자도 전혀 아닙니다. 오히려 반대입니다. 그는 우리 집에 와서 벽에 걸린 추상화를 보더니 심하게 비난했습니다.

그 후 다들 웅성대며 이야기를 시작했고 카잔체프는 자신이 하려던 말을 설명하기 시작했으나 나는 분노로 몸을 떨며 이후로 아무것도 듣지 않았어. 모두 끝났을 때 나는 일어나서 소리치고(욕설이었던 것 같아) 골루베프에게 이렇게 말했어. 여기서 나갑시다. 여기는 꼬리표를 붙이는 곳이오. 큰 목소리로 말했지.
우리는 아래층 술집으로 가서 독한 과일주를 병째 마셨어.

그러고 나서 모두 예외 없이 벌을 받을 거라 생각했다.

그런데 아무도 감옥에 가지 않았다. 작가연맹에서 제명된 작가도 없었다. 심지어 고름이 밀려오는 와중에도 조심스러운 반박과 (당이 아닌) 자신의 견해를 밝히며 기사를 두세 개 쓸 수 있도록 허락해 줬다. 반박은 바로 짓밟히고 무시당했지만 그런 글이 등장했다는 것 자체가 지도부가 죽도록 때릴 생각은 없다는 의미였다.

소련의 위대한 극작가 아나톨리 소프로노프(미안하지만, 아무짝에도 쓸모없는 놈이었다)는 겁먹은 이들을 거만하게 진정시켰다. "어떤 사람들은 지금 이런 걱정을 합니다. 가혹한 처벌이 있지 않을까, 누군가 〈탄압〉당하지 않을까 하고 말입니다. 아무도 〈탄압〉당하지 않을 테니 걱정하지 않아도 됩니다. 우리의 소련 정부는 따뜻하고 우리의 정당도 따뜻하고 또 인간적입니다. 정직하게 좋은 마음을 갖고 작업해야 합니다. 그러면 다 잘될 겁니다."

우리는 두려웠지만, 그보다도 역겨움이 앞섰다. 썩은 음식을 먹은 것처럼 메스껍고 구역질이 났다. 무엇 때문에 오물통으로 맹렬히 귀환한 건지 그 누구도 이해하지 못했다. 바로 얼마 전 카리브해 위기 때 크세 망신을 당한 소련 정부•가 화풀이를 하는 것인지. 농업 상황의 악화로 곧 빵 공급이 중단되리라 예상했기(이 일은 1963년에 실제로 일어났다) 때문인지. 아니면 〈인텔리〉라 자부하는 자들에게 누가 이 집의 주인이고 너희가 누구와 함께 있는지, 너희의 예렌부르크들도 아니고 너희의 에른스트 네이즈베스트니들도 아니고, 너희의 수상한 네크라소프들도 아니고 오랜 정겨운 근위대와, 여러 차례 검증된, 옛날 옛적에 매수된, 겁먹은 믿음직한 근위대와 있다는 걸 보여 줄 때가 되었던 것인지.

이 중 하나만 고를 수도 있고 전부 고를 수도 있겠다. 그러나 한 가지는, 으레 말하듯, 뼈아플 정도로 깨달았다. 환상은 필요하지 않다는 것, 밝은 미래에 대한 희망은 필요 없다는 것 말이다. 무식한 자들과 문화의 적들이 우리를 조종했다. 그들은 절대로 우리 편에 서지 않을 것이다. 그들은 언제나 우리를 반대할 것이다. 그들은 우리가 옳다고 생각하는 걸 말하도록 절대 허락하지 않을 것이다. 왜냐하면 그들이 옳다고 생각하는 것은 우리의 생각과 전혀 다르기 때문이다. 우리에게 있어서 공산주의가 자유와 예술의 세계라면 그들에게는 당과 정부가 세운 모든 계획을 민중이 즐거운 마음으로 지체 없이 이행하는 사회다.

이 간단한 진실, 하지만 당시 우리에겐 자명해 보이지 않았던 이 진실을 인정하는 것은 괴로운 일이었다. 진실을 인정하는 것이 언제나 그렇듯이 말이다. 그러나 이로운 면도 있었다. 새로운 구상들이 떠오르더니 당장 자신을 구현해 내라고 강력히 주장했다. 우리가 생각했던 〈즐거운 총사〉 이야기가 전혀 다른 각도에서 조명됐고 나는 형 아르카디에게 〈관찰자〉 구상을 완전히 수정해야 한다고 설득하기 위해 긴말을 할 필요가 없었다. 〈가벼운 것들〉의 시절, 〈뾰족한 검과 추기경〉의 시절은 끝난 듯했다. 어쩌면 아직 도래하지 않았던 걸지도 모르겠다. 총사 소설은 중세 암흑기에 빠진 인텔리겐치아의 운명을 그린 소설이어야, 그런 소설이 되어야 했다.

형 아르카디의 일기에서 발췌해 싣는다.

> 63/04 : ……12일에서 16일까지 레닌그라드에 있었다. […] 우리는 『관찰자』(『일곱 번째 하늘』이었던 것) 작업과 관련해 적절한 계획을 세웠다……

> 63/08/13 : ……6월에 『신이 되기는 어렵다』를 다 썼다. 지금은 그걸 어디로 보내야 할지 갈피를 못 잡고 있다. 국립어린이출판사는 받아 주지 않을 거다. 〈새로운세계〉 출판사에 보내 봐야

• 1962년 소련이 카리브해에 미사일을 배치하려다가 미국과 군사적 대립을 야기한 사건을 말한다.

하나?

우리는 〈새로운세계〉에 투고하지 않았고 두꺼운 《모스크바》지에 보내 봤다. 결과는 좋지 않았다. 기억하기로 초고는 관대한 척하는 악의적인 논평과 함께 돌아왔다. 《모스크바》는 환상소설을 싣지 않는 잡지였다. 전반적으로 『신이 되기는 어렵다』는 독자들 사이에서 다양한 반응을 불러일으켰다. 특히 우리 편집자들이 당황했다. 이 소설 속 모든 것이 그들에게는 익숙지 않았고 그들은 엄청나게 많은 요청 사항들(어쨌든 상당히 우호적이었으며 조금도 악의적인 비판이 아니었다)을 얘기했다. 우리는 I. A. 예프레모프의 조언에 따라 국왕경호부 장관의 이름을 돈 레바(원래는 돈 레비야였는데, 예프레모프는 너무 뻔한 애너그램이라 했다)로 바꿨다. 우리는 글을 처음부터 끝까지 수정하고 곱사등이 아라타가 주인공에게 번개를 요구하다 거절당하는 장면을 삽입했다. 놀랍게도 이 소설은 모든 검열을 별다른 어려움 없이 통과했다. 당시 〈청년근위대〉 상부의 자유주의가 작용한 건지, 우리의 훌륭한 편집자 벨라 그리고리예브나 클류예바가 정확한 조치를 취했기 때문인지, 어쩌면 그 얼마 전 사상적인 히스테리가 일어난 후 일종의 반작용으로 우리의 적들이 숨을 고르면서 온화한 마음으로 그들이 점령한 근거지와 땅을 검토해 보던 시기였기 때문이었는지 모르겠다.

어쨌든 책이 출판되자 즉각 특정 반응들이 나왔다. 스트루가츠키 형제가 처음으로 대구경 총에 맞은 사례였다. 소련 과학아카데미의 회원인 Y. 프란체프는 스트루가츠키 형제들이 추상주의적이며 초현실주의적이라 비난했고 존경하는 동료 작가 V. 넴초프는 이 소설을 두고 포르노라 비난했다. 다행히도 아직은 얻어맞은 쪽의 반격이 허용되던 시기였으므로 I. 예프레모프가 훌륭한 기사 「미래의 수십억 가지 측면」을 써서 우리를 옹호해 줬다. 그리고 그즈음 거리의 정치적 열기도 사그라들었다. 한마디로, 우리는 위기를 모면했다. (이념의 수호견들이 종종 문틈 사이로 이 소설을 향해 짖기는 했지만, 우리는 직후에 『트로이카에 관한 이야기』『이 시대의 탐욕스러운 것들』『비탈 위의 달팽이』를 출판할 수 있었다. 그리고 『신이 되기는 어렵다』는 그간—우리 작가들로서는 예기치 않은 상황인데—모방해야 할 예처럼 등장하기도 했다. 사람들은 우리 스트루가츠키 형제에게 이렇게 말했다. 『신이 되기는 어렵다』를 봐. 마음만 먹으면 할 수 있으면서 왜 그런 기조로 작업하지 않는 거지……?)

고백하건대, 소설은 성공을 거뒀다. 어떤 독자들은 이 소설에서 총사들의 모험 요소를 찾아냈고, 어떤 독자들은 짜릿한 환상성을 발견했다. 청소년 독자들은 강렬한 줄거리를 좋아했고 지식인들은 이난 사상과 전제주의에 대한 비판을 마음에 들어 했다. 지난 10여 년간 모든 여론조사에서 이 소설은 『월요일은 토요일에 시작된다』와 1·2위를 다투었다. 오늘날(1997년 10월 기준) 260만 부 넘게 발행됐으며 이 수치는 외국어나 소비에트연방의 러시아어 외 연방국 언어로 번역된 소련 판본은 제외한 것이다. 해외 출판계에서도 이 소설은 『노변의 피크닉』 바로 뒤를 이으며 꿋꿋이 두 번째 자리를 유지하고 있다. 내가 가진 자료에 따르면 이 소설은 17개국에서 34개 판본으로 발행되었다. 불가리아(4개 판본), 스페인(4), 독일연방공화국(4), 폴란드(3), 동독(2), 이탈리아(2), 미국(2), 체코슬로바키아(2), 유고슬라비아(2)가 여기 포함된다.

2012년 자료는 다음과 같다. 21개국 49개 판본—독일(8개 판본), 불가리아(5), 스페인(5), 폴란드(4), 프랑스(4), 체코(3) 외.

보리스 스트루가츠키

옮긴이의 말

신의 등장은 초라했다. 그는 비척대며 지시대로 움직이지도 않는 말을 힘겹게 몰고 가다가 결국 체념하고 느릿한 말에 몸을 맡긴다. 우리는 이처럼 초라하게 등장하는 영웅, 허술한 말을 타고 있지만 포부는 대단한 영웅들을 이미 알고 있다. 시골에서 출세를 바라며 상경한 달타냥은 '아무리 훌륭한 기수가 타도 우스꽝스러워질 수밖에 없는 조랑말'•을 타고 파리에 등장했다. 기사도 이야기에 푹 빠져 있던 돈키호테는 분별력을 잃고 세상으로 뛰어들 때 '털과 뼈뿐이라는 그 고넬라의 말보다도 더 많은 흠을 갖고 있는'••로시난테를 타고 있었다.

• 알렉상드르 뒤마 『삼총사』, 김석희 역, 시공사, 2011, 16쪽.
•• 미겔 데 세르반테스 『돈키호테』, 안영옥 역, 열린책들, 2014, 70쪽

우스꽝스러운 모습으로 세상에 등장하는 주인공의 모습은 그들과 세상의 불화를 예견한다. 상상과 전혀 다른 세상을 마주한 돈키호테와 파리의 음모를 목격한 달타냥은 신나게 모험이라도 했지만, 『신이 되기는 어렵다』의 주인공 루마타는 그럴 수 없었다. 그는 마음대로 능력을 펼칠 수 없고 스스로의 판단에 따라 주변 현실에 개입할 수 없다. 신의 무게를 짊어지고 있기 때문이다. 루마타는 중세 즈음을 지나는 아르카나르에서 자신이 신과 같은 존재라는 자각을 하는 인물이다. 신이라면, 그들 일에 함부로 끼어들어선 안 된다.

돈키호테와 달타냥이 개인의 자질과 의지로 편력 기사와 총사가 된 데 반해 루마타에게 신성을 부여한 건 그의 성질이 아닌 그가 속해 있던 미래이다. 미래의 검술과 역사학 지식, 과학기술이 그를 아르카나르에서 신으로 만들어 준다. 미래에서 과거로 간 그는 역사의 흐름을 아는 자로서 소설 내내 아르카나르를 내려다보면서 관찰하려 한다. 이 시선은 미지에 둘러싸여 우주와 금빛 구체를 올려다보던 『노변의 피크닉』 주인공들의 시선과 대비된다.

작중에서 루마타에게 신의 위치를 허락한 미래의 모습은 잠깐 비치고 말지만, 『신이 되기는 어렵다』는 사실 스트루가츠키 형제의 거대한 미래 유토피아 세계인 '정오 세계관'에 속한다. 이 세계관의 시작은 형제가 1961년 처음 발표한 『귀환(정오, 22세기)』이었다. 그 후 약 20년 동안 정오 세계관을 배경으로 『탈출 시도』(1962) 『머나먼 무지개』(1963) 『신이 되기는 어렵다』(1964) 『불안』(1965)• 『유인도』(1969) 『꼬마』(1971) 『지옥에서 온 청년』(1974), 그리고 『유인도』의 주인공 막심 카메레르가 다시 등장하는 『개미집의 딱정벌레』(1979) 『파도가 바람을 잦아들게 한다』(1985)가 탄생했다.

정오 세계관의 배경인 22세기 지구는 이상적인 공산주의가 완성된 장소이다. 과학기술의 진보로 질병과 기아, 환경오염 문제가 해결되었으며 그 누구도 물질적인 욕심을 낼 필요가 없는 곳이다. 이 세계 사람들은 먹고살기 위해서가 아니라 공공의 선을 위해 노동하며, 노동은 이들에게 중요한 삶의 요소이다. 이 세계의 아이들은 부모가 차분히 일에 전념할 수 있도록 기숙학교에서 교육을 받는다. 교사는 선택받은 사람들만 가질 수 있는 대단히 존중받는 직업이며 아이들에게 창조적인 활동을 통해 삶의 의미를 찾는 법을 교육한다.

여기까지는 고전적인 유토피아와 크게 다르지 않아

• 『비탈 위의 달팽이』(1966)의 원형이 되는 작품. 그러나 『비탈 위의 달팽이』는 '정오 세계관'에 속하지 않는다.

보이지만 스트루가츠키 형제가 각별히 신경 쓴 부분이 있으니, 바로 미래의 유토피아를 어떤 인간들로 채울 것인가 하는 문제였다. 『귀환(정오, 22세기)』을 쓸 당시 형제는 그보다 앞서 1958년에 이반 예프레모프가 발표한 유토피아 SF 『안드로메다 성운』을 의식하고 있었다. 형제가 보기에 『안드로메다 성운』의 등장인물들은 이제까지 지구에 존재한 적이 없는 새로운 인간이고 이상적인 인간형이었다. 하지만 형제들은 유토피아에 완벽에 가까운 인간이 아닌 당장의 평범한 이웃들, 상식이 있고 노동을 하는 사람들이 살아도 괜찮겠다고 생각했고 그 생각을 소설로 옮겼다.

나의 평범한 이웃이 어떻게 완벽한 세상의 구성원일 수 있는지 고개를 갸웃하는 사람이 21세기 한국에 옮긴이 외에도 여럿이 있으리라 짐작한다. 우선 스트루가츠키 형제가 말한 이웃은 자본주의적 사고에 익숙한 상식인들이 아니었다. 이상적인 공산주의 체제 건설을 목표로 내건 사회에서 나고 자랐던 형제에게 주변의 사람들은 형제와 마찬가지로 공산주의 이념을 따르는 이들이었다. 즉, 형제가 말한 상식적인 주변인은 삶에서 노동이 중요하고 물욕이 없으며 자유를 추구하는 공산주의자들이었다. 스트루가츠키 형제는 정오 세계관 속 유토피아에 미래의 인간이 아니라 실수를 저지르고 감정적이고 내적 갈등을 겪는, '현재'

의 상식적인 공산주의자들을 그려 넣는다.

스트루가츠키 형제는 체제나 지도부에 대한 불신과는 별개로 사상으로서의 공산주의를 진심으로 믿었다. 동생 보리스보다 형 아르카디 쪽이 더 열렬했다. 아르카디는 현실 세계에서 공산주의를 실현하려는 과정에 허점이 있음을 잘 알면서도 이렇게 이야기한다. "어쨌든 인간은 공산주의보다 아름다운 이념을 아직 생각해 내지 못했습니다……" 게다가 스탈린의 압제 끝에 찾아온 '해빙기'는 형제에게 소련 사회에 대한 희망을 불어넣었다.* 하지만 해빙기의 자유로운 분위기도 잠시, 다시 과거로 돌아가려는 움직임이 보이자 형제는 크게 실망한다. 『신이 되기는 어렵다』는 미래에 대한 기대를 가졌다가 실망한 이 시기에 집필됐다.

형제는 그 후에도 공산주의 이념에 대한 믿음은 오랫동안 갖고 있었다고 밝힌다. 적어도 1985년까지 공산주의 유토피아인 정오 세계관을 배경으로 소설을 썼다. 그리고

* 분명 사회가 올바른 방향으로 가고 있다고 해석할 만한 신호가 있었다. 경직되었던 사회 분위기가 풀어졌다. 1953년부터 1959년까지 노동 수용소 수감자들이 귀환했다. 1957년 모스크바에서 국제 청년·대학생 축제가 열렸다. 같은 해 소련은 세계 최초로 인공위성 스푸트니크 1호를 우주로 쏘아 올렸다. 1958년 형법에서 '인민의 적Враг народа'이라는 개념이 삭제되었다.

1994년에 이르러 보리스는 한 인터뷰에서 '공산주의'에 대한 생각을 밝힌다. "불행하게도, 공산주의라는 단어 자체가 손쓸 도리 없이 신용을 잃었습니다." 그는 "오늘날 '공산주의 미래'라고 하면 어떤 불쾌한 것들(그리고 혐오스러운 것들)을 떠올리게 되었는지"라며 안타까움을 토로한다. 이념을 실현하려는 시도와, 그 과정에서 일어난 비극과 실패를 지켜봤던 형제는 공산주의가 사실 그런 것이 아니라는 해명이 의미가 없는 지경에 이르렀음을 모르지 않았던 것 같다.

형제가 공산주의에 믿음을 갖고 쓴 이 소설의 주인공 루마타는 물론 공산주의자이다. 돈키호테가 기사도 이상을 가슴에 품고 모험을 시작했듯 『신이 되기는 어렵다』의 루마타는 공산주의 이념을 품고 아르카나르에 왔다. 공공의 선을 바라는 공산주의자 루마타는 중세 즈음을 지나는 아르카나르 사람들이 내보이는 이기주의와 속물성Мещанство을 참을 수 없다. 그런데 그가 아르카나르에서 직면하는 많은 문제들은 그 세계가 완벽한 미래가 아니라 과거이기 때문에 필연적일 수밖에 없는 문제들이다. 엄밀히 말하자면 아르카나르는 지구의 과거가 아니지만, 스트루가츠키 형제는 아르카나르에 중세 즈음이라는 설명을 덧붙여 마치 루마타가 타임머신 없이 시간 여행을 하는 것 같은 착시를 불러일으킨다.

과거로 거슬러 간 루마타는 미래를 자주 되돌아본다. 그는 마음만 먹으면 언제든 미래 지구에 갈 수 있을 듯 말하지만, 이 여행은 지연되다가 결국 제때 실행되지 않는다. 게다가 루마타가 묘사하는 미래는 어떤가. 그는 키라에게 '음식이 저절로 생기는 식탁보, 하늘을 나는 양탄자, 마법의 도시 레닌그라드'라고 설명한다. 옛이야기에서 가져온 이 비유 때문에 미래 지구는 역설적으로 과거의 이미지도 갖게 된다. 미래에서 과거를 보면 미래까지 이르는 길이 분명히 보이지만, 시간의 흐름에 역행해 도착한 과거의 시점에서 미래에 이르는 길은 전처럼 분명히 보이지 않을뿐더러 이미 미래의 다른 면을, 아득한 환상성을 띤 미래를 보게 된다.

소설은 다시 미래 어딘가로 가 끝맺어진다. 안톤(루마타)은 마지막 모습마저 정신을 잃고, 아니 정신을 되찾고 더 이상 기사를 자처하지 않는 돈키호테를 떠올리게 한다. 그런데 실상 안톤의 내면이 어떻게 변했는지는 아무도 모른다. 줄곧 안톤의 곁에서 그의 내면을 보여 주며 진행되던 소설이 에필로그에 가서는 안카와 파샤의 대화를 통해서만 그를 보여 주기 때문이다. 나는 이 책의 많은 부분을 좋아하지만, 특히 마지막 장면을 제일 좋아한다. 더 이상 신은 아니지만, 신일 때보다 더 장엄하게 등장하는 안톤과 그를 보고 일어서는 안카와 파샤, 그리고 그에게 다가갔다가 손에 묻은 땅딸기즙을 피로 착각하고 펄쩍 뛰는 안카의 모습 말이다.

이보석

스트루가츠키 형제 작품 목록●

■ 중장편

1958 외부로부터 *Извне/Izvne*
1959 선홍빛 구름의 나라 *Страна багровых туч/Strana bagrovykh tuch*
1960 아말테아로 가는 길 *Путь на Амальтею/Put' na Amal'teyu*
1961 귀환(정오, 22세기) *Возвращение(Полдень, XXII век)/Vozvrashenie(Polden', XXII vek)*
1962 견습생들 *Стажеры/Stazhyory*
탈출 시도 *Попытка к бегству/Popytka k begstvu*
1963 머나먼 무지개 *Далекая радуга/Dalyokaya raduga*
1964 신이 되기는 어렵다 *Трудно быть богом/Trudno byt' bogom*
월요일은 토요일에 시작된다 *Понедельник начинается в субботу/Ponedel'nik nachinaetsya v subbotu*
1965 이 시대의 탐욕스러운 것들 *Хищные вещи века/Khishnye veshi veka*
1966 비탈 위의 달팽이 *Улитка на склоне/Ulitka na sklone* [완전판 1988]
1967 화성인의 제2차 침공 *Второе нашествие марсиан/Vtoroe nashestvie marsian*
1968 트로이카에 관한 이야기 *Сказка о Тройке/Skazka o Troike*
1969 유인도 *Обитаемый остров/Obitaemyi ostrov*
1970 죽은 산악인의 호텔 *Отель „У Погибшего Альпиниста"/Otel' „U Pogibshevo Al'pinista"*
1971 꼬마 *Малыш/Malysh*
1972 노변의 피크닉 *Пикник на обочине/Piknik na obochine*
1974 지옥에서 온 남자 *Парень из преисподней/Paren' iz preispodnei*
1976 세상이 끝날 때까지 아직 10억 년 *За миллиард лет до конца света/Za milliard let do koncha sveta*
1979 개미집의 딱정벌레 *Жук в муравейнике/Zhuk v muraveinike*
1980 우정과 우정 아닌 것에 관한 이야기 *Повесть о дружбе и недружбе/Povest' o druzhbe i nedruzhbe*
1985 파도가 바람을 잦아들게 한다 *Волны гасят ветер/Volny gashyat veter*

1986 더러운 백조들*Гадкие лебеди/Gadkie lebedi* [집필 1967, 러시아어판 독일 발간 1972, 러시아어 완전판 1987]
절뚝대는 운명*Хромая судьба/Khromaya sud'ba* [완전판 1989]
1987 저주받은 도시*Град обреченный/Grad obrechennyi* [집필 1975]
1988 악의에 짓눌린 사람들, 혹은 40년 후*Отягощенные злом, или Сорок лет спустя/Otyagoshennye zlom, ili Sorok let spustya*
1990 불안*Беспокойство/Bespokoistvo* [집필 1965]

■ 단편

1958 자동반사Спонтанный рефлекс/Spontannyi refleks
1959 잊힌 실험Забытый эксперимент/Zabytyi eksperiment
SKIBR의 시험Испытание СКИБР/Ispytanie SKIBR
개인적인 추측들Частные предположения/Chastnye predpolozheniya
성냥개비 여섯 개Шесть спичек/Shest' spichek
1960 비상사태Чрезвычайное происшествие/Chrezvychainoe proisshestvie
1962 파시피다에서 온 사람Человек из Пасифиды/Chelovek iz Pasifidy
1968 첫 번째 배를 타고 온 첫 사람들Первые люди на первом плоту/Pervye lyudi na pervom plotu [집필 1963]
1989 가난하고 악한 사람들Бедные злые люди/Bednye zlye lyudi [집필 1963]

■ 희곡

1989 무기 없음Без оружия/Bez oruzhiya [완전판 1991]
1990 페테르부르크에 사는 수전노들Жиды города Питера/Zhidy goroda Pitera

■ 시나리오

1981 소원기계Машина желаний/Mashina zhelanii
1990 스토커Сталкер/Stalker [영화 1979]
1985 불로장생의 약 다섯 스푼Пять ложек эликсира/Pyat' lozhek eliksira [영화 1990]
1987 먹구름Туча/Tucha
일식의 날День затмения/Den' zatmeniya [영화 1988]
2005 마법사Чародеи/Charodei [영화 1982]

■ 야로슬랍체프 S.(아르카디 스트루가츠키 필명)

1974 지옥으로의 탐험*Экспедиция в преисподнюю/Ekspedichiya v preispodnyuyu* [완전판 1988]
1984 니키타 보론초프의 생에 관한 자세한 이야기*Подробности жизни Никиты Воронцова/Podrobnosti zhizni Nikity Voronchova*
1993 인간들 사이의 악마*Дьявол среди людей/D'yavol sredi lyudei* [집필 1991]

■ 비티츠키 S.(보리스 스트루가츠키 필명)

1994 운명 찾기, 혹은 예절에 관한 스물일곱 가지 정리*Поиск предназначения, или Двадцать седьмая теорема этики/Poisk prednaznacheniya, ili Dvadchat' sed'maya teorema etiki*
2003 이 세계의 힘없는 자들*Бессильные мира сего/Bessil'nye mira sego*

• 작품 연도는 잡지 발표일을 기준으로 하되 바로 단행본으로 출간된 것은 단행본 발행일을 기준으로 삼았다. 검열로 인해 집필과 출간의 시차가 있는 경우 따로 표시하였다. 희곡은 작품 발표 없이 공연한 경우, 초연일을 기준으로 삼았다.

옮긴이 이보석

연세대학교 노어노문학과에서 수학 후 한국외국어대학교 통번역대학원 한노과와 연세대학교 대학원 비교문학 석사 과정을 졸업했다. 옮긴 책으로는 스트루가츠키 형제의 『노변의 피크닉』 『신이 되기는 어렵다』 『저주받은 도시』와 예브게니 그리시코베츠의 『셔츠』(공역)가 있다.

신이 되기는 어렵다

초판 1쇄 펴낸날 2020년 5월 26일
초판 2쇄 펴낸날 2024년 8월 1일

지은이 아르카디 스트루가츠키·보리스 스트루가츠키
옮긴이 이보석
펴낸이 김영정

펴낸곳 (주)현대문학
등록번호 제1-452호
주소 06532 서울시 서초구 신반포로 321(잠원동, 미래엔)
전화 02-2017-0280
팩스 02-516-5433
홈페이지 www.hdmh.co.kr

ISBN 978-89-7275-333-9 03890

* 책값은 뒤표지에 있습니다.
* 파본은 구입처에서 교환해 드립니다.